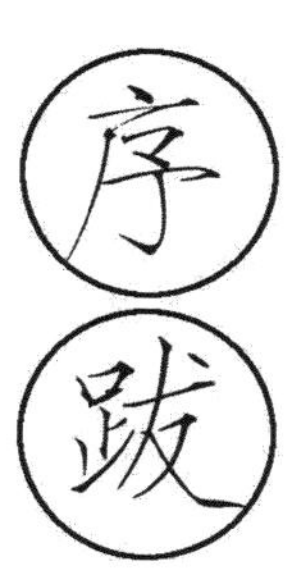

章海宁 主编

黑龍江大學出版社

图书在版编目(CIP)数据

萧红印象·序跋 / 章海宁主编. -- 哈尔滨：黑龙江大学出版社,2011.12（2021.8重印）
（萧红印象丛书 / 章海宁主编）
ISBN 978-7-81129-436-1

Ⅰ.①萧… Ⅱ.①章… Ⅲ.①序跋-作品集-中国-当代 Ⅳ.①K825.6②I267

中国版本图书馆 CIP 数据核字(2011)第148461号

书　　名	萧红印象·序跋
作　　者	章海宁 主编
出 版 人	李小娟
责任编辑	刘剑刚　林召霞
出版发行	黑龙江大学出版社(哈尔滨市学府路74号　150080)
网　　址	http://www.hljupress.com
电子信箱	hljupress@163.com
电　　话	(0451)86608666
经　　销	新华书店
印　　刷	三河市春园印刷有限公司
开　　本	787毫米×1092毫米　1/16
印　　张	24
字　　数	367千
版　　次	2011年12月第1版　2022年1月第2次印刷
书　　号	ISBN 978-7-81129-436-1
定　　价	68.00元

本书如有印装错误请与本社联系更换。

《萧红印象》丛书

编　委　会

《萧红印象丛书》序

林贤治

今年，距萧红诞生恰好一百周年。

在中国这块为她所深爱着的土地上，萧红仅仅生活了三十一个年头。在短暂的一生中，为了追求爱与自由，这位年轻女性背叛了自己的家庭，抛弃了早经布置的可能的安逸地位，告别了世俗的幸福而选择流亡的道路。在那里，她和广大底层的人们一起经历了各种不幸和痛苦，终至为黑暗所吞噬。对于命运所加于她的一切，她坦然接受，又起而作不屈的反抗。她以文学的最富于个人性的形式表达作为弱势者的立场，在悲悯和抚慰同类的同时，控诉社会的不公。十年间，她在贫困、疾病和辗转流徙中写下一百多万字的作品；其中，《生死场》、《呼兰河传》突出地表现了一个文学天才的创造力，在展开的生活和斗争的无比真实的图景中，闪耀着伟大的人性艺术的光辉。

常常以“自由主义”相标榜的精英批评家，在萧红的作品面前，往往表现出相当的傲慢，而被中国新一代文科学者奉为圭臬的《中国现代小说史》，洋洋几十万言，仅用寥寥数语就把萧红给解决了。几十年来，正统的文学教科书虽然给了萧红一个“左翼作家”、“抗战作家”的头衔，但是，它们重视的唯是群众集体，却轻视了作者个人；聚焦于阶级斗争和民族斗争的主题，却忽略了人性的内面世界。于是萧红作品的多义性和丰富性，被长期遮蔽在学术的阴影之中。

需要反教条主义的阅读。教条主义不但产生于意识形态灌输，某种强制式服从，而且来自迷信，甘愿接受所谓“权威”的引领。阅读萧红，必须先行去除所有这些眼罩。“弱势文学”的阅读者，如果不能回到弱势者的立场，不能接近被压迫、被损害的心灵，根本不可能获得真正的理解。除此之外，对于萧红的作品，倘要细读，还需了解流亡者萧红和写作者萧红的关系，质而言之，就是实际生活与文学创作的关系。我们知道，萧红是一个现实主义者，她为我们叙述了许多发生在20世纪二三十年代的中国乡村的故事，描写了许多受难的人们；假如能够了解萧红的个人经历，人际关系和生活场景，无疑将有助于我们倾听她唱给中国大地的哀歌。同时，萧红又是一个勇于自我表现的、内倾的作家，一个天生的先锋派，她的所有作品几乎都带有自序传的性质，都留有她的影子，且为她不安分的情感所支配，所以了解真实生活中的萧红，是解读萧红作品所不可或缺的。

章海宁先生主编的《萧红印象》丛书，正好为我们提供了这种阅读的必需，不仅仅是纪念萧红百年诞辰的一份纪念品而已。

由于文界的实质性的轻忽，研究萧红的文章不是很多，回忆录一样性质的文字也相当零散。这套丛书，可以说是集大成者。丛书共六卷，仅文字就有四卷，以编选的眼光看，各卷内容或有重叠的地方，但脉络是清楚的。首卷为《记忆》，次卷为《研究》，三卷为《序跋》，四卷为《故家》，其余两卷为《影像》、《书衣》之属；人与书，则是贯穿丛书的两条线索。“人”，是对于萧红个人的忆述。叙述者有同时代人，也有晚生的作家；有萧红的情人、亲属、朋友、同学，不同的眼光看同一个人，层次感和丰富性就显现出来了。收入当代作家的追忆，可以看出萧红的影响力；扩大一点说，还可以从中辨识某种文学精神的谱系。至于“书”，即文本研究，其中若干带有比较文学性质的文字不乏创见，对《生死场》的解读亦颇具新意。此外，关于萧红研究在国外的综述，很可以开拓我们的眼界。丛书收录的文字，有一些散落已久，如孙陵等人的记述；特别是萧红早年同学的回忆，可谓吉光片羽，值得珍视。

可观察，可想象，可思考。把所有这些文字和图像合起来，结合萧红文集，就构成了萧红完整的形象。其实，该丛书的价值并不止此，我们还可以从中看到萧红之外的文坛人物的影像，寻绎他们之间的关系；通过两代人的比较，了解中国现代文化和文学的变迁。

主编章海宁先生到香港搜集萧红遗稿，路经广州时，和我有过一次晤谈；此前，为编辑《萧红全集》还曾通过几回电话。我知道，他一直在研究萧红文集的版本，功夫的扎实、细致自不必说，最使我感动的是他话间流露出来的对萧红的一份深情。关于学术，我从来反对所谓的“价值中立”，尤其在人文科学、文化艺术的范围之内。章先生热爱萧红，所以有此持续的研究，我以为这是有别于一般的学者的。

今天，很高兴看到《萧红印象》丛书皇皇数卷行将面世。章先生和他的朋友们做了一件有意义的工作。在此，希望读者凭借这样一套书，犹如凭借一张可靠的地图，去寻找萧红，寻找自由的乡土。

2011 年 5 月 20 日

目 录 *contents*

萧红作《生死场》序

鲁迅

记得已是四年前的事了，时维二月，我和妇孺正陷在上海闸北的火线中，眼见中国人的因为逃走或死亡而绝迹。后来仗着几个朋友的帮助，这才得进平和的英租界，难民虽然满路，居人却很安闲。和闸北相距不过四五里罢，就是一个这么不同的世界，——我们又怎么会想到哈尔滨。

这本稿子的到了我的桌上，已是今年的春天，我早重回闸北，周围又复熙熙攘攘的时候了。但却看见了五年以前，以及更早的哈尔滨。这自然还不过是略图，叙事和写景，胜于人物的描写，然而北方人民的对于生的坚强，对于死的挣扎，却往往已经力透纸背；女性作者的细致的观察和越轨的笔致，又增加了不少明丽和新鲜。精神是健全的，就是深恶文艺和功利有关的人，如果看

本文为《生死场》初版序。

《生死场》，萧红著，上海容光书局1935年12月初版，竖排繁体，32开，毛边，218页。另收鲁迅《序》、胡风《读后记》2篇。

起来，她不幸得很，她也难免不能毫无所得。

听说文学社曾经愿意给她付印，稿子呈到中央宣传部书报检查委员会那里去，搁了半年，结果是不许可。人常常会事后才聪明，回想起来，这正是当然的事：对于生的坚强和死的挣扎，恐怕也确是大背"训政"之道的。今年五月，只为了《略谈皇帝》这一篇文章，这一个气焰万丈的委员会就忽然烟消火灭，便是"以身作则"的实地大教训。

奴隶社以汗血换来的几文钱，想为这本书出版，却又在我们的上司"以身作则"的半年之后了，还要我写几句序。然而这几天，却又谣言蜂起，闸北的熙熙攘攘的居民，又在抱头鼠窜了，路上是络绎不绝的行李车和人，路旁是黄白两色的外人，含笑在赏鉴这礼让之邦的盛况。自以为居于安全地带的报馆的报纸，则称这些逃命者为"庸人"或"愚民"。我却以为他们也许是聪明的，至少，是已经凭着经验，知道了煌煌的官样文章之不可信。他们还有些记性。

现在是一九三五年十一月十四日的夜里，我在灯下再看完了《生死场》，周围像死一般寂静，听惯的邻人的谈话声没有了，食物的叫卖声也没有了，不过偶有远远的几声犬吠。想起来，英法租界当不是这情形，哈尔滨也不是这情形；我和那里的居人，彼此都怀着不同的心情，住在不同的世界。然而我的心现在却好像古井中水，不生微波，麻木的写了以上那些字。这正是奴隶的心！——但是，如果还是扰乱了读者的心呢？那么，我们还决不是奴才。

不过与其听我还在安坐中的牢骚话，不如快看下面的《生死场》，她才会给你们以坚强和挣扎的力气。

《生死场》读后记

胡风

我看到过有些文章提到了萧洛诃夫（Sholokof）在《被开垦了的处女地》里所写的农民对于牛对于马的情感，把它们送到集体农场去以前的留恋，惜别，说那画出了过渡期的某一类农民底魂魄。《生死场》底作者是没有读过《被开垦了的处女地》的，但她所写的农民们底对于家畜（羊、马、牛）的爱着，真实而又质朴，在我们已有的农民文学里面似乎还没有见过这样动人的诗片。

不用说，这里的农民底运命是不能够和走向地上乐园的苏联的农民相比的：蚁子似的生活着，糊糊涂涂的生殖，乱七八糟的死亡，用自己底血汗自己底生命肥沃了大地，种出食粮，养出畜类，勤勤苦苦地蠕动在自然的暴君和两只脚的暴君

本文为《生死场》初版后记。

《生死场》，萧红著，上海容光书局1935年12月初版，竖排繁体，32开，毛边，218页。另收鲁迅《序》、胡风《读后记》2篇。

底威力下面。

但这样混混沌沌的生活是也并不能长久继续的。卷来了“黑色的舌头”，飞来了宣传“王道”的汽车和飞机，日本旗替代了中国旗。偌大的东北四省轻轻地失去了。日本人为什么抢了去的？中国的治者阶级为什么让了他们抢了去的？抢的是要把那些能够肥沃大地的人民做成压榨得更容易更直接的奴隶，让他们抢的是为了表示自己底驯服，为了取得做奴才的地位。

然而被抢去了的人民却是不能够“驯服”的。要么，被刻上“亡国奴”的烙印，被一口一口地吸尽血液，被强奸，被杀害。要么，反抗。这以外，到都市去也罢，到尼庵去也罢，都走不出这个人吃人的世界。

在苦难里倔强的老王婆固然站起了，但忏悔过的“好良心”的老赵三也站起了，甚至连那个在世界上只看得见自己底一匹山羊的谨慎的二里半也站起了……到寡妇们回答出“是呀！千刀万剐也愿意！”的时候，老赵三流泪的喊着“等我埋在坟里……也要把中国旗子插在坟顶，我是中国人！我要中国旗子，我不当亡国奴，生是中国人，死是中国鬼……不……不是亡……亡国奴……”的时候每个人跪在枪口前面盟誓说：“若是心不诚，天杀我，枪杀我，枪子是有灵有圣有眼睛的啊！”的时候，这些蚊子一样的愚夫愚妇们就悲壮的站上了神圣的民族战争底前线。蚊子似的为死而生的他们现在是巨人似的为生而死了。

这写的只是哈尔滨附近的一个偏僻的村庄，而且是觉醒底最初的阶段，然而这里面是真实的受难的中国农民，是真实的野生的奋起。它“显示着中国的一份和全部，现在和未来，死路与活路”（鲁迅序《八月的乡村》语）。

使人兴奋的是，这本不但写出了愚夫愚妇底悲欢苦恼而且写出了蓝空下的血迹模糊的大地和流在那模糊的血土上的铁一样重的战斗意志的书，却是出自一个青年女性底手笔。在这里我们看到了女性的纤细的感觉也看到了非女性的雄迈的胸境。前者充满了全篇，只就后者举两个例子：

山上的雪被风吹着像要埋蔽这傍山的小房似的。大树号叫，风雪向小房遮蒙下来。一株山边斜歪着的大树，倒折下来。寒月怕被一切声音扑碎似的，退缩到天边去了。这时候隔壁透出来的声音更哀楚。

上面叙述过的，宣誓时寡妇们回答了“是呀！千刀万剐也愿意！”以后，接着写：

哭声刺心一般痛！哭声方锥一般落进每个人的胸膛。一阵强烈的悲酸掠过低垂的人头，苍苍然蓝天欲坠了！

老赵三流泪的喊着死了，也要把中国旗子插在坟顶以后，接着写：

浓重不可分解的悲酸，使树叶垂头。赵三在红蜡烛前用力鼓了桌子两下，人们一起哭向苍天了。人们一起向苍天哭泣。大群的人起着号啕！

这是用钢戟向晴空一挥似的笔触，发着颤响，飘着光带，在女性作家里面不能不说是创见了。

然而，我并不是说作者没有她底短处或弱点。第一，对于题材的组织力不够，全篇现得是一些散漫的素描，感不到向着中心的发展，不能使读者得到应该能够得到的紧张的迫力。第二，在人物底描写里面，综合的想象的加工非常不够。个别的看来，她底人物都是活的，但每个人物底性格都不凸出，不大普遍，不能够明确的跳跃在读者底前面。第三，语法句法太特别了，有的是由于作者所要表现的新鲜的意境，有的是由于被采用的方言，但多数却只是因为对于修辞的锤炼不够。

我想，如果没有这几个弱点，这一篇不是以精致见长的史诗就会使读者感到更大的亲密，受到更强的感动罢。

当然，这只是我这样的好事者底苛求，这只是写给作者和读者的参考，在目前，我们是应该以作者底努力为满足的。由于《八月的乡村》和这一本，我们才能够真切的看见了被抢去的土地上的被讨伐的人民，用了心的激动更紧的和他们拥合。

一九三五，一一，二二晨二时。

《呼兰河传》序

茅盾

1

今年四月，第三次到香港，我是带着几分感伤的心情的。从我在重庆决定了要绕这么一个圈子回上海的时候起，我的心怀总有点儿矛盾和抑悒，——我决定了这么走，可又怕这么走，我怕香港会引起我的一些回忆，而这些回忆我是愿意忘却的；不过，在忘却之前，我又极愿意再温习一遍。

在广州先住了一个月，生活相当忙乱；因为忙乱，倒也压住了怀旧之感；然而，想要温习一遍然后忘却的意念却也始终不曾抛开，我打算到九龙太子道看一看我第一次寓居香港的房子，看一看我的女孩子那时喜欢约女伴们去游

本文为《呼兰河传》寰星版序言。

《呼兰河传》，萧红著，上海寰星书店1947年新版，竖排繁体，32开，271页，插图1幅。另收骆宾基《萧红小传》、茅盾《呼兰河传·序》2篇。茅盾《呼兰河传·序》，原题为《论萧红的〈呼兰河传〉》，载1946年12月《文艺生活》第10期。寰星书店新版《呼兰河传》时，收此文为序。

玩的蝴蝶谷，找一找我的男孩子那时专心致意收集来的一些美国出版的连环画，也想看一看香港坚尼地道我第二次寓居香港时的房子，"一二·八"香港战争爆发后我们避难的那家"跳舞学校"（在轩尼诗道），而特别想看一看的，是萧红的坟墓——在浅水湾。

我把这些愿望放在心里，略有空闲，这些心愿就来困扰我了。然而我始终提不起这份勇气，还这些未了的心愿，直到离开香港，九龙是没有去，浅水湾也没有去；我实在常常违反本心似的规避着，常常自己找些借口来拖延，虽然我没有说过我有这样的打算，也没有催促我快还这些心愿。

二十多年来，我也颇经历了一些人生的甜酸苦辣，如果有使我愤怒也不是，悲痛也不是，沉甸甸地老压在心上，因而愿意忘却，但又不忍轻易忘却的，莫过于太早的死和寂寞的死。为了追求真理而牺牲了童年的欢乐，为了要把自己造成一个对民族对社会有用的人而甘愿苦苦地学习，可是正当学习完成的时候却忽然死了，像一颗未出膛的枪弹这比在战斗中倒下，给人以不知如何的感慨，似乎不是单纯的悲痛或惋惜所可形容的。这种太早的死曾经成为我的感情上的一种沉重负担，我愿意忘却，但又不能且不忍轻易忘却，因此我这次第三回到了香港想去再看一看蝴蝶谷这意念，也是无聊的；可资怀念的地方岂止这一处，即使去了，未必就能在那边埋葬了悲哀。

对于生活曾经寄以美好的希望但又屡次"幻灭"了的人，是寂寞的；对于自己的能力有自信，对于自己工作也有远大的计划，但是生活的苦酒却又使她颇为悒悒不能振作，而又因此感到苦闷焦躁的人，当然会加倍的寂寞；这样精神上寂寞的人一旦发觉了自己的生命之灯快将熄灭，因而一切都无从"补救"的时候，那她的寂寞的悲哀恐怕不是语言可以形容的。而这样的寂寞的死，也成为我的感情上的一种沉重的负担，我愿意忘却，而又不能且不忍轻易忘却，因此我想去浅水湾看看而终于违反本心地屡次规避掉了。

2

萧红的坟墓寂寞地孤立在香港的浅水湾。

在游泳的季节，年年的浅水湾该不少红男绿女罢，然而躺在那里的萧红是寂寞的。

在一九四〇年十二月——那正是萧红逝世的前年，那是她的健康还不怎样成问题的时候，她写成了她的最后著作——小说《呼兰河传》，然而即使在那时，萧红的心境已经是寂寞的了。

而且从《呼兰河传》，我们又看到了萧红的幼年也是何等的寂寞！读一下这部书的寥寥数语的“尾声”，就想得见萧红在回忆她那寂寞的幼年时，她的心境是怎样寂寞的：

呼兰河这小城里边，以前住着我的祖父，现在埋着我的祖父。

我生的时候，祖父已经六十多岁了，我长到四五岁，祖父就快七十了，我还没有长到二十岁，祖父就七八十岁了。祖父一过了八十，祖父就死了。

从前那后花园的主人，而今不见了。老主人死了，小主人逃荒去了。

那园里的蝴蝶，蚂蚱，蜻蜓，也许还是年年仍旧，也许现在完全荒凉了。

小黄瓜，大倭瓜，也许还是年年的种着，也许现在根本没有了。

那早晨的露珠是不是还落在花盆架上。那午间的太阳是不是还照着那大向日葵，那黄昏时候的红霞是不是还会一会工夫会变出来一匹马来，一会工夫变出来一匹狗来，那么变着。

这一些不能想象了。

听说有二伯死了。

老厨子就是活着年纪也不小了。

东邻西舍也都不知怎样了。

至于那磨坊里的磨倌，至今究竟如何，则完全不晓得了。

以上我所写的并没有什么优美的故事，只因他们充满我幼年的记忆，忘却不了，难以忘却，就记在这里了。

《呼兰河传》脱稿以后，翌年之四月，因为史沫特莱女士的劝说，萧红想到星加坡去（史沫特莱自己正要回美国，路过香港，小住一月。萧红以太平洋局势问她，她说：日本人必然要攻香港及南洋，香港至多能守一月，而星加坡则坚不可破，即破了，在星加坡也比在香港办法多些）。萧红又鼓动我们夫妇俩也去。那时我因为工作关系不能也不想离开香港，我以为萧红怕陷落在香港（万一发生战争的话），我还多方为之解释，可是我不知道她之所以想离开香港，因为她在香港生活是寂寞的，心境是寂寞的，她是希望由于离开香港而解脱那可怕的寂寞，并且我也想不到她那时的心境会这样寂寞。那时正在皖南事变以后，国内文化人大批跑到香港，造成了香港文化界空前的活跃，在这样环境中，而萧红会感到寂寞是难以索解的。等到我知道了而且也理解了这一切的时候，萧红埋在浅水湾已经快满一年了。

星加坡终于没有去成，萧红不久就病了，她进了玛丽医院。在医院里她自然更其寂寞了，然而她求生的意志非常强烈，她希望病好，她忍着寂寞住在医院。她的病相当复杂，而大夫也荒唐透顶，等到诊断明白是肺病的时候就宣告已经无可救药。可是萧红自信能活。甚至在香港战争爆发以后，夹在死于炮火和死于病二者之间的她，还是更怕前者，不过，心境的寂寞，仍然是对于她的最大的威胁。

经过了最后一次的手术，她终于不治。这时香港已经沦陷，她咽最后一口气时，许多朋友都不在她面前，她就这样带着寂寞离开了这人间。

3

《呼兰河传》给我们看萧红的童年是寂寞的。

一位解事颇早的小女孩子每天的生活多么单调呵！年年种着小黄瓜，大倭瓜，年年春秋佳日有些蝴蝶，蚂蚱，蜻蜓的后花园，堆满了破旧东西，黑暗而尘封的后房，是她消遣的地方；慈祥而犹有童心的老祖父是她唯一的伴侣；清早在床上学舌似的念老祖父口授的唐诗，白天缠着老祖父讲那些实在已经听厌了的故事，或者看看那左邻右舍的千年如一日的刻板生活，如果这样死水似的生活中有什么突然冒起来的浪花，那也无非是老胡家的小团圆媳妇病了，老胡家又在跳神了，小团圆媳妇终于死了；那也无非是磨倌冯歪嘴忽然有了老婆，有了孩子，而后来，老婆又忽然死了，剩下刚出世的第二个孩子。

呼兰河这小城的生活也是刻板单调的。

一年之中，他们很有规律地过着活；一年之中，必定有跳大神，唱秧歌，放河灯，野台子戏，四月十八日娘娘庙大会……这些热闹、隆重的节日，而这些节日也和他们的日常生活一样多么单调而呆板。

呼兰河这小城的生活可又不是没有音响和色彩的。

大街小巷,每一茅舍内,每一篱笆后边,充满了唠叨,争吵,哭笑,乃至梦呓,一年四季,依着那些走马灯似的挨次到来的隆重热闹的节日,在灰黯的日常生活的背景前,呈现了粗线条的大红大绿的带有原始性的色彩。

呼兰河的人民当然多是良善的。

他们照着几千年传下来的习惯而思索，而生活，他们有时也许显得麻木,但实在他们也颇敏感而琐细,芝麻大的事情他们会议论或者争吵三天三夜而不休。他们有时也许显得愚昧而蛮横,但实在他们并没有害人或害自己的意思,他们是按照他们认为最合理的方法,“该怎么办就怎么办”。

我们对于老胡家的小团圆媳妇的不幸的遭遇，当然很同情，我们怜惜她,我们为她叫屈,同时我们也憎恨,但憎恨的对象不是小团圆媳妇的婆婆,我们只觉得这婆婆也可怜,她同样是“照着几千年传下来的习惯而思索而生活”的一个牺牲者,她的“立场”,她的叫人觉得可恨而又可怜的地方,在她“心安理得地花了五十吊”请那骗子云游道人给小团圆媳妇治病的时候,就由她自己申说得明明白白的:

她来到我家,我没给她气受,哪家的团圆媳妇不受气,一天打八顿,骂三场,可是我也打过她,那是我给她一个下马威,我只打了她一个多月,虽然说我打得狠了一点,可是不狠哪能够规矩出一个好人来。我也是不愿意狠打她的,打得连喊带叫的我是为她着想,不打得狠一点,她是不能够中用的。……

这老胡家的婆婆为什么坚信她的小团圆媳妇得狠狠地“管教”呢？小团圆媳妇有些什么地方叫她老人家看着不顺眼呢?因为那小团圆媳妇第一天来到老胡家就由街坊公论判定她是“太大方了”,“一点也不知道羞,头一天来到婆家,吃饭就吃三碗”,而且“十四岁就长得那么高”也是不合规律,——因为街坊公论说,这小团圆媳妇不像个小团圆媳妇,所以更使她的婆婆坚信非严加管教不可,而且更因为“只想给她一个下马威”的时候,这“太大方”的小团圆媳妇居然不服管教——带哭连喊,说要“回家”去,——所以不得不狠狠地打了她一个月。

街坊们当然也都是和那小团圆媳妇无怨无仇,都是为了要她好,——要她像一个团圆媳妇。所以当这小团圆媳妇被“管教”成病的时候，不但她的婆婆肯舍大把的钱为她治病（跳神，各种偏方），而众街坊也热心地给她出主意。

而结果呢？结果是把一个“黑忽忽的，笑呵呵的”名为十四岁其实不过十二，可实在长得比普通十四岁的女孩子又高大又结实的小团圆媳妇活生生“送回老家去”！

呼兰河这小城的生活是充满了各种各样的声响和色彩的，可又是刻板单调。

呼兰河这小城的生活是寂寞的。

萧红的童年生活就是在这种样的寂寞环境中过去的。这在她心灵上留的烙印有多深，自然不言而喻。

无意识地违背了“几千年传下来的习惯而思索而生活”的老胡家的小团圆媳妇终于死了，有意识地反抗着几千年传下来的习惯而思索而生活的萧红则以含泪的微笑回忆这寂寞的小城，怀着寂寞的心情，在悲壮的斗争的大时代。

4

也许有人会觉得《呼兰河传》不是一部小说。

他们也许会这样说，没有贯串全书的线索，故事和人物都是零零碎碎，都是片段的，不是整个的有机体。

也许又有人觉得《呼兰河传》好像是自传，却又不完全像自传。

但是我却觉得正因其不完全像自传，所以更好，更有意义。

而且我们不也可以说：要点不在《呼兰河传》不像是一部严格意义的小说，而在于它这“不像”之外，还有些别的东西——一些比“像”一部小说更为“诱人”些的东西：它是一篇叙事诗，一幅多彩的风土画，一串凄婉的歌谣。

有讽刺，也有幽默，开始读时有轻松之感，然而愈读下去心头就会一点一点沉重起来。可是，仍然有美，即使这美有点病态，也仍然不能不使你炫惑。

也许你要说《呼兰河传》没有一个人物是积极性的。都是些甘愿做传统思想的奴隶而又自怨自艾的可怜虫，而作者对于他们的态度也不是单纯的。

她不留情地鞭笞他们，可是她又同情他们：她给我们看，这些屈服于传统的人多么愚蠢而顽固——有的甚至于残忍，然而他们的本质是良善的，他们不欺诈，不虚伪，他们也不好吃懒做，他们极容易满足。有二伯，老厨子，老胡家的一家子，漏粉的那一群，都是这样的人物。他们都像最低级的植物似的，只要极少的水份，土壤，阳光——甚至没有阳光，就能够生存了，磨倌冯歪嘴子是他们中间生命力最强的一个——强的使人不禁想赞美他。然而在冯歪嘴子身上也找不出什么特别的东西。除了生命力特别顽强，而这是原始性的顽强。

如果让我们在《呼兰河传》找作者思想的弱点，那么，问题恐怕不在于作者所写的人物都缺乏积极性，而在于作者写这些人物的梦魇似的生活时给人们以这样一个印象：除了因为愚昧保守而自食其果，这些人物的生活原也悠然自得其乐，在这里，我们看不见封建的剥削和压迫，也看不见日本帝国主义那种血腥的侵略。而这两重的铁枷，在呼兰河人民生活的比重上，该也不会轻于他们自身的愚昧保守罢？

5

萧红写《呼兰河传》的时候，心境是寂寞的。

她那时在香港几乎可以说是“蛰居”的生活，在一九四〇年前后这样的大时代中，像萧红这样对于人生有理想，对于黑暗势力作过斗争的人，而会悄然“蛰居”多少有点不可解，她的一位女友曾经分析她的“消极”和苦闷的根由，以为“感情”上的一再受伤，使得这位感情富于理智的女诗人，被自己的狭小的私生活的圈子所束缚（而这圈子尽管是她咒诅的，却又拘于惰性，不能毅然决然自拔），和广阔的进行着生死搏斗的大天地完全隔绝了，这结果是，一方面陈义太高，不满于她这阶层的知识分子们的各种活动，觉得那全是扯淡，是无聊；另一方面却又不能投身到农工劳苦大众的群中，把生活彻底改变一下。这又如何能不感到苦闷而寂寞？而这一心情投射在《呼兰河传》上的暗影不但见之于全书的情调，也见之于思想部分，这是可以惋惜的，正像我们对于萧红的早死深致其惋惜一样。

一九四六年八月于上海

回忆我和萧红的一次谈话

聂绀弩

萧红逝世已快四十年了,死时只三十一岁,如果活到现在,也差不多七十了。人生如此匆猝,萧红的一生更如此短促!

我和萧红见面比较频数的只是很短的一段时间。一九三八年初,同萧军、端木蕻良、田间及她,都在临汾的实际上是薄一波同志作主的山西民族革命大学,而且住在一个院子里。这时候,丁玲领导的西北战地服务团听说我们到了临汾,他们也从什么地方赶到临汾来了。他们一来就演戏,演过一两次(即一两日)戏,敌人(日军)就从晋北南下来了,民大就搬家,缩小,我们这几个尚未上课的手无寸铁的所谓教授之类,就随西北战地服务团渡河,去到了西安。到西安后,我还同丁玲到延安去打了一转,回西安

本文为《萧红选集》第二版序言。

《萧红选集》,人民文学出版社1958年初版,1981年2月第二版,32开,508页,第二版收插图2幅。另收聂绀弩《回忆我和萧红的一次谈话》(序文)、编者《后记》2篇。聂绀弩序文曾载《新文学史料》1981年第1期。

后不久，我就单独回武汉去了。后来在武汉还见过萧红一次，未想到那次就永别了。这是说我和萧红会见较多的时间，前前后后，不过一个月光景。因此，对于她，其实是知道很少的。

在临汾或西安时只一次和萧红谈话。

我说："萧红，你是才女，如果去应武则天皇上的考试，究竟能考好高，很难说，总之，当在唐闺臣（本为首名，武则天不喜欢她的名字，把她移后十名）前后，决不会到和毕全贞（末名）靠近的。"

她笑说："你完全错了。我是《红楼梦》里的人，不是《镜花缘》里的人。"

这确是我没想到的。我说："我不懂，你是《红楼梦》里的谁？"我一面说，一面想，想不起她像谁。

"《红楼梦》里有个痴丫头，你都不记得了？"

"不对，你是傻大姐？"

"你对《红楼》真不熟习，里面的痴丫头就是傻大姐？痴与傻是同样的意思？曹雪芹花了很多笔墨写了一个与他的书毫无关系的人。为什么，到现在还不理解。但对我说，却很有意思，因为我觉得写的就是我。你说我是才女，也有人说我是天才的，似乎要我自己也相信我是天才之类。而所谓天才，跟外国人所说的不一样。外国人所说的天才是就成就说的，成就达到极点，谓之天才。例如恩格斯说马克思是天才，而自己只是能手。是指政治经济学这门学说的。中国所谓的天才，是说天生有些聪明，才气。俗话谓之天分、天资、天禀，不问将来成就如何。我不是说我毫无天禀，但以为我对什么不学而能，写文章提笔就挥，那却大错。我是像《红楼梦》里的香菱学诗，在梦里也做诗一样，也是在梦里写文章来的，不过没有向人说过，人家也不知道罢了。"

我们也谈到鲁迅。对于鲁迅，她有很独到而精辟的看法，出乎我的意外。话是这样谈起的。

我说："萧红，你会成为一个了不起的散文家，鲁迅说过，你比谁都更有前途。"

她笑了一声说："又来了！你是个散文家，但你的小说却不行！"

"我说过这话么？"

"说不说都一样，我已听腻了。有一种小说学，小说有一定的写法，一定要具备某几种东西，一定写得像巴尔扎克或契诃甫的作品那样。我不相信这一套。有各式各样的作者，有各式各样的小说。若说一定要怎样才算小说，鲁迅的小说有些就不是小说，如《头发的故事》、《一件小事》、《鸭的喜剧》等等。”

“我不反对你的意见。但这与说你将成为一个了不起的散文家有什么矛盾呢？你又为什么这样看重小说，看轻散文呢？”

“我并不这样。不过人家，包括你在内，说我这样那样，意思是说我不会写小说。我气不忿，以后偏要写！”

“写《头发的故事》、《一件小事》之类么？”

“写《阿Q正传》、《孔乙己》之类！而且至少在长度上超过他！”

我笑说：“今天你可把鲁迅贬够了。可是你知道，他多喜欢你呀！”

她笑说：“是你引起来的呀！说点正经的吧，鲁迅的小说的调子是很低沉的。那些人物，多是自在性的，甚至可说是动物性的，没有人的自觉，他们不自觉地在那里受罪，而鲁迅却自觉地和他们一齐受罪。如果鲁迅有过不想写小说的意思，里面恐怕就包括这一点理由。但如果不写小说，而写别的，主要的是杂文，他就立刻变了，从最初起，到最后止，他都是个战士，勇者，独立于天地之间，腰佩翻天印，手持打神鞭，呼风唤雨，撒豆成兵，出入千军万马之中，取上将首级如探囊取物！即使在说中国是人肉的筵席时，调子也不低沉。因为他指出这些，正是为反对这些，改革这些，和这些东西战斗。”

我笑说：“依你说，鲁迅竟是两个鲁迅。”

她也笑说：“两个鲁迅算什么呢？中国现在有一百个，两百个鲁迅也不算多。”

我笑说：“你这么能扯，我头一次知道。”

我们也谈《生死场》。

我说：“萧红，你说鲁迅的小说的调子是低沉的。那么，你的《生死场》呢！”

她说：“也是低沉的。”沉吟了一会儿，又说：“也不低沉！鲁迅以一个自觉的知识分子，从高处去悲悯他的人物。他的人物，有的也曾经是自觉的知识分子，但处境却压迫着他，使他变成听天由命，不知怎样好，也无论怎样都好的人了。这就比别的人更可悲。我开始也悲悯我的人物，他们都是自然奴隶，一切主子的奴隶。但写来写去，我的感觉变了。我觉得我不配悲悯他们，恐怕他们倒应该悲悯我咧！悲悯只能从上到下，不能从下到上，也不能施之于同辈之间。我的人物比我高。这似乎说明鲁迅真有高处，而我没有或有的也很少。一下就完了。这是我和鲁迅不同处。”

“你说得好极了。可惜把关键问题避掉了，因之，结论也就不正确了。”

“关键在哪里呢？”

“你真没想到，你写的东西是鲁迅没有写过的，是他的作品所缺少的东西么？”

“那是什么呢？”

“那是群众，那是集体！对么？”

“你说吧！反正人人都喜欢听他所爱听的。”

“人人都爱拍，我可不是拍你。”

她笑说：“你是算命的张铁嘴，你就照直说吧！”

“你所写的那些人物，当他们是个体时，正如你所说，都是自然的奴隶。但当他们一成为集体时，由于他们的处境同别的条件，由量变到质变，便成为一个集体英雄了，人民英雄，民族英雄。用你的话说，就不是你所能悲悯的了。但他们由于个体的缺陷，也还只是初步的、自发的、带盲目性的集体英雄。这正是你写的、你所要写的，正为这才写的；你的人物，你的小说学，向你要求写成这样。而这是你最初所未想到的。它们把你带到一个你所未经历的境界，把作者、作品、人物都抬高了。”

“这听得真舒服！”

“你的作品，有集体的英雄，没有个体的英雄。《水浒》相反，鲁智深、林冲、杨志、武松，都是个体英雄，但一走进集体，就被集体湮没，寂寂无闻了。《三国演义》里的英雄，有许多是终身英雄，在集体里也很出色，可是就在集体当中，他也是个体英难。没有使集体变为英雄。其实《三国》里的英雄都不算英雄。不过是精通武艺的常人或精通兵法的智士。关键在他们与人民无关，与反统治无关，或反而是反人民的，统治人民的。他们所争的是对人民的统治权，不过把民国初期的军阀混战推上去千多年，而又被写得一表非俗罢了。法捷耶夫的《毁灭》不同，基本上是个人也是英雄，集体也是英雄，毁灭了更是英雄。但它缺少不自觉的个体英雄到集体这一从量到质的改变。比《生死场》还差点儿。”

“你真说得动听。你还说你不拍！”

"且慢高兴,马上要说到缺点了。不是有人说,你的人物面目不清,个性不明么?我也同感。但这是对小说,对作品应有的要求。如果对作者说,我又不完全同意。写作的第一条守则:写你最熟悉的东西。你对你的人物和他们的生活,究竟熟悉到什么程度呢?你写的是一件大事,这事大极了。中国的民族革命的个体到成集体英雄。集体英雄又反转来使那些不自觉的个体变为自觉的个体英雄。不用说,你写的是这大事中的一件小事(大事是由无数小事汇集而成的)。但是你作者是什么人?不过一个学生式的二十二三岁的小姑娘!什么面目不清,个性不明,以及还有别的,对于你说,都是十分自然的。"

她掩着耳朵说:"我不听了。听得晕头转向的。"一面说一面就跑了。

写《萧红选集》序,像本文开头所述,我是不胜任的。现在病卧在床,无力把《萧红选集》通读一遍,更深的研究,更谈不上。就把这与萧红同志的三段谈话回忆出来,聊以充数。这些谈话,一面虽是言犹在耳,景犹在目;一面究竟也相去四十多年,不免有些记不完全了,但有的地方,由于现在加了一些补充,或者反而比当时更完全了。

第一段,说明萧红虽然是我们大家公认的才女,她的著作,全是二十几岁时候写的。但要以为她是不学而能,未曾下过苦功,却是错误的。这种错误看法,很容易阻碍青年学习写作。"我没有萧红那种天生的才能,学习写作就学不好。"这样一想就万事都休了。

第二段,可以看出萧红是怎样推崇鲁迅,尤其是鲁迅的杂文。她用了旧小说上的某些陈词滥调,简直像开玩笑似的。但那些陈词滥调经她一用,都产生了新意,而且十分贴切真实,而又未经人道。由此可以看出萧红对鲁迅,对文学艺术,乃至对历史社会,乃至对其他的人和自己的一些作品的看法来。

第三段,是我对萧红的作品的看法。之所以只谈到《生死场》,那是因为我当时只看过她的两本书:《生死场》和《商市街》。以后虽然也看过别的,也不毫无所见。但那是以后的事,不好把它混到这里来。好在《生死场》是她的最具特色,当时的影响也最大,也就是成名作,代表作。

这究竟算是《萧红选集》序呢?还是算对一个文友的逝世快四十年的纪念文呢?

1980年8月15日于北京邮电医院

乱离杂记

——序《萧军萧红外传》

锡 金

“宁为乱离人，不作太平犬。”这诗句很普通，不记得这是谁的了，想来想去，忽忽悠悠，好像古来并未曾有过这样一位诗人，那么，这难道竟是我自己胡诌出来的吗？

我这一辈子，不，应该说是我们这一辈子，而且应该说是我们这一辈子的前半生，就说是在建国以前罢，所经历了的都是颠沛流离的生活。当然也有的人不是，可是我们却都是。从我已经能够充分记事的时候起，记忆里塞满了战争、逃难，战争、逃难。我们倒不是一些怕死鬼，我们是给战争驱迫着流徙的，因为既不能赴难，也就只能逃难了。但有时，在我们的刳洗过鲜鱼的水盆似的记忆里，也偶然会泛起几瓣带着血丝的闪光鳞片，就不免想起一些令人伤痛的往

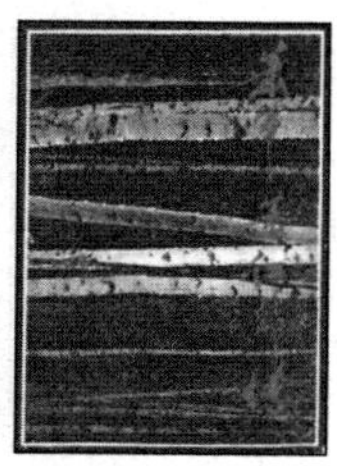

《萧军萧红外传》，庐湘著，北方妇女儿童出版社1986年11月版，32开，231页，插图7幅。另收锡金《乱离杂记》（序）、庐湘《后记》2篇。

事。可是那也只好像在我十二岁那年的冬天，随母亲在一艘特雇的航船里，带了一位明知即将要牺牲的烈士的白发老娘，要在暗夜里通过一个县城的北水关的闸门似的，谁都沉默不语。那时，什么都不能说，也没法说。

我们那时并没有畏惧黑夜，我们只在黑夜里盼望着阳光，相信能有明朗的天。

我们只是由于时代和历史的播弄，才从天南海北走到一起，并且很快又分开的。我们尽管在见面之前并不相识，这也并不妨碍我们可以"一见如故"。其中可以有些所谓"文字因缘"之类的原因，也还可以有许多别的缘故，使彼此都可以放心。只要具备了那些条件，那就可以只因同是天下乱离人，也就相逢不必曾相识了。

已经记不清我和二萧相逢的具体日期，但那一定是那年的"九一八"前后，淞沪的前线已经紧张，而南京尚未沦陷的时候。萧红的最后一部小说《马伯乐》是一九四一年在香港写的，到年底她病重了，似没有写完。我在一九八二年才读到此书，书中的第二部写了马伯乐一家由上海西站（过去叫梵皇渡车站；茅公说，郑振铎刚从铁路学院毕业出来时曾在这车站打过红绿旗）登车，经由当时的苏嘉路转沪宁路，再从南京登轮到汉口的经历。此中，当然有不少是她自己的逃难经历。不过，读者不应该太拘泥，我们应该知道，她这一路是和萧军同行的，而在小说中的同行者，却是马伯乐，一位颇具性格的大少爷。萧军这个人物，在第四章中也出现过，那就是他们去吃烤鸭前在隔壁被宪兵盘问的那个"客人"。那三个孩子当然也完全是为了衬托马伯乐而平添上去的，我们知道，萧红一生只生过两个孩子，都没有带大。她写的到达汉口，遇到江汉关的检疫船的情节是真切的，我就是在那艘检疫船上第一次见到二萧的。

那时，我和乃超、罗荪正在武汉办《战斗》旬刊，他俩每天都要去民政厅和邮局上班，而我自由些，因此跑印刷所发稿和校对之类的事都由我担负了。我住在武昌，当时的轮渡是到夜晚十二时就停开了。我的事情多到干不完时就回不去，要住旅店没有那么多钱，而且也嫌它脏，怕有传染病，就只好借江汉关的检疫船"华佗"号过夜了（顺带说一句，那艘船漆得很特别，是嫩黄色的，不是白色的）。船上的检疫官叫于浣非，是一位东北老作家，他的年龄好像比穆木天还大些。他也写诗,取“国破家亡宇内飞”之意,所以当时的笔名叫宇飞,后来不知去向了。大约他是罗荪他们在哈尔滨搞“蓓蕾社”时的同人吧?那时他在海关上当医官,还在东北军的《大光报》里兼有职务,我就是这样和他认识的。他吩咐船上的人接待我,让我享用船上一个舱和一盏可以提来提去的桅灯;我在船上过夜时,就用它照亮,看完明早必须交出的校样和写完全部补白文字。到一切都搞齐后,我就和衣在船舱中窗下长条凳上睡一觉。我第一次见到二萧,就是有一次在这条船上过了一夜的清晨。

那天,我醒来时觉得船身有些摇晃,已经离岸起航了。我着急着登岸去送稿,宇飞却说有船进港要去检疫,放那些新来的难民登岸。船已开到江心,我也只好跟着他去检疫了。我们靠上了一艘不足千吨的黑色的不大的船,从船舷攀绳梯登上了甲板,宇飞检疫去了,我就在甲板上观望那一幅乱糟糟的流民图。在我面前,有一位年轻妇女坐在她的行李上,双手支膝,捧着头,在她的双足之间是一摊呕吐出来的秽物;在她的身旁,站着一位双手插腰的个子不高的精壮的汉子。我想,这里不就是现成摆着的霍乱患者吗?宇飞转了一圈回来了,看到他俩,惊喜地叫起来:

“噢,是你们!不要紧,上我的小船。锡金,你先招呼一下他们,我就来。”

我就扶着那位妇女跨过栏杆下了华佗号,而那位汉子也把行李都搬下来了。宇飞那时蹲在那里用一个玻璃盒把那摊秽物取了些样。我把那妇女扶到舱里,让她在窗下的长凳上躺下,她却摇着头,表示不要躺,我也没有勉强她躺。过了些时,宇飞回来了,华佗号也就向江汉关驶回了。他们三人谈了一堆互相问讯和阔别的话,我也没有听,心里只着急早些登岸去印刷所送稿。船将拢岸,我没等缆绳系定就跳上趸船匆匆走了。

再次到船上借宿时,宇飞和我商量,说那天难民船上遇到的两夫妇是他的老朋友,在武汉要找个住处。——那时,各方面的难民都自北、自东、自南向武汉涌来,有很阔气的也有很艰难的,有从空中来,有从水上来,有从陆地坐火车来,也有步行而来的。这立时造成了武汉的房荒,居住成了问题,付很大的代价也找不到房子。码头的石壁上贴满一块块纸条,有寻人的、找房的、招租的,还有“征求伴侣”的。后者惹得彭慧很生气,她写了一篇文章,题目叫《客气一点好吗?》。宇飞说他们要在武汉住下去,男的叫萧军,女的叫萧红,要找个可以安定下来的住处。他听说我在武昌住得比较宽绰,问我能不能安置他们住下。对二萧,当时我还没有读过他们的《八月的乡村》和《生死场》,但我从上海的一些刊物上读过他们的作品,觉得倒是应该帮他们一下忙的。我说我在武昌住两间房都很窄小,分别做了卧房和书房;如果他们实在找不到住处,我可以把卧室让出来,自己住书房。宇飞还问房金怎么算?我介绍了那房子和自己的生活情况:那是一幢新落成的独门独户的宅院,由我和在财政厅工作的(都是同乡的同事)四家合租了,我分租了其中的坐西朝东的厢房两间。在这之前,我原和两位也是同乡的独身同事一起过共同生活,他们中有一位姓张的同事比我年长,看我不大会料理自己的生活,便把我的生活给包下来了:他代我领取薪金并支付生活费用,过几个月结算一次,多退少补,对我照顾得很周到;这样的生活方式我还得维持下去,不然对我不方便。房金在我的生活费用中只占五分之一,如果我收取二萧的房金便变得要自己管理生活了,倒反增加麻烦。况且,他俩在逃难中,不如我的生活安定,所以,不必计算这区区的房钱。这样便谈定了,二萧搬进了我在小金龙巷住处的内间,而我迁入了外间。

我原在巷口水陆后街武昌美专对门的一个包饭作里包饭,洗衣作里洗衣,包的饭当时是最低价格的,每月只花费四元五角;因为我经常要跑汉口,回不来,去吃的时候并不太多,而到无钱在外吃饭时,又非有个吃饭的地方不可,免得在外面撞饭吃。二萧在家做饭吃,萧军当采办,萧红做。萧红看我每天的饭吃不好,就说反正我吃不多,只要略加点米面,就在家吃得了;天气渐冷,她不习惯到厨房去和邻居在一起做饭,就在卧室里安了个炉子做。这样我就和他们一起吃饭了,如果出外回不来,就告诉她少做些。她给自己和萧军洗衣服时,也带着把我的衣服洗了。

我们三人在一起生活很和睦,我不在家的时候多,正好每间屋里都有个书桌,好让他们写作。我那时在财政厅有个第一科科员的职位,办公处虽近我却不每天去上班,因为从一九三五年起,我已摸出了国民党政府的一些门道和规律了。我把好些事都托付给一位叫张富祥的“工役”办,每天早上都应该去“画卯”(在签到簿子签到),张富祥恰好是管“卯簿”的,我便交个名章给他,让他拿出卯簿来时给我盖上一个,这样,我就变得每天都到得最早了,“考勤”时,我居然以“最优”被从办事员升任为科员。我是办全省的囚粮和恤金报销的,湖北省那时有七十个县,另外还有“反省院”等特种监狱，每个月总有一百四十多份表册由各县呈送上来，由我核算无误再转给审计去再审核报销。我思忖：我能审核出什么呢？县政府要从这两项上舞弊的话，是决不会在报销册上反映出来的，表册上的数字决不会错，——如果查出偶有差错打发回去改正了再送回来，如果原来内中有弊的话岂不是帮同他们掩盖了吗？——我打了好几个月的算盘，果然一份错的也没有。表册是一式两份，我就用油印公事把一份转去给审计处，另一份批上“存候备查”四字归档；如果出了什么问题还可以提出来复查。这都是一些富有经验的同事教会我的，我把那些简单的事都托了那位工役代办，每月给他一定的钱作为酬劳。这样，我就能腾挪出许多时间来，读自己要读的书报，干自己要干的事。我经常跑汉口，有时半夜回来灯还亮着，萧军还在写他的《第三代》未睡，懒得站起来给我开门，唤萧红起来开。她披着棉袄睡眼惺忪地到后门打开让我进来，悄悄地骂我一声：“你这个夜游神！”

《马伯乐》中写到的一段武汉的生活，几乎完全是为刻画马伯乐这个人物而虚构的。虽然一个作家无论如何也不能排除掉把生活的经历写一些进作品去。例如，在我们住处的附近确有一处卖包子的地方，在附近一带很有名，因而买卖很好。它在一个深宅大院里，由一个老寡妇领着两个女儿每天中午发卖包子，顾客把那胖胖的大姑娘叫“大包子”，把那娇小玲珑的小姑娘叫“小包子”，生意做得“古板”，就像小说里写的那样。可是门口并不挂什么“未必居”的牌匾。又如，小说里写到在江岸有成千上万的军队赴前线去，十冬腊月还穿着单裤，冻得个个打抖，这也是实景。可是地点是在汉阳门，而不能是江汉关；同时，记得那是云南军，不是广西军，我问了的。广西军的装备要好些。还有紫阳湖那个地名，那是乃超当时的住处，二萧去临汾前也曾在那里住过，不过小说里的情节是虚构的。

看来，萧红是集中要写马伯乐这个人物，尽量避免了把当时实际生活中来往得真正比较密切的人物写进作品里去。故而，小说中的武汉生活几段，就不能不写得比较单薄了。看来，我应该努力根据记忆，记述下当时的一些生活情况来。

我后来才知道，二萧是应了胡风之约，到武汉来同办《七月》半月刊的。他俩似乎到达得较早，《七月》的同人以后才陆续地到齐，在我家开过几次会。说实在的，胡风给我的印象不怎么好，或者说，我不喜欢他。不知怎的，我总觉得他写文章有点装腔作势，待人有些婆婆妈妈，倒不是在那时的政治思想上和他有什么分歧。还有点微不足道的事，那时，鲁迅去世还不久，我们尊敬他，都称他为“鲁迅先生”，他们相遇时却另有一种特异的称呼，略其本名而单称为“导师”。我当时听了觉得别扭，因而遇上他们集会，虽然并未排斥我，我也声称有事而离开。后来像大家知道的，胡风蒙冤受屈，我也曾因而受到隔离审查，我写了材料，证明那时经常与胡风一同活动的一共七人，有六个是在次年一月同一天同一列车去了临汾的，我是去车站送行的人中的一个，这说明他们绝不是什么团伙。现在，胡风也已经成了古人了，我还能想起他当日的音容，好像还在眼前。愿他已得到了永远的平安。

其实我那时也真的常常有事：除了办《战斗》外，我还参与刚建立的“战斗书店”（在那里我有可供写作的书桌）和后来被称为“时调社”的活动；后者，那时正在推行着诗歌朗诵运动。萧红也参加了我们的诗歌朗诵活动的，那时有梁韬在汉口市广播电台工作，他给我们安排了每周一次大约十分钟的节目，由我组织人去朗诵。电台的技术还比较幼稚，不懂得预先录音和计算好时间；我们从休息室步入地上铺着红地毯、四周围着隔音的纸墙的大厅里，手持自己带去的诗篇，面对扩音器而立，红灯一开我们准备，第二次又亮就开始念，第三次再亮是通知准备结束，最末第四次亮就全部完毕，你再念听众也听不到了。这很紧张，况且事先也没有练过，可想而知一定难以念好。但是当时大家还是很积极，记得第一次播音回来，萧红问我感觉如何，我回答说：“不错。”其实我那时并没有信心，我觉得那样的播音很没有把握，自己完全听不到效果，如果听众听了不满意，把收音机闭了我们也不知道。我们那时的诗歌朗诵只是在作尝试，萧红是不止一次勇敢地参与了它的开端的。我们坚持了大约个把月，没有能继续坚持下去。现在回想起来，倒不能不想起冒着风险给我们安排节目的梁韬，一九四六年在淮阴听得刘江凌告我，他们在武汉沦陷时是雇了一辆人力车同行的，梁韬后来是倒毙在途中了。

在小金龙巷住着，常来探望二萧的有他们在青岛时期的朋友张梅林。他就住在附近，因为我和他并没有共同的话题，所以没有深谈过。也曾与二萧同去过他的住所。但我总是比他们忙，——我原来也不那么忙，可是在那年“七七”前后，听从乃超的教导，按他的指挥活动，开始参加青年活动，后来抽身出来参加文化界活动，就更加忙起来了。——因此交往不多。过了不久，记得《七月》已经创刊，我们的住处来了一位西装长统靴的年轻人，留着很长的鬓角，脑后的长发几乎盖住脖子，颜容憔悴，举止羞涩，模样很像现在所谓的“八十年代青年”；不过，那身西装是当时的流行式样，填了很高的肩，几乎两肩都平了，所以我们开玩笑，叫他“一字并肩王”。我给他取了个四个音的好像是西班牙文的名字叫Domohoro，但平时为了省便，只叫他Domo。他是《七月》同人的后来者，省视了我们的环境，想住进这个地方来；二萧对我说了，我以为自己反正在家的时候不多，也方便他们活动，就同意了。向邻居借了一张竹床，一张小圆桌，让他在书房里睡。我们就这样变成四个人的共同生活了，还是萧军买菜，萧红做饭；我通常吃了早饭便往外走，在家吃午饭的时候不多，至于晚饭，几乎都不在家吃。

我们的生活仍是很和睦的。有时还唱唱歌（中国的、外国的，萧军还会唱京戏、评戏和大鼓书），跳跳舞（二萧都会跳却尔斯顿，还会学大神跳萨满舞），引得同宅院的邻居孩子都扒着窗户看；也时常开玩笑和抬杠。我们议论中外古典名著和文艺问题，讨论时事和分析战局，谈到如果武汉守不住，大家怎么办？有人说，可以组成个流亡宣传队，虽然只有四个人，倒还多才多艺，能唱歌、朗诵、演戏、画画，能写标语和传单，还能写文章写诗，大概流浪到哪里都能拿出一手；有人说，如果不行也能开个饭馆，干重活萧军能包了，上灶有萧红，Domo和我可以跑堂，保证能把顾客侍候好，我们还能创出几样名菜来，比如说“萧红汤”。——其实那就是一种俄国菜汤：白菜、土豆、番茄（或胡萝卜）、青椒、厚片牛肉大锅煮，也可以加些奶油和胡椒面。这在上海叫“罗宋汤”，哈尔滨叫“索波汤”。——易做而好吃，营养也丰富，内地人不懂得做，可是他们还喜欢吃。饭后闲聊着有时也抬杠，有一次竟把萧红气哭了。那是萧军故意发的谬论，他提了个问题：什么样的文学作品最伟大？大家就闲聊起来。可是他忽然发了个怪论——当然这只是开玩笑——他认为：文学作品中以长篇小说为最伟大，中篇小说次之，短篇小说又次之；剧本要演出来看，不算它；至于诗呢，那最不足道了！他又联系了在座的人，举例道：“我写长篇小说（他那时正在续写他的《第三代》），最伟大；Domo的长篇小说给日本飞机炸掉了（这大约是指他的《大地的海》，已交给开明书店出版，听说在江上被炸掉了，他正唉声叹气，下决心要重写），那要写出来再看；萧红也要写长篇（那时她已经开始写她的《呼兰河传》，写了一章多了），我看你没有那个气魄；锡金写诗，一行一行的，像个什么？”他翘起了个小指头：“你是这个！”我懂得他在逗我，没理他。可是萧红和Domo却与他争论起来，萧红最激烈，用许多理由对他进行驳斥，也说了些挖苦的话；Domo不搭他的茬，却绕着弯儿说萧红是有气魄的，不过那气魄还没有充分地显现出来。我也搭上几句，说他简直胡言乱语。抬杠抬得很热闹，大声吵吵得有些像吵架了。这时胡风来了，问我们吵什么，问明白以后，他笑笑说：有意思，有意思，你们说的都有合理的地方。可以写出来，下一期《七月》可以出一个特辑，让读者参加讨论。快发稿了，你们都写出来，三天后我来取。“争论”结束了，他也告辞离开了。三天以后的上午，胡风来取稿，谁也没有写，可是萧军却交卷了。胡风坐在我的床上翻阅着萧军的稿，边看边点头，说：“对呀，对呀！”我们惊讶了，问怎么能说对呢？胡风说：“读几段罢：衡量一个文学作品可以从三个方面，一是反映现实生活的广度，二是认只生活的深度，三是表现生活的精度……这对嘛！”萧红一听气坏了，大叫道：“你好啊，真不要脸，把我们驳你的话都写成你的意见了！”说着就涕泗滂沱地哭了。萧军大模大样地说：“你怎么骂人，再骂我揍你！”萧红还是哭着，握拳狠狠捶他的背，萧军弯腰笑着让她捶，说：“你们要打就打几下，我不还手，我还手你们受不了。”人们常说萧军粗鲁，动不动就打人，甚至说什么他常常把萧红打得鼻青脸肿，我可只见到他被萧红打过，他没有还手。一九八二年，我在哈尔滨遇到方未艾，他和萧军是讲武堂同学，是二萧在哈尔滨邂逅结合时的老朋友，我和他讲过这个故事，他说，萧军打人是打的，他只打坏人，不打好人。我想他说得对。其实，我也见过萧军哭鼻子，记不得那时是否有Domo了，有一天萧红弄了许多菜，还做了拿手的葱油饼，要我一定回家吃饭，因为这一天是萧军的生日。我特意赶回来了，我们酒酣耳热，萧军慷慨高歌，继之以号啕大哭；我劝阻他，他说：“今年我三十岁了，还什么都没有写成啊！”

我们不但生活得和睦，还兴高采烈。

这里要记入Bon（这是她画画的署名）的一些事，这不仅因为她曾与我们有过短暂的共同生活，而且因为她与二萧有一重特殊的关系，因而二萧特别关心她，她本人却并不知道的。一九三八年度后她“失踪”了，人们长期不知道她到哪里去了,认识和不认识的人常来向我打听,我也不知道。——直到一九七八年底,我才从特伟的口中得到信息,她已经病故于台湾了。这信息是可靠的,特伟因为知道我也关心她,特意从北京西苑饭店打电话约我见一面,告诉我的。——我在这里插入的Bon的事情有的与二萧并无关系,这不过由乱离时代的生活不大容易被太平年头的人们所理解,并记在一起,也可以帮助大家看到,那究竟很不相同。

一九二六到一九二七年间,我父亲和他的同学(我叫邓伯伯)同在暨南大学任教,租住上海真茹车站迤南的梁家花园,房主是一位广东富商。Bon的母亲是一位知书识礼的姨太太,她是长女或次女我弄不太清楚,因为那个家庭的情况比较复杂。她大约比我大一两岁,有时在一起玩,我叫她姐姐。北伐军逼近上海,我们两家都迁住闸北福生路,与老靶子路上的梁家邻近,仍有往还。后来我家迁住沪西,才断了。听邓伯母说,她由于反对父母的包办婚姻,从家中逃走了,不知下落。十年后我们在汉口重逢,已经不相识了。她的漫画宣传队,队长Y君是她的“丈夫”,——她并不承认这一点。要知道,“五四”以后有许多新女性,为了保持自己的独立人格,是可以和男子同居而不承认是对方的“妻子”的。这并不稀奇,我认识的这样的女子就有好几位。——那时Y君还滞留在南京未来,她是随了宣传队先到的。我和她相见的机会还不少,有一次在武昌街头遇见,她要我请她吃饭,我说可以;天下着雨,吃完饭雨下得更大,我要送她到汉阳门码头去过江,她发愁过了江的路更不好走,踌躇着;她忽然站定,在街灯下抬起头来问我:你这人不会胡闹吧?我不懂,说:我从来不胡闹。她说,那好,我们去找个小旅馆谈它一个通夜吧。这样,我们在斗级营找到一家小旅馆,刚好有个两张铺位的小房间,就各自脱下湿棉衣,晾在椅子上,钻进了各自的棉被,谈了一夜,从当前的事谈到过去的事。我们互相认出来了:“是你啊!”——几十年前的事早过去了,我敢坦率记下,因为我们确实没有胡闹。

Bon到小金龙巷来找我,我介绍她和二萧及Domo相识。她很欣赏墙上钉的萧红过去的风景画,因而她俩一谈就谈得很投契。萧军也殷勤地停下他定时的写作,陪大家座谈。后来我才知道,二萧的对Bon这样热情,是由于他们虽然不曾识面,可是他俩都知道她,因为他们知道她有个外号叫“鸽子姑娘”,那是他们在哈尔滨的故友金剑啸烈士(今年,已经是他在齐齐哈尔就义的五十周年了）告诉他们的，她和金剑啸是有过并不一般的感情的。金剑啸是到上海学画时和她认识的，他回到北国以后，还写过一些怀念她的诗篇。

我们谈着，Bon不无忸怩地提出，想搬到这里来和我们同住。二萧立刻表示欢迎。我倒有些为难了：这里只有两间房，二萧住一间，Domo和我住一间，她来怎么住？萧红说：那好办，Domo住到我们那间去，她住你这间。我说，那不好，文艺界的嘴巴杂，有了闲话没法说清楚。Bon说，你去看看我的住处吧，你去看了，一定会同意我搬来住的。二萧就催促我去看她的住处，说要是看了真不行，索性就帮她把行李搬来。吃过饭，我就送Bon回去，连带看看她的住处。一看果然不行，一间偏厦，墙壁已经有些倾斜，屋顶漏着天，砖地是湿的，长了些霉苔；空朗朗的一间比我们的略大些，当中放一张双人床，床上是两个枕头和两条被子，靠窗是一张桌子和一把椅子，行李和箱子搁在比较干燥的墙角的两条长凳上。原来她借住在Y君的一个男朋友家，晚上他不回来睡，可是每天清晨都得提前起来让给他睡。这使我明白那天雨夜要送她过江，为什么她那么发怵了。我问要不要等他回来告诉一声，Bon说："不用，他现在出去了，今晚也不一定回来，给他留下条子就行了。"我就帮她从床上把一条被子和一个枕头抽下来，从行李堆上找出她的褥子、床单之类，把行李打好。又把那大床整好，拎了她的箱子，雇了街车，过江再雇街车回到小金龙巷。回家大家又忙了好一阵，把Domo的行李搬到二萧的大床上，他们三人睡在一个床上；Domo的竹床就让给了Bon。这是在乱离中没办法，才这样办的；我们的关系很清白。在承平年月，人们不大容易理解，可是我们这些人就是这样过来的；今天记下这些，就是让大家通过这个侧面，了解"战乱"的含义。娘儿们总比爷儿们爱美，她和萧红张罗起布置房间来。Bon从箱子里抽出一块方格子花纹的绸子，蒙上那张小圆桌做台布（她说，她特别喜爱方格子花纹，过去常穿那样的衣料做的衣服。她拿出好些保留下来的过去的照片给我们看，有格子花纹的衬衫，有格子花纹的裙子，我领会了她的所以被称为"鸽子姑娘"，其实是"格子姑娘"）；又掏出一个瓷瓶和一个陶钵，说是可以插花和存放烟头，不许我们随地乱扔，好像成了一位新来的主妇。萧红做饭和洗衣服她也插手，还计划着要买这买那，说是要给我们做广东菜吃。她看见我的抽屉里有画色粉画的纸和色粉，就张罗着要给我们每个人都画一张速写像。先画了Domo，他头发长，画得有些像女人模样，萧军说不要她画！Bon搬来以

后,我们更热闹了,有点儿喜气洋洋。

可是没有多久南京就陷落了,Y君也来到了武汉。他来找Bon,她说没有适当的房子不搬。我给他们去找房子。原来在我搬到小金龙巷来以前,是和财政厅的另二位独身的男同事,合租了长街上临街的没有开张的店面上房楼住的,那是并排两间,另一间由三位建设厅的女同事合租居住;以后我先迁出了,留下两位男同事中的一位和隔壁的一位女同事结了婚,以后据说都搬走了。每天走过那里,看到店面还没有开店,估计那楼上还空着,去一探视,果然如此。风去楼空,我们住在那里时铺的草编地毯还好好铺着。我去找房东商量,让Bon和Y君去租住,谈妥了,我们就帮着他们搬进去住。而Domo也搬回了原来的竹床。

一九三七年十二月九日,由于我的缘故,连累我的小金龙巷寓所的三位客人(还包括别的三位),受到了历时半天的羁囚。

这一天是"一二·九"运动的两周年纪念,我接到通知,要我在下午去参加江汉关前广场的群众纪念集会,会后还有游行。我原来不想去,因为乃超要我渐渐地摆脱武汉青年宣传队的一些活动,找到适当的人交付出去,完全过渡到文化界的活动来。但当时还没有能完全交付得了,这样的大会,似乎突然不去也不好。心想去露一面,得机会溜掉。我算准了大会差不多要开始时,渡江到会场,看到主席台上已经有人在讲话了,便在人丛中转了一圈,和认识的人打了招呼,就悄悄走开,到附近两仪街的一家电影院买了票看一场电影,睡它一觉;估计那时大会已经结束,群众已经游行了,我就乘这机会渡江回家。不料电影散场时我回到码头,轮渡边聚集了不少年轻人,认识我的就围上来,问我对游行中刚发生的事件有什么想法。我只好老实说我没有参加游行,因有事走开,现在马上要赶回。又一班渡轮拢岸了,我被手里还拿着三角形小纸旗的年轻人簇拥着上了渡轮的上层甲板,听大家说清了事件的经过。——这事件是次日没有见过报的。——原来游行队伍经过民权路时,有特务向队伍开了枪,打伤了一个姓刘的东北流亡青年。群众激怒了,一面涌上去抓那个特务,一面把负伤者救送了协和医院。他们紧紧地把特务追进了一家旅馆的二楼的一间房间,特务看看跳窗也跑不掉,就背窗持枪而立,说自己是奉命干的,如果群众再上前他只好再开枪,但群众还是把他抓住了。宪兵队来了，又把特务提走了。大家七嘴八舌地问我，这事该怎么办？猝然间，我也没有人好商量，就说，不该把抓住的特务交给宪兵。大家又问那现在怎么办？我说，回到学校去发动同学，去医院慰问一下负伤者罢。这时人群中有个身穿黑色衣服、贼眉鼠眼的人冷笑着问：那还有什么用？我说，为什么没有用？抗战发生还不满半年，在抗战的战时中心就发生这样的事，岂不应该警惕？游行的人究竟还是少数，我们该让更多的人知道，记住这事！大家认为对，船到码头，便纷纷散了。我回到家中谈起，大家都很气愤。

次日上午，财政厅帮我管开销的（这开销的项目很多，有平时谁过生日、做阴寿、婚嫁、丧事的送礼，和同事间有急用请了“会”、付月份和收款等类）同事张鹤暄给我送结余的薪金来，我请他上街吃饭。刚走到长街（那时已改名中正路），背后有人拍我的肩，叫我“蒋同志”，——那时人们间的称呼已经没有叫“同志”的，——我回身一看，是两个不认识的人，对我说，罗隆基先生请你，在前面冠生园里吃饭。我和罗隆基只是在一起开过会，尽管也偶有坐在一起的时候，没有谈过话，他没有缘由要请我吃饭；况且，我知道他那时在“大本营第六部”工作，前几天传说他被扣押起来了，一听就知道事情奇怪。我说，我不认识罗隆基，你们认错人了，谢谢，我不去。回身要走，前面又有两人挡着，说非去不可，跟我们走。我看走不掉，便对张鹤暄说：你去告诉子韬（冯乃超那时改名冯子韬，张也认识他），说罗隆基请我吃饭去了，快去。四个特务前后押着我走，没顾上张鹤暄。他在后面跟了我一段，遇见张富祥，叫他跟着看到什么地方。张富祥看到我被押进了军人监狱。其实，我被押进的是军人监狱的后院反省院，记得那天是星期天，办公室里没有人，特务叫我在办公室坐下，拿张白纸要我写个条子，说我已到了，让罗隆基来见我。我寻思反正我和罗隆基没有关系，不怕，就在纸的当中写了自己的名字；一想该防止他们用我的签名做什么文章，就在下面添写了个“到”字，并且在上下各加了圆圈，成为：

○蒋锡金到○

特务拿了那张纸走了，就一直没有再来。有个人影晃过，还向窗里探望了一下，我瞥见那就是在船上向我发问的贼眉鼠眼的人，心里明了一些因由，就坐下考虑怎么对付他们。还是没有人来，我就起来在满屋子转转，当然那桌上和书架上的东西我都不去动它，却也看了墙上悬挂的《反省十则》，知道他们是干什么的了。我转到后间，见有一人躺在藤椅上看书，我走进去他吃了一惊，那本书叭嗒一声掉在地上，我一看是《毛泽东自传》（这是当时单印出版的斯诺的《西行漫记》第九章）。我问：你是谁？他说他是在这里值班的。他问我从哪来，我说我是你们请我来吃饭的，为什么到现在还没有人来见我？他说，还没有吃饭吗？好办好办！他出去一趟带个人送来一碗面条和两个肉包子，我就都吃了。我找到了这人，就看住他，向他问这问那。我说我平白无故是不会走到这里来的，也进不来；我要问你，那请我进来的人是谁？他答不出来，去打电话，回来说不知道。我拍胸口佩带的省政府徽章（当时"合署办公"，财政厅是省政府四厅之一），说我是"公务员"，你们胡乱往这里抓公务员行吗？你们干的什么事！他连声道歉，又去打电话，还是没下文。天渐渐黑下来了，我有些着急，就盯住他吵，他也接连为我打电话。最后，笑眯眯地进来说："好了好了，一场误会。实在对不起，你可以出去了。"我大踏步就向门外走，到门岗被守卫用上刺刀的枪挡住了。我又回来找他，他说："噢噢噢，我送你出去，我送你出去。"直送我出了军人监狱的大门，还鞠躬说："有空来串门！"我也点头和他作别。

回到家里，灯光通明，满屋子的人。乃超和胡风，还有别的人都在。原来我出了事之后，二萧和Domo也出事了。这须分两头说。

先说家里这一面。我和张鹤暄离家后，他们已吃过饭，家里来了两位武汉的女子中学高中生，她们是来访问萧红的。正谈着话，几个特务闯进来，手里拿着我写的"〇蒋锡金到〇"的白纸，交给萧军，说是罗隆基在冠生园请二萧吃饭，蒋锡金已经到了，现在等他们去开席。萧军比较有经验，拿着条子很镇静地说，这不是什么请帖，我不去；你们有逮捕证吗？要有你就拿出来，有枪也可以拿出来；没有的话你给我滚，不滚我就揍你！特务还上来纠缠，萧军拔拳就把他打了，第二个特务上来，萧军就和两个特务打开了。Domo缩在一边不敢响，两个女学生都吓哭了。这时惊动了邻居去报了警，街坊也都来围观了；警察来了，看作是"互殴"把他们带到了派出所。临行张鹤暄赶来报信，特务说，原来你也不是好东西，一起带走。所以他们一同被带走的是六个人，拐上两个女学生。萧红说，Domo临行无可奈何地挟了一条毛毯，还从我的书架上抽了一部厚本的《新旧约全书》，好像准备去长期坐牢似的。他们六个人未经审问就押进了拘留所，特务当然是不会被关押的。萧军说，两个女学生在拘留所里直哭，说我们也不认识她呀，很可怜的。到天黑也未经过审问，就放出来了，他们比我早到家一步。互相问明了经过，萧军很得意地教训我说：你这样顺从地跟着他们走就不对，你就该跟他们打，打不过也要打，一打就成了殴斗，归警察系统受理，顶多关进拘留所，能找到；像你那样就是政治绑票，你“失踪”之后谁也不知道下落，杀死了也没法查证。我觉得他的分析是对的。不过话也得说回来，我们所以这样快能得到释放回家，还是亏时势之赐，是有人营救起了作用的。要不然，即使是关进拘留所里，那年月特务也是有办法很快把你弄到手，即使有短期拘留的记录那也不一定保证能查得出来的。

再说营救的方面。张鹤暄和我分手后就到民政厅去找到冯乃超，报告了这消息。——那时张富祥回去把看到我被带进了军人监狱的情况也告知了。——乃超要他去找当时的财政厅长贾士毅，他是政学系系统的财政专家，一位有名的学者，和我家是世交，我就是他向我父亲要来安插在他的厅里的。他能直接见到蒋介石，而那时蒋介石正在武汉，住在省政府左侧的“官邸”，乃超要张鹤暄找贾士毅直接去找蒋介石要人。贾士毅是去找了的，我被释放后他找我谈话，说他曾对蒋答应过三个条件：一、把在武汉办的刊物停掉；二、不再写文章；三、离开武汉。他问我打算怎么办？我说承蒙他营救很感激，不能让他为难。我打算这样办：一、刊物（即《战斗》旬刊，是由罗荪出面编的，它到次年四月才自动停刊）是朋友办的，我没法停掉，但我可以不写文章；二、我写文章可以改换笔名（事实上，我不但没有改笔名，还用本名公开编了两种刊物）；三、我可以迁住汉口，不住武昌（其实小金龙巷的房子我还一直继续租用，存放书籍和衣物）。其实那些事我都没有照做，因为那样的条件，国民党的昏聩官僚是无法检查是否执行了的。贾士毅便从财政厅给我开了缺（就是取消了职位），把我下放到枣阳县去当会计主任，月薪依旧，以维持我的生活；还可以不必到差。这样，他就给我设宴送别。除了贾厅长这条线，乃超还亲自去八路军驻汉办事处找了董老，由办事处对此事提出反对意见；如果这两种营救办法都达不到目的时，他还准备发动武汉的文化界提出公开的抗议。在“一二·九”事件之后，当时报纸上虽然扣住新闻未让发表，但形势对他们很不利，所以他们也只好偃旗息鼓，悄悄地收兵了。

还有些余波，那是事件发生后不几天的事。南京沦陷后，日寇溯江西上，一时战局很紧张，盛传蒋介石政府正由希特勒政府派来的德国驻华公使陶德曼作介绍，秘密与日本议和。文化界得知此事纷纷表态，许多报刊上都用红色大字套印上标语："议和者即汉奸！"这很使反动政府感到被动。于是由国民党"中宣部"召开京沪平津粤湘鄂的文化人在汉口市党部礼堂开大会，二萧、Domo和我都接到请柬，很多人都去了。这个会在报纸上是有报道的，当然不会太翔实，这里记下些依然鲜明的印象。这次会是由方治主持的，汪精卫也出席了，方治致开幕词后就是汪精卫讲话。汪说：现在许多报刊上都印了"议和即汉奸"的标语，这对不对呢？由兄弟看来，不一定对嘛！自古至今，有战必有和；哪怕是百年战争，怎么能只战不和呢？所以要看怎样的和，如果和了对民族不利，就怎么也不能和，一直要打到底；如果对民族有利，对民族远大的前途有利呢？这就应该及时而和，不能失掉良机；不然的话，那是要一失足而成千古恨，成为民族国家的千古罪人的！……云云。他说完了是李公朴讲话，没有搭他的茬。李先生刚从山西省回来，说了许多阎锡山的励精图治的情况，说了牺盟会在山西省做出的重大贡献，说了山西临汾将要办一个"民族革命大学"等等。在我听来，那是说给武汉的国民党大员们听，促他们省悟的。接着是洪深讲话，他讲得激昂慷慨，他说我洪深是江苏武进人，为了抗战大业，我已经做出许多牺牲了，家报传来，祖宅被敌人炸平了，父母被炸死了，我一点不感到痛惜，因为人人都愿为抗战大业做出牺牲，并非牺牲者只有自己。现在要讲和的话，就应该公开地讲，公开地说明白为什么在敌人压境之下委屈求和倒是对国家民族有长远之利的；如果讲不明白，这不能不让人想到……，我洪某人非给这种人算账不可，我要他们赔偿我的祖宅，我要他们还给我父母！他大声疾呼，声泪俱下。他讲完，汪精卫就站起向方治请求退席，并回身向会场点头，说：兄弟还有点事，各位继续畅所欲言；兄弟失陪，兄弟早退一步。又鞠了个躬，就走了。接着起来发言的是邓初民，老先生声如洪钟，提出了最近一些令人难解的事：就在武汉，纪念"一二·九"游行，听说竟有人开枪；还有前几天，居然还有几位青年作家被捕；我不认识，听说他们今天在场，不妨出来证实一下。他分析，在这样紧急的关头，政府还害怕群众，而抗战是非发动群众不可的。邓老说完，会场上有片刻静寂。接着有一位我认识的国民党省党部人士，站起来瓮声瓮气地发言。我看他喃喃呐呐了老半天，简直组织不成辞句，正想细听他想说什么，场中忽然有人站起，说

"兄弟也有些事,早退一下!"便扬长而去;二萧原来坐在别处,这时走到我身后,萧军拍了一下我的背,说"走!";我站起来,萧军斜睨着那发言的人低声对我说:"狗叫!"那人还呐呐地往下说,有不少人"抽签"走出了会场,留下的大都是官方人士,会场变得稀稀朗朗。

这些大会内容,次日报纸上一点也没有报道;而报道了的内容都是我们没有听见的。

到年底罗荪夫人周玉屏带孩子去了重庆,我就搬到汉口三教街他家与他同住;我就不必再借那"华佗号"过夜了。而乃超夫人李声韵这时也去了重庆,乃超也搬到汉口来和我们同住;他俩原来居住的紫阳湖畔的寓所也就让给二萧了。Domo那时住在何处,我记不清。小金龙巷的这段生活,就此告一段落。

不久二萧来汉口向我们告辞,他们接受了李公朴办的民族革命大学的聘请,要去临汾。当时流亡在武汉的年轻人很多,他们来自各方战地,对这个战时的革命大学非常向往,因此很有些人报名去学习,有的应聘去任教,成为一时的热潮。第一批(我不知道有没有第二批)出发的,大约有几千人或上万的人。我记得是和罗荪以及另外一些人去给他们送行的。那是在汉口大智门车站迤西的一个濒临汉水的不知是否叫玉带门的小车站,那是一个运载货物的车站,平时是不在这里装乘旅客的。天已墨黑,隔开很远才有一盏十分暗淡的电灯照亮着月台上密密层层的群众。即将出发的人和送行的人,一排一排,一圈一圈,人们互相不大看得清脸面。歌声此起彼落地唱起来,人们要用雄壮的歌声送他们进入大西北的浩荡的风沙里,送他们先走上战场。列车已经长龙似地傍着月台,这都是装载货物的铁篷车,中间是它的进出口;车厢里没有座位,只有铺地的铁板上有几堆稻草,这就是供给这些行将出发者睡卧的地方。"史无前例"中,河北省有"小将"来外调田间这一段历史,我说给他们听,他们不信,说那不是阎锡山用"专车"把他们接走的吗?我说是的,不过那并不是达官大员们乘用的"花车",只是不按照排定的次序开行的,不一定在哪一站停一下,又不一定停多久又开行,插空子行驶,终于能送达到目的地的专用列车而已。这次他们同行的一伙是六个人:二萧、Domo、艾青、田间、聂绀弩。《七月》的七个人走掉了六个,胡

风也在月台上送行。

月台上还有许多我认识的人，也是这一批走的，他们中有严辰和逯斐等，在另一个车厢。一声汽笛长鸣，列车就哐当哐当地开走了。

从他们的离去，到萧红和Domo重回武汉，其中约有四五个月时间，可以插进来记述些Bon的事。

一九三八年的一月三十日是丁丑年的大除夕，乃超、罗荪和我这“三条汉子”在一起过春节，也请雇用的女工给我们弄了点菜，买了点酒，在一起点缀一下生活。酒足饭饱之后无事可做，就三个人一同出去逛街，看看这战争年月汉口人怎样过年。原来除夕是“诸神下降”的夜晚，家家紧闭着的门前都陈列着点燃的香烛，还有一些碟子里装着的糖块和“欢喜饼”之类的食物。我们说，这么多，下降的诸神能吃得了吗？不如帮助诸神领受一些，让虔诚的献祭者看到也高兴一次罢。说干就干，就挑选着看来好吃的挨家吃过去，转了好多大街小巷，渐渐地吃不下，也有些走不动了，就意兴阑珊地回了家。回来了还不想睡，就坐着聊天。听得有从楼梯走上来的声音，叩门而入的是Bon。我们惊奇她深更半夜的来到，她说，是由于心烦独自出来散步，走过胡同口，心想我们住在这里，就走来看看，见到灯还亮着就知道我们还没有睡，就进来玩一会儿。玩什么呢？罗荪拿出一副扑克牌，我们就玩起二人以上多少人都可以玩的最简单的游戏“拉钩”来，这是一点也不须用心思的，谁手里得的“J”多谁就有利。玩了好几把之后正有点腻味了，楼下又有人上来，是平时不大见面的Y君。Bon问他来干什么，Y君说，我猜想你在这里，果然。他要求加入玩，Bon说已经玩腻了。我们说谈谈天吧，Y君就自己洗了牌，玩起那种很容易打通的带有占卜性的“4AS”来。边玩边谈天，玩了好几把，竟被他玩通了。他高兴得哈哈大笑，说这是他有生以来第一次打通的这种牌。天已显出薄明，他俩就走了。

他们走后，我们议论，觉得有些奇怪。因为这是年夜，怎么半夜里还在外面乱走呢？又怎么能过江呢？后来估计，他们也不住在武昌了，今夜是拌了嘴了。

Bon再一次来找我，是因为她的两个妹妹从河南信阳来到武汉，要我为她们安排个短期居住的地方。我说二萧他们走后，小金龙巷的房子还空着，如果不嫌交通不便,可以去住。我带她们去看了房子,并送她们住进去;她们看我正咳嗽,送来特地为我熬制的冰糖川贝炖鸭梨。

这年的四月,第三厅成立了,乃超进入第三厅第七处工作,搬去住了。我有事要商量,就常去三厅找他。这时,整个漫画宣传队也进入了第三厅的第六处,我每次去三厅,Bon得知,就到乃超的办公室找我。办公室人多,谈话不方便,乃超便吩咐他的勤务员,每到我去就把他的卧室开了,并到第七处去找Bon来和我谈话。这时Bon和我谈的,主要是她想离开Y君,并与我一同去延安。我说我可以给她办去延安的手续(那时吴奚如是周恩来同志的秘书,他在八路军办事处正管着这一类事),但我自己不能去,因为要办刊物(那时正办着《战斗》和《时调》两个刊物,四月以后,把这两个刊物都停了,筹备办《抗战文艺》。她说,到处都可以做工作,为什么非武汉不可?她和Y君在一起生活过腻了,想离开武汉走掉;他们本来不是夫妇关系,所以她是自由的,要离开就可以离开。我不能告诉她,我的工作是组织交的任务,不应该丢下工作与她同走;所以只答应她给她办手续,并且说,如果她怕一人走不便,我也可以设法在有人去延安时与她作伴。这样大约到了五月,有一天傍晚从第三厅出来,叫了一辆人力车打算过江;Bon从后面追出来问我到哪里去,并且要请我吃饭。我就下了车,与她缓缓地步行到在第一次我请她吃饭的那个饭馆里吃饭,要了一大碟炒鳝糊,我们一同喝酒。她追问我究竟和她一同去不去延安?她说,她在延安的熟人不少,有谁有谁,决不会纠缠着我不放的。我说,那你正好在有人去延安时结伴同去,没有必要一定和我同走了。她叹息了一声,说,你啊,不和我同走你会后悔的。我说,我没有什么需要后悔。我们叫了一份热干面,分成两份,把吃剩下来的鳝糊分浇在面条上,拌着吃完。我们在路边握了手,我就独自过江。

她那晚没有回第三厅,不久就从三厅传来消息,说她失踪了,我确实有点怅惘。有一天,我正独自在三教街楼上看稿编刊物,有人叩门,进来的竟是一位黑种人。我用英语问他找谁,他用汉语回答我说:找锡金先生。我说我就是,似乎不大相信,因为那天我身上穿的是有两条背带的蓝布工人长裤。我向他说明了确实就是,并问他找我有什么事。他说他是陈伊范(他是陈友仁的儿子,他和他妹妹舞蹈家陈伊兰的母亲都是黑种人),想求我让他与Bon见一面。我说我也不知道她在什么地方。他望着室内的双人床(这是罗荪的床,平时我们两人睡，乃超在一起时，我们就三人打横睡），摇摇头，表示不相信。说他是从莫斯科回国的，就要回去，只想和Bon见一面，决不告诉别的人是在我这里见到她的。我说我在这里和孔罗荪同住，我们每天都在一起，等一会儿他从邮局下班回来，能够帮助我证明这一点。他又说了许多，我还是说爱莫能助。他没有法子，只好伸一伸两只手，走了。八月间我和叶君健结伴到广州，出席《救亡日报》的会，人们问我几人来的，我说两人，大家说怎么那位女士没有来呢？我说与我同来的是男士，已经到香港去了。过了一两年，郁风到上海奔她父亲的丧，我陪她在静安公墓郁华先生墓前晒太阳，她问我怎么把Bon藏起来，藏了这么久？她责备我说：Bon是一位很有才能的画家，应该让她出来活动，不应该藏起来。我说：Bon是活人，你也是一个活人，能被别人藏起来吗？我确实不知道Bon到哪里去了，也不知道我是不是应该有后悔之处，我编的《时调》和《抗战文艺》的封面都是请她画的。白莽的《孩儿塔》的插画也可能是她画的，她告诉我她和白莽熟识，关系很好，可惜他死早了。许广平先生让我抄过白莽《孩儿塔》遗稿的复本（当时准备付印），我见过那些插画的画稿，也很秀气，但要写实些，不是毕加索的画风；Bon学毕加索画的画是后来的事，画上没有署名，因而无法证实它。萧红曾给自己的《马伯乐》画过封面，那画风也和她早期的画很不同，如果没有记述，那也很难识别那是同一人的画。

特伟告诉我Bon后来的简单情况如下：她失踪以后文艺界朋友很少知道她的下落；有人曾在昆明街头遇见她，谈过话，她不愿意把自己的地址告诉人，不想别人去看她；近年来与港台的来往渐多，有人曾在台北的街头遇见她，她和一位空军军官在一起生活，后来确知她已经作古了。她还能回来吗？

萧红和Domo大约是那年四月间从西北回到武汉的。在萧军的《侧面》（现名《从临汾到延安》）中，对他们的西北生活略有记述。他俩到汉口来找我还是为了要我帮助解决Domo的居住问题；我问起萧军的去向，好像他们说的是到兰州去了，我也没有问他们去干什么。我说：小金龙巷的房子我还租着，要住现在还可以去住。不过我已经有三个月没去付房租了，每个月的房租是十六元，现在要去付得付四十八元，现在我拿不出这个数目来。只要能拿出一个月房金来就可以住进去，反正你在那里住过，同住的人认识你的，你找哪家都行;另外的两个月仍归我付。Domo说他能付,我就把房门的钥匙交给了他。我问萧红怎么办呢?萧红说,她决定住到池田幸子(那时她和鹿地亘都在三厅工作)那里去。我说好,我就不管你了。

过一段时间,我去武昌付那两个月房租,捎带取些衣物(由于里间曾经Bon的两个妹妹住过,所以东西都在外间),取完东西和Domo略谈一会儿,打算要走,听得里间有个女声叫我,问我为什么不进去。我进去看见萧红睁着两个很大的眼睛,脸色苍白,好像有些害怕模样,躺在床上,盖着被子,就明白这是她要向我公开她与Domo的关系;这是私人生活,作为朋友,是没有什么发言的余地的。我说,因为不知道她在里屋,所以没有进来。她拍拍床沿让我坐下,说有件事要找我商量,要我帮助找一个医生给她打胎。因为那时搞人工流产是犯法的,医生要负刑事责任的,便说这件事我没有办法,其实我也确实没有办法。我问她几个月了,她说五个月了;我问是谁的,她说萧军的。我说晚了,有生命危险的;况且,是萧军的更应该生下来,这是一条小生命!萧红流泪了,她说自己一个人要维持生活都很困难,再要带着个孩子那就把自己完全毁了。说着泣不成声。我可怜她,说我认识的医生只有宇飞,你也认识的,我能找到他,请他来商量一下怎么样?她大声说,不要,我不要找他,不能找他!我就劝她还是生下来,并且安慰她说:也不要太担忧,孩子生下来总有法子,这么多朋友也不能看着你不管,可以托人抚养,也可以赠送给别人,好好生下来罢。我虽也为她忧愁,却没有再去看她,一则是忙,二则想:不是有Domo在旁边吗?他也有责任照顾她。

武汉沦陷前一共有两次战局紧张,先是南京沦陷,很多人都往重庆等上游地方搬,更远的就搬到昆明去;三四月间台儿庄大捷,人们欣喜若狂,许多已经迁去重庆的人又都回来了,李声韵就回来了,周玉屏没有回来。可是接着而来的就是"徐州突围",六七月间,日寇分兵五路钳向武汉,国民党政府发出了"保卫大武汉"的号召,但是人们,越是上层的人越不相信他们能保卫得住,于是许多达官要人带头(老舍去得晚一些)去重庆筹备搬迁了,而"军事委员会政治部第三厅"也准备着要搬迁。一些"个体"的文化人有路可走的也扶老携幼地纷纷走了不少;"保卫大武汉" 的口号喊得越高越响,越是造成人们的惶惶不安。王鲁彦、宋云彬和乃超都主张我进第三厅第五处工作,如此我好随同他们一同撤退;我却决意留守到最后,要看看"大武汉"

的沦陷是一幅怎么个景象。一天下午，萧红忽然坐了一辆人力车，带了个铺盖卷和小提箱来到三教街，来到楼上，只我一人在家。我问她怎么来了，她说她要搬到我们这里住。我问Domo呢？她说去重庆了。我问怎么不带你走？她说："为什么我要他带？"我想这也是的，没有理由非他带不可。我留她坐下，给她分析我们的环境情况：楼下两间住的是赵惜梦（原《大光报》的社长和主笔）一家，楼上两间由罗荪租用，它的后间原住一位体育新闻的记者，现在搬去重庆了，空着；为了防止住进闲杂人不便，我向老舍建议由文协租下，作为它的对外联络的场所。常有人来到这里，有时还在这里打小麻将（陈铭枢那时赋闲无事，就常在这里打牌），夜里还经常有人在这里借宿（这时已是夏天，摊几张席子打地铺；乃超夫妇在这里住就丢过钱）。所以，那一间太嘈杂，是没法住的。我们前间只有一张双人床，我和罗荪睡；乃超住这里时我们三个打横睡，用个长藤椅垫上书本搁脚；没法让你睡。萧红说：我住定了，我睡走廊楼梯口的地板，去买条席子就行。我说，席子倒有，可是那里是人来人往的通路，你睡不稳，别人行走也不方便。萧红就向我要了席子，打开铺盖铺上，我一看原来那被褥和床单、枕头都是我的。她铺好地铺就躺下了，我看她的肚子已经很大，样子很疲惫。我说你先休息吧，这事还得等罗荪回来商量，我不能做主。罗荪回来，我们三人一同吃晚饭，商量这事，罗荪说我们实在也想不出办法来，就让她住下罢。萧红就这样住下，她总在地铺上躺着。

武汉夏天很热，有几个人喊着我的名字上楼，要我请他们饮冰。我说我没有钱，你们请客我就去，他们说大家凑吧。萧红一轱辘从地铺上爬起来，说，我有钱，我请。我们就高高兴兴到了胡同口一家新开的饮冰室。萧红说大家可以随便要，我们就各自要了刨冰、冰激淋和啤酒，只吃了两元钱。萧红从手提包里拿出一张五元的钞票付账，女侍者送回多余的钱，她挥挥手说不要了，女侍者连连称谢。大家"作鸟兽散"，各归各地走了。我在回去的道上埋怨她太阔气，为什么这样大手大脚乱花钱？萧红说：反正这是她最后的钱，留着也没用了，花掉它也花个痛快。我批评她这太没道理，现在兵荒马乱，武汉还不知能保卫几天。日本军队不过在田家镇按兵不动罢了，如果一旦发动进攻，你想想那会是个什么场面？她说反正留下两元多钱也什么都用不上，你们有办法我也有办法。我说，最紧张时可能我人在武昌，江上的交通断了，我能顾得上你吗？她说，人到这步田地，就发愁也没有用，反正不能靠那两元多钱！可是，我确实为她发愁了。

我去了生活书店，由曹谷冰借给一百元；又去到读书生活社，由黄洛峰借给五十元；我说明这是代萧红借的，由她将来用稿子还，如果她不还由我用稿子还。拿回来交给萧红，说明钱是这样借来的，她得好好保存着供“逃难”用，不许乱请客！她苦笑着收下了。我还是不放心，又去找了乃超，说萧红这样留在武汉不对，应该想法子把她送走；乃超同意，说声韵过几天得去重庆，让她们俩结伴走罢。我这才放下心。

适夷从广州来信，要我去那里帮他办《大地》文艺月刊；党小组也同意我去广州“开辟第二战场”，给我开了介绍信。这样我便决意不进三厅，去广州了。我与叶君健结伴同行。临行那天中午，乃超、罗荪、萧红等人在一个江边的酒楼上为我们饯别，他们一直送我们到去徐家棚车站（这是那时通行不久的粤汉铁路的起点站，现在的武昌北站）的渡口码头。从这以后，我就一直没再见到萧红。真所谓“江干一为别，世事两茫茫”了。

这以后的萧红的有些情况，是从朋友们听说的。她后来确实是与李声韵结伴同行的，船到宜昌，声韵病倒，大咯血。由段公爽（他是《武汉日报》副刊《鹦鹉洲》的编辑）给送进了医院。这时萧红便成为孤零一人了。她独自去找船，在码头上被缆绊倒了，几乎小产。终于是到了重庆，先是住在罗烽和白朗家，生下了那个孩子，那孩子不久便死了。

庐湘同志要写“两萧外传”，来问我有关二萧在武汉的情况，我所知道的都告诉了他。他的著作早已“杀青”，并且在报刊上连载过，现在又要印成单行本发行。他要我给这本书写一篇序言，这也似乎义不容辞。写些什么呢？庐湘嘱我：甩开序言即致颂辞的套子，多写些历史背景材料。我自欣然应命。庐湘写的是二萧合传的传记体小说，这种小说很不容易写：它必须依据事实，但又不能拘泥于事实，当然对于许多素材是一定要加以取舍的；况且，由于小说体裁的要求决定，也在合理的范围内容许加以增益和虚构；他的这部作品煞费了经营，当然本身是已经足以传世的。然而，这些事情的发生已经在半个世纪以前，由今天的年轻人看来，对当时的生活背景就不可能没有隔膜；抚今而思昔，有时单凭想象也还不可能不发生误解。不说别人，就说我自己罢，一九八二年我因给郭老的《洪波曲》作注释而重去了武汉，有两个单位给我提供了交通工具，费了两整天去重历了那些故地，它们当然也还有依然存在的，可是大多数已经是荡然无存，或者竟面目全非了！这使我想到，应该不惮其烦地记下些当时情况发生的条件来，也许可以给阅读作品和理解二萧作些参考。文字毕竟也是可能“寿于金石”的，这到底是已经过去了的很不平凡的伟大时代啊！

一九八六.三.三长春

《跋涉》书后

萧军

仅是印行一册小集子，本不必在这里再罗索些废话，起始我们是这般想着的，不过从有了印这册子的动机始，迄现在止，使我们对于现人生，是又有了更深一层的体验和认识：

1 一切以经济作基底的现社会，仅凭感情上结合的友谊是不可靠的。

2 唯有你同一阶段的人们，才能真的援助和同情你。

3 艺术是救不了现实的苦痛。

每当我同我的友人黑人君由印书局归家和去印书局的途中，就要看到那些不成人形的乞丐，摊睡在水门汀的侧路上，——更是那个烂穿

本文为《跋涉》初版后记，作者原注为三郎。

《跋涉》，三郎（萧军）、悄吟（萧红）著，哈尔滨五画印刷社初版，32开，毛边，212页。收三郎、悄吟作品12篇及三郎《书后》1篇。

了足心的，辗转在积水洼里的老瞎乞——我便要烧掉了所有的积稿，永久丢开笔杆子，爽利的去走路吧。可是终于还是没能这样作，并且这册集子居然是成型了，——我知道这全不是他们所需的——而那个老乞丐，依然还是自己烂溃着他的脚心。

这个集子能印出，我只有默记黑人弟和幼宾兄的助力——这全是用不着在这里感谢的。

至于这个小集子本身怎样，能给与读众们一些什么……虽然我们自己早有了最高格的评价——微薄的意识划分——但我们是要更努力的进前，进前……同时也切盼有志于文学的朋友们，给与我们一些助力的批评吧。

偶尔跑到这哈尔滨，又偶尔的印了这个小的集子，将来我们也许再偶尔印些什么，也许一偶尔就离开这里。

我们谨在这里感谢排字朋友刘克泌君，和他的伙伴们。

1933.10.1

《跋涉》第三版序言

萧军

这本小说集，是我和萧红在哈尔滨开始从事文学写作时的初集。当时写作的文章当然还不止此数，这只是从若干篇中自己选出的一部分,认为它们还比较完整些。

由于经费所限,初版时只印了一千册。即使这点点钱,也还是来路不容易的,多承热心的朋友们三元、五元……相助,最后不足的部分,“五日画报社”负责人王歧山君索性慷慨地不要了,这全是我应该感念的事！接着时日不久,它就被当时由日本帝国主义所扶植的“满洲国”下令禁止发卖了,原因它是“非法”出版的。

时隔了几十年,在去年由于客观上需要,才经由黑龙江出版社非正式地印刷了五千本,提

本文为《跋涉》香港版序言。

《跋涉》,萧军、萧红著,刘以鬯主编,香港文学研究社1980年版,32开,122页。内收萧军、萧红作品12篇,另收萧军《〈跋涉〉第三版序言》、《初版书后》2篇。

供给某些研究机构和个人作为研究资料来使用。只收成本费。为了存真，一切印刷、装订式样全照旧——毛边平装——我个人也没做过任何文字上的修改，就一切以“纯真”的形式出现了。——我是不羞耻于自己的“童年之作”的。

如今香港方面既然要再版它，就再版罢，我也不打算修改它，一切还是以存“真”为好。是为序。

《跋涉》第五版前记

萧军

这小说和散文集，是我和萧红开始从事文学工作后的第一部结集。它初版于一九三三年十月间。

也还记得，这书的出版费是承一些热心的朋友们每人“认股”五元集资的。最后是舒群给了三十元（后来据说这是党给他的生活费），陈幼宾兄给了十元，剩下的尾数承哈尔滨五日画报社社长王岐山君慷慨地不要了——才算凑足了一百五十元。卖书的一批钱，我们就全做了生活费“吃掉”了，一文钱也没还给任何人，这就是我们当时的生活情况。对于以上的一些朋友们我永远怀念他们的深情厚谊！

也还记得，这书的封面原请金剑啸代为设计，是图案式的，有山也有水。山是灰黑色金字塔形，

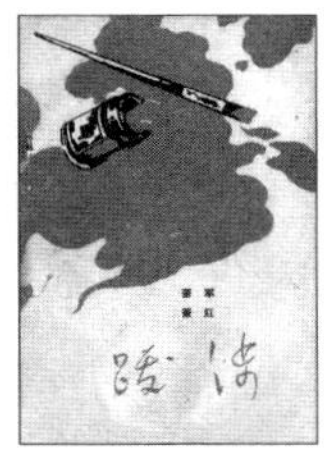

本文为《跋涉》广州版序。

《跋涉》，散文、短篇小说集，三郎（萧军）、悄吟（萧红）著，广州花城出版社1983年11月版，32开，148页，插图2幅。收萧红、萧军作品12篇，另收萧军《〈跋涉〉第五版前记》、《书后》、《附记》3篇。

水是几条银色的曲线条纹，它们全画在一条约一寸五分宽的窄带之上，横拦在封面三分之二的地方。下边写“跋涉”两个字和二人的署名。书的原名叫《青杏》，最后才改为《跋涉》这名字。

由于这封面制作起来太复杂，放弃了，最后找到一块木板，由我在排字房里用校对用的红色蘸水钢笔，简单地写成了上述几个字，就算为它的封面了。

也还记得，这本集子快要开始装订成册时，正赶上当年中秋节，工人们放假三天，因为我们好不容易盼到成书的日子，因此只好请教了排字师傅，自己动手来装订成册。也还记得，整个印刷所那阴沉沉，空荡荡的大房子里，只有我和萧红两个人，一面锤铁丝钉，一面数页子，一面抹浆糊……居然一百本被我们装订起来。雇了一辆“斗儿车”，载着我们这两颗火热的、胜利的、青春的心转回了家。当夜就尽可能地分送给了一些朋友们……

这是当时的情景，当时的心境！它们是近乎五十年过去了。萧红在她所著的《商市街》里曾经有过这样一段段描写：

第二天我也跟着跑到印刷局去，使我特别高兴，折得很整齐的一帖一帖的都是要完成的册子，比儿时母亲为我制一件新衣裳更觉欢喜。……我又到排铅字的工人旁边，他手下按住的正是一个题目，很大的铅字，方的，带来无限的感情，那正是我的那篇《夜风》。

那天预先吃了一顿外国包子，郎华说他为着册子来敬祝我，所以到柜台前叫那人倒了两小杯“哦特克”酒，我说这是为着册子敬祝他。

……

我跑到家去拿了衣裳回来，满头流着汗，可是他在江沿和码头夫们在一起喝茶了。在那个伞样的布棚下吹着江风。他第一句和我说的话想来是：“你热吧？”

但他不是问我，他先问鱼：“你把鱼放在那里啦？用凉水泡上没有？”

“五分钱给我！”我要买醋，煎鱼要用醋的。

“一个铜板也没剩，我喝了茶，你不知道？”

被大欢喜追逐着的两个人把所有的钱用掉，把衬衣丢到大江，换得一条死鱼。

等到吃鱼的时候郎华又说:“为着册子我请你吃鱼。”

这是我们创作的一个阶段,最前的一个阶段,册子就是划分这个阶段的东西。

八月十四日,家家准备着过节的那天。我们到印刷局去,自己开始装订,装订了一整天。郎华用拳头打着背,我也感到背痛。

于是郎华跑出去叫来一部斗车,一百本册子提上车去,就在夕阳中马脖子上颠动着很响的铃子走在回家的道上。

家里,地板上摆着册子,朋友们手里拿着册子,谈论也是册子。同时关于册子出了谣言:没收啦!日本宪兵队要逮捕啦!

逮捕可没有逮捕,没收是真的。送到书店去的书,没有几天就被禁止发卖。

……

这就是这本册子当时给与我们的激动和快乐!接着也就是它所遭受的命运!

关于鱼和衬衫的故事,是一次我和萧红租了一只小船到江心一处浅洲边去洗澡,竟忘了把洗好的晾在船边的衬衣不知什么时候被风吹到江水里漂走了。我在寻找衬衫时,忽然发现从上流漂来一件白色的东西,我以为那是衬衫,忙着迎头跑过去,却原来是一条有两斤多重的大鱼,于是我把衬衫的事情也忘记了!……

一九四六年秋季间,我又回到了哈尔滨,从一九三四年算起,已经是十二个年头过去,当时我曾写下一首诗:

金风急故垒,游子赋还乡;
景物依稀是;亲朋半死亡!
白云红叶暮;秋水远山苍,
十二年如昨,杯酒热衷肠。

在这十二年中,中国抗战胜利了,日本帝国主义者和他们所扶植的“满

洲国”灭亡了，千千万万为国而伤残、而战死的烈士们牺牲了！我的朋友们也一个一个地离我而逝了！萧红、金剑啸、北杨、侯小古、黄田……诸人就是。

一次在旧书摊上竟发现了《跋涉》这本书，我买下了它。后来还在扉页上写下了如下几句话：

此书于一九四六年我再返哈尔滨时，偶于故书市中购得。珠分钗折，人间地下，一帧宛在，伤何如之？

萧军 记

一九六六年，三月廿七日于京都

“银锭桥西海北楼”

一九七九年黑龙江省文学艺术研究所为了需要，他们翻印了五千本，一切格式依旧。后来日本有位佐野里花女士，她是萧红的作品喜爱者，来信要这书，我寄了她一册翻印本。后来她说要翻几百本问我有什么“条件”，我回信说，什么条件也没有，只是我在日本的朋友或对萧红作品有兴趣的人，他们如需要，就请她“无偿”的送一本吧。后来又得知“咿哑书店”也印了它，详细情况我不知道了。不过佐野里花翻印的书式，也是和原样本一模一样的，毛装淡黄色加红字的封皮……，几乎可以“乱真”。

后来又经过美国葛浩文先生介绍给“香港文学研究社”，他说：“你还是让这家出版社出版吧，他们还可以给你一些稿费，否则即使你不允许他们也要印出的，……。”我认为他这话是对的，因为《八月的乡村》和其他的书在香港出版而且再版了，他们并没得到我的“允许”。不独无一角钱的稿费，甚至连一本书也没寄来，虽然也曾去过信，结果是“石沉大海”，这可能是香港某些出版社或书店的“经营方法”吧！……

我考量一下，就决心和这家出版社建立了一个出版手续，他们还给了我三百元人民币算为稿费。

昨天“香港文学研究社”竟把十本样书寄来了，装潢得很鲜艳，这使我感到很愉快。虽然按照他们原来计划的出版期晚了半年，但总算印出来了。

这是这本书初版、再版……的过程以及它所遭受的曲折命运。

如今，花城出版社还愿意承印它。为了对读者负责，我本应该再从头把它稍事修整一下，把错、讹的字改正过来，也把当时避讳的字眼改正过来，但不知为什么我竟失掉这“勇气”，只好请我的老伴王德芬同志代校改一下。她这人是很负责认真的，也有耐性……同时又根据了香港本核对一番，发觉香港本也替我校正了很多明显的错误，应该感谢！

最后，我希望花城出版社编辑同志们，也再校订一下吧，俾使这书的错误少些，再少些。

一九八一.十二.三.于北京团结湖居民区。

《生死场》重版前记

萧军

这小说在此次和《八月的乡村》一同重版以前，出版社方面要我在校改《八月的乡村》以后，顺便把《生死场》也代校看一下，我接受了这一要求。

校看过程中，除开代改了几个不重要的错、讹字而外，在本文方面并没有什么改动或增删。这由于它已经属于历史性的文献了，而且作者逝世已经有了几十年，还是以存真为好，由我今天来擅自改动是不适宜的。

由于《八月的乡村》我曾写了一篇重版《前记》，出版社方面认为我也应该为《生死场》的重版写几句话，因为这两本小说，当初从创作到出版……是具有"血缘"性关系的。我思量了一下，也终于接受下这一任务，理由是这样：

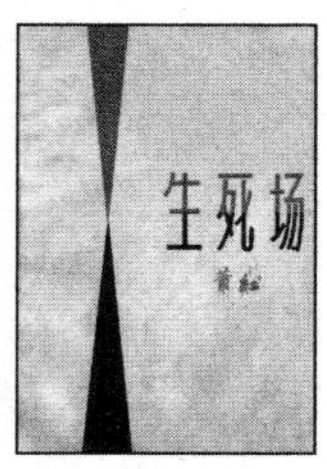

本文为《生死场》黑龙江人民版序。

《生死场》，萧红著，黑龙江人民出版社1980年5月版，32开，123页。内收鲁迅的《序言》、萧军的《前言》及胡风的《读后记》3篇。

第一，这两本小说全是在一九三四年间，写成于青岛。

第二，它们全是属于“奴隶社”的《奴隶丛书》之一。

第三，它们的题材、史实、故事、主题……在总的方面来说，全是反映了我国东北数省人民，在日本帝国主义侵入以后，所遭受的折磨与痛苦，生与死的挣扎，以及忍恨而起和敌人进行血的斗争的英雄事迹，……这对于后来全国抗日战争的兴起和展开是发挥过它们一定的积极作用的。

第四，它们全由鲁迅先生给作了《序言》，介绍给不愿做奴隶的亿万中国人民。

第五，由于本人和书的作者，曾经有过六年共同生活，共同工作，共同斗争……的历史过程，借此机会写几句话，也表达对这位故人和战友的一点纪念情谊！同时对于萧红的读者们，使他们对于这位短命的文艺作家创作生活和艺术特点，特别是对于《生死场》这部小说的理解，会有些参酌之用。

《生死场》的成因

一九三二年秋，这时我们已经有了一个“家”，正住在哈尔滨道里的“商市街”二十五号。

新年要到了，一家报社要出版一份《新年征文》的特刊。我和当时几位青年朋友们全鼓励萧红写一篇征文试一试，她写了，也被刊出了，题名可能就是《王阿嫂之死》（已记忆不清）这就是她正式从事文笔生涯的开始罢，——当年她是二十一岁。

由于第一篇文章被刊载了（还拿到一些微薄的稿费），又得到了熟人们的鼓励，这就坚定了她的自信心，就不断写了一些故事和短篇，它们也陆续在各个报纸上被刊载了……

到一九三三年秋季，我们把一年来发表过的——可能也有未发表过的——短文和小说，由自己选成了一个集子。这集子，包括她的五篇散文和小说；我的六篇散文和小说，又从几位热心的朋友那里借到几十元钱，找了一家画报印刷厂，自费、“非法”出版了。集名定为《跋涉》——只印了一千本。

一九三四年夏，我们由哈尔滨出走到了青岛。

在青岛，我为一家报纸担任副刊编辑维持生活，同时续写我的《八月的乡村》。

这时，萧红表示她也要写一篇较长的小说，我鼓励了她，于是她就开手写作了。

她写一些，我就看一些，随时提出我的意见和她研究，商量，……而后再由她改写……。在这一意义上来说，我应该是她的第一个读者，第一个商量者，第一个批评者和提意见者。

这期间，我曾去上海一次，回来以后，她居然把这小说写成了，——这是一九三四年的九月九日。

从头代她看了一遍，斟酌删改了一些地方和字句，然后就由她用薄棉纸复写了两份，以待寻找可能出版的机会。当然也知道这机会是很渺茫的。

以后不久，我开始和鲁迅先生建立了通讯关系。在通讯一开始，我也就把《生死场》的抄本寄给了鲁迅先生。

这小说的名称也确是费了一番心思在思索、研究……了一番，最后还是由我代她确定下来，——定名为《生死场》。因为本文中有如下的几句话：

"在乡村，人和动物一起忙着生，忙着死……。"还有：

"大片的村庄，生死轮廻着和十年前一样……。"

事实上这全书所写的，无非是在这片荒茫的大地上，沦于奴隶地位的被剥削、被压迫、被辗轧，……的人民，每年、每月、每日、每时、每刻……在生与死两条界限上辗转着，挣扎着，……或者悄然地死去；或者是浴血斗争着……的现实和故事。

《生死场》的出版过程

一九三四年十月间我们到了上海以后，鲁迅先生曾托人把这部稿子送到各方面去"兜售"，希望能找到一处可以公开出版的书店来接受出版它。遗憾的是，它旅行了快近一年，结果是出路没有的。

这时期，叶紫的《丰收》(奴隶丛书之一)早出版了；《八月的乡村》(奴隶丛书之二)也已经于六月间出版了，对于《生死场》公开出版的可能性我不再存有幻想了。弄到一点钱，决定把它作为《奴隶丛书》之三来自己出版了。

由萧红自己写信，也请鲁迅先生给写了一篇《序言》……。

尽管这本书出版在最后，为了划一，也把它作为"八月"和《八月的乡村》同月份来出版了。

从此这三本《奴隶丛书》作为“姊妹篇”通过各种渠道就行销于上海和全国各地了。

鲁迅先生在《序言》里写着：

“这本稿子到了我的桌上已是今年内的春天……

“听说文学社曾经愿意给她付印，稿子呈到中央宣传部书报检查委员会那里去，搁了半年，结果是不许可。人常常会事后才聪明，回想起来，这正是当然的事：对于生的坚强和死的挣扎，恐怕也确是大背‘训政’之道的。……”

由于这书有背于当时国民党所施行的“训政之道”，碰了检查委员会“老爷”的钉子，“事后才聪明”我才把它作为《奴隶丛书》之三来“非法”自印了。

鲁迅先生给这书写《序言》时已经是在一九三五年十一月十四日的夜里了；《八月的乡村》《序言》却是写于一九三五年三月二十八日之夜，这时间已经有了七个月的距离。

鲁迅先生对于《生死场》的评价：

“……但却看到了五年以前，以及更早的哈尔滨。这自然还不过是略图，叙事和写景，胜于人物的描写，然而北方人民的对于生的坚强，对于死的挣扎，却往往已经力透纸背；女性作者的细致的观察和越轨的笔致，又增加了不少明丽和新鲜。……”（《序言》）

版　本

在过去我自已经手出版时，每次的印期和印数总是和《八月的乡村》同期、同数的。一九四七年四月间曾由哈尔滨“鲁迅文化出版社”发行过一万本。至于其他方面所出的版本情况和数量，我就无从知道了。

我在这次重版《前记》中要写的，也就是这些事实的过程而已。

一九七八年十二月二十六晴雪之夜

于京都（银锭桥西海北楼）寓所

《商市街》读后记

萧军

因为这书里有我，于是就觉得自己也应该有权利写两句话似的？读者如认为多余，那么我觉得这部书的印出，根本就是多余。

怎么说呢？这仅仅是一点不折不扣的生活纪录。但我爱它，正因为它不折不扣，有我们自己一些什么在里面……所以我们爱它。也许读者从这里面会寻出点别的，这又是我们愿望以外的事了。

“爱自己比别人总要亲切些；爱自己每个生活的脚印，也更甚些！”我是这样感觉着的。

一九三五，五，十日，上午二时十分
在上海一个暗屋子里

本文为《商市街》后记，作者原注为郎华。

《商市街》，悄吟（萧红）著，上海文化生活出版社1936年8月初版，32开，187页，竖排繁体，“文学丛刊”（巴金主编）第二集第十二册。收悄吟“商市街”系列散文41篇及郎华（萧军）《读后记》1篇。

《鲁迅给萧军萧红信简注释录》前言

萧军

中心思想和愿望

这里所注释的只是限于鲁迅先生给我和萧红的五十三封书简。时期由一九三四年十月间到一九三六年二月间，约为一年零四个月。一九三六年春我们搬到了北四川路底，距离先生的住所近了，几乎每一两天就要见一次面，因此不需要写信了。

萧红已经死了，这一注释的工作只好由我来承担。事实上鲁迅先生在回信中所回答的各个问题，也大多数是由我请问的，给先生写信也多是由我来执笔，因此虽然时间过了几十年，有些事大致也还可以记忆起一鳞一爪或者大致的轮廓。如今我就根据这一鳞一爪、大致的轮廓，

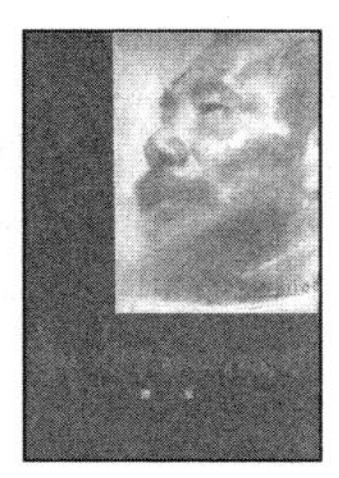

本文为《鲁迅给萧军萧红信简注释录》序。

《鲁迅给萧军萧红信简注释录》，萧军编注，32开，242页，插图4幅。收鲁迅给萧红、萧军书信53封及萧军《前言》1篇。

写出一些注释来，以佐热心于学习、研究……鲁迅先生者们的参证之用，这就是我要把这批书简注释出来的中心思想和愿望。

通信的开始

和鲁迅先生通信开始于一九三四年（青岛）。一九三四年夏季我们由哈尔滨出走，于六月二十五日乘日本轮船“大连丸”到达青岛，我记得到达的第二天就是端午节（当年的六月十六日）。

到青岛后不久，我在《青岛晨报》但任副刊编辑。这时期，萧红开始写她的《生死场》；我也继续写《八月的乡村》（此书在哈尔滨时期已经写了一部分）。到当年的秋季，这两部小说基本上全写完了。

一次，和一位朋友孙乐文——当时荒岛书店负责人，中共党员——闲谈，他说在上海内山书店曾看到过鲁迅先生，并述说了见到鲁迅先生的情形，这就引起了我要给先生写信的动机。当时我问这朋友，如果把信寄到内山书店，鲁迅先生是否能收到？他说，据说是可以收到的，并鼓励我“试试看”。同时建议我可以把通讯地点落在他的荒岛书店。这样，即使发生什么问题，不要用我的真实地址和姓名，免得麻烦……我同意他这主意，就冒险地给鲁迅先生写了第一封信。当时，对于鲁迅先生是否能收到这封信，以及是否能收得回信，是没有把握的，……

继续通信

我们到了上海以后，由于政治环境险恶，尽管是住在一个都市里，我们和鲁迅先生商量事情也还是要以通信为手段。事实上由我们所住的当时法租界拉都路到北四川路底鲁迅先生的家（北四川路底施高塔路大陆新村九号），也还是以通信为主的，除非必要，或者由先生事先约定，我们也还是尽可能不去先生住处的，免得为他带来可能的麻烦或危险。在上海那种政治情况下，是不能够随便彼此“串门”的，……

通信中断

我们搬到北四川路底来住,原因有两个:一个是我们不想再分散先生的精力,免得总要他给我们回信,有些琐事顺便和先生谈一下就随时可以解决了;第二个原因是我们的内心想法,由于我们觉得自己全年轻力壮——特别是我,很想在先生的生活上、工作上……能有所尽力,帮助他家一下。因为我们看到他们家的生活情况:鲁迅先生常在病中,几乎是不眠不休地在工作;许广平先生除开要照管全家的生活以外,有时还要代鲁迅先生抄录稿件;海婴又太小,两个老佣人也全都年纪不轻了,动作已不灵便,……看了这种种现实情况,使我们很难过,因此才决定搬到先生的附近来住。我们也向鲁迅先生和许广平先生表达了这点“心愿”。但鲁迅先生和许广平先生什么事全要“自力更生”,不愿有“求”于人,因此实际上我们几乎是什么“忙”也没能够帮上,……

通信终止

一九三六年夏季间,萧红决定去日本东京,我去青岛,我们在上海的“家”就“拆”了。

萧红临去日本以前,我们决定谁也不必给先生写信,免得他再复信,因此她在日本期间,我在青岛期间,谁也没给先生写信,只是通过在上海的黄源兄从侧面了解一下先生的情况,把我们的情况简单地向先生说一说,因为这年先生的病情是很不好的。

鲁迅先生逝世以后

一九三六年十月中旬我由北方回到了上海,住在法租界霞飞坊,十月十四日和黄源兄一同去看望先生,十九日他就逝世了!

先生逝世后,许广平先生不愿再在原地方住下去,我就代她在霞飞坊租了一幢房子,她搬过来了。

这期间,“鲁迅纪念委员会”决定出版一本《鲁迅纪念集》,分配我和另外几位同志，以许广平先生为主体，共同编辑这部纪念集。我们开始整理搜集材料，确定编辑方针和计划等等。……

许广平先生要把鲁迅先生生前自己已经编好了的《且介亭杂文》三集印出，我代接洽了印刷所，并担任送稿、取稿、初校……的工作。因印刷所在公共租界，距法租界往返约二十余里路，这任务当然应该由我来担当的。

我们准备离开上海以前

一九三七年八月十三日上海的抗日战争爆发了。这以前，《且介亭》三册杂文已印刷完毕，出版了；《鲁迅纪念集》也校完了第一次“大样”，交给了上海文化生活出版社，由他们去付印出版。这期间，我和萧红准备到武汉去。临行以前，把不能携带的或不便携带的书籍、日记、文稿之类，全交给了在上海的一位朋友暂代保存，只是鲁迅先生的五十三封书简该怎么办呢？既不能存放在朋友家中，也不便带在身边。因为在这大动荡的时期，我们本人究竟漂流到什么地方去？可能遇到什么“命运”？生死存亡……全是难于预料的，万一这些书简失落了，毁坏了，或落于他人之手……对于我们来说全是一种“犯罪”；对于鲁迅先生的手泽将是不可弥补的损失！这批书简尽管名义上是写给我们的，实质上却是写给当时全中国万万千千类似我们这样文艺青年的，我们没有权利据为“私产”，更没有权利失落或毁坏了它们……

和萧红研究的结果，决定由我抄一份副本（为了将来印刷出版所用），连同鲁迅先生书简原件，用了两块手帕包好，交到许广平先生那里去了。同时，把自己不能带走的照片等类也交给了许先生。因为她为了保护鲁迅先生的一切书籍、文稿及其它遗物，是不能离开上海的。

三次注释

第一次注释：是在一九三六年先生逝世以后。《作家》要出“纪念特辑”，我因为一时写不出适当的纪念文章，就从先生给我们的书简中选出了几封，每一封加了一些简要的“注释”，以《让他自己……》为题名刊载了。

由于事隔几十年,我把这件事已经完全忘记。

一九七六年,一次,北京鲁迅博物馆的工作同志来问我:我是否把鲁迅先生给我们的书简带到延安去过?或者带过“副本”去?因为毛主席在延安陕北公学鲁迅先生逝世周年纪念会讲话时,曾引用过鲁迅先生给我们书简中的话,……

当时我回答他们是:

第一,我绝对没有把书简带到延安去过,副本也没有。

第二,我第一次去延安是从山西吉县出发,一九三八年三月间达延安的,而鲁迅先生周年纪念应开在一九三七年十月十九日,在时间上是不对的,晚了约近半年。但毛主席所引用的话,又确是这书简中的话,这话,鲁迅先生也从未以文章形式发表过,……这倒真成了一个“谜”。

后来,还是博物馆的同志代我找到了证据,他们从《作家》上找出了那九封信来,这使我才“恍然大悟”,这个“谜”总算是得到了解答。

一九三六年十月十九日先生逝世以后不久,《作家》、《译文》、《中流》……几个由先生支持的刊物“纪念特辑”先后全出版了。这些刊物肯定会被带到了延安,毛主席可能由《作家》上发现了鲁迅先生的信,因此在周年纪念会上加以引用了。

第二次注释:一九四七八年间,我在哈尔滨主编《文化报》,当时应读者的要求,我把这批书简加了扼要的注释,在报上连续刊载了。

以上是由我所注释的鲁迅先生书简在刊物和报纸上刊出的两次过程。

第三次注释:是前几年应北京鲁迅博物馆工作同志们的要求,把他们在《书简》中认为有些问题不明白的地方,用铅笔划了出来,而后根据我所知道的作了约两万字的回答。

近两年来,由于全国各地普遍兴起了学习、研究……鲁迅先生著作的热潮;鲁迅书简当然也属于学习、研究……的材料之一,因此我也常常收到一些信件,询问关于鲁迅先生给与我们的书简中,他们所不知道或不十分清楚的问题。我只有尽自己所能记忆的来给以相应的回答。由于来信者不同,也有时同一个问题要分别回答若干次。为了以上这些原因,家人和亲朋们就常督促我,要我把这些问题尽可能地概括起来,检选一些比较具有普遍意义

（典型性）的问题做一综合性的回答，能够在什么刊物上登载出来，如此可收“事半功倍”的效果，也比较科学化一些。

我考虑了一番他们的意见，今天就决定这样办了。

几点声明

最后，在这里附带做几点声明：

第一，这虽然名为书简注释，但在注释过程中，也可能会牵涉到与注释无直接关系的话，因此就定名为《鲁迅给萧军萧红信简注释录》，如此范围就可稍宽广些。

第二，在注释过程中，凡遇到具体的人和事，注释者本人应该尽可以作到“实事求是”，公平，客观……而不能任意掺入个人的“成见”或感情上的杂质。但人终归是要通过个人主观来观察、对待一切事物的，我认为能够做到这一点，并不是一件容易的事。因此应该欢迎读者或与本问题有关的人，提出应有的意见或辩解。

第三，鲁迅是每一个正直的、求进步的……中国人民的鲁迅，因此学习、研究、维护、发扬……鲁迅的文学事业、革命战斗精神，也应该是每一个正直的、求进步的……中国人民的权利和义务。

第四，注释者本人是崇敬鲁迅先生的，也是当年曾被这位伟大的人所哺育、教育……过的千百万文艺青年之一，吮他的“乳”和“血”而长成起来的青年之一。因此，我只能尽我所能尽的力量，与崇敬鲁迅先生的人——无论老年或青年——而为他所奠基的中国革命文学事业，革命战斗精神，有所发扬和光大！

第五，鲁迅精神是伟大的，我们要用它来武装中国人民的灵魂，铸造中国人民的灵魂——特别是青年一代的灵魂，这是百年、千年、万年的大事！只有具备这样灵魂的人民，才是不可战胜的人民，伟大的人民！

我以为，鲁迅先生这批书简，也就是他的全部精神遗产中的遗产之一，武装、铸造……中国人民灵魂的工具之一。

第六，自从这批书简注释开始以后，就分别在各地各家刊物上陆续发表，于一九八〇年四月十七日已算全部注释完了，将由黑龙江人民出版社集刊为单行本。

当前年——一九七六年，先生逝世四十周年时，我曾写下了两首古体七律诗，谨附录在这里，以作为这前言的结语：

（一）

四十年前此日情，床头哭拜忆形容：
嶙嶙瘦骨馀一束；凛凛须眉死若生！
百战文场悲荷戟；栖迟虎穴怒弯弓。
传薪卫道庸何易，喋血狼山步步踪！

（二）

无求无惧寸心忝，岁月迢遥四十年！
镂骨恩情一若昔；临渊思训体犹寒！
啮金有口随销铄；折戟沉沙战未阑。
待得黄泉拜见日，敢将赤胆奉尊前。

一九七八年三月二十二夜，初写于北京东坝河“椒园”，
十月七日和一九八〇年五月九日重录改于银锭桥西海北楼寓所。

《萧红书简辑存注释录》前言

萧 军

这里所辑存注释的几十封书简，大部分是萧红于一九三六七年间，由日本东京寄回来的；也有几封是她回国后，又去北京，由北京寄到上海的。

我为她寄去日本的信件，由于当时国内和日本的政治环境正是十分恶劣，不宜于保存在身边，一旦被日本"刑事"搜出，而发现她的左翼作家身份，这会增加无限的麻烦。因此当她去日本之前我就告诉她，信读过以后，马上就焚毁或消灭掉，不要留下任何痕迹，因此我给她的信就一封也没遗留下来。至于如今留下的几封，这全是后来她从北京带回来的。

关于这批书简还能够存留到今天，居然还能够和读者们见面，这只能说是一个偶然的"奇

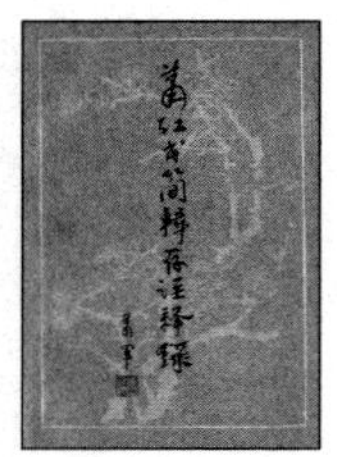

本文为《萧红书简辑存注释录》序。

《萧红书简辑存注释录》，萧军编注，黑龙江人民出版社1981年6月版，32开，222页，插图1幅。收萧红致萧军书信42封，萧军《前言》（序）、《编辑附记》各1篇。附录收录《海外的悲悼》、萧军致萧红书信（4封）以及其他萧红研究资料10篇。

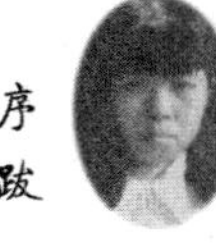

迹”！若按一般规律来说，它早就该尸骨无存了。

从一九三六七年计算到今天，已经是四十多个年头过去了。这期间，对于我们国家、社会……来说，是一个大动乱、大变换、大革命……的时代；对于我个人来说，在生活方面是东飘西荡，患难频经，生死几殆，……当时一身尚难自保，更何能顾及身外诸物？……兴念及此，不能不抚然以悲，怆然而涕，悚然以惧，以至欣然而喜也！

一九三八年初春之夜，当我和萧红在山西临汾车站上分别时，我竟忘记了把这批书简应该由她带去西安。待第二天我检查提箱中诸物时，才发现这包书简尚留在箱子里；同时在椅子下面还发现了她的一双棕红色的短腰军式女靴竟也被遗落下来。

火车昨夜就开走了，估计已到了西安，当然不可能再由她带走。这时候，日本军队要进攻临汾的消息很急迫。民族革命大学决定撤退到晋西南的乡宁，正在匆忙地准备中。有一些教员纷纷准备乘火车去西安；有一些身体较好的单身人，要步行到黄河边，渡河去陕西或者去延安。

有一位教员T君要步行渡黄河去西安，我就托他把这包书简，连同其它一些东西，还有那双女靴带去西安给萧红，还附了一封信给她：

×××：

这双小靴子不是你所爱的吗？为什么单单地把它遗落了呢？总是这样不沉静啊！我大约随学校走，也许去五台，……再见了！一切D同志会照顾你，……

祝

健康！

你的×××

与这批书简一起有《第三代》一、二部合订本一册，以及它的一些底稿和一些别的信件与材料，包了一个小包，在包皮上还写了这样几个字：“我不愿失落了它们！”又给D同志写了一封信：

D：

拜托您，因为您的地址固定些，请把这个小包代收一收罢。里面有一部分是原稿，一本书，两本日记，几封朋友们底信。如果我活着，那请再交给我，万一死了，就请把我那日记和朋友的信，顺便扔进黄河里或者代烧掉它。总之，我不愿自己死了，这些东西还留在别人底眼里。请尊重我的嘱托。

军

(以上二信均摘录自我所出版的《侧面》第二章)

这位T同事他并没去西安，他去了延安。不久后我也到了延安，他又把原包交还给我了。

一九四〇年第二次我去延安，路上冒着被国民党关卡检查出来的危险，它们又从重庆随我到了延安。

日本帝国主义者投降后，一九四五年冬，我随着东征的队伍从延安出发去张家口待转路去东北时，我的一些书稿、材料之类，由一匹马驮载着，路上经过一条河，两匹马在渡河时咬起架来，把箱子竟翻落到河水里。亏得事先我把箱子里怕水湿的东西全用油纸包裹了几层，才没有全部被水浸透。

一九六六年文化大革命进行中，从八月二十五日开始，我的家几度被抄没以后，所有的书籍、文物、手稿、书信、写作材料……等等，可以说是“荡然无存”！……这些书简当然也无从幸免，也全被席卷而去！直到一九七四年我的人身被宣布“解放”以后，才分成了几批把一些书籍、文物、信件、材料、手稿……等陆续归还给我一部分，有一些就无从查找，大概是失落了。

一九七七年八月间，当我移居于京城东郊东坝河村居住时，于故纸堆中才偶尔捡出了这批书简。虽然那堆“故纸”归还给我已经有了几年，但因为我没心情整理它们，这“故纸”就一直被捆绑着堆在屋角里竟也有了几年！

发现了这批书简以后，我把它们按月日排了顺序，从头看了一遍。发觉到有的字迹已经漫漶难于辨识了，有的纸张已经破碎或在开始破碎了！再经过若干时日，我估计可能就要成为一批废纸！这期间我将把五十几年来记存或余存的以至大革命过程中所写下的约有八百首左右旧体诗，抄集起来初定名为《五十年故诗遗存录》装订完了，就又决定把这批书简也用毛笔抄录一份，加以适当的注释，我以为它们将来对于有志于研究这位短命作家的生平、思想、感情、生活……等等各方面，会有一定参考用处的。尽管此时正当酷暑逼人，蚊蝇纷集，汗流透衣……我还是坚持着抄录下来！

一九七八年八月二十六日开始注释。九月十四日人民文学出版社五四文学组牛汀同志来，并携有一封约稿信，我和他谈了关于这批书简的问题，他说“资料丛刊”很愿意刊载这类资料。我和他初步商定，先把注释出来的二十封信拿去发表。决定以后，我就请我的二女儿萧耘日夜兼行，抄了二十封交出版社暂先刊载。

待全部书简刊载以后，我还要写一篇后记。在这后记中拟把聂绀弩兄纪念萧红的一篇文章和几首诗，我个人从《侧面》一书中摘录出的一段短文和几首诗也附入，由于它们与这批书简全有着一定关联性。

一九七八年九月二十一日于京都银锭桥西海北楼记

《怀念你——萧红》序

端木蕻良

如果萧红还在这个世界上，那已经是八十个春秋了。但是，她生存的时光，还不到这个数字的一半。当然，一个人的生命，是不能这样计算的，躯体虽然消失了，人的音容笑貌、思想语言还在别人心里活着，而且会世世代代的活下去……这就是人这种动物和别种动物不一样的地方。

艾米莱在世上停留的时间，也很短，但是，她为我们留下了《咆哮山庄》。她的书没有像那些和她同时代的作家们如同时兴的钻石胸针那样惹人注意，但是，随着时间的冲刷，人们会越来越看到砂粒里面原来是宝石。时间惯会嘲弄人。司汤达说，人们要知道他写的《红与黑》的价值，得等到1938年，才能被全世界公认呢！果

本文为《怀念你——萧红》序言。

《怀念你——萧红》，纪念萧红诗集，孙延林、姜莹主编，哈尔滨出版社1991年6月版，32开，201页，插图24幅。收纪念萧红诗歌138首、萧红诗歌62首，另收端木蕻良《序》、李重华《后记》2篇。

然不错。其实，他说的不是寓言，更不是为20世纪人写的，他的文字不必经过注解，当时人们对他的作品，也是每个字每个段落都看得懂的，为什么还要等到多少年之后才能为世人所接受呢？这正好说明，司汤达并没有死，他会越来越旺盛。

萧红是位小说家，其实，更确切的说，她是以诗来写小说的。我来到呼兰河畔的时候，我看到那不断缓缓流动的河，岸边停着的船，蓝瓦绿树……各色各样的人，我用不着拿萧红写的《呼兰河传》来对比、附和，我就会想到自古以来，这儿就是以天堂和地狱交织在一起的一组诗篇，是浸透着三月的阳光和月光下的小城。这个长久被遗忘的小城，在萧红的笔下被挖掘出来了。这里被人遗忘的灵魂，被她犀利的笔锋，给唤起来了。在萧红的笔下，人们会看到呼兰河的过去、现在，还有她的未来。呼兰河是一条不大的河，但她荡漾着呼兰河之波，映出了黑龙江之光。萧红的名字和呼兰河的名字，会被更多的人所接受……

萧红，人们会永远纪念你，在心中呼唤你，永远，永远……

1990年12月于西坝河

《呼兰学人说萧红》序

端木蕻良

有一条出色的江，有一条出色的河，生养了一位出色的女儿——萧红。人们都知道：这条江，就是黑龙江；这条河，就是呼兰河！

北方的天，是低的；北方的土，是黑的。北方地皮的颜色，反映在天空上，再投到水里，远远望去，水也就成发黑的了。北方的天为什么低？那是因为寒冷留得太长了，寒冷时间长，冻土就多，冻土久了，天空的冻云就多了起来。冻云沉重得飞舞不动，接近地面也就更低了，因此，天穹就显得像个大锅盖似的笼罩着四野……

但是，也正是这个北方，竟奇迹般出现绚烂夺目的北极光。人们要是来到漠河就可以看到了……

在呼兰河两岸，世世代代的人群，在黑云压

《呼兰学人说萧红》，萧红研究论集，李重华主编，哈尔滨出版社1991年6月版，32开，311页，插图5幅。收端木蕻良《序》，李重华《题记》（诗）、《后记》3篇以及呼兰学者萧红研究论文24篇。

城的气氛下生息着，喘息着，安息着。

时间在塑造人，人在塑造时代。有朝一日，解放的一页在日历上翻开来，生活中的北极光，照亮了这片黑土地，照透了这片黑水域，照清了这个三月小城。人们，被侮辱、被损害的人们，再也不是奴隶，他们都能叉开双脚肩负着时代的重任，去开拓新的生活。旷野在呼唤，江河在呼唤，跟上去，追上来，人们走出来了，他们抛弃了狭隘愚昧，会托起求生存的砝码，向再也不是泥泞的道路走去……，这就是生死场，这就是呼兰河。它渗透了死，预见了生。

这两部书（指《生死场》和《呼兰河传》），暗示着这使人震颤的一切。这平凡而又不平凡的一切，萧红用她特有的笔法写出来了。她的作品，正像一位俄罗斯的评论家所说的那样：有的作家故弄玄虚在吓唬人，但人们读后，并不感到恐惧；有的作家，像陀思妥耶夫斯基那样，他不用什么刺激性的描写，却使读者感到战栗。

萧红绝不故意把调子压低，也无意于罗列贫苦人局促的处境，“看哪！他们原来是这样的生下来，又这样的死去！”她从来都未曾炫耀过自己生活知识的广阔，更无须用哲人的口吻指指点点来讲活。她运用语言和她的做人是分不开的，是朴实无华的。最能说明生活本来面目的语言，才是她最佳的选择。就像广东人做菜一样，讲究吃原味。广东人做的白切鸡，哪里也比不了，诀窍是没有的，就是煮得恰到好处，什么“作料”也不要加。

萧红也是最富有幽默感的，有时还透着俏皮，这些出自她生活情趣的东西，常常跳动在她的字里行间。她的文字，使人感到有一股清新的风，扑面而来。也许这会使习惯于文章作法和字句结构的人，觉得不够顺溜。

战乱和疾病夺去了她的生命。但她留给我们的东西却永远有生命。

人们对家乡体会最深，因为血肉相联。

鲁迅先生说他的家乡，是“报仇雪耻之邦”，不是“藏垢纳污之地”。鲁迅自身，就可以说明这个事实。

通向北极光的黑龙江的这颗明珠——呼兰河，也是这样，她所养育的女儿，她是这样，萧红本身，就可以说明这个事实。

但是，古代的《箴言》早就暗示过我们，说：

“有一宗人，诅咒父亲，不给母亲祝福。

有一宗人，自以为清洁，却没有洗去自己的污秽。

有一宗人，眼目何其高傲，眼皮也是高举。

有一宗人，牙如剑，齿如刀，在吞灭地上的困苦人和世间的穷乏人。”

眼前就有人企图尽力贬低萧红，从她的生活到她的作品。但是，古代的“箴言”早就揭示过眼皮向上高举的人，以为这样就可以把别人看低了，这都是徒劳的。岂止如此，更有甚焉者，现代有一宗人，正如鲁迅先生所说的，有的强盗在抢劫人家之后，还不忘记再放一把火。这也是他们惯用的伎俩。

1990年7月于西坝河

《萧红小传》后记

骆宾基

这个时候，一个人居然回忆到过去，回忆到一个死去的人，在自己未尝不是一种凄凉吧！

然而自己是企图在精神上作一番打扫工作，就这样匆匆地埋葬了这样的一个战友，企图在这匆匆的埋葬上，卸却一部分沉重的负担。

然而也正因为埋葬得匆匆，伤口只是粗略地检点了几处，有些内伤怕是不易完全检点出来的。

结果是负担并没有减轻，依然是那么沉重！

然而我将不在此逗留。

我将离开，

我将远行。

一九四六，十一，十九于杭州，袁花。

《萧红小传》，骆宾基著，上海建文书店1947年版，32开，162页，竖排繁体。内收骆宾基《后记》1篇。

《萧红小传》修订版自序

骆宾基

一

首先，我须声明，我并不是一个萧红以及萧红文学作品的研究者，而《萧红小传》在当时（一九四六年秋）纯属一种为了摆脱由于她的巨星般的陨落而在精神上所给予的一种不胜悲怆的沉重负担，就是说作者是在这里寄托了“哀思”。

因之，书中摘引了很多对萧红先生的逝世怀着与作者同样真挚的哀痛之情的纪念文章中有代表性的观点，但却都没有注明引自的期刊名称及年月，这是直到现在已经为作者所不能弥补的了！想不到后来这本传记在上海《文萃》刚刚连载完，西南联大的一部分进步的大学生，

《萧红小传》（修订版），骆宾基著，黑龙江人民出版社1981年11月版，32开，132页，插图7幅。内收骆宾基《自序》、《修订版自序》、《后记》、《修订版编后记》4篇，附录收《萧红与萧军作品及资料目录》（平石淑子）摘要、《中国新文学史年表》（岛田政雄）、《“牵牛房”忆旧》（袁时洁）3篇。

就集资在西南翻印出书了，并且依靠翻印《萧红小传》而获取了各自可以离开川滇北上的路费。更有的到了沈阳，不惜精力奔走活动，几经周折，打通“东北行辕”军法处的各个关节到去国民党军法监狱中去探望作者，并给作者送了由于翻印《萧红小传》而赚得的一笔余利。这种感情对于当时处于生死未卜之间的一个“军事政治犯”来说，它的珍贵、带给作者无与伦比的宽慰，读者是可以想象到的！作者想不到，直到今天，据说海外仍然有出版商在翻印它。而且不但在日本有以萧红先生以及萧红的作品研究为夺取博士学位的研究者，就是在美国，继史茉特莱、斯诺夫人海伦·福斯特之后，还有学者——由于研究萧红的创作历程以及其作品而获取了博士学位——并在七十年代把《生死场》与《呼兰河传》译成英文于美国出版。这就是有名的旧金山州立大学的副教授葛浩文先生。（注：“生死场”为与艾琳两人合译。）

萧红以及萧红的作品，既然已经成了世界文学宝库中为人民所共有的精神财富，那么在我们国内就更有必要对她以及她的已达到世界文学艺术高峰之列的那些作品，如：《生死场》、《手》、《牛车上》、《小城三月》、《商市街》、《呼兰河传》、《马伯乐》等等，有认真研究的必要了。这与《红楼梦》的研究相比，也许更有它的现实的意义吧！而《萧红小传》只是一本研究者或不可缺的参考书。正因为它还有一定的参考价值，就有必要订正重版出书了。

二

另外，国内外研究萧红以及萧红作品的学者，正在兴起。这和作者所引录的那些悼念性的致哀文字就完全不同，而是在做深入的研究了。但也正由于这个缘故吧！就不免有传闻失实或者别有目的的论点混杂其中。例如，在香港就有作者著文说：

“萧红在养和医院接受治疗时，骆宾基很少去探望她。”

这就属于有来历的传闻之误了！责任倒不在作者。事实怎么样呢？

作者与萧红在香港初次见面，这是事实。由某人带到九龙乐道萧红与人同居的家中，也是事实。“太平洋战争是在一九四一年十二月八日爆发，萧红于一九四二年一月二十二日离开人间，前后只有一两个月时间，很短。”这都是事实。但有一点，为这位作者所不知，那就是：从一九四一年十二月八日太平洋战争开始爆发的次日夜晚，由作者护送萧红先生进入香港思豪大酒店五楼以后，原属萧红的同居者对我来说是不告而别。从此之后，直到逝世为止，萧红再也没有什么所谓可称“终身伴侣”的人在身旁了。而与病者同生死共患难的护理责任就转移到作为友人的作者的肩上再也不得脱身了。

一九四一年十一月，萧红在战争期与战后经过四迁而后进入跑马地养和医院，这已经是战争威胁解除两周之久了。曾经“不告而别”的T君，又同样突然地“不告而来”，带来了全部行李，自告奋勇式地表示愿意伴我来陪住了。萧红对之，如对“似曾相识”的普通路人，而我一见他那般殷勤模样，不须说是欢迎的。因为我在入院之前的一夜，就已经疲惫不堪，我须要找个僻静的地方，安安静静大睡一觉。萧红很敏感，立刻叫T君出去，要单独和我谈话，说明要作者护送其到上海的打算未变，同意我回“时代批评”书店宿舍去休息一夜，条件上，我绝对不能离开香港，擅自跑回九龙去探看从战争开始之日，我出走之后再没回去的那个二楼寓所。岂知，事隔三十七年，一夜之别，竟然变成了“很少去探望萧红”，这是与事实不符的。又如，因为国内某学院院刊有人著文赞萧红为“反帝爱国的女作家”，也评论了《萧红小传》——解放以后三十年间，这本《小传》国内并未再版，为什么忽然评论起来了呢？——说得倒也很礼貌，认为《小传》的作者过多着重于爱情方面的“悲欢离合”了，因此以为遗憾！实际上，此字是别有目的，画龙点睛式的一笔，在于说萧红与萧军的离开，是萧红和“反革命”的诀别。萧军先生是一九三八年在西安和萧红分手的。我真不知道当时萧军回延安去吃小米，怎么会成了“反革命”？难道萧红和萧军双双由青岛逃亡到上海，两人各以《生死场》与《八月的乡村》（都是鲁迅先生作序）作为“奴隶丛书”出版，都成了“反革命”的活动了么？

因之，这是《萧红小传》有重版的必要的第二个理由，以便让读者了解《萧红小传》到底是写了些什么？

三

《萧红小传》原版有失误之处。主要两例，现在都作了订正。一是萧红的祖籍为鲁西的莘县，而非胶东的掖县；一是一九三二年秋进入哈尔滨市立第一医院的产科，而非一九三三年冬。自然，相应作了订正的，是留在哈尔滨那所医院妇科的婴儿，并非是萧军的孩子。所以出现这样的差误，主要原因是《小传》的素材，大部分是根据萧红本人与作者在炮火威胁之下，在生死未卜之际所作的为了摆脱那种“炮火威胁”之恢弘的“自述”。自然，我也“自陈”身世与入世流亡以来的阅历。这样亲如知己而情同姊弟的互诉，就把我们带到了一个不染世尘的艺术世界里去了，根本忘记了处于炮火威胁之中的忧苦，也似乎根本不存在隆隆的炮声。我们如处沙漠之中的绿洲，别有一所神旷心安的天地。她对我谈的唯一的一篇将要写而还未及着笔的短篇，关于望花筒的设想，后来我以《红玻璃的故事》为题写出来了！而我谈的关于冯雪峰同志未及完成的以红军长征为题材的长篇小说《卢代之死》，深深感动了她，誓愿病好之后邀集多人与我共同来完成这部杰作。这就是萧红直到逝世之前念念不忘而只为我们两人所知的“那半部《红楼》”。因为当时，冯雪峰同志还囚禁在上饶集中营，我们很难想象他会再有机会完成这部长篇巨作了！因之，在姊弟般倾心相谈中，谈者或有所选择，有所忽略，而听者也许别有所思，有所疏失，以至出现了差误。这次有的作了订正。因为作者还在病中，积蓄一点精力很不易（事繁而客又多），所以惜墨如金，这样一来，也就保持了它原来的风貌，等于重版。遗憾的是，本传偏重于萧红个人的历史，而未能论及她的文学作品。

萧红短促的一生，正反映了中国的处于半封建半殖民地社会压迫摧残之下的广大的知识界的新女性所共有的命运。她的经历充满了不屈和勤奋的斗争，是有典型的意义的。自然，也带着不可摆脱的属于历史的烙印和伤痕。恐怕这也就是为什么在国内外的中国现代文学研究者们，特别喜欢选择萧红为研究对象的原因了。自然，还有她的出众的才华，这是法国著名女作家乔治桑的“魔沼”中所闪耀的光彩可以与之媲美的。而关于她的文学作品的研究，是本书的不足之处，为研究者们留下了广阔待垦的一个“大草原”。

四

本书订正重版，在作者是怀着以上的三点客观的因素与要求。而黑龙江人民出版社接到的热情呼吁信件，也都要求《萧红小传》能在国内重版。

五

最后，由于本书得黑龙江人民出版社之助，得以订正重版出书，不由不使作者想起完成初稿后，交付黎澍同志不久，就在北四川路口之西一座简陋的咖啡馆里，和《文萃》编者骆何民同志见面的情况了。《文萃》不但决定连载，而且预支给我一笔远行的旅费。

一九四七年春节之夕，气候严寒小雪霏霏，我登上一艘载货轮船离开了黄浦江滩的码头，正是阳历二月初，不想三月初就在去哈尔滨解放区途中，于长春市郊被捕入狱。等一九四九年作者在“南京特刑厅”由于李宗仁上台而释放政治犯的时候，就已听说骆何民同志还关在南京伪警备司令部监狱的消息。等我出狱逃亡上海之后，又传说骆何民同志已在南京为敌特杀害。一代豪士，就此殉身。在这里附记一笔，以志作者深深的哀念。

一九八〇年六月四日

《萧红小传》修订版编后记

骆宾基

《萧红小传》有某几点的修订是必要的。主要情节，仍然保留了旧版的记载，而为萧红先生在闲谈中所未忆及或讳而未谈的，作者于一九七九年又根据萧军兄笔注的《萧红书简》与谈话所作的口释，写了《萧红简史》，作为《小传》的补充。自然两者还有显著的差异。例如关于伴随哈尔滨法政大学的学生李某乘火车去北平这个李某，还是一个有待考证的"谜"。另外，萧红与作者在最后四十四天的相处中，却只字未提过汪某其人，也未忆及在北平女师大附中读书的那一段公寓生活。关于困居哈尔滨道外东兴顺客栈与萧军第一次见面的经过也未触及，仿佛只是轻描淡写地说过萧军和舒群都去看过她，而未分先后。而在萧军笔注的《萧红书简》里，注

《萧红小传》（修订版），骆宾基著，黑龙江人民出版社1981年11月版，32开，132页，插图7幅。内收骆宾基《自序》、《修订版自序》、《后记》、《修订版编后记》4篇，附录收《萧红与萧军作品及资料目录》（平石淑子）摘要、《中国新文学史年表》（岛田政雄）、《"牵牛房"忆旧》（袁时洁）3篇。

者不但生动如绘地回顾了两萧第一次会面的事实经过，而且明确地提到了那个鄙卑的无耻之徒汪某对她在北平进行的“无耻纠缠”以及作为“抵押品”遗弃于东兴顺客栈的欺骗行为。这是事实，且有今天仍然健在的萧红同班好友徐淑娟女士及她们的朋友高原同志可以证实的。

因而作者在《萧红简史》中作了补充，是必要的。《春秋》之笔，贵在“使乱臣贼子惧”，汪某虽非“乱臣贼子”，却属鄙夫反徒之辈，传墨当尊史笔之直，以重事实而警告之来者。

再就是关于舒群与罗烽、白朗三同志和萧红的友谊关系了。前两人都是中国共产党在哈尔滨东省特区的地下党员。萧红最初的文学创作生涯，除了萧军之外，是和他们三人还有金剑啸所代表的左翼文艺界的支持分不开的。萧红最初的一些作品，多是在罗烽夫人白朗主编的长春《大同日报》文艺副刊上发表的，而两萧的第一部书名《跋涉》的短篇集，主要又是由舒群筹资私费出版的。所有这些研究其他有关萧红的著作已经提供了比较详细的史料。作者在这里只选了《牵牛房》（载于八月五日版的《哈尔滨日报》）作为附录之三，通过它，就似有个可以观望当时哈尔滨左翼文艺界内部活动的“窗口”，知道中共地下党人活动的一个角落——它也是萧红文学艺术生命的源泉之一。

此外，还有日本东京大学研究中国现代文学著名教授小野忍先生的私淑女弟子前野淑子所编的关于两萧作品及资料的《目录表》摘要、日本知名的中国现代文学研究家岛田政雄编的《中国新文学史年表》（这对于了解萧红所以在中国左翼文学界的成长和出现的时代背景很重要）都附录于后。从这里可以看出日本学者研究中国现代文学的态度，是多么严肃，多么认真，而且又多么勤奋！如果这种治学态度能对我们国内有志于学术研究的青年有所启迪，那么这又是本书附带的一大收获了。

以上附录的国外资料共两件，未及函商。还有萧军的女儿萧耘女侄对重版《小传》给了热情的帮助，作者在这里一并致谢。

一九八〇年八月二十六日

《萧红小传》序

骆宾基

一

当一个人感觉到自己是强者的时候，正是他在思想上和战斗主力结合着的时候，也正是和群众谐和地结合为一体的时候。反过来说，当一个人离开了思想上的战斗主力的时候，从战斗退出来的时候，落在战斗背后的时候，也就正是感觉到自己是弱者的时候，感觉到群众之外自己的个体存在的时候，感觉到孤独的时候。

因之，我们可以说，软弱和孤独是分不开的，反过来说，强者和群众永远是一体的。

从列夫·托尔斯泰的《战争与和平》里，我们可以找到这样的例子。当罗斯托夫作为战斗部队里的骠骑兵奔赴战场的时候，他想："赶

本文为《萧红小传》香港版序言。

《萧红小传》，骆宾基著，香港天地图书有限公司1991年版，32开，272页，竖排繁体，插图6幅。内收骆宾基《前言》、《〈萧红小传〉序》、《萧红逝世四月感》、《萧红逝世一周年祭》、《萧红小论》、《修订版序》、《后记》、《修订版后记》8篇，附录收萧红研究资料9篇。

快，赶快吧！”他“觉得尝试攻击之乐的时间终于来到了”，“他向前试验他的坐骑的奔腾，于是更觉得愉快”。他注意的是前面的一棵树。“他变得更愉快，更兴奋。……”他抓住剑柄想：“呵！我要斩他。”听到群众“乌啦！呵！呵！”的震吼，“好，现在无论他来的是谁”，罗斯托夫想，刺动白鸦嘴，越过了别人，让它奔纵。——当他受了伤退出了战场以后，想起的是：“俄国的冬季有温暖的明亮的家，毵毵的皮衣，迅速的橇车，健康的身体，以及全部的家庭亲爱与关心。”

同样的当安德莱公爵作为战斗主力的一部分，想着“它来了！”“抓住旗杆，欢欣地听着显然射击的子弹声”，大呼“乌啦！”“几乎双手拿不起沉重的军旗，他向前奔跑，无疑地相信全营要跟他跑”，并象动军剑和全营向前跑，他所注意的是前面，“他看见法国步兵夺得炮兵马匹并转动大炮”。但当受伤倒在了地下以后，他注意的却是“高远的天，……有静静的在天空飘移的灰云。”并且想：“为什么以前未曾看见过这崇高的天穹……除了这个无极的天，一切是空虚……但甚至它也是没有的，除了寂静与安宁，什么也没有……”

我们可以从这里说明，当一个人在战斗的时候，也就正是我们称作强者的时候，也就正是他和战斗主力密切结合的时候，或者被看作战斗力的一部分的时候，或者肯定自己是战斗力的一部分，注意战斗主力挥戈所指的方向而向前奔跑的时候。那么，自然这是很明白的，当他软弱的时候，也就正是退出战斗，或者落在战斗背后，或者不被战斗主力所注意，自己也不去注意战斗主力挥戈所指的方向的时候。

因之，我们又可以这样说：强者注意的是前面，并不是遥远的未来；而弱者就眷恋着甜蜜的过去，或像安德莱公爵那样躺在地上，浏览着静静的天空飘移的白云，而感到空虚。

我们又可以这样说，强既然是由于不断的战斗所形成，群众和个人化为一体的意志所形成，而弱是从离开战斗只作为孤零的个体存在而来的，那么，强者并不是天生的，而弱者也不是自然学上的那么固定的。

二

萧红就是以强者的姿态生长、壮大的途中又受了重伤，而落在了战斗主力的背后,但她还没有躺在地上望着静静的在天空飘移的白云,可是孤寂的存在,还是从她的作品里感觉得到的。

自然这还由于她受封建及殖民地买办意识欺凌与迫害又重的缘故。作为历史上的存在,她是一个有着光辉战绩的战士。

愿我们新中国的青年男女,从她身上跨过去。向前,向前,永远注意着战斗主力的旗帜所指的方向,不离开群众,不间断地战斗。

勇敢的向前,

再向前。

一九四九年十二月十四日,济南。

《呼兰河传》后记

骆宾基

萧红是中国三十年代出现的中国左翼著名东北女作家。

萧红本名张乃莹，一九一一年初夏生于黑龙江省的呼兰县县城内，父亲是当地有名的官僚地主。一九四二年一月病逝于太平洋战斗之后——刚刚为日本军国主义侵略部队占领的香港,终年三十二岁。

一九三二年冬末,萧红在萧军、舒群等哈尔滨左翼文艺界朋友们鼓动之下，应当地著名的左倾的《国际协报》文艺副刊征文之约,写出了第一篇作品《王阿嫂之死》,一九三三年在哈尔滨出版了以悄吟为笔名与三郎(萧军)合著的短篇小说集《跋涉》,开始了自己的文学创作生活。继之于一九三四年与萧军两人出亡青岛,不

《呼兰河传》,萧红著,黑龙江人民出版社1979年12月新版,32开,221页,插图1幅。内收茅盾《〈呼兰河传〉序》及骆宾基《后记》2篇。

久又带着中篇小说《生死场》手稿到了上海，见到鲁迅先生；《生死场》作为奴隶丛书之一出版以后，又陆续在上海发表了著名的短篇小说《手》、《牛车上》、《商市街》等；一九四一年在香港完成了《呼兰河传》最后一章，出版了长篇小说《马伯乐》的上卷，完成了下卷（原稿已毁掉），并发表了最后的短篇小说《小城三月》；一九四二年初病倒。萧红在短短的小足十年的文学生涯中，却为我们留下了这么多的属于三十年代——四十年代之间的左翼文艺运动的王冠上的闪闪发光的珍珠，有的短篇小说已为美国著名的左翼女作家史沫特莱当时译为英文。可以说，萧红的短促的十年文学创作生涯，是闪闪发光的十年，自然也是历尽生活颠沛的艰苦而持笔如矛、勤奋战斗的十年；矛头所向自然是旧中国的半殖民地半封建的统治势力和旧的传统风习。她始终遥遥与革命主力驻在地的西北圣地延安的大旗所指相呼应，与中国人民有着共同命运和呼吸的。

萧红在十年的勤奋不息颠沛跋涉于人生的旅途当中，又可以分为前六年与后四年两个时期。前六年是偕同她的亲密的战友——《八月的乡村》的作者萧军并肩战斗的，但作为一个男人的从属式的人物，萧红有着作为由女性的“独特的自尊心和高傲”带来的屈辱感，而当对方的爱情一度离开家庭的轨道的时候，那么她就如战士受了致命的重伤，这精神上的裂口，长久地滴着血，爱情的伤口是很难弥合如初的。虽说在民族危难中，又相偕走上征途，但在西安丁玲所率领的西北战地服务团里，两萧最后一次会晤中，终于明确地分了手；此后萧红又走上了距离死亡仅仅四年的孤苦而寂寞的征途。她想起了自己早已逝去的童年，想起了为旧的封建势力所迫害致死的“小团圆媳妇”，还有磨倌冯歪嘴子，正如一九五四年笔者在《呼兰河传》再版的“内容提要”里所说的：

最后作者给我们留下了这样一个人物，他不像旁观者眼中那样的绝望，因为他看见他的两个孩子，反而镇定下来，他觉得他在这世界上一定要生根，一定要把他的两个孩子抚养成人。于是他照常活在这世界上，喂着小的，带着大的，该担水就担水，该拉磨就拉磨，以至周围都惊奇，觉得意外，而有些恐惧了。这就是作者在童年记忆里所热爱的一个人物，这就是惨然死去的王大姑娘的爱人——磨倌冯歪嘴子。

萧红在磨倌冯歪嘴子身上寄予了民族期望，因为在他身上闪耀着战斗的韧性,这种战斗的韧性是为鲁迅先生所赞颂过的,而萧红自己也是依持着它而走完自己最后的四年的。

《呼兰河传》文笔优美,情感的顿挫抑扬犹如小提琴名手演奏的小夜曲,茅盾先生在序中已经作了评价,就不需笔者再在这里分析了!

最后再介绍一下它的出版经过:

一九四一年《呼兰河传》是在桂林“上海杂志图书公司”初版发行的,一九四二年以后由桂林松竹社再版,解放后“上海新文艺”是第三版出书了,现在由黑龙江人民出版社重印,实际是第四版了。很多二十岁的青年,有的只知萧红之名而未见过萧红的著作,有的甚至连萧红的名字也不知道。因之,黑龙江人民出版社这次重印此书,不但能使这些青年从中了解三十年代的中国东北一个小县城的风土生活，和萧红的对于旧的封建传统势力的控诉,对磨倌冯歪嘴子一类人物的坚持求生的韧性战斗性能赞美,而且还是能使他们认识和体味作者独特的艺术风格。这对我们未来的文学艺术也必将产生有意义的影响。

一九七八年七月二十日

《萧红传》英文原版序

葛浩文

三十年代的中国，在各方面都极端活跃，战斗的意识到处弥漫。自民国开创以来的廿多年中，中国经历了日渐扩展而未完成的民主革命，昙花一现的帝制复辟，持续不断劳民伤财的军阀混战，中国共产党的成立，以及在斗争中的不断成长。在这段动乱的岁月中，中国文学的方向产生了剧烈的转变：自二十年代的所谓“文学革命”，转变成三十年代的“革命文学”。这种显著的左转倾向牵涉到大部分当时文坛的知名作家，因此使文艺界成为革命和抗日战争的前锋。这时期，作家在社会以及政治舞台上都扮演了极为重要的角色。

在当时文坛知名的新进作家中，有几位是来自东北。这几位同时并起的东北作家在三十至

本文为《萧红传》（*HSAIO HUNG*）英文版序，郑继宗译。

HSAIO HUNG，（美）葛浩文著，美国杜尼公司（Twayne Publishers）1976年出版，世界作家丛书，32开，精装。收作者序1篇，后由郑继宗翻译，收香港文艺书屋版《萧红评传》等中文版《萧红传》中。

四十年代的中国文坛上都非常活跃。其中萧红可以算是最传奇也可能是最有天赋的一位东北作家。她曾与其他两位（萧军、端木蕻良）来自东北的作家相恋，同时也和其他几位作家保持着深厚的友谊。她自出版第一部小说——《生死场》以后便名闻全国，直到一九四二年客死香港，广大读者对她的爱戴，始终不衰。虽然在政治上萧红不属于任何党派，也不是文艺社团中的活跃分子，但她却与当时文坛的许多知名人士有深厚的友谊。在中国，有关萧红的研究资料比其他东北作家，甚至比若干当代文豪还要丰富。但是，西方研究当代中国文学的学者，却把她冷落了。

本书传记部分的主要目的是要把萧红毕生史迹，以编年方式介绍给读者，遗憾的是这一目的并不能完全达到。主要原因不是由于资料欠缺（请参看所附的书目），而是因为目前有关萧红的资料有的是无法求证，有的互相矛盾，不足采信。因此在记述萧红生平时，难免会有或大或小的几段空白。至于萧红作品的评述，作者手边有她全部作品资料，其中包括三部小说，一批短篇和散文，几首小诗，以及她在一九三三年至一九四一年期间所写的杂文。

本书是以萧红的生活及其时代背景作为研究她的全部作品的根据。如此，读者才容易了解为什么她有些作品成功，而有些作品却失败。

萧红的作品并不算多，因此笔者可以就她的全部作品，根据文笔的优劣及其在文学上的重要性一一加以评介。本书对于作品的评介按照出版的先后进行。这样处理难免会影响到生平叙述的一贯性，但是却能收到深入了解萧红作品的效果，藉以弥补在传记方面断断续续的缺憾。

《萧红传》中文版序

葛浩文

一九七二年某一天，我坐在印地安纳大学办公室里写报告，那是一门由我的指导教授柳无忌先生开的传记文学讨论课，我的题目是《萧红传略》。萧红这位东北女作家在美国知名度不算高，我是在读了她的作品之后决定写她的，事实上这篇报告只是第一步，因为当时我已经决意以萧红为翌年博士论文的题目。

那个学期我搜集了许多萧红的资料，其中以骆宾基的《萧红小传》最重要（至少就她的晚年来说是如此），骆宾基这本传记带有很浓厚的个人色彩，因为他在香港与萧红时相往还，虽然我在里面发现不少错误，仍然不得不承认他在某些方面的权威性。

有好几个月时间，萧红的一生不断回绕在

本文为《萧红传》(《萧红评传》)香港中文版序。

《萧红评传》，(美)葛浩文著，郑继宗译，香港文艺书屋1979年版，“文艺丛刊”339种，竖版繁体，小32开，200页。收葛浩文《英文版序》、《中文版序》及《萧红年表》3篇。

我脑海中。写到这位悲剧人物的后期时，我发现自己越来越不安，萧红所受的痛苦在我感觉上也越来越真实，我写到她从一家医院转到香港临时红十字会医院，我只需写下最后一行，便可加上简短的附录和我的结论。

但是我写不下去——那一刻，我已在不知不觉中抛开了过去我所接受的以客观、理智态度从事学术研究的训练，不知怎的，我竟然觉得如果我不写这最后一行，萧红就可以不死。难过了一阵，我放下笔，走出办公室，以散步来平复激动的心情。一小时后，我回到办公室，很快写下那"不幸"的一行：

> 一九四二年一月二十二日十一点，萧红终以喉瘤炎、肺病及虚弱等症逝世。

现在萧红在我脑海中已经死了七年（实际上她已过世三十七年）。这期间，我两度到香港、台湾和日本，见到许多萧红的朋友和崇拜她的读者；讨论她的生平与创作，并且继续读她的作品；同时写文章做深入的研究；更翻译了她的小说。一九七四年我的博士论文获得通过，两年后付印出版，在这里我要谢谢我的同事兼友人郑继宗，因为他的兴趣、热心和才气，使这本我到今天还怀有复杂情感的书的中文本得以问世。同时我要向自始支持此一计划并贡献心力的其他朋友，申致由衷的谢意。

我不敢说是我"发现"了萧红的天分与重要性——那是鲁迅和其他人的功劳，不过，如果这本书能够进一步激起大家对她的生平、文学创作，和她在现代中国文学上所扮演角色的兴趣，我的一切努力就都有了代价。

葛浩文

一九七九年八月谨识

《萧红传》哈尔滨版序

葛浩文

一

撰写传记是一件极为困难的事，因为不但要顾及主角生平的种种事件在历史下的透视、发生的年代与其产生的不同意义与贡献，同时还需兼顾到其他复杂纷纭的因素。这些因素包括主角本身的性格，性格的发展，心路的历程，以及世界观的形成，还有在生命里扮演不同角色的演出。

另一种难处则是作传者本身的心态问题：当然如果能纯粹客观，那自是至臻理想，但问题在于怎样保持客观的距离？最初为了客观，距离当然越远越好，但一旦浸润于主角的生平事件及各种动态，距离便越来越接近了。尤其在日夜

本文为《萧红传》(《萧红评传》)哈尔滨版序。

《萧红评传》，(美)葛浩文著，郑继宗译，北方文艺出版社1985年3月版，32开，196页，插图9幅，精装、平装两种。内收葛浩文《英文原版序》、《香港版序(中文版序)》、《再版序》3篇。

翻阅、分析，演绎各类文献资料以后，自自然然作传者与被传者产生了一种水乳交融、心灵相通的境界，如此又庶免于主观。至于此种主观是作者之福，或被传者之祸，问题仍然存在于不符切实之嫌；这也就是为什么各种传记对同一主角都人言言殊吧。但事实上，这也不是一件坏事，因为作传者的任务除了忠实记录外，还要更真实的把主角的生平面貌呈现出来，在这呈现的过程中或有主观与偏见的情绪存在（那就更欠缺客观因素了），但不多不少却能给主角、读者，与历史之间演绎出某种“真理”。在我看来，传记是没有绝对的，同样真理也不是一面性的，所以我愿意指出，这本书不是萧红唯一绝对的评传，但或许是“真理”的其中一面。

二

除了美洲版、香港版以及台湾版外，此书算是第四种也是最后的版本了。这并不等于我对萧红的研究已告一段落，相反地，她仍然在我计划中的各种学术研究里占了一席重要的地位。我因为相信作者的生平研究是次要的，故今后主要仍顾及怎样把萧红的长短篇小说及散文放在一个更广泛的平面——中国现代文学以及世界文学里面。

此书本来准备一九八二年出版，但因我忙于完成种种的工作计划而拖延至今；这种延误对我而言却成为了一种方便，因为我不但能争取到研究萧红的各种最新资料，更能有机会再把萧红的作品细读及重新对它们做出另一些新的批评透视。

此书为《萧红评传》：“传”指萧红的生平，而“评”则指对其文学作品的评论。在作传方面，有两个问题曾困扰过我，那就是资料方面质与量的考虑。在各种不同繁杂的资料中，自然有错漏之处，其中包括主观扭曲的错误。我曾一一把它们过滤出来，撷芜存精；书上的注脚可能用得太多了，但我的目的是为了方便参阅（就连最近再版的版本也列出，主要是为了读者方便）。另一目的是为了补充和支持我个人种种的看法。碰到一些分歧的资料，我往往采用了近人的见解；我也尝试去了解文件作者背后的想法，我不敢保证我的处理全对，但读者却可以从这些资料中去做出自己的判断。

在分析萧红的文学作品时，我着重于自己的艺术分析多于社会性的演绎，这也并不等于我完全忽视社会性的因素，只是因为我相信萧红的作品如“艺术品”处理自会比当做“社会文件”处理来得有效。

三

我要求出版社保留我的旧序，因为“原序”记录了我最早的计划与想法，而“香港初版序”仍代表了我对萧红研究的看法和感觉。

我要向下列人士致以我衷心的谢意：郑继宗曾翻译了我最早的萧红版本。陈青、陈清玉曾替我抄写或校对了本书的一部分。萧军、端木蕻良、舒群、骆宾基、罗烽、白朗、黄源、周海婴、丁玲诸君让我在访问中能获得他们与萧红交往的资料。肖凤、陈隄、铁峰、丘立才、卢韦銮、刘以鬯、丁言昭、戈宝权诸先生提供了不少的资料与见解。陈少聪全面览阅了本书文稿及作了不少修正。雪燕、关沫南、林绍纲、周艾若、延泽民、中流诸君对我造访哈尔滨时所提供的协助与接待令我难忘。其他还有很多对此书付出心血的朋友，我不能一一在此尽录了。

至于王观泉先生，我则无法在文字中表达我对他的谢意，以及感激他对我的友情。

最后，我把这书献给呼兰的人民，他们该感到多么骄傲，因为在他们的土地上曾产生出一位中国如此卓越的文学家。他们更应为他们的庄重与乡情感到自豪，萧红是他们的作家，所以《萧红评传》也该是他们的书。

《萧红传》香港再版序

葛浩文

整整七十五年以前（一九一一年），命薄如花的东北小说家萧红出生于远在关外的黑龙江省哈尔滨市附近的呼兰镇。十年以前（一九七六年），我的《萧红评传》（英文版）在美国获得初版。我想为纪念这两种对我蛮有意义的"里程碑"，把该书的中文版在萧红一生的终点所在地——香港——出"最后"的增订版。此短序写毕后，我便登机飞往哈尔滨进行约一年与萧红无关的研究工作。因此只好在此向萧红（暂时？）告辞，希望今后会有更多的人对她的作品发生兴趣，甚至于加以分析、研究。

这书之所以能与读者见面是因得到潘耀明、张志和二位先生极为热心的支持与帮忙，在此致谢。

葛浩文

一九八六年八月廿六日，香港。

本文为《萧红传》（《萧红新传》）香港再版序。

《萧红新传》，（美）葛浩文著，香港三联书店有限公司出版，32开，209页，插图14幅。正文外收《英文版序》、《香港版序》、《哈尔滨版序》、《香港再版序》，附录收萧红《九一八致弟弟书》、葛浩文《萧红，绝笔？》、《萧红研究目录资料索引》等。

我的话

——序周锦《论〈呼兰河传〉》

葛浩文

我从来没为他人的书写过序，不知该从何说起。讲作者周锦?是谈萧红?还是该讲《呼兰河传》呢？恐怕无论怎么写，多少都只不过是“画蛇添足”。什么道理呢？因为对中国新文学有兴趣的读者而言，何苦要我来介绍本书作者？周锦先生的几年来在新文学研究上的成就和贡献有目共睹的，不仅写过一本《中国新文学史》（长歌，一九七六年），两本专论朱自清的书——《朱自清研究》、《朱自清作品评述》（智燕，一九七八年），以后在各刊物上经常发表或长或短的论文，尤其身兼历来规模最大的（共三十册）中国现代文学研究丛书主编的重任。

那么，讲萧红如何？也不必了！除了周锦兄

《论〈呼兰河传〉》，周锦著，台湾成文出版公司1980年7月版，台湾“中国现代文学研究丛刊”第三辑一种，竖排繁体，32开，208页，精装。内收葛浩文《我的话》（序）及附录《萧红的〈呼兰河传〉》（麦青）、《〈呼兰河传〉序》（茅盾）、《萧红〈呼兰河传〉》（葛浩文）4篇。

在本书上的《试论萧红的家世》一章以外，读者亦可参看笔者《萧红评传》（时报出版公司，一九八〇年）及《弄斧集》（同社，一九八〇年）里的同篇有关萧红的短文。最近另有一篇在中共刊物上发表的长文，把萧红的家世、童年、学生时代等问题都弄得水落石出，连《东昌张家宗谱书》（萧红的家谱）也发掘出来，对研究萧红的朋友有着相当大的帮助。因此在生平方面，除掉一些心理分析等工作外，现在可以告一段落了。

本书对于《呼兰河传》的研究，采取了分析的方法，除去单元性的探索，还有详细评介，更附录了艾青、茅盾，及笔者不同的讨论，应该足够让读者对该小说得到很深刻的印象。

——《呼兰河传》的乡土气息，把原作中的乡土表现做了一番整理，不但使表现更为清楚，也为当代作家提示了乡土文学创作的方向；

——《呼兰河传》的方言俗语，经过了摘录和整理，不只是减少了阅读原作品的阻隔，而对于他种文字的翻译，也会有不少方便；

——《呼兰河传》里的大泥坑，作为专题加以讨论，固然很难得，而认为这是萧红写作的极高技巧，是要藉着一个具象表现出那个时代那个社会的情况，倒是颇为特出的看法；

——《呼兰河传》的缺失，指出了很多印刷和处理上的错误，这对于将来的重印这一小说，有极高的参考价值；

——谈“呼兰河”，关于“呼兰城”，虽然是地理或历史性的点滴，但对于深入的了解《呼兰河传》，将有很大的帮助。

本书所作的研究，成就非常高，可是必须像我这样读过《呼兰河传》，而且“印象犹新”的人才能体会出来。至于从来不曾读过原作的人，根本就无从判断，也许会把周锦兄的这一项研究，这一项努力，看成是多余的呢！

我认为《呼兰河传》在台应当有可以公开发售，公开阅读，公开评论的可能。此书根本毫无政治色彩，是一本纯文学作品，也可算为中国新文学传统上的里程碑。我更进一步建议，很多二三十年代，甚至于四十年代的文学作品，也应当可以有选择的重印发行，呈现在台湾读者的眼前，让他们去欣赏、批判。我们应当以作品本身而不管作者的身份来作为选择的主要条件。目前在台重印旧书取舍标准不一，举几个例吧：

庐隐的《海滨故人》在台可以出版，冰心的《超人》则不可以。

朱自清的《笑的历史》在台可以出版,叶绍钧的《遗腹子》则不行。

凌叔华的《中秋晚》在台可以出版,张天翼的《中秋》却见不到。

这是为什么,我个人不明白。从这几篇作品来看,似乎全由作者"人"的关系而决定,文章本身都没有问题的!其实,端木蕻良(东北作家)的早期作品,老舍的《骆驼祥子》及其他长篇,曹禺的话剧,巴金的《家》,萧军的《第三代》,沈从文的短篇小说等,都有一定的时代性。若在台湾公开发售,的确有百利而无一害,读者不再必须全依靠几位学者的说法,才能获得对作品的了解。这好比"穿雨衣洗澡"(隔靴搔痒),虽然也许洗得干净,但还不是味儿。总之,台湾读者若有机会去看像《呼兰河传》这样的书,才能很透彻地了解周锦兄所下的工夫和他的学养之深,更会引起读者的共鸣,并加强对原书的了解。

一九八〇年六月于旧金山

《萧红的商市街》后记

葛浩文

我之所以这么噜噜嗦嗦的讲我自己，是因为我对别人的认识不比我对自己那么深。

——亨利大卫·索罗，华尔腾（Henry D. Thoreau, Walden）

“我们唯能做的”，白乃嘉（Banaka）说，“不过是说自己的故事。其他都是妄用权力，其他都是谎话。”

——昆德拉：（笑忘书）（Milan Kundera, The Book of Laughter and Forgetting）

自传与小说二者之间的界限有时很难确定，因为无论我们写文章、说话，或坐卧，或起行，我们无不在交代自己的故事。作为读者，要确定一本书是否自传尤其困难。不过，我们仍然

《萧红的商市街》，葛浩文选编，台湾白林出版社1987年7月版，32开，259页，竖排繁体。收萧红文集《商市街》作品41篇，另收萧红《永远的憧憬和追求》（代序），郎华（萧军）《读后记》，葛浩文《艺术的生活》、《后记》4篇。

以为自传与其他“故事”不一样。因为自传作者无论是自觉的运用文艺技巧,或是下意识的发挥写作潜能,他陈述自己的生命,必先经历一段自我寻索,这个过程使他得以达到自我肯定和自我扩张。就这个“诚恳而有计划的去再次掌握和理解自己的生命”的态度,使自传与小说当下分别出来了。一个小说家撰写自传时,不只是一个普通世人在陈述自己的故事,同时也是一位文学作家在说自己。称得上是文学自传的书,是由于作者的语言文字技巧及组织素材的能力已有相当修养,换言之,就是作者懂得运用写小说的文艺技巧。

《商市街》很容易给人误以为是一辑有自传成分的散文,或是一部虚构的小说。其实这部作品是作者在某一段日子的生活纪录,轻轻抹上一层小说的妆彩(叙述者和她的情人的真实姓名都隐没了),而其选材、编排及叙事手法均颇具小说的风格。但是,根据萧红的生平“事绩”,及从多位在她的生命和《商市街》内占重头戏的当代人物的忆述来看,我们有充分的理由肯定这部作品既不是小说,也不是一辑有关连的散文随意结集而成,而是一部有肌理可寻的自传,组合成一系列有精确次序,且全来自作者生活的精彩片段的故事。《商市街》可以代表一部女性传记,也能清楚表达萧红的世界观,特别是涉及两性之争的论题。《商市街》同时具备了女性的柔美和女权主义者的刚强。

萧红的第一部小说《生死场》出版仅仅几个月,《商市街》就面世了。书中她以第一人称,带领读者进入她在一九三二年夏至一九三五年五月期间,居住在中国东北名城哈尔滨时的故事。这段日子里,萧红可算过着平实安稳的日子,不比前两三年,那时她身心所受的痛苦和屈辱,比许多人一生所遭遇的还多。

萧红,原名张廼莹,一九一一年六月二日生于离哈尔滨约三十公里呼兰镇的一个地主家庭。她在她父亲家的辰光并不好过。童年的经历和大家庭的错综复杂的关系从未远离她的心思,正如她在本书代序中所描述的情景,令萧红一生受到自己童年的影响。

萧红初抵哈尔滨,还是个十来岁的少女,远道来到当地的一所女子中学求学。两年后,她父亲把她许配给一个军阀的儿子,叫她不用再上学。就是这时候,萧红逃离父亲的家,开始“过着流浪的生活”。她当下与一个她早在哈

尔滨认识的年轻知识分子同居起来。随后他领她前往北京，终而遗弃她。一九三一年秋，萧红回到哈尔滨，一文不名，并有了身孕。

嗣后数月，在冰雪严寒的哈尔滨，萧红靠讨吃得到，才有东西吃；靠找到栖身处，才有地方睡。终于，她托身在一间白俄的旅馆，实际上像囚犯般给人禁锢，身体又虚弱，精神几濒绝境。一封投到当地的报纸的信使她从那旅馆得救。此时，刚遇着松花江大水，威胁全市，而临盆的日子又迫在眉梢。使她得以解救的人，就是年轻的作家萧军（即《商市街》的郎华）。她的孩子出生后，给人领养去，他们两个人就开始同居生活，当时是一九三二年夏。《商市街》的故事就从这时开始，直至萧红和萧军离开哈尔滨逃到山东半岛的青岛市为止。

哈尔滨

第二次世界大战前，哈尔滨几乎一直是个外国城市，先有俄国来的逃难者取得文化上的优势，后来又为日本人占领。直到今日，市内仍存着若干独特的非中国色彩。一个和萧红同时代的俄国人，曾回忆他在哈尔滨的童年时这样写：

一八九〇年代初期哈尔滨是个在松花江畔的小渔村。一八九七至一九〇四年间，俄国沙皇政府的中国东方铁路局建设工程，使哈尔滨变成一个有数十万人口的市镇，市内分三区：普斯坦（Pristan）俄文，即码头或堤坝，隔邻的立维告老特（Novid Gorod），即新市镇，和内地的本地人区。

普斯坦和立维告老特这两区是哈尔滨赢得东方巴黎美誉的主因。市内人口多半是俄人，有的早在十月革命之前已离开俄国，有的却是遭革命摒弃的流亡者，共约十万人，大部受雇于中国东方铁路局。他们完全不懂中国语，也从不表示想学。当地的中国人反而必须学俄文，有些能讲得非常流利和道地，甚至黄包车夫、小贩、店员、理发师等都会讲，但句子和发音却完全不是那么一回事，叫人耳朵活受罪。市内满是俄文的商店招牌，建筑是俄国式的，生活的节奏也散发着俄国情调；这许多还不算，最妙的是市内唯一的大街竟然名叫“中国街”(今中央大道)。当地工人代表苏维埃Soveit和军人代表苏维埃成立于一九一七年三月，同年十二月就给白俄联同中国军阀的军队压垮了，一九一五我家迁抵哈尔滨时，整个市镇已是白俄的世界，而且愈来愈白，到处是被祇夺的海陆将军，失去封地的大小贵族，及丧尽财富的百万富翁。

但哈尔滨毕竟是东方的巴黎，那里的生活只容得下寻欢作乐。

一九三一年九月，日军袭击黑龙江以南辽宁省的沈阳，六个月后，正式合并中国东北，建立伪满洲国。萧红与萧军就是在这样一个深受俄国影响但为日本占领的城市，开始过夫妇日子（他们的共同生活，开始时就已波涛汹涌，终而六年后结束于西安市）。

萧红自此不曾再踏足故乡的土地。一九三四年，她抵达上海，加入以鲁迅为中心的作家圈子，并成为这位遐迩闻名、影响深远的中国现代文学大师的家中常客。其后，她到过日本（居停未及一年）、武汉、西安和重庆。一九四二年一月二十二日，当时第二次世界大战刚开始，香港这英国殖民地给日军占领不到一个月，萧红就以喉瘤炎、肺结核及虚弱等症卒于香港，年仅三十岁。

商市街

有一部分萧红的自传，曾散见于哈尔滨及上海的杂志，最早的发表于一九三四年。以《商市街》为名的书，于一九三六年由上海文化生活出版社出版，萧红当时因健康和与萧军的关系日趋恶化的缘故，旅居日本。这部作品以笔名“悄吟”发表，是萧红第一个笔名，又是书中主角的名字。萧红和萧军于一九三三年合著的《跋涉》，亦即《商市街》第二十九章提到的《册子》，也是用这个笔名。初时读者对《商市街》的反应甚佳，出版未及一月，即再版，但此后却遭遇冷落，部分原因是这书异于一般中国常见的自传，一向被误认为是自传体小说，如此就与萧红的另一长篇巨著——以其童年的家乡为背景的自传体小说《呼兰河传》难相颉颃。

然而，论其人物、技巧和主题，《呼兰河传》虽采取自传体裁，但正如维珍尼亚·胡尔芙（Virginia Woolf）的《到灯塔去》（To the Lighthouse）一样，《呼兰河传》只是创作小说，《商市街》才是自传。作者以极生动的笔触勾画出她在哈尔滨后期的生活写照，书中俯拾皆是轶事典故。《商市街》好比施

维亚·皇拉夫（Sylvia Plath）的《钟形的瓶子》（The Bell Jar），除了主角的亲身的经历外，余音强烈泛着作者意欲传达的主题讯息。在《商市街》中，萧红不用自传常见的年月日的记叙法，而对过去的经历，若能引起读者对书中人物的精神性格了解，萧红仅挑选了一些零星琐忆，或注入想当然的对话作为穿插及补充。全书采分段叙事手法，一般按事件发生的先后次序，但整体组织并不一定连贯。《商市街》 主要记录萧红在文坛大放异彩之前的一段日子，故所描绘的她是个平凡的女性的平凡的生活。萧红做到的，正如佐治·古斯托夫（Georges Gusdrf）说，是把“（她）个人生活里的散章断句重新组合构成一帧完整的素描”。

《商市街》的萧红致力于“再次掌握和理解（她的）生命”（书中很多章节完结时往往空悬着，是未有定论的争议，也是未有答案的哲学问题——这些问题在作者重拾自我的过程中是非常重要的），它把读者带进书中，重历当时的光景，以寻索启发和顿悟。书中没有比那些描写主角的情人和彼此间的关系的段落更能剖白萧红当时的心境。虽然郎华的角色是个主持大局的正面人物，他的过分，他的缺点，都为自我菲薄的主角原谅，但作者的选材和呈现读者面前的郎华的行为模式却构成一个反面形象。由此看来，《商市街》有清楚玲珑的反男性语调。

《商市街》和典型的女性自传有若干共同点：对叙述者自己的成就只作轻描淡写；多着墨于人物的私生活，较少触及他在社会上所担任的角色；以人物的轶事（这最能捕捉人物的神髓）为主力；及采用叙述手法。上述特色同时给《商市街》注入若干萧红的长、短篇小说独有的文艺性。细看其触发读者的可观力量，古今中外的读者都容易为其故事人物吸引而产生共鸣，再加上洗练的修辞技巧，《商市街》堪与当时及中国历史上的文学创作匹敌。这部作品一方面是一部自传，是一个当代具代表性的中国知识分子的见证，是一个女性在第二次世界大战之前的男权社会的经历，是那个动荡时代的写照。所以，这书也同时是一个女性如何在社会上挣扎，如何寻索面对属于她生命中现实的故事。概而言之，《商市街》是“文艺传记”的极品。

《染布匠的女儿》导论

葛浩文

一位以长篇小说著名的作家的声名，通常不能经由他的短篇小说集来充分呈现他的文采，因为长篇与短篇小说两种文学体裁截然不同,鲜有作家能够两者精通。萧红很明显是一个例外,她的成功因素有二:萧红在现代中国文坛享负盛名的长篇小说由片段组成,极富电影感,足以使读者察觉到小说中暗藏一至数篇短篇小说的神髓。同时,萧红的长篇和短篇作品,在主题、人物类型、写作风格方面有明显相似之处,故需类近的处理手法。

萧红的生平和艺术气质人所共知，即使她抱病在身,又不幸遇上抗日战争,她仍完成一本长篇小说,还写了计划中三部曲的首两部;我们可以推断,萧红天生是一位长篇小说的作家,一

《染布匠的女儿——萧红短篇小说选》,萧红著,葛浩文译,中英文对照,香港中文大学出版社2005年版,32开,273页。收萧红短篇小说《王阿嫂的死》、《桥》、《手》、《牛车上》、《家族以外的人》、《逃难》6篇及葛浩文《导论》1篇。

个寻找宽广的画布，以此创造出最令人难忘的文学作品的作家。然而，任何一位研习现代中国文学的人都知道，在二十世纪，中国作家都忙于生计——当时的文学杂志众多，写作短篇故事容易得多，又可以投稿给文学杂志赚取稿费，委实是一个糊口的权宜之计——这个情况于三十及四十年代的抗战年间尤其明显。萧红的写作生涯不过九年余，她花了六年专写短篇小说和散文，偶有一篇诗歌或短剧，别无其他。然而，萧红为人所识，主要有赖于她的长篇小说；二十三岁时，她甫离开哈尔滨前赴青岛，即写下首部长篇小说《生死场》；过了差不多十年，她临终前才完成最后三部长篇。①

从主题方面来说，萧红大多取材于贫困阶层妇女的苦难。她的短篇小说几乎一律带有悲剧色彩，不提供改变困境的希望。萧红是一个饱受屈辱、虐待和贬抑的女人，她的苦难主要来自与她有感情关系的男人；她渴望把男性主导的“封建”社会下的残暴，一一揭示出来，这是富革命性的。我们可以假定，萧红的短篇小说不仅是能引人深思的艺术作品，更有助于唤起她生长及写作之时代的觉醒。她的作品大多以中国东北为背景，但实际在当地完稿的却不多，她于1933年6月出版的第二个短篇，即本书收录的首篇作品《王阿嫂的死》是在东北完稿的作品之一。不以东北为背景的则收录于三十年代末期出版的选集，本书收录的最后一个故事《逃难》是其中之一。萧红的短篇小说很少以男性为主角（本书收录的六篇故事中只有两篇以男性为主），而《家族以外的人》是一篇自传式作品。事实上，她的作品有相当部分由虚构的回忆录组成，抒情地重现作者/叙事者儿时在中国东北的生活。②

---

① 萧红首部长篇小说《生死场》于1935年出版；《马伯乐》三部曲的第一部于1940年问世，第二部则于翌年在香港某文学杂志连载；《呼兰河传》于1941年出版。以上作品在中国大陆、台湾及其他地方曾重印数次，《生死场》与《呼兰河传》亦收录于笔者的英译本。参见Xiao Hong, The Field of Life and Death and Tales of Hulan River, trans.Howard Goldblatt(Boston: Cheng &Tsui, 2002.)

② 1936年，著名记者及中国问题专家埃德加·斯诺编辑了一本短篇小说集，名为Living China: Modern Chinese Short Stories (Westport, Conn.: Hyperion Press, 1973)，邀请萧红撰稿一篇自传性的小品。这篇小品的真实材料不多，但却深入展露萧红写作时的感情面貌，与及她对家庭及自身的感觉。

萧红原名张廼莹，自父亲的家出走后，在中国东北的城市哈尔滨过着颠沛流离的生活，并遇上另一位有前途的作家萧军。1933年，二人逃离遭日本占领的东北（后更名为满洲国），跋涉上海，投靠鲁迅。而后抗日战争爆发，萧红移到内陆，跟萧军分手后与另一位东北作家端木蕻良结婚。1940年，萧红与端木蕻良南下香港，两年后（1942年1月22日）萧红辞世，长埋于广州——一个她生前大抵从未踏足的城市。萧红儿时于黑龙江的故居现已成为古迹。

在民国年代，形式与内容相辅相成这个概念，甚少作家能够领会，而萧红正是其中之一。她的小说和故事展示出她敏锐的直觉，明白要妥善处理不同的素材，必须运用不同的叙事方法和文学体裁。大部分与萧红同期的作家，乐于采用“直笔白描”的写实主义的手法——板起面孔，一味说教——笔下的中国尽是充满英雄色彩，或是异常惨淡；萧红却把她熟悉的文学手法，通通拿来做实验。萧红赖以成名的作品主要是反讽、追忆及现实生活中极可能发生的事件，虽然多数战时作家并不赞同这种风格，但认为她的创意独步同期的小说家——当然这是她死后才获得的肯定——甚至为后世的写作人树立楷模。

本书所选录的故事并不令人愉快，也不乐观；那是一个苦难的年代，萧红在世之时，中国战患年年，时有革命，萧红又命途多舛，使她无法写出这种格调的故事。那不是说她笔下完全没有半点儿值得赞美的人道精神、轻松的情调或美感，然而希望只能说是绝无仅有，当时中国人的感觉委实如此——女性感受尤深——当时中国正迈向现代化，路途却很曲折。

《王阿嫂的死》的基调是“悲剧”性的，使读者感到极度沉郁，几乎无法排遣，惨况与死亡的基本因素是贫困；阶级问题（地主/佃农，富户/贫民）导致个人悲剧，这些悲剧对读者来说仿佛不能避免，但又令人发指。农村妇女是劳动者，是寡妇，是重男轻女这根深蒂固的陋习的受害者——毕竟萧红在农村长大成人。这类农村妇女在萧红早期的作品里经常出现，最明显的例子是《生死场》，其中王婆、月英和金枝不是惨遭强暴，就是被遗弃而死，抑或流落他乡。萧红早期的短篇小说由《王阿嫂的死》开始，一再揭示生为女人又遭受贫困之苦的的悲剧。

《桥》的象征意义明显不过，也驱之不散，这道桥把主角的家与她当保姆的家分隔开来，亦见证降临主角身上的悲剧。正如萧红几乎所有的故事一样，故事的人物不多，这种特色简洁凝炼，既个性化，也普遍化。黄良子（她的“名字”不过是丈夫名字的变体）跟其他故事的女性人物一样，可说是农村的“典型妇女”。

《牛车上》的故事里，女佣人五云嫂（五云的妻子）一次乘坐牛车，向小孩（叙事者）和车夫诉说自身的悲惨遭遇。通过一连串的倒叙，五云嫂忆述她如何得知丈夫当了逃兵，下场如何。作者把乡间一次平淡的牛车旅程，与一桩惨痛的旧事并举，可见她的叙事技巧日趋成熟。

在《手》里，萧红进一步探讨阶级制度摧残社会底层之遗害，故事发生于哈尔滨市区一所精英学校里，那是萧红少年时念书的地方。主角王亚明是一个穷染匠的女儿，有染得蓝蓝黑黑的双手和一脸抑压不住的天真。王亚明是萧红笔下最有感染力的小说人物，《手》也大概是她最优秀的短篇作品，差不多成为该时期文学的经典之作。

一如上述，《家族以外的人》是半自传性的故事，背景就是萧红的家乡呼兰；然而，这篇小说不仅是一部自传而已。故事中的小孩叙事者积极参与情节的发展（《牛车上》的小孩叙事者，在两次叙事过程中都没有担当任何角色）。遥唤一个小说书写之前的年代，这个年代更为天真烂漫，故事紧扣读者的心弦，相比萧红其他的作品，甚至当代作家的作品，实在无出其右。故此，萧红逝世之前，扩充《家族以外的人》的篇幅，将之写成自传性小说《呼兰河传》，再次以她的家乡为背景。

如果要选一篇跟本书所选的及萧红的其他作品都显得格格不入的故事，那就是《逃难》。故事起用男人为主角，风格讽刺幽默，与萧红在这之前的著作大异其趣，却成为《马伯乐》三部曲的范本，可惜萧红只完成两部。当时，中国展开抗日战争已经差不多四年，萧红同期的作家一心一意对参战者作非黑即白的描绘——“黑”是列强侵略者，“白”是“爱国战士”；萧红则别出机杼，剖析一类较为少见的典型人物——那些自我中心的伪君子，战争对他们来说，实在是滋扰大于国难。这种手法题材并未为萧红赢得当代评论家的青睐，但却展现了她的才华何其多姿多彩。

本书收录的短篇故事，加上萧红的长篇小说，足证她既不只是一位一流的小说家，与及一位把景物描绘得跃然纸上的艺术家，她更是一位文学天才；可惜潜质未能完全发挥，因为缺乏好的编辑助她一把，加以她生逢乱世，仅三十之龄而红颜早殒。难怪她的作品无论在中国国内，或经翻译后驰销国外，都依然有所知音；学者和评论家仍对她的小说和生平加以研究及著述，并通过她的作品来理解中国二十世纪头三四十年的状况；许多后世的作家，大部分是女性作家，声称自己的写作受到萧红的作品所影响，并奉之为楷模。

评介《梦回呼兰河》

葛浩文

上个月，我在一个礼拜内收到七八件从各国寄来有关萧红的信，和其他类似的文件，如加拿大一位学者想把萧红的长篇小说《马伯乐》译成德文，要我把续稿寄他一份；西德的一位教授，正写一篇有关萧红短篇小说集《旷野的呼喊》的研究，向我要些资料；巴黎的一位女士同样的也是找资料，是为了她的研究报告的撰写；香港的一个机构，邀我于八月间去作一次以萧红为题目的讲演；还有委内瑞拉、哈尔滨、四川等处的来信，他们或是提供资料，或是征求意见。但是，最有意义，最令我想起萧红其人及其文学作品的，要算是谢霜天从台北寄来的近著《梦回呼兰河》的影印全稿。我赶着在三个晚上读完，真是爱不释手，更高兴的是，常在我脑海中

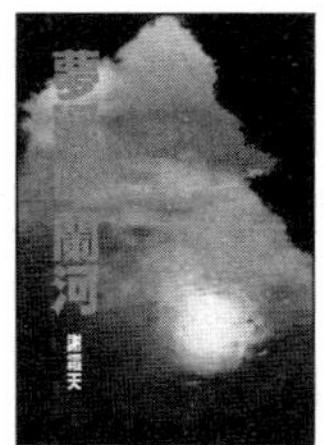

本文为《梦回呼兰河》序言。

《梦回呼兰河》，传记体小说，谢霜天著，台湾尔雅出版社1982年1月22日版，32开，280页。内收葛浩文《评价〈梦回呼兰河〉》（序）、谢霜天《我写〈梦回呼兰河〉》2篇。

盘旋的一句话，“萧红的一生无疑地是小说的第一流材料”，完全被证实了，而且我看到了成功的实现。

据我所知，传记体的小说不好写。要用一个真实的人的一生写成小说，必须先把所有和他有关的资料仔细研究过，还要加上对历史背景与当时的社会环境具有相当周密的认识，最后才能以这些可靠的资料及对人物所得到的了解为基础，用允当的对话，表现出故事中人物的思想和行动，写成一部高水准的文学作品。

目前能见到的传记小说，大部分是自传性的，如曹雪芹的《红楼梦》，巴金的《家》等作品，萧红把自己也写过长篇小说《呼兰河传》，是一本自传性的文学创作（读者可以参考周锦先生的近著《论〈呼兰河传〉》），台北成文出版社，一九八〇年出版）。至于写他人的传记体小说，就我所读过的一些，这部《梦回呼兰河》将是其中非常好的一部。这一个长篇，不但把我特别关心而又比较熟悉的一位近代作家“萧红”，写成有血有肉的人物，也把一个伟大的时代——中国抗战的前夕和抗战的初期——神龙活现地写出来了。

萧红是一位又可怜又可敬的二十世纪女性，她所遗留下来的文学作品，的的确确可为世人所永远赞颂；而她一生的遭遇与折磨，或多或少也可以代表二十世纪前五十年中国女性的悲剧。谢霜天女士虽然没有见过萧红本人，但凭她对萧红作品的敏锐分析能力，以及本身的过人创造能力，而以十几万字，就将萧红的性格，萧红的一生，萧红在文坛的活动，和萧红的主要文学作品，都生动而逼真的表现了出来，实在是难能可贵！

读了《梦回呼兰河》，可以肯定我所知道的萧红也就是出现在这部小说里的“萧红”，完全是一个样子，没有改变。我虽然看过不少有关萧红的第一手资料，也读过很多有关她的研究作品。当然对萧红的一切有着深刻的认识，但读过《梦回呼兰河》的全稿后便觉得更为熟悉，更为亲密。有些地方的资料，尽管是从我的《萧红评传》或其他文章来的，但经过谢霜天富有想象力的重新创造，却感觉到如今才能真正见到了萧红其人。比方说，萧红在日本时初知道鲁迅在上海去世，我早就知道的，也知道这消息对萧红来说是一个莫大的打击，可是要在读过《梦回呼兰河》里的一些对话与叙说后，才确实体会到了萧红当时的内心痛苦。谢霜天是女性，对于女性心理状态的了解比较深刻，所以写来细致成功。

又如,萧红与鲁迅夫妇非常亲密的关系,是大家都知道的,但也只限于知道这样一件事情,却缺乏一种人与人之间感情的真实表现。由于萧红的《回忆鲁迅先生》,我们固然可以知道一些当时的情况,却还是过去的,与我们现在的视线有着一些距离。谢霜天也读过《回忆鲁迅先生》,而由于她的创作才能,从该篇和其他资料的认识,就写出了一连串充满生气,极为逼真而亲切的画面。

在第四章里,对于萧红短短的自传《永远的憧憬和追求》,经过作者的妥慎处理,就更有意义,更有力量,更有感情。总而言之,萧红、萧军、鲁迅、许广平、端木蕻良,以及其他的人物,在谢霜天的笔下,都生气勃勃地呈现在读者的眼前。

在《梦回呼兰河》中,特别值得注意的,是作者如何用心良苦地选用资料,如何引用萧红自己的文字来加强作品真实感。我所读过的传记体小说,多半是按照传主年月顺序写的,使得传主的形象在作品中不断地随时间而改变。但在《梦回呼兰河》中,因为主人翁萧红自始至终是位"成人",她的童年等等是经过她自己的倒叙方法表现出来的,所以她的过去总带有她本人的分析和判断的性质,可以使读者得到更丰富的了解。读来好像是萧红在和我们谈她的往事似的,非常亲切而有趣。

近年来(自本人的《萧红评传》出版后——中文本系时报文化公司出版),从各处发现了许多关于萧红的新资料,相信还会继续有所发现,《梦回呼兰河》不免将会有少部分不合事实的地方,但对于这部小说的实质并无多大影响。我认为《梦回呼兰河》的确是描写萧红最好的一部作品,也是当代极为出色的一部长篇小说。

四月十三日于旧金山

一九八一年五月九日台湾日报副刊

我写《梦回呼兰河》

谢霜天

一开始读萧红的作品，就不能自已的喜欢上了，由《呼兰河传》、《商市街》、《回忆鲁迅先生》……一直到去年才读到的《马伯乐》，每一本都令我低徊留连，爱不释手。她那独特的风格与题材，在在使我由衷的赏爱和倾慕。

萧红是三十年代享誉中国文坛的作家，虽然命途多舛，只活了三十一岁，从事写作也只有九年，但她那些以心血凝聚而成的文学作品却如日光月华，不仅照耀了她活着的那个时代，闪烁的芒辉更熠亮了后来无数读者的心灵。尽管她的时代已经过去，可是她的创作成果和不平凡的经历将会永远流传，在时光的浪花冲激下，稳固如一方坚厚的磐石。

——她的一生，涉及了近代中国的大部分

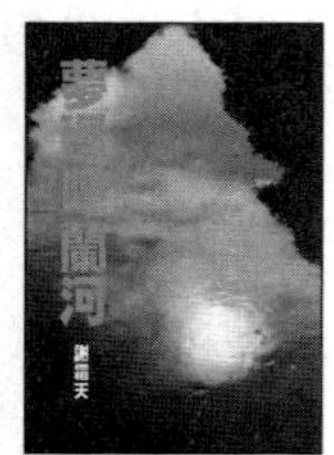

本文为《梦回呼兰河》序言。

《梦回呼兰河》，萧红传记体小说，谢霜天著，台湾尔雅出版社1982年1月22日版，32开，280页。内收葛浩文《评价〈梦回呼兰河〉》（序）、谢霜天《我写〈梦回呼兰河〉》2篇。

苦难时代与社会；

——她活跃于文坛的时候，正是中国现代文学的狂飚时期；

——她的创作，表现了浓厚的乡土气息和中国风味；

——她那坎坷的遭遇，正是中国近代新旧思想冲突下女性悲剧的一个代表；

——她容忍、坚毅，不向环境低头的骨气，完全是中华儿女传统精神的激扬；

——她肯定了人世间的温暖与爱，而且在生命过程中和作品里全力追求，终生不渝；

——她在有生之年始终努力创作，甘于艰苦，为中国作家留下了最好的榜样，也为读者留下了丰硕的美好作品。

从民国元年到三十一年的这一段时期，萧红除了在家乡黑龙江度过十几载的童年岁月外，她的足迹可说走遍了中国大部分的重要城市，亲自看到了东北沦陷、华北事件、淞沪战争、重庆大轰炸以及香港的陷落。这些，不仅是她个人的颠沛流离的实际经历，也是苦难中国血泪凝成的故事，更是中华民族艰苦奋斗熔铸出来的不朽史诗。

我决定以萧红的一生来创作“人物小说”，这有一项目的，那就是要把三十年代中国文坛的真实情况写出来，让爱好文学的朋友知道：那个时代除去政治斗争外，也还有真正的作家和作品，更唯有这些作家和作品才得以流传。当然，这并不是一件容易的事，但值得做，也应该做，因此我花了很长一段时间来准备和酝酿。

首先，我有计划的读萧红的作品，从她自己的文字中撷取第一手的传记资料。再整理近人研究萧红的论文，以及与萧红有关的一些文坛人物的资料，藉此了解她的文学活动，和她与文坛重要人物交往的情形。为了知道得更多，凡是与萧红的重要活动有关的近代史料也不容疏忽。此外萧红曾经到过的重要城市，那里的风物人情、地志、交通状况，不是现时一般的中国地理书籍所能提供，必须请教在那个年代于那个地方生活过的人，才能得到比较正确的答案，因此在这方面费了不少心力。

我以这些资料为基础，依着萧红的家世和家人、哈尔滨时期、青岛时期、上海时期、日本时期、武汉时期、临汾西安时期、重庆时期和香港时期做成卡

片，各单元再依时间先后排列，以便选用，然后拟定写作纲要，并敦请研究萧红的美国学者葛浩文先生及研究中国新文学史多年的周锦先生指教，经过一再推敲，这一部《梦回呼兰河》的长篇小说才开始动笔的。

《萧红传》台湾版译者序

郑继宗

笔者有鉴于近年西方学者对于中国文学，尤其是传记文学研究方法上的贡献，特将友人葛浩文的《萧红评传》译成中文，以供国人参考。

在卅年代的女作家中，大家对谢冰莹、苏雪林、冰心、丁玲和张爱玲比较热，但与她们同时代的另一著名女作家萧红在台怕知道的人不多。其中原因主要是政治性的错觉和联想所致。萧红与萧军虽一度曾为夫妇，与鲁迅也情同父女，但她本人既不是共产党，更不是他们的同路人。从萧红身上，可以说根本找不出一根政治性的骨头。她是一个纯为写作为职志的专业作家，是现代所谓“人类灵魂的工程师”。

萧红的小说，散文随笔中，有对社会不平的

本文为《萧红传》(《萧红评传》)台湾版译者序。

《萧红评传》,(美)葛浩文著,郑继宗译,台湾时报出版公司1980年6月20日版,32开,174页,插图17幅,平装。另收《中文版序》、《译者序》、《英文版序》、《萧红年表》及《萧红著作及有关萧红研究、译作中外文参考资料书目》等5篇。

控诉，有对造物弄人的烦言，有伸张女权的呼声，有对人类和乡土的热爱和真情。但读遍她的作品却难找出半句以眼还眼、以牙还牙、以暴制暴的口号和教条。她所爱的是人性的光辉，是全人类，她所争的是平等的待遇。她仅以一支笔，去引起读者的共鸣，引发社会的恻隐之心。她想唤起人性的良知，使社会走上和乐、大同这境地。

也许她的笔调不够现代，也许她的技巧还欠摩登，但她却有的是人生的体验，哪怕是卅年。在她那短暂的卅年中，却写出了不少她的心画心声，留下了不朽的作品。她的作品是她生命的心路历程，比起象牙塔中无病呻吟读来会更令人兴起奋发。这也是个人迻译《评传》另一主因。

葛君经四年有余，仆仆风尘，穿梭于美、日、港、台间，以“上穷碧落下黄泉”的研究精神，搜求萧红评传资料以及访问萧红生前友好。该书终于在一九七六年由美国杜尼公司（Twayne Publishers）出版问世。其间详情，读者如有兴趣，请参阅一九七七年七月份明报月刊（一三九期、六九页至七五页）拙译有关萧红研究的短文，以及夏志清在同年十一月亚洲学报（Journal of Asian Studies）中以英文写的评介。

中国译学界开山鼻祖严复曾言译事三难“信、达、雅”，笔者译此书目的在于将西方学者研究的方法，向国人介绍。因此笔者不厌其详地将原书中注释及书后参考书目完全译出，译笔力求“信、达”，以求忠于原文。至于“雅”，则因个人学养有限，是“心有余而力不足”矣！

在译此书过程中，笔者有幸与原作者葛君同校工作，除承他供应原作所有资料外，并蒙他于百忙中提供图片，及解释原文的疑难，这种机缘不是一般从事译作的人所能常遇到的。对葛君这种隆情厚谊，特此致谢。

萧红评传译毕排版后，香港及台湾报章杂志刊出甚多研究萧红专文及前所未见萧红著作。经与原作者浩文兄再三磋商，决定仍以原稿付印。谨在注释部分列入新资料，并略加解说以供读者参考。如日后有机会再版，当将全部新资料加入，并相继修正原书中之疏失。

承杜尼出版公司慨让中文版权，并承中国作家丛刊主编萧兹（William R. Schultz）博士提供丛刊作家作者资料，也附志于此，以表谢忱。

《萧红传》序

刘以鬯

萧红的《呼兰河传》是长篇小说,茅盾却说,“也许有人会觉得《呼兰河传》不是一部小说”。杜一白、张毓茂赏析《呼兰河传》时,也认为“萧红作品很难用一般的小说规程来加以规范”。值得注意的是,萧红的一生,磨折特多,倒是有着小说情节和小说结构的。也许为了这个理由,刘慧心、松鹰以萧红(俏吟)的身世作为蓝本写成长篇小说《落红萧萧》;台湾的谢霜天也以萧红的一生来创作《梦回呼兰河》。

《梦回呼兰河》的副题是《萧红传》,与丁言昭的《萧红传》有很大的差异。丁言昭的《萧红传》是传记;谢霜天的《萧红传》是传记体小说。

传记体小说,由小说与传记混合而成,可以

《萧红传》,丁言昭著,江苏文艺出版社1993年9月版,32开,344页,插图16幅。内收刘以鬯《序言》、《萧红年表》、《萧红著作目录》、《萧红研究资料目录》及《后记》5篇。

用文学色彩使想象穿上真实的罩衣。传记则不同。传记以记述事实为主,必须从确证中求索真相。问题是,探究真相是艰难的工作,说来容易做来难,像铁峰的《萧红传略》,虽然做了许多发掘工作,却被葛浩文(Howard Goldblatt)指为资料不足;骆宾基的《萧红小传》虽然大部分是第一手资料,也被葛浩文"发现不少错误"(请参看《中报月刊》第八期,葛浩文:《从中国大陆文坛的"萧红热"谈起》)。至于葛浩文本人写的《萧红评传》,无论英文版或中文版,同样有失真的记述。由此可见,写传记的学者在使用材料时倘若没有辨别真伪的能力,就不可能写得准确。关于这一点,不妨举一个实例来说明。譬如:萧红寿终的地点,是每一位萧红研究者必须知道的事情,但在几位学者与作家的笔下,竟各有各的写法:

(一)骆宾基在《萧红小传》中说萧红寿终的地点是"红十字会临时设立的圣提士及临时医院",将"圣士提反"写成"圣提士及"。但在《萧红逝世一周年祭》中,他却在三处将"圣士提反"写成"圣提士反"。

(二)台湾海风出版社的《萧红》(《中国新文学大师名作赏析丛书》)一书中《萧红年表》提到"圣士提反临时医院"时,也写成"圣提士反"。

(三)葛浩文在《萧红评传》中说萧红死在"红十字会设在学校中的临时医院",未提学校的名字。

(四)萧风在她的《萧红传》与《萧红散文选集·前言》中,将"圣士提反"写成"圣提司凡"。

(五)沈昆朋在《萧红年谱》中则说:"萧红被赶出,栖身红十字会设立的圣提士氏临时医院。"

(六)郭宛在《萧红之死》中将"圣士提反女校"写成"圣提司梵女校"。

(七)杜一白、张毓茂的《萧红作品欣赏》(新版)与沈昆朋一样,也将"圣士提反"写成"圣提士氏"。

(八)谢霜天的《梦回呼兰河》与葛浩文的《萧红评传》一样,也没有写出学校的名字。

(九)刘慧心、松鹰在《落红萧萧》中则说萧红死在玛丽医院。

萧红寿终的地点,绝对不能乱写,学者必须确实记录,不应该出现这么多的差异。塞缪尔·约翰逊(SamMuel Johnson)认为,"传记在于探求确确实实、不加夸张的真实",说明写传记的学者、作家应以史实为依据,不能虚构。

好的传记作者必定是真实的探索者，因为真实是衡量传记优劣的价值尺度。丁言昭懂得这个道理，在掌握有利的条件后，下了很大的工夫求真求是，准确地、翔实地、可靠地记录了萧红的一生。她的《萧红传》虽然可以当作小说阅读，却不是小说。

萧红为呼兰河写传，写出一部优秀的小说；丁言昭为萧红写传，写出一本优秀的传记。

一九九一年三月二十一日

《萧红散文集》编后记

王观泉

《萧红散文集》终于编成了，这是萧红逝世三十九年以来出版的第一部散文选编，是值得庆幸的。

萧红的散文，曾经汇集出版过《商市街》、《桥》和《萧红散文》等三本集子。尚有在哈尔滨、青岛、汉口、西安、重庆和香港等地写的部分作品未出单行本。这次我们搜集不少散失了至少四十年的散文，将其编入书中。

本书原则上按年代顺序编排，其中《永远的憧憬和追求》是作者唯一的自传，故列于篇首。《商市街》一书，由于相当真实地叙述了作者初期的创作生活，因此保留原书序列。有关回忆鲁迅先生的作品则集中编排。全部作品均按照初版本或初次发表的报刊排印。

本文为《萧红散文集》黑龙江人民版后记。

《萧红散文集》，王观泉编辑，黑龙江人民出版社1982年3月版，32开，194页，插图1幅。收萧红散文60篇，后附王观泉《编后记》1篇。

编成这个集子,困难的是搜集散失在报刊杂志上未出版过单行本的作品,大约有四十篇左右。这些发表了已经有四十年以上历史的作品的辑齐,编者完全依靠上海市图书馆、上海书店、黑龙江省档案馆、东北烈士纪念馆、辽宁省图书馆和哈尔滨市图书馆;美国旧金山州立大学中文系主任葛浩文副教授、香港中文大学中文系卢玮銮女士、香港大学中文系黎活仁先生、曾以《萧红小说研究》手稿复印本见赠的香港陈宝珍女士,以及陈巧孙同志等的大力支持,他们中有的提供萧红作品,有的提供研究编选的背景资料。编者还要提到作家萧军和他的女儿萧耘,现代文学史专家丁景唐和他的女儿丁言昭,是他们各自指导自己的女儿编成了最初的萧红著作年表,提供了作品序列编排的方便。本书编者对以上单位和个人特致以诚恳的感谢。

由于我们掌握的报刊(复印件)因年代久远而有模糊不清之处,致使在排印校订上难免有错,更有若干早期作品由于收集的报纸不齐而告阙如。这一切皆期待能够读到此书的海内外公私藏书家和知情者提供资料,以使本书再版时能更臻于完善。

1981年3月7日深夜

《萧红短篇小说集》编后记

王观泉

《萧红短篇小说集》终于选编定稿了。至此，萧红的长篇小说、散文、短篇小说都已陆续出版，剩下的诗歌和剧本——其中有相当新颖的哑剧《民族魂——鲁迅》在内，将来有条件出版萧红文集时可以考虑编入的。

萧红生前曾经抱怨过别人以为她是散文的手笔而不能写小说。其实这是一种误解。且不说萧红正是以长篇小说引起文坛注目而获得最初的荣誉，她的短篇小说也不乏佳作，例如《手》，在《作家》上一发表，立即引起有识之士的赞赏，不久即被作为优秀小说译成英文发表，获得了世界读者。类似的杰作当然决不止于一篇。

萧红的创作直到现在还受到不公正的评论，说她的作品调子低沉啊，脱离时代啊，写身

本文为《萧红短篇小说集》哈尔滨版编后记。

《萧红短篇小说集》，王观泉编，黑龙江人民出版社1982年6月版，32开，208页。收萧红短篇小说17篇，后附王观泉《编后记》1篇。

边的琐事啊,甚至指责她的那支笔与抗日战争的“时代精神”不符而走下坡路啊……这是十足的偏见。如果是用僵化的“直接配合论”来套萧红的作品,也许连一篇也不能入选。如果我们把短篇小说的教育作用和艺术力量理解得与政论、杂文或活报剧稍稍不同,就会发现萧红的短篇小说确是作家对时代的呼声。自然,有人用的是高音喇叭,而有人用的是芦管。比如一九四一年一月震惊中外的“皖南事变”,曾引起很多抗日爱国作家的笔墨申述,萧红于事变后三个月写的《北中国》,就是其中的力作。我想,这的确是萧红短暂一生将自己的艺术献给祖国解放事业的最具体的表现。假如认为萧红没有写出想象中的“巨著”,那是怪不得萧红的:她短暂的一生,也实在像一篇短篇小说,还能要求有多大的容量呢!

在本书的编选过程中,承蒙上海图书馆、上海书店、沈阳图书馆、黑龙江省档案馆等单位,美国《萧红评传》作者Goldblatt教授,香港现代文学研究者黎活仁先生和卢玮銮女士、陈宝珍女士,上海丁言昭同志和北京萧耘同志的大力支持,使编者对萧红的短篇小说搜集得相当齐全。比如《后花园》和《北中国》能编入本集,就是他们的鼎力支持,所以本书的编成完全是爱萧红者的集体结晶。谨此向上述单位和个人致谢。

一九八一年三月二十日

《怀念萧红》编后记

王观泉

萧红是深受鲁迅先生爱护的青年女作家。她以优美的语言、细腻的笔调和独特的艺术构思，描绘了广袤的黑土地上的人民的生活、斗争和命运。萧红，以她坚毅的求生力和顽强的艺术劳动，赢得了作家的光荣。她是黑龙江省三十年代最有才华、影响最大的女作家。所可惜的，她未能施展全部的创作英才，就被生活和疾病所折磨不幸早逝。

为了满足近年来日趋活跃的研究萧红的需要，本书收集了中外有关人士评论、研究和回忆萧红的文章，其中有鲁迅先生的《生死场》序和茅盾的论《呼兰河传》。因为大部分是回忆萧红创作生涯的文字，故书命名为《怀念萧红》。作为附录，我们还选入了萧红的两篇散文：《永远

本文为《怀念萧红》黑龙江人民版编后记。

《怀念萧红》，王观泉选编，黑龙江人民出版社1981年2月版，32开，168页，插图7幅。收回忆萧红及萧红研究资料30篇以及王观泉《编后记》1篇。

的憧憬和追求》、《给流亡异地的东北同胞书》，前一篇有助于人们了解作者，后一篇则反映了作者对故土的热爱和爱国主义精神。另外，还附有《萧红著作目录系年》以及有关于萧红逝世、殡葬、迁葬情况的文章、报导等。

《怀念萧红》在编辑过程中得到很多同志的协助。姜德明同志为本集的出版改写了他的《鲁迅与萧红》一文，并提供了大量资料。萧军同志以及一九五七年参与萧红骨灰迁葬广州的曹聚仁先生的家属邓珂云同志都为本书提供了珍贵照片。如今，当年力疾促成萧红骨灰迁葬一事的曹聚仁先生和叶灵凤先生皆已作古。本书的出版，对于坚持在香港从事进步文化事业的人士，也是一个纪念吧。本书编辑过程中还得到上海图书馆和上海书店的大力协作，提供了部分文字的复制件。黑龙江文学研究所为我提供了良好的研究条件，所内同志亦予以帮助。这些都是编成本书的动力。

最后，茅盾同志允许转载他《〈呼兰河传〉序》并在百忙中为本书封面题字，从中看出老一代革命作家对于已经逝去的青年作家的缅怀之情。对此，我们表示深挚的谢意。

一九八〇年一月

《萧红散文选集》修订版序言

肖凤

一

萧红，在中国现代文学史上，虽然算不上是一位“大”作家，但却是一位独具风格的作家。

她本名张乃莹，1911年6月1日（阴历五月初五端午节）出生在黑龙江省呼兰县的一个地主家庭里。幼年丧母，饱受继母虐待。父亲张廷举是一个冷酷的官僚，在她的童年时代，只有老祖父张维桢带给她一点慈爱和温暖。她成名之后，曾经在散文《永久的憧憬和追求》里这样写道：“从祖父那里，知道了人生除掉了冰冷和憎恶而外，还有温暖和爱。”“所以我就向这‘温暖’和‘爱’的方面，怀着永久的憧憬和追求。”祖父也是她的第一位启蒙老师，她在祖父的支持

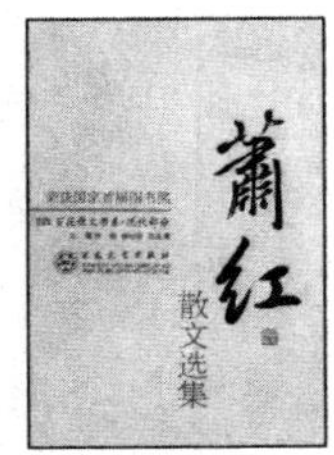

《萧红散文选集》，肖凤主编，百花文艺出版社2009年6月版，32开，240页。收萧红散文29篇及肖凤《序言》1篇。

下，先在故乡的小学里读书，1925年，又进入本县第一女子高小读书。1927年，离开故乡呼兰县，进入哈尔滨市东省特别区立第一女子中学读书，在此期间，对美术和文学发生了浓厚的兴趣。1928年11月，参加了反对日本帝国主义者修建吉敦铁路的示威游行，受到了父亲和校长双方的反对，取消了她在第一女中的学籍，被迫返回故乡。1930年，祖父去世，在家中失去了唯一的保护人，她不堪忍受家族的虐待，愤而离家出走，先从呼兰县逃至哈尔滨，又从哈尔滨逃至北京，开始过飘泊流浪的生活。这时，她只有十九岁。在哈尔滨流浪时期，受尽了精神上与肉体上的折磨，又被一个纨绔子弟玩弄与欺骗，困居在东兴顺旅馆里，即将临盆，走投无路。幸得到了舒群、萧军等人的帮助。依靠萧军，逃出这家旅馆后，于1932年秋与萧军同居，过着贫穷但是相依为命的生活。

之后，在东北进步作家的带动和影响下，萧红开始走上了文学创作的道路，陆续在《大同报》的"大同俱乐部"及"夜哨"副刊上发表短篇小说、散文和诗，如短篇小说《弃儿》、《两个青蛙》、《小黑狗》、《哑老人》、《夜风》、《叶子》，散文《腿上的绷带》、《太太与西瓜》，诗《八月天》等。从创作技巧方面看，由于萧红还是一位十分年轻的初学写作者，这些作品，在性格的塑造上，在情节的安排上，都流露出了作者在艺术上非常幼稚的地方，但是，从作家着眼的题材上，却可看出她的创作态度是十分严肃的，由于接受的是左翼作家的影响，她的创作生涯，一开始就把目光投向了广大被奴役、被剥削的劳动人民。在短篇小说《王阿嫂的死》里，她写了一对雇农夫妻的遭遇。在《看风筝》里，她又写了一个穷苦老雇工的遭遇。她深深地同情劳动人民遭受的苦难，她也兴奋地看到了他们的觉醒和斗争。在《夜风》里，她就写了牧童长青和他的妈妈，被地主逼迫得走投无路，不得不起来参加暴动的故事。这位年仅二十二岁的初学写作的女作家，在这些作品里，表现出了她对社会问题的关注和对劳苦大众的同情。1934年10月，萧红将自己的五篇短篇小说（《王阿嫂的死》、《广告副手》、《小黑狗》、《看风筝》、《夜风》）与萧军的六篇短篇小说，合编成小说集《跋涉》，在舒群等友人的帮助下，自费由哈尔滨五画印刷社出版。这一时期，萧红还创作了《生死场》的部分章节。

1934年初夏，由于受到了日本帝国主义势力的威胁，萧红与萧军从东北故乡流亡至青岛。在青岛期间，完成了长篇小说《生死场》。

《生死场》是三十年代最早出现的抗日小说之一。它的出现，是鲁迅先生

关怀和帮助的结果。1934年10月初，住在青岛的萧军，开始给住在上海的鲁迅先生写信。10月底，因为好友舒群被捕，两萧又仓促离开青岛流亡至上海。在拉都路福显坊的一个亭子间里住下后，与鲁迅先生开始了频繁的通信往来。11月30日，萧军、萧红在内山书店第一次与鲁迅先生会面。之后，他们就得到了鲁迅先生在写作、经济等方面的多方关怀和照顾。萧红把《生死场》的手稿交给了鲁迅。鲁迅先生亲自为它写了序言，称赞她所描写的："北方人民的对于生的坚强，对于死的挣扎，却往往已经力透纸背；女性作者的细致的观察和越轨的笔致，又增加了不少明丽和新鲜。"萧红自己为书皮作了一幅封面画，画的是一幅中华民族的版图，在东北三省部分被一条直线粗暴地截开，宛如一只利斧劈断了一样，象征着东北三省正在遭受日本侵略者的蹂躏与摧残。这部抗日题材的小说一出版，立刻在上海文坛引起了广泛的注意和轰动，正如许广平后来在她的《追忆萧红》一文里所说的那样："给上海文坛一个不小的新奇与惊动，因为是那么雄厚和坚定，是血淋淋的现实缩影。"从此，萧红就成了三十年代的知名女作家。创作也如山中瀑布，奔泻而出。

在此之后，萧红发表了不少散文和小说。如散文《索非亚的愁苦》，短篇小说《手》、《马房之夜》，等等。《马房之夜》是萧红所作的短篇小说中唯一没有收进集子的作品，但却是最早被译成外国文字的作品，它1936年5月发表于上海的《作家》杂志，1937年就被翻译成日文，发表在11月的《文艺》杂志上，1941年又被斯诺前妻海伦·福斯特（署的是笔名尼姆·威尔士）与另一位姓名不详的人（署名是缩写）翻译成英文，发表在9月的《亚细亚》月刊上。这也是较早介绍给外国读者的中国现代文学作品之一。

1935和1936这两年，对萧红来说，是创作上丰收的两年，也是她异常快乐的两年。但是，欢乐的情绪没有持续多久，在1936年初，由于个人感情方面的原因，萧红的情绪开始变坏，她在写作散文和小说之余，开始像记日记一样地，写了一组名为《苦杯》的组诗。这组诗共十一首，因为是给自己看的，所以在她生前从未发表过。这些诗像她的许多散文一样，写的都是作者内心的感受，如泣如诉，把她当时那种失望、苦痛、郁闷、烦恼的心情，记录得清清楚楚。在极度苦闷的心情指使下，萧红于1936年夏天只身东渡日本。临行前，7月15日，发着烧的鲁迅先生，设家宴为萧红饯行，许广平亲自下厨房烧菜。这一次相聚，就成了萧红与鲁迅先生的永诀。

到了东京之后，萧红的精神仍然不好，身体状况也开始变坏。她开始失眠，发烧，头痛，肚子痛，骨节酸痛，疲乏，心绪不宁。在这种情况下，她继续写作，写出了短篇小说《王四的故事》、《红的果园》、《牛车上》，以及散文《孤独的生活》与《家族以外的人》。由这五篇作品结集而成的散文、短篇小说集《牛车上》，在萧红回到祖国之后，于1937年5月出版。而当萧红正在东京写作上述这些作品的时候，她的另一本由过去写成的十三篇散文与短篇小说结集而成的散文、短篇小说合集《桥》，已于1936年11月在祖国的上海出版了。

1936年10月21日，萧红在东京得知了鲁迅逝世的消息，悲痛万分。为此，写出了散文《海外的悲悼》。因为日本帝国主义者加紧了侵略中国的步伐，1937年1月，萧红从东京启程，返回祖国。

回到祖国之后，萧红的心绪仍然不见好转，她无法排解自己苦闷的心情。1937年4月，她又只身北上。5月12日，接到萧军"身体欠佳"的信后，又立即离京返沪。这一次，萧红同样没能在上海安定地生活多久。战争形势发生了急剧的变化。8月13日，日本侵略军进攻上海。从此之后，天空中就经常飞满狂啸的日本轰炸机，地面上也经常出现狂吼的日本机关枪。她就在这种环境中，写出了散文《失眠之夜》、《天空的点缀》。

10月份，萧红和萧军跟随上海的文化人，撤退到武汉。在武汉，她与胡风、萧军、端木蕻良等人一起，创办了《七月》。她为《七月》写作了《小生命和战士》、《火线外（二章）》、《一条铁路底完成》、《一九二九年底愚昧》等散文，并写作了她一生中唯一的一篇评论性质的文章《〈大地的女儿〉与〈动乱时代〉》。

1938年1月，应李公朴先生之邀，萧红与萧军、端木蕻良等人，相继从武汉到达山西临汾，在"民族革命大学"任教。在此期间，写作了散文《记鹿地夫妇》。2月，日军逼近临汾，"民族革命大学"准备撤退。萧军准备与学校一起撤退，必要时和学生一块儿打游击；萧红则主张仍然从事写作。两萧由于意见分歧，争执不下，萧军留在了临汾，而萧红则随同丁玲率领的"西北战地服务团"，取道风陵渡，乘火车去西安。在火车上，萧红与塞克、端木蕻良、聂绀弩合作，创作了描写山西农民进行抗日斗争的三幕话剧剧本《突击》。这是萧红第一次参加写作剧本。该剧3月16日开始在西安易俗社演出。3月26日，重庆《新华日报》刊登了关于西北战地服务团以及丁玲、塞克、聂绀弩、端木蕻良、萧红等人在西安活动的情况，并介绍了《突击》的剧情以及《突击》演出的情况。

1938年的初夏，萧红寄居在“西北战地服务团”时，萧军也从临汾辗转来到了西安。他们决定分手。萧红离开了同居六年的萧军，与端木蕻良双双回到了武汉，举行婚礼。返回武汉之后，萧红写作了散文《无题》、《寄东北流亡者》，短篇小说《黄河》、《汾河的圆月》，等等。

9月，日军又逼近武汉。萧红撤离武汉西行至重庆，在此期间，写作了几篇回忆鲁迅先生的散文（如《鲁迅先生记（一）》、《鲁迅先生记（二）》、《回忆鲁迅先生》等）和其他题材的散文，如《我之读世界语》、《牙粉医病法》、《滑竿》、《林小二》、《长安寺》、《放火者》、《花狗》、《茶食店》，以及短篇小说《朦胧的期待》、《孩子的讲演》、《逃难》、《旷野的呼喊》、《黄河》、《莲花池》、《山下》，等等。这七篇短篇小说，后来结成短篇小说集《朦胧的期待》，于1940年出版。

1940年1月，萧红与端木蕻良从重庆到香港。这时的萧红，病体已经很衰弱，患着肺结核，经常咳嗽，头痛，失眠，精神上也仍然感到郁闷和烦恼。在这种情况下，她除去参加了香港文化界纪念鲁迅先生六十岁诞辰的活动，并为这个活动撰写了哑剧剧本《民族魂鲁迅》之外，大部分时间，都是躲在家里，躺在病床上。在香港期间，她创作了两部长篇小说《呼兰河传》和《马伯乐》，一部中篇小说《小城三月》，还有散文《给流亡异地的东北同胞书》、《九一八致弟弟书》，短篇小说《北中国》等等。

1941年12月8日，太平洋战争爆发，日军占领了香港和九龙。重病的萧红，流落在九龙。先后躲避在香港联合道七号周鲸文家，雪厂街思豪酒店，斯丹利街时代书店宿舍等地方。12月25日，香港总督宣布向日军投降。在一片混乱中，萧红又先后被送入养和医院、一所法国病院和圣士提反女校改成的临时医院。不堪颠沛流离之苦的女作家，终于在1942年1月22日，在最后这所临时医院里逝世。这时，她只有三十一岁。

二

萧红从1933年开始发表作品，至1942年1月夭逝香港，其间只经历了八个年头。在这八年的创作生涯里,她一直不间断地写作,除了大量的中、长、短篇小说外,也写了不少散文。她的散文作品比小说更感人;而她的写得成功的小说,在写法上也都带有散文的特点。

上面说过,萧红是一位具有独特的艺术风格的女作家。她的艺术风格的最突出的表现,就是她可以算作是一个自传型的、抒情型的女作家,而自传型的作家,往往就是抒情型的。

她的大部分散文,都具有明显的自叙传的性质,即使是一位与她素不相识的读者,在读了她的一系列的自传体的散文之后,也能对她的经历、体验、性格、感受,有个大致的了解。我们这本集子里所选的散文,就有相当一部分是写她在哈尔滨、上海、东京等地的生活情景的。可以说,萧红在写作这类散文的时候,是把自己经历过的生活,以及她本人在这种经历中内心所体验的情感,作为创作的源泉的。因此她的散文作品就带有浓郁的抒情色彩,或是抒发她对个人身世的自怜自爱与感叹,或是抒发她对生活在底层的劳动人民的悲悯与同情,或是抒发她对理想境界的憧憬和追求。她的经历是坎坷的,她的感受是敏锐而细腻的,她的心地是善良的,她把这些都化为朴素而充满感情的文字,用来震撼读者的心灵。

她的散文代表作,应该算是《商市街》,这是1936年8月由上海文化生活出版社出版的散文集。我们选用了其中的若干篇章。《商市街》共收散文四十一篇,完全是她与萧军两人在哈尔滨那段生活的实录。她在描绘自己处境难堪的时候,往往是用内心感受来表现,因而常常揪紧读者的心弦。比如她在很多篇章中,描写自己长期受到饥饿的威胁。在《提篮者》这篇散文中,她写了一个提篮卖面包的人对她产生的诱惑,她写了"带来诱人的麦香"的面包怎样吸引她,但是"挤满面包的大篮子又等在过道,我始终没推开门,门外有别人在买,即使不开门我也好像嗅到麦香。对面包我害怕起来,不是我想吃面包,怕是面包要吞了我"。在《饿》这篇散文里,她对着空荡荡的屋子,甚至发出了"我拿什么来喂肚子呢? 桌子可以吃吗? 草褥子可以吃吗?"这类令人胆寒的疑问,这种构思,真是触目惊心的。在其他的篇章里,她也写到了对于寒冷的感受,她写自己如何穿着带孔的单鞋,踩在吱吱作响的雪地上,如何在寒冷的冬夜流落在街头, 望着人家临街的窗户里闪烁出的温暖的灯光,希望自己也能有一张温暖的眠床,或者哪怕是只有能够暖暖脚的厚厚的

茅草。在诸如此类的散文作品中,我们看到了这位青年女性的悲惨的处境,她把自己这种悲惨的处境,毫无保留地倾诉给读者,字里行间流淌着血泪,而又矜持地保持着自己的尊严。当然,这些带有自传性的描述自己身世的散文,不可能仅是孤零零地描绘她自己,有时她把自己的命运与那些在旧社会里处境比她更为悲惨的人们联系起来,她同情他们的处境,但却对他们爱莫能助,因而谴责社会,也谴责自己,比如《破落之街》,她就是带着对劳苦大众的同情和对自己的谴责写作的。有时她又把自己摆在那些饱食终日无所用心的人们中间来描写。

而她的长篇小说《呼兰河传》,则是她在异乡写的一本童年回忆录。她在这部长篇小说里,描写了自己的故乡、祖父、祖母、同乡人的面貌,不仅绘制出了一幅二十世纪中国东北农村的社会风俗画,更感动人的,则是倾诉出了她在童年时的种种内心感受,那是一种出自一个聪慧的、解事颇早的女孩子心中的,喜爱幻想,有些孤独,有点忧郁的心境,和对于老是因为袭着传统习惯而思想、而生活的故乡生活方式的不满。

她的这些抒写亲身经历及内心感受的作品,是她的作品中最感动人的篇章。

她也写有一些描写客观现实的作品,总觉得写得不太成功。一个偏重自传型、抒情型的作者,总是擅长抒写主观的感受,对于客观现实的冷静描写,就显得有些不足。即使是她的成名之作《生死场》也不例外。鲁迅作为一个前辈作家,对晚辈作家出于培养、提携、爱护之情(鲁迅曾在1934年12月26日致萧军、萧红的信中说:“如果删掉几段[指检查官——笔者注],那么,就任它删掉几段,第一步是只要印出来。”)又由于当时中国文坛上确实需要描写抗日题材的作品来鼓舞人民的斗志,才亲笔为它写序言,并在序言中对这部作品加以充分的肯定。然而,我们也不能忽略,鲁迅在充分肯定这部作品之前,也曾含蓄地指出了它的不足,即:“这自然还不过是略图,叙事和写景,胜于人物的描写。”鲁迅指出的这种不足,确实存在于《生死场》中。这与《生死场》中描写的生活不是她所亲身经历的有关,义勇军的故事是她间接听来的。而在有的作品中,萧红却是描写性格的能手,像她那篇优秀的散文《家族以外的人》,叙述的就是她家的远亲,也是她家的老雇工有二伯的故事,她为读者刻画了一个既自尊又自卑,既善良、怯懦又固执、懒惰,处境既可笑又可怜，有点类似阿Q又与阿Q有明显不同的，北方贫苦农民的典型形象。这个人物为何能够塑造得栩栩如生？为什么萧红写这类作品时如此流畅，使你感觉不到像她写《生死场》或其他小说时带有的那种“吃力感”？因为这个有二伯是萧红自小与之朝夕相伴的一个家人，他与萧红童年生活中的许多经历关系密切，这一老一小之间感情很好，萧红成名之后，对他仍然怀有眷恋的温情，所以能在一篇散文里，塑造出一个性格鲜明的人物形象。

除去成名之作《生死场》外，萧红的其他一些短篇小说，几乎都存在着人物缺乏鲜明的性格，故事缺乏完整的结构等非常明显的缺点。然而就是写了以上这些不甚成功的小说的萧红，却写出了令人爱不释手的散文《回忆鲁迅先生》，还有上面说到的《家族以外的人》，以及长篇小说《呼兰河传》，说明这位作家是非常擅长于写作自己经历的生活与内心的感受的。在写这类作品的时候，她有细腻地捕捉细节的本领，而且文笔清新，对她曾经经历过的生活有一种顽强的、经久不衰的、鲜明的记忆力。而当写自己不曾亲身经历的生活时，她就不善于冷静地观察，并进行典型的刻画了。这是萧红创作风格的一个最突出的特点。

后来，萧红也写了几篇与她过去常写的自传性散文格调不同的散文，但抒情色彩同样非常浓郁，主要的区别在于，后来所写的散文是直叙的，而不是委婉的，比如她在香港写作的《给流亡异地的东北同胞书》，就充满了对故乡的深情，充满了对流亡同胞的热情的鼓励。

萧红散文的另外一个特点就是她具备捕捉细节的本领。正如上面提到的，尤其是当她写作自己亲身经历的生活，或是描写自己熟悉的人物，和抒发自己内心的感受时，她的这种捕捉细节的本领，就更突出地表现出来了。比如上面提到过的她的那几篇描写人物的散文，在这几篇散文里，虽然也有描述她自身生活经历的内容，主要的目的还是要刻画她所熟悉、热爱的人物，其中最成功、最有特色的作品，要算是上面提到过的《回忆鲁迅先生》和《家族以外的人》两篇了。她在这类作品中，一方面仍然保留着浓郁的抒情色彩这个特色，另方面因为描写的重点不是她自己，而是第三人称的那个人，所以就得运用许多生动的细节，来刻画一个栩栩如生的人物。而萧红确实是捕捉细节的能手。《回忆鲁迅先生》是一篇关于伟大人物的回忆录，而以鲁迅先生为主角的回忆中，萧红这篇《回忆鲁迅先生》是写得别具特色、别有韵味的一篇。她充分地施展出了女性作者具备的细腻、清新的笔调，为读者刻画出了一个特别富有人情味的鲁迅先生的形象。鲁迅在苏州河的大桥旁，坐在石围上，边等电车边吸烟的情景，会给读者留下经久不息的印象。她还把读者引进了鲁迅家敞开的大门，让读者清晰地看到了鲁迅一家和谐、朴素的生活。她给读者描绘了鲁迅先生饮食的爱好、衣着的怪癖、工作的劳累、临终前的病容，使读者不仅认识了思想家的鲁迅，也认识了作为一家之长的鲁迅和作为一个情义深重的宽厚长者的鲁迅。正是因为如此，才使萧红的这篇回忆鲁迅先生的文章，具有了独特隽永的艺术魅力。我们在读过了萧红回忆鲁迅先生的散文之后，会清晰地记得《鲁迅先生记（一）》中那个灰蓝色的花瓶以及瓶里种的万年青，还有鲁迅先生手中拿着的点燃了的红色香烟头，这些鲜明生动的细节，与萧红散文特有的浓郁的色彩结合在一起，就构成了萧红散文感动读者的力量。

第三，萧红文笔的风格是清新流畅的，它能免去许多繁琐的叙述，而直截了当地又相当机敏地捕捉住最能表现人物性格或心情的生活细节，同时她的笔端又常带深情，有浓郁的人情味。这个特点，在她的长篇小说《呼兰河传》里有突出的表现，尤其是在她的散文里，如《鲁迅先生记（一）》、《鲁迅先生记（二）》、《回忆鲁迅先生》、《家族以外的人》、《商市街》等等篇章中，更得到了突出的表现。回忆鲁迅的文章很多，这些文章的作者中，有鲁迅的妻子、兄弟、老同学、老朋友、学生、被鲁迅提拔起来的文坛新秀，还有外国人，等等。但是，萧红这篇，却与众不同，读后会给人留下清新隽永的印象。为什么这篇散文会收到如此不一般的艺术效果呢？它与其他的回忆录相比，无非就是文笔清新，更带有抒情色彩，更富有人情味儿。她使你看到了这位长相举止很像一个普通乡下老头的思想家，其实却是一个有着超群的智慧、渊博的知识、宽厚的胸怀、和蔼可亲的态度的可爱的老人，你在这样的一个人面前，可以坦露你的心胸，甚至可以撒娇，他对你是一片赤诚，他会无私地帮助一个晚辈。这种把一个伟大的人物描写成一个普通人的富有人情味的笔法，确实比其他的笔法更能吸引人，也更使人难忘。

第四，萧红在创作思想上，是想要努力地继承鲁迅的传统的。她也想把统治中国几千年的封建主义的思想与习惯，当作自己鞭挞的主要对象。当然，由于她在学识上、经历上、思想深度上，都与鲁迅存在着较大的距离，绝不能与鲁迅先生相提并论，但是从作品中看她的创作思想，她却是努力地朝着这个方向去做的。这个特点，比较集中地表现在她的长篇小说《呼兰河传》里，而在她的散文里却表现得不太明显，因此，关于这一点，本文就不准备展开论述了。

我们知道，萧红是一个自学出身的女作家，她还没有读到中学毕业，就被迫中止了学业，她没有受过语法修辞的训练，虽然她也曾刻苦自学，但却从字里行间，常常露出语言功底不够深厚的破绽。有时会出现明显的语言不通顺，或语法修辞不够准确的地方。但是这种明显的缺陷又常常被她的抒情色彩所掩盖，当读者沉醉于她的作品的感人力量时，就会忘记她在语言上的瑕疵和弊病。我常常想，为什么会有这种情况发生呢？——也许这就是风格的力量吧。

最后，再向读者说明三点：

（1）我们从三四十年代的旧报刊中，选了几篇解放前后都未曾收进集子的零星散文编入本集中，以供读者欣赏。

（2）为了方便读者了解萧红散文的风格以及由前到后发展的轮廓，本选集的目录是按写作时间先后顺序排列的。

（3）在百花文艺出版社的大力支持和鼓励下，于1982年春编选出版了这本《萧红散文选集》。而在编定这本选集的两年前，百花文艺出版社于1980年出版了本人的习作《萧红传》。时光飞逝，当改写完这篇“序”后，距拙作出版已经过去了整整九年，而距本书的初版日期也已过去了整整七个年头了。然而，随着时光的流逝，那些在我前进的道路上给予过我真诚帮助的前辈师长、同辈朋友和年轻朋友们的面影，却越发清晰地闪现在我的面前。今天，我要借本选集再版的机会，向他们再次地表示诚挚的谢意。同时，还要特别向七年前鼓励、帮助本人编选这本选集的百花文艺出版社的副总编辑董延梅大姐、老编辑李申同志，向这次再版该选集时不断地催促鼓励本人的范希文同志（本人因病原想请假不干）表示诚挚的敬意，向百花文艺出版社的全体同志们表示诚挚的谢意和敬意。

1989年除夕于北京

《萧红传》跋

肖凤

有才华的女性是不多见的，尤其是在被封建主义思想长期禁锢着的旧中国，那些有才能的女性身上，总是压着一座习惯势力的大山。就像被埋在冰封的土地底下的蓓蕾，要想冲破重重的阻力，而傲然地开放出绚丽的花朵，就需要经受得起种种精神上的与肉体上的磨难。然而，坎坷的命运往往又是磨炼才能的最好的机会，一个具有十足的艺术气质的女孩子，常常就是在接踵而来的冷漠、孤寂、不幸、迫害等等的遭遇之中，充分发展了她的敏感的天性，和对于爱的憧憬、对于善的珍视、对于理想境界的追求。

翻开漫长的中国文学史的画卷，在挤满了作家肖像的文学画廊中寻觅，你就会发现，在这人数众多的行列中间，美丽而又羞涩地夹杂在男性

本文为《萧红传》百花文艺版跋。

《萧红传》，肖凤著，百花文艺出版社1980年12月版，32开，129页。内收肖凤《序》、《跋》及萧红著作目录。

之间的女人肖像，只有难得的几帧。只是在爆发了辛亥革命与“五四”运动之后，随着历史的发展，一些有志于社会改革的女性，才有更多的机会登上文坛，为我国新文学史的画廊，增添了妩媚的光彩。

具有独特的艺术风格的女作家萧红，就生活在辛亥革命至抗日战争这个动荡不安而又多灾多难的时代。她二十四岁成名，三十一岁夭逝，离开这个世界已经三十八年了。但是她那些非常富有人情味的小说和散文，却超越了时间和空间的界限，为越来越多的国内外读者展现出了一幅又一幅亲切感人的社会风俗画面。我面对着摊开在眼前的这些因出版年代久远而发黄变脆的纸片，惊异于她的观察力的细腻和文笔的清新，更同情她的坎坷而又不幸的命运。我深知一个有理想、有才华、向往自由的女性，必然会受到半封建的旧中国的社会习俗的迫害。她曾经被鲁迅先生称为中国 “最有前途的女作家”，但是却在创作全盛的年华，悄然离开了人间。她在尚未来得及完全展现自己才华的时光，就辞世远去，假如她能够活到今天，该会为祖国的文学园地贡献出多少花朵。

大概因为我是一个女性的缘故吧，所以特别珍爱我们民族的优秀女作家。我探索着萧红作品中揭示出来的，她的那一颗需要怜爱的多愁善感的灵魂，端详着她的栩栩如生的肖像，立志要为她写一部传记。我除了反复地阅读她的小说、散文、诗、剧本、评论文章以外，还参阅了与她有关的一些作家撰写的回忆录。特别值得提出的是，我在写作的过程中，得到了老一辈作家舒群、萧军、端木蕻良诸位先生的帮助，他们有的已逾古稀之年，有的衰弱多病，却牺牲了自己的写作时间与我长谈，提供了许多宝贵的第一手材料。我家的好友方蒙先生，为我提供了多方面的调查研究的线索。我如果终于能够如愿表现出对女作家萧红的同情与惋惜，此传记就是对上述诸位先生的感谢与酬答。

《萧红自传》后记

肖凤

我早已画了句号却屡屡被邀还需着手去做的一件事，是关于萧红的。起因是一九八〇年《散文》月刊创刊号和二月号上连载了拙作《萧红传》的第一、二两章，单行本也于同年由百花文艺出版社出版。之后，一九八三年拙编并作序的《萧红散文选集》又由百花文艺出版社出版。一九八二年秋天，我应大学时代的老师所召，在北京师范大学中文系现代文学教师进修班上作了题为《萧红研究》的专题讲演，此讲演稿收入北京师范大学出版社一九八四年出版的《现代文学讲演集》一书。我写的《萧红评传》也被收入《中国现代作家评传》丛书第三卷，一九八六年由山东教育出版社出版。在此前后，我还应中国社会科学院文学研究所“现代作家资料丛书”

《萧红自传》，肖凤选编，名人自传丛书，江苏文艺出版社1996年10月版，32开，291页。收萧红作品32篇，附录收周鲸文《忆萧红》1篇，另收《后记》1篇。

编委会之约，花了整整两年的时间，编纂完成了六十余万字的《萧红资料》一书，于一九八三年如期交稿，当时负责此事的编委会人士及分工负责此书出版发行事宜的春风文艺出版社责任编辑，皆于收到稿件后的半年左右书面通知我："已发排，请等校样。"从此，我就为萧红研究画了句号。因为手头还有许多事情要做，再也不想为这位女作家分神了。

然而文学界的老师和同行们还记得我在写作方面进行的努力，他们为拙作写了不少评论文章。其中鲁冀先生对我的专访发表在《上海文汇读书周报》一九九二年五月三十日的头版上，该文的摘要被一九九二年六月十五日的《文摘报》发表在六版头条，并被冠以《肖凤〈萧红热〉》的标题，其中说到拙作《萧红传》"为人们了解一个长久被冷落的天才女作家起了呼风唤雨的作用"。我很感谢大家对我的鼓励与肯定，但是实际上我早已转移了写作的目标，不想再与这个老题目发生联系了。

想不到在一九九四年秋，中国青年出版社找到了我，让我为他们的"名人情结"丛书系列撰写其中的《萧红与萧军》一本，交谈之后才知道，责任编辑原来就是我的小师妹，而介绍她来找我的就是我们共同的老师，我只能俯首从命，该书已于一九九五年顺利出版。

又想不到的是，去年秋天，江苏文艺出版社的郭济访先生也找到了我，让我编纂《萧红自传》一书，现在呈献给读者诸君的，就是此事的结果。

最后，需要说明几点：

（一）此书中收集的有些篇章是第一次与读者见面。如萧红在去世不久于香港写给华岗先生的七封信是八十年代初我编纂《萧红资料》一书时端木夫人钟耀群女士亲手交给我的。钟女士当时提供我萧红与端木致华岗的信共九封，同时附有华岗夫人谈滨若女士致端木蕻良信一封，及钟耀群女士关于这批信件来源的说明，当时我都及时地编入了《萧红资料》一书中。但是由于出版社方面的种种原因，这本耗费了我两年时间与精力，并得到许多同行朋友关注的书，至今未能出版发行，关于此事我以后会专门写文来谈，这里就不赘述了。钟女士提供给我的这批资料很珍贵，借编《萧红自传》的机会，使它们得以面世，奉献给读者，我才放下心来，同时在此郑重地向钟耀群女士表示衷心的谢意。

（二）萧红逝世前在香港的那段生活，说法较多，本书作为附件收入的周鲸文《忆萧红》一文，是一位见证人的真实笔录。周文发表于香港《时代批评》一九七五年十二期，从未在内地报刊上转载过。在我编《萧红资料》的过程中，香港中文大学卢玮銮女士于八十年代初将此文的复件寄给了我，我也将它及时编入了该书，但因上面所述的情况，此文尚无在内地披露的机会，此次也借编《萧红自传》的机会，将该文介绍给读者。我觉得周鲸文此文具有较高的资料价值，同时在此向卢玮銮女士表示衷心的谢意。

（三）因为本人编写过详细的《萧红生平年表》（为《萧红资料》一书而作，此年表后来被《呼兰师专学报》社会科学版一九八六年第一、二两期连载），所以《萧红自传》中收录的萧红作品，是以作者所记叙的事件发生的前后为序，而非以写作年代为序的。这样排列，是为了便于读者阅读。

（四）在编纂本书的过程中，我的硕士研究生房莉小姐，和我的小同事王静小姐，帮助我做了不少抄写和复印方面的工作，在此一并表示衷心的谢意。

1996年3月于北京

《萧红传》后记

丁言昭

我的专业是木偶戏研究与创作，但由于受父辈的影响，对现代文学始终抱有浓厚的兴趣。在我繁忙的创作之余，整天东写西涂，全是关于现代文学的内容，这虽然大有不务正业之嫌，可是我喜欢呀，实在没办法。

七十年代末，我的兴趣焦点渐渐转移到萧红研究上，先后写了《鲁迅与萧红》、《崇高的敬意　深切的怀念——读萧红〈回忆鲁迅先生〉札记》、《"我将与蓝天碧水永处"——纪念萧红迁葬二十二周年》、《〈生死场〉版本考》、《萧红年表》、《萧红作品年表》、《萧红的朋友和同学——访陈涓和杨范同志》、《访老人忆故人——听梅林同志谈萧红》等三十多篇关于萧红的文章。自一九八一年六月我到哈尔

《萧红传》，丁言昭著，江苏文艺出版社1993年9月版，32开，344页，插图16幅。内收刘以鬯《序言》、《萧红年表》、《萧红著作目录》、《萧红研究资料目录》及《后记》5篇。

滨参加纪念萧红诞辰七十周年学术讨论会，听了许多萧红生前友好的回忆，就产生了一个念头：请所有见到过萧红的人题签，一定是很有趣的事情。我的这个想法得到了木刻家戎戈的支持，他为我刻了三枚萧红头像，然后家父的挚友王观泉和王世家先生又帮忙到印刷厂印制精致的萧红纪念卡，接着我就四处发信或登门拜访，请萧红的同辈人在纪念卡上题签。这些都是热心肠的老人，很快满足了我的要求。经过几年的努力，我已收集到丁玲、丁聪、巴金、丰村、孔罗荪、白危、田间、冯和法、叶露茜、沙梅、陈涓、吴朗西、吴似鸿、沈玉贤、杨范、周玉屏、季峰、范泉、姚奔、骆宾基、赵蔚青、姜椿芳、徐迟、徐微、高兰、高原、聂绀弩、黄源、萧军、梅林、曹靖华、傅秀兰、舒群、塞克、贾容、端木蕻良、戴爱莲等前辈签的萧红纪念卡。

当时设想就这些萧红纪念卡写成三十多篇散文，结集出版，或写本萧红的传记，但一直没静下心来写。事过十年，有朋友来约稿，我一听正合我意，而且能实现我十年前的愿望，就一口答应，立即动手写。

在这十年中，已出版好几本萧红传，要超过他们有一定的难度。人无，我有；人有，我新；人新，我优；人优，我特。我收集的萧红纪念卡，不就是我特有的吗？这些珍贵的纪念卡不是能把萧红的一生像珍珠一样串起来吗？想到这些，我非常自信。但在写作过程中，我还是遇到了一些难题，例如，同一件事情，众说纷纭，就是当事人之间也难统一，我就尽量做到叙之有理，理在情中，如实在无法统一，我就立此存照，待考，并力求运用第一手材料，注上详细的注释，供研究者进一步考证，研究。

开始写的时候，我恨不得三天就完成，但越写到后来，我越不想早结束，特别是写到萧红最后的四十四天时，我心里真难受，我不愿写到她的死……这三个多月来，我梦中是萧红，醒来是萧红，走路是萧红，吃饭是萧红，写的更是萧红，我简直快与萧红合成一体了。

看着这厚厚的一叠稿纸，我更加怀念已经去世的丁玲、丰村、白危、田间、吴似鸿、杨范、姜椿芳、聂绀弩、萧军、梅林、舒群、塞克诸位前辈。想当初，我登门拜访或写信求教时，他们是多么精神焕发地与我侃侃而谈，谈萧红的作品，萧红的生活，萧红的朋友，萧红的一切，现在，他们与萧红一样，离我远去，但他们的谆谆教导，殷切期望，我将永生难忘，他们在我的心中，永远是那么亲切,慈祥,他们是永生的。我愿把这本书献给曾给予我真挚帮助的前辈和所有热爱萧红的朋友们。

一九九一年二月二十八日
於上海两步居

生死场　艰辛路

丁言昭

朋友，听到过萧红这个名字吗？她是中国现代著名的女作家。其实，她并不姓萧，姓张，叫张乃莹，生于1911年，辛亥革命发生的那年；病逝于1942年，太平洋战争爆发后的第二年。萧红是她的笔名。有位文学前辈曾把萧红的一生归纳为“生死场　艰辛路”，这是她在生活和创作上的真实写照。

在她短短的31年人生中，22年是在东北家乡度过的，1934年离开哈尔滨，辗转青岛、上海、北京、山西、武汉、重庆等地，最后客死香港，再也没回到过家乡。但这位来自呼兰河畔的东北姑娘，一刻也没忘记故乡的人、故乡的山、故乡

本文为《萧红作品赏析》前言。

《萧红作品赏析》，丁言昭选析，火凤凰青少年文库丛书，海南出版社1997年9月版，32开，152页。编入萧红作品及赏析15篇，另有陈思和“火凤凰青少年文库”总序《我为什么要为青少年编书》、丁言昭的前言《生死场　艰辛路》2篇。

的水，多少回梦回呼兰河，多少次遥望北方，故乡的一草一木萦绕在她的心头，倾注在她的笔头，流淌在稿纸上。

她在《给流亡异地的东北同胞书》中这样来描写家乡："家乡多么好呀，土地是宽阔的，粮食是充足的，有顶黄的金子，有顶亮的煤，鸽子在门楼上飞，鸡在柳树下啼着，马群越着原野而来，黄豆像潮水似的在铁道上翻涌。"看吧，在她的笔底下，《生死场》诞生了，《商市街》问世了，《呼兰河传》出版了，还有《小城三月》、《手》、《牛车上》……这一部部佳作，写的都是东北，真是抒不完的故乡情。热烈的追忆往往能写出绝妙的传世之作，最熟悉的，不管多平凡，总是最亲切的，亲切的就可能产生出最好的作品来。如果你知道一些她的身世，再回过头来谈萧红的作品，你一定会觉得此话不假。

萧红诞生在一个封建地主家庭里，她在《呼兰河传》里反复地说："我的家是荒凉的。""我家的院子是荒凉的。""我家院子是很荒凉的。"这里指的"荒凉"，是萧红自小失去父母之爱的一种比喻。她曾经这样写她的童年时代："父亲常常为着贪婪而失掉了人性。他对待仆人，对待自己的儿女，以及对待我的祖父都是同样的吝啬而疏远，甚至于无情。"母亲重男轻女。对萧红很冷淡。她10岁时，母亲去世，父亲再娶，更使她觉得这个家庭的冷酷无情。只有在年老的祖父那里，她才尝到一点童年的欢乐。她喜欢跟祖父一起读唐诗，或在后花园里模仿祖父栽花种菜，有时也独自一个人去追逐蝴蝶、蜻蜓，捕捉蚂蚱，要不就摘小黄瓜吃，只有在这种时候，心境寂寞的萧红才显出儿童的天真活泼来。

萧红生性活泼，天资聪慧，在中学读书时，受几位老师的影响，对文学和绘画产生了浓厚的兴趣，参加绘画小组，阅读鲁迅等新文学作家的作品。

但是在那个年代，有多少姑娘成了封建买卖婚姻的殉葬品。同样的厄运也在等待着萧红，当时她正读着鲁迅的《伤逝》和易卜生的《娜拉》，书中女主角的"越轨"行为，极大地刺激着萧红，她决定"逃婚"出走，离开"荒凉的家"，去寻找自由和幸福。但现实是严酷的，一个少女，要想在社会上落脚谋生，谈何容易！萧红过着漂泊生涯，终日流浪街头，寂寞窘困之极。但她始终不肯回去，她在《初冬》中说："那样的家我是不能回去的，我不愿意受和我站在两极的父亲的豢养……"

萧红初涉人生，即被人骗，怀着身孕，在哈尔滨东兴旅馆当人质。幸亏在这时她结识了青年萧军,1932年发大水,萧军和朋友们乘机救出萧红,两萧开始了饥寒交迫的蜜月生活。这年冬天,两萧从欧罗巴旅馆迁居到商市街25号。萧红后来以这段真实的生活,创作了长篇散文《商市街》,再现了当时的生活场景。

1934年夏,萧军萧红为躲避日本及伪满当局的迫害,离开东北到了青岛。萧红在青岛完成了中篇小说《生死场》,不久就寄给了在上海的鲁迅先生。

萧红在1934年11月初到了上海,这是她短促生命中的大转折:鲁迅先生向这位在苦难的生活中磨炼了22年的女作家伸出了温暖而有力的手。从1934年10月至1936年2月,鲁迅给萧红萧军的信多达54封。为了帮助萧红认识上海错综复杂的社会生活,不致迷失方向,鲁迅还特地宴请两萧,席间向萧红介绍了茅盾、聂绀弩、叶紫等文艺界朋友。鲁迅为萧红看稿、作序,并把作品推荐给《太白》等刊物。萧红的进步和成长是与鲁迅的帮助鼓励分不开的。

萧红和萧军到上海后,分别出版了《生死场》和《八月的乡村》,成了文坛上瞩目的一对文学夫妇,事业上成功了,感情上却出现了裂痕,萧红决定东渡日本,暂且休养一阵。两萧就像一对小刺猬,近了,彼此刺得发痛,远了,又感到孤单。萧红在日本只待了半年,就匆匆赶回上海。

抗日战争爆发后,萧红与萧军、端木蕻良、艾青等同赴山西临汾民族革命大学任教。国家处在生死危急时刻,两萧的关系也陷入崩溃之际,终于他俩分手了。1938年初夏,萧红与端木蕻良结合,去了武汉、重庆。1940年春,萧红同端木蕻良乘飞机去香港。1942年1月22日病逝于香港。1958年8月萧红墓迁到广州,葬在银河公墓。

萧红为我们留下了近百万字的作品,有小说、散文、戏剧、诗歌等。她的成名之作是中篇小说《生死场》,当时她才22岁。

“九一八”事变后,日本侵占了我国东北,东北人民奋起抗战,狠狠打击侵略者。萧红亲眼目睹了这些情景,朴素的爱国心使她挥笔写作。她以“女性作者的细致”观察到,“在农村,人和动物一起忙着生,忙着死”。“大片的村庄,生死轮回着和10年前一样。”在这片荒茫的大地上,沦于奴隶地位的被剥削、被压迫、被辗轧……的东北人民,每年、每月、每日、每时、每刻……在生与死两条界限上辗转着,挣扎着,或者悄然地死去,或者是浴血斗争着……

萧红对于在旧中国农村遭受苦难最最深重的妇女寄予了无限的同情,在《生死场》里,主要描写的有老农妇王婆、贫农少女金枝、贫农少妇月英和傻女人麻脸婆。这些性格、年龄各异的妇女都有自己一部辛酸的血泪史,她们谁也摆脱不了悲惨的命运,在进行“死的挣扎”。作者又以“越轨的笔致”毫不隐晦地揭示,造成北方人民痛苦生活的根源就是封建地主和日本侵略者,进而塑造了以李青山为首的觉醒的劳动人民形象,表现北方人民“生的坚强”。他们痛恨日本侵略者的破旗,把宣传王道的“纸片”“丢在脚下来覆的乱踏”。他们不屈服,他们要反抗。李青山、王婆等秘密组织起来,举行庄严的典礼,悲壮地宣誓:我们“要中国旗子”、“不当亡国奴,生是中国人,死是中国鬼”。为了不当亡国奴,“就是把我们的脑袋挂满了整个村子所有的树梢也情愿”,“千刀万剐也愿意”。真是一幅东北人民决心以鲜血和生命捍卫民族利益的动人图景。

《生死场》出版后,鲁迅称这部小说为“力透纸背”之作,并且在看完小说稿后,立即写信给萧红,信中说:“……做得好的——不是客气话——充满着热情,和只玩些技巧的所谓‘作家’的作品大两样。”评论家胡风看了《生死场》,在《读后记》中说:“使人兴奋的是,这本不但写出了愚夫愚妇的悲欢苦恼,而且写出了蓝空下的血迹模糊的大地和流在那模糊的血土上的铁一样重的战斗意志的书,却是出自一个青年女性的手笔。在这里我们看到了女性的纤细的感觉,也看到了非女性的雄迈的胸境。”从此,萧红的名字渐为世人所熟知,奠定了她在中国文坛的地位。

萧红写过不少小说,对如何写小说,有着自己独特的见解。有一次她与朋友聊天时,说:“有一种小说学,小说有一定的写法,一定要具备某几种东西,一定写得像巴尔扎克或契诃甫的作品那样。我不相信这一套,有各式各样的作者,有各式各样的小说。若说一定要怎样才算小说,鲁迅的小说有些就不是小说,如《头发的故事》、《一件小事》、《鸭的喜剧》等等。”(聂绀弩:《萧红选集序》)

萧红的小说确实没有“一定的写法”。没有曲折完整的情节,也不严格围绕人物的性格组织起承转合的矛盾冲突,往往以感情的起伏脉络为主线贯穿事件的断片或生活场景,形成一种自然波动的小说结构。说得通俗一些,是跟着感觉走。她的《呼兰河传》、《马伯乐》等都属于这种亦诗亦画的散文风格。

《呼兰河传》中最著名的是第一章第八节中描写火烧云的那个片断,自五十年代起,一直被列入大陆小学课本。

"晚饭一过,火烧云就上来了。照得小孩子的脸是红的。把大白狗变成红色的狗了。红公鸡就变成金的了。黑母鸡变成紫檀色的了……这地方的火烧云变化极多,一会红堂堂的了,一会金洞洞的了,一会半紫半黄的,一会半灰半百合色。葡萄灰,大黄梨,紫茄子,这些颜色天空上边都有。"在萧红的笔下,大自然的宏伟气象,太空中肃穆深邃的神韵,晚霞绮丽浓艳的光线,云海变幻诡谲的景色,都瞬息万变地呈现出来。

在萧红的小说里到处可以寻到这样一幅幅动人的风俗画:"茄子就和紫色成串的铃铛一样,挂满了王阿嫂的前檐;就连用柳条辫成的短墙上也挂满了紫色的铃铛。"(《王阿嫂的死》)刘成的爹"拖着鞋,头上没有帽子,鼻涕在胡须上结起网罗似的冰条来,纵横的网罗着胡须"(《看风筝》)。长青家的"豆油灯像在打寒颤似的火苗哆嗦着"(《夜风》)。

萧红的散文似乎比小说更感人,而她写得成功的小说,在写法上往往也带有散文的特点。如《广告副手》、《小黑狗》、《红的果园》、《家族以外的人》等,很难确切地断定它们究竟是小说还是散文,因此,小说散文互见,便构成了萧红作品的特点。

在萧红的散文中,最有代表性的当推《商市街》这部作品。她的大部分散文都具有明显的自传性质,而《商市街》是最有系统性,也最完整。40篇散文,"是一点不折不扣的生活记录"(萧军:《商市街·读后记》)。作者真实地絮说自己的窘困和周围的一切。她在很多篇章中,都有对于饥饿的描写,因为她以病弱之身,常常是一人困守愁城,饥肠辘辘地盼着外出寻找职业的萧军归来。她描写自己在雪天里饿得像"一架完全停止了的机器";写了一个提篮卖面包的人对她产生的诱惑,她写了"带来诱人的麦香"的面包怎样吸引她,但是"挤满面包的大篮子又等在过道,我始终没推开门,门外有别人在买,即使不开门,我也好像嗅到麦香。对面包,我害怕起来,不是我想吃面包,怕是面包要吞了我"。当她饿得实在受不了时,甚至幻想"桌子可以吃吗？草褥子可以吃吗？”

萧红中学时喜欢鲁迅的《野草》，后来又读《零露集》，内中收有普希金、莱蒙托夫等人的佳作，无疑这些作品给她有潜移默化的影响，每个作家，由于家庭背景、文化氛围、地域影响的不同，形成自己的风格，在《商市街》中，流露着她独具的自然、淳朴、清新、明丽的艺术风格。

海外有一位女作家创造了一个新名词，叫“文学女人”，指的是内心细致敏锐，感情和幻想都特别丰富，格外多愁善感，刻意出尘拔俗，因沉浸于文学创作太深，以致把日常生活与小说情节融成一片，梦和现实真假不分的女作家——多半是才华出众的才女。三毛、吉筝是这样，萧红更是属于这种标准的文学女人。

萧红的一生一直是在苦海翻滚，渴望爱与被爱。追求真挚的爱，她勇往直前，不管别人怎么看她，坚持找寻她所要的。在当今西方社会里的男女关系，讲究敢爱敢恨，自由得几可达到随心所欲的程度。但在萧红生活的那个年代，几乎是天方夜谭，像萧红这样的女性可说是凤毛麟角。

萧红留下的作品很多，有小说、散文、诗歌、戏剧、书信等，因篇幅有限，本书只选了她一些有代表性的作品，如长篇小说《生死场》，短篇小说《小城三月》，散文《商市街》中的几个片断，《回忆鲁迅先生》，诗歌《春曲》、《苦杯》。朋友如果读完此书，余兴未尽，可把《萧红全集》和一些单行本找来阅读。

1992年6月4日初稿

1992年7月23日二稿

1992年8月20日三稿

我为什么写萧红

王小妮

1994年9月9号的晚上，我接到《作家》主编宗仁发从长春打来的电话。他说要编一套“中国女作家传记丛书”，问我能不能写一本？

我说，要是写萧红，我就写。

他说好，就萧红了！

电话里的对话，是一句顶着一句的。电话挂在墙角。墙角没有开灯，也没有座位。站在黑暗里接电话，有什么时间去考虑呢？

我想也没想就答应了。

我是诗人，是面对自我的那种诗人。转过身去，写一部传记作品，去看别人，没想过。

我对萧红认识不多，只是在上大学的时候，看过《生死场》，后来翻过《呼兰河传》，知道她是东北人，命运流离又夭亡。是一个有天份的作

本文为《人鸟低飞——萧红流离的一生》后记。

《人鸟低飞——萧红流离的一生》，王小妮著，传记小说，长春出版社1995年5月版，32开，369页，插图5幅。另收《叙诗》、后记《我为什么写萧红》及《萧红年表及其它》3篇。

家。其它的，都不清楚；

一本传记，要查阅大量的资料，远不是我所长；

在深圳，很难找到有关萧红的书。出版社用快件帮我寄了两本评传、一些散的文摘复印件，还有萧红的几本作品。资料非常有限。

欧文·斯通写《渴望生活》，对凡高生活过的地方，逐城、逐地进行了考察和专访。那样写萧红，很多因素都不允许。

我面对的这些，全是难度。

放下自己的创作，来写这本传，简直没有一点理由。

但是，我为什么想也不想就接受了。

1. 真正的作家，是稀有的。在本世纪，萧红算一个。

2. 我能为一切悲惨和不幸动心。

3. 我和萧红同样是东北人。

所以，我愿意写。

如果萧红活到今天，是八十四岁。现在，世界上八十四岁的老人不是很多吗！但是她，却在三十岁的时候，死在离家那么远的香港。

我在心里，曾经为她的死庆幸。几个月前，我看到一篇文章，记录了萧红当年的朋友聂绀弩七十年代在牢狱里的生活。

如果活着，还能再有什么辉煌吗？

最快、最简短的结束苦难，不是更好吗！

怎么写这本书，很自然地我就想，我决不写一本干巴巴的由史料堆砌的传。我要找到她的心理线索，而不是列举一个人的档案。

我要写的，是一本小说。

在大的事件上，我依据史料。其余的，我要创造细节、画面和动作。我要让人们看见她，她是正走着的。让人们听见她，她是会出来说话的。

写完了，我想把书名叫《你妄想飞吗？》，人们都反对，说不像一个书名。

但是生活，不正在以这种口吻对我们说话吗？

缺了谁，活着的人都挺好，挺好的人最后也都要死。

是什么东西能动人？

站在半个世纪以后看，比萧红更悲惨的人和事，时刻都在发生。悲剧，才是精神的顶峰。

1995.4.18.深圳

叛逆者的不归之路

季红真

年轻的时候，并不能真正懂得萧红。以为不过是顺应了那个时代的先锋思潮，而未必有什么独特的见解和出众的才华。读大学的时候，阅读了《生死场》，甚至从心里生出厌恶的感觉，那种人像动物一样盲目的生死，使我感到窒息。结婚生子之后，才逐渐体会到萧红的伟大。她创作伊始的第一篇小说《王阿嫂的死》，在表现惨烈的阶级压迫的同时，单刀直入地切入了生殖和死亡的主题，并且，成为贯穿她全部创作的一个母题。这样高的起点，使她远远超越了她同时代的作家。其时，她已经经历了母亲的死、祖父的死，经历了分娩的痛苦和失去亲子的伤痛。这使她一开始，就站在了纯文学的高度，注定要进入伟大作家的行列。

本文为《萧红传》序言。

《萧红传》，季红真著，北京十月文艺出版社2000年9月版，32开，410页，插图13幅。内收季红真《叛逆者的不归之路——自序》、《后记》2篇。

生　平

和所有女作家一样，萧红的思想和才华长期地被人们漠视，私生活却不断地被爆炒。以至于关于她的生平，至今仍然众说纷纭莫衷一是，许多资料出入极大无法考证。经过反复查考，仍然难辨真伪，只能存疑。

萧红无疑是一个个性主义者，也是一个个性解放的先驱。她出生在辛亥革命爆发的年头，又成长在具有维新倾向的乡绅之家。其父张廷举(字选三)是呼兰教育界的头面人物，加入了国民党，并带头破除迷信创办女学。这使萧红在童年时代就接受了五四新文化的启蒙，具有向封建礼教挑战的自觉。她曾投身到呼兰县民众声援“五卅”惨案的义演，在一出以反封建为主题的话剧《傲霜枝》中饰演一个小姑娘。争取独立是她少年时代的主要人生目标。小学毕业之后，为了继续求学深造，她和家庭爆发了第一次冲突，最终获得了胜利。进入五方杂处的大都市哈尔滨之后，受到左翼教师的影响，接触了新文学，接受了左翼思潮，导致了和父亲鲜明的思想分歧，最终成为旧制度的贰臣逆子。在旧势力的强大压力下，萧红处于精神崩溃的边缘，或者说文化性的精神异常。精神的极度压抑与病痛，加上战争的惊吓和孤独的处境，都使她在追问自己来历的时候产生幻觉。她向萧军诉说自己身世，想象自己是一个佃户的女儿，母亲被张姓地主霸占，谋害了自己的父亲，带着她和弟弟嫁到张家。这一说法，一经流传便产生了很大的影响。女人在二十来岁的时候是容易产生幻想的，由于和家庭的冲突而导致怀疑自己的身世，这是很常见的事情。何况萧红又有着文学的想象力，容易把想象当做事实。据李洁吾回忆，当年萧红被迫回乡之后，朋友们之间即流传着她得了精神病的说法。在一个极端男权的社会里，一个特立独行的叛逆女性，也只有精神分裂的结局。至于想象的内容，则明显地由于左翼意识形态的致幻。但她与父亲决绝到形同路人，她父亲在修宗谱的时候开除她的祖籍，则确凿地说明她叛逆的坚定选择。她宁可在饥寒交迫中流浪，也不愿意受和自己站在两极的父亲的豢养。她与父亲决裂的基本契机是婚姻，这一点似乎没有什么疑问。她的父亲要把她像礼品一样，许配给呼兰驻军游击帮统王廷兰的次子王恩甲，这激起了萧红的反抗情绪。但具体的订婚日期却说法很多，难以确定，只能大致推断为初中毕业之前。

在中学求学期间，由于社交的相对自由，萧红的眼界大大地开阔，结识了不少新派的知识男性。其中多数是在北京读书的东北籍青年，他们启发了萧红到北京求学深造的愿望。其中，她和表哥（认的屯亲并无血缘关系）陆宗舜之间有明确的恋爱关系，已有许多资料证明了这一点。萧红在初中毕业的前夕，随同陆宗舜来到北京，入北京女子师范大学附中学习。而她和李洁吾的关系则较为复杂微妙，铁峰先生在他的《萧红传》中，坚持说是恋爱关系。而据李洁吾本人回忆，则强调是友谊。但他回忆时痛苦的程度，也说明未必不包含爱恋的成分。另一个旁证，是萧红在最后的日子里，向骆宾基讲述自己的身世时，说是和一个李姓青年到北京，后来发现他是有家室的而毅然离去。萧红的这一自述，同样是在极度病痛与孤独的处境中产生的想象，加上战争的惊吓，她的精神处于病态的亢奋之中。这种说法的延展，则使不少人断定李姓青年就是李洁吾。直到八十年代，萧军之女萧耘找到李洁吾之后才被推翻。但萧红和李洁吾的关系显然要比一般的友情更深一些。

萧红在落难东兴旅馆的时候，和哈尔滨的许多左翼文化青年都有来往，有的结下了终身的友谊，比如舒群、金剑啸、罗烽、白朗等。其中很重要的一个人是方未艾（笔名琳朗）。萧红对他有明显的爱恋，一再写诗相赠，打电话约他到旅馆会谈。方未艾也常去看她，带她去吃小饭馆，送她一些小东西。但包括方未艾在内的所有文学青年，对人生都还抱着完美的理想，不可能接受临盆在即的萧红。只有萧军是已婚的，萧红与他的结合也多少有点别无选择。而方未艾也因为她与萧军明确了关系，怕引起朋友之间的误会而有意识地疏远。两萧的结合，一开始就埋下了悲剧的种子。萧军是一个泛爱主义者，他在小说《烛心》中，详细地记述了当时与萧红关于爱情的谈话："爱便爱，不爱便丢开。"这种观念加上性格的魅力，使他在与萧红同居期间，频频发生外遇，对萧红感情上的折磨是非常严重的。她在《沙粒》、《苦杯》等诗中，真切地记下了自己痛苦的感受。

另一个在萧红生活中占有重要位置的人物是骆宾基。萧红在战火中病逝之后，最具有爆炸性的消息，即是骆宾基赢得了萧红的爱情，应允病好后永结秦晋之好。但随着岁月的流逝，当事人有意识地修改记忆。坊间的几种《萧红传》，辑录骆宾基的书信或谈话，都只说萧红和骆宾基像姐弟一样恳谈。只有葛浩文博士的《萧红新传》,保留了这种说法,且明确地注明了资料出处。因此,笔者认为应该保留历史的本来面目。而且与之相关的萧红有关著作版权遗嘱,同样也存在着几种不同的说法,只能将原始资料原封保留。

萧红的生平中还有一些搞不清楚的疑点,只能存疑备考。首先是她的未婚夫的下落,几十年来杳无音信,且整个王氏家族都没有一个人存活下来。而关于其父王廷兰的说法更是南辕北辙。有说其去世时,萧红曾去奔丧,获婆家二百大洋的赏钱。如是则他应该死于日本侵华战争全面爆发之前。也有一种说法是,他是“九一八”之后,为马占山派遣到齐齐哈尔秘密会见李顿调查团时,被日本特务逮捕,装在麻袋里从楼上推下来以身殉国。如果这种说法属实,则其子王恩甲应是在这个时候失踪的,而且至今下落不明,就很难断言他对萧红的态度了。

其二,是陆宗舜和萧红在家庭的经济制裁下,不得不回到东北之后,被囚禁在其伯父所居的阿城福昌号屯。当时的情景,萧红在散文《夏夜》中有详细的记载。但对她是如何逃出来的,却一直守口如瓶。她第二次到北京的时候,李洁吾曾一再追问,她都不肯回答,时下流传颇广的说法是,她劝阻伯父增加地租,遭到毒打之后被关在小屋里准备处死。在小婶和姑姑的帮助下,藏在一辆往哈尔滨送白菜的马车上逃了出来。萧红的侄子张抗最早提出这种说法,并且说萧红离开阿城的时候,只穿了一件旧蓝布衫。但据李洁吾回忆,萧红第二次到北京的时候,穿着昂贵的貂皮大衣,这显然和狼狈出逃的处境不相符。铁峰先生则认为萧红到哈尔滨之后,在走投无路的情况下去找王恩甲与其同居,后来终于忍受不了他的恶俗而偷偷踏上南下的火车。这种说法似乎比较圆满,但缺少第一手资料的佐证。铁峰先生自六十年代开始研究萧红,走访了萧红的许多亲友,或许由调查得出这种结论。但过于圆满则使一些细节可疑。比如说萧红在南下之前给李洁吾写了一封信,但未寄出扔进了废纸篓子里,王恩甲发现了这封信,按照地址追到北京找到了萧红。萧红在北京的落脚点是她第一次到北京时租住的民房,而当时李洁吾住在学校里。王恩甲直接找到萧红的住所,可见不是李洁吾的地址。这个地址只可能是萧红告诉他的,他不可能从其他途径打听到。最重要的一点是,两个当事人萧红和王恩甲都已不在,何以能够知道这些只有他们俩人才会知道的细节?

其三，则是她和萧军的孩子。许多年表和传记中都断言，萧红产下的是一死婴。但据白朗的回忆，当时萧红住在江津白朗的家中，房东迷信产妇不祥的风俗，而不得不把她送到当地惟一的一家小医院生产。白朗最初去看她的时候，见到那个孩子非常健壮，和萧军长得极相像。过了几天再去看的时候，萧红就说孩子死了。医生要检查死亡原因，被萧红阻止了。这家医院只有萧红一个病人，医疗档案也没有保留下来，对于这个婴儿之死的推断是令人毛骨悚然的，但也同样缺乏第一手资料的佐证。只有梅志先生在八十年代回忆萧红的文章《爱的悲剧》一文中，委婉地透露出一点信息："就这样她结束了做母亲的责任，和对孩子的爱!""她是爱孩子的，是谁剥夺了她做母亲的权利、爱自己孩子的权利？难道一个女作家还不能养活一个孩子吗？"

除此之外，萧红在香港求医的经过，萧红骨灰的下落等，都是她人生之旅中的难解之谜。尽管如此，仍然可以看到萧红一生艰难跋涉的足迹。这不仅是作为女人的一般不幸，也是一个叛逆者的不归之路。而萧红应该算是幸运的，赶上了文化震动、铁屋炸裂的时刻。她的跋涉之旅笼罩着新时代的曙色，很年轻就进入左翼文艺阵营，受到鲁迅等前辈作家的关爱。但这并没有根本改变她的不幸命运，她逃脱了父亲的专制统治，进入左翼文艺阵营之后，仍然强烈地感受到男权文化的压迫。她关于自己身世的两次呓语，都最好地说明了女性的这种宿命。她的一生都在逃亡，逃避日本侵略者的铁蹄，逃避男权文化的钳制。但最终仍然死于日本侵略者的炮火中，仍然一而再再而三地感叹所遇不淑，她的逃亡均以失败告终。但这悲剧的经历，成就了她成为一个伟大作家的基础，使人们无论怎样感叹她的悲惨命运，都不能简单地把她归入弱女子的行列。她在她的时代，挣扎过、探索过。她坚持了自己的信仰，她为自由解放而战，既是为了民族，也是为了个人。她是一个可歌可泣的勇士，用短暂的一生书写了一部觉醒女性的奋斗史。

思 想

萧红无疑是一个有着深刻思想的作家。在短短十年的创作生涯中，她写下了近一百万字的作品。她由幼稚到成熟，由投身左翼文艺思潮到逐渐独立，有意识地疏离主流的意识形态话语，思想经历了明显的前后两个发展

阶段。

她生活的二十世纪上半叶，正是中国的多事之秋。阶级压迫的惨烈与民族危亡的紧迫，都使她不能专注于学业。读中学的时候，她热衷于学生爱国运动。这一时期，她大量地阅读了国内外左翼文学作品，启发了她对社会人生的思考。和萧军结合之后，她置身于哈尔滨的左翼文化人圈子里，积极投身进步的文艺活动。从赈灾画展到演话剧，甚至为共产党组织出版的内部刊物《东北民众报》刻钢板，她都以极大的热情投入。她经常出入“牵牛坊”这个左翼文化人聚会的场所，接触过姜椿芳这样的职业革命家和傅天飞这样的抗日武装战士。这对她早期的创作产生了重要的影响，社会的不公、贫富的悬殊、阶级的压迫和民族的危亡，一开始就是她创作的主题。她为长春《大同报》文艺副刊起的刊名“夜哨”，寓意即是在漫漫的长夜里，有我们的哨兵警惕地保卫着祖国。一九三三年，她和萧军合作自费出版了小说散文合集《跋涉》，其中署名悄吟的五篇，除了《广告副手》和《小黑狗》两篇散文，是取材于萧红自己的生活之外，其他三篇都是描写阶级压迫和民众反抗的。《王阿嫂的死》是一个悲惨的故事，揭示了乡村中阶级压迫的残酷。《夜风》讲述了雇农长青母子，由麻木地忍受地主的奴役到投身反抗行列的经过，反映了萧红对人民革命的理解与同情。而《看风筝》甚至写了职业革命者的生活，说明她当时的思想是非常激进的。

《生死场》是萧红早期创作的一个巅峰。麻木的愚夫愚妇们，终于在亡国灭种的危难中警醒了，他们奋起投身于民族解放的斗争中。这部作品奠定了萧红作为抗日作家的地位，使她成为三十年代最引人注目的作家之一。她置身于主流话语的中心，表达了整个民族的心声。特别是鲁迅为之作序，胡风为其写后记，都使《生死场》成为一个时代民族精神的经典文本。

《生死场》的巨大成功，影响了人们对萧红思想的全面了解，特别是限制了人们对她后期思想的研究。近年出版的一些萧红传记中，对她的评价基本停留在抗日作家这一结论上，这显然是不全面的。且不说她从一开始就关注生殖与死亡的问题，《生死场》中最精彩的篇章是民众的愚昧、盲目的生死而又极具顽强的生命力。当抗日战争全面爆发之后，她却放弃了正面描写抗日战争题材的创作。除了在一些散文中，记叙了战争的场景之外，她主要的精力放在了写作故乡呼兰的风俗及童年记忆的《呼兰河传》和讽刺性的

《马伯乐》上，明显地偏离了抗日的时代主题。一九三八年四月二十九日下午，在《七月》编辑部召开的“现时文艺活动与《七月》”的座谈会上，当多数人在争论是否应该上战场的时候，萧红却明确表示：“……作家不是属于某个阶级的，作家是属于人类的。现在或是过去，作家的写作的出发点是对着人类的愚昧。”这反映了萧红思想极为深刻的内容，这使她和同时代人之间发生了明显的分歧。

尽管萧红的这一思想，从一开始就潜藏在她的作品中，但成熟为明确的理论，则是她成名之后。促成她的这一思想从朦胧到明确的重要因素，显然和鲁迅对她的影响密切相关。一九三六年，她抵达上海之后，即受到鲁迅的关怀与帮助，成为鲁迅圈子中的一员。鲁迅的思想一点一滴地启发了萧红的认识，终于形成她独立的创作原则。这一创作原则更接近鲁迅改造国民性的文学主张，带有明显的思想启蒙的特点。萧红对鲁迅的理解是深刻而独到的。一九三八年在临汾（或西安），她向聂绀弩谈了自己对鲁迅的理解：“……鲁迅小说的调子是低沉的。那些人物多是自在性的，甚至可以说是动物性的，没有人的自觉，他们不自觉地在那里受罪，而鲁迅却自觉地和他们一齐受罪。如果说鲁迅有过不想写小说的意思，里面恐怕就包括这一点理由。但如果不写小说而写别的，主要是杂文，他就立刻变了，从最初起，到最后止，他都是个战士，勇者，独立于天地之间，腰佩翻天印，手持打神鞭，呼风唤雨，撒豆成兵，出入于千军万马，取上将首级如探囊取物！即使在说中国是人肉的宴席时，调子也不低沉。因为他指出这些，正是为反对这些，改革这些，和这些东西战斗。”她明确地意识到自己和鲁迅的差距。当聂绀弩问道：“萧红，你说鲁迅小说的调子是低沉的，那么，你的《生死场》呢？”萧红的回答是诚实而精辟的：“也是低沉的。”沉吟了一会儿，又说：“也不低沉！鲁迅是以一个自觉的知识分子，从高处去悲悯他的人物。他的人物，有的也是自觉的知识分子，但环境却压迫着他使他变得听天由命，不知怎样好，也无论怎样都好的人了。这就比别的人更可悲。我开始也悲悯我的人物，他们都是自然的奴隶，一切主子的奴隶。但写来写去，我的感觉变了。我觉得自己不配悲悯他们，恐怕他们要悲悯我咧；悲悯只能从上到下，不能从下到上，也不能施之于同辈之间。我的人物比我高。这似乎说明鲁迅真有高度，而我没有或有的也很少。一下就完了。这是我和鲁迅的不同处。”

萧红的这些思想,游离在主流的政治思潮与意识形态话语之外,并因此受到同时代人的质疑,乃至于批评和谴责。这不能不使她感到深刻的寂寞。一般的说法是她在香港过着蛰居的生活,所以有这种感觉。也有人认为她的童年是寂寞的,流露在回忆性的文学中,这两种说法均不确切。有资料表明萧红在香港文坛上是非常活跃的,参加了各种各样的社会活动。另外,关心她的朋友也很多,她处于热情洋溢的气氛的包围中。萧红的童年受到祖父的溺爱,虽然祖母、父亲和母亲及继母都对她比较冷淡,但祖父的爱弥补了她所有的缺憾。从《呼兰河传》中的描写和近年呼兰学人的调查资料来看,都证明萧红的童年是活泼好动、顽皮任性的。即使有些寂寞,也是一般孩子都会有的被大人忽视的感觉,并不是她个人特别的不幸。她的寂寞感完全是由于思想先行者精神的孤独处境,因为超越了自己的时代而不被她的同时代人所理解。

萧红的政治态度是明确的。她同情人民革命,在生命垂危的时刻,她还念念不忘要写表现红军长征的那"半部红楼",但却不愿意参与党派之间的斗争。她终生崇敬的政治家只有孙中山。当年丁玲等许多革命作家都曾动员她去延安,她却不为所动。时至今日,仍然有许多人为她没有去延安而感到遗憾和困惑不解。从目前披露的资料看,萧红不肯去延安的主要原因,是怕情变后的萧军在延安。但据高原的回忆,萧红的动机则更为复杂。高原从延安到武汉见到萧红,就批评她在处理婚姻的问题上不够慎重。萧红听了很反感,反驳说他在延安学了几句教条就训人。舒群也执意说服她去延安,为此两人爆发了彻夜的争吵。由此可见,萧红的选择是深思熟虑的结果。她不肯去延安,当然更不肯去西安,意味着她不肯进入任何一种主流的意识形态话语。她宁肯离群索居,过着孤独的生活,这反映了她自由主义的政治立场。这种立场是不能为她的那些共产党员朋友所认同的,自然也会使她感到寂寞。

萧红身为女性,很早就敏感到男权文化的压迫。她的女权思想由来已久,一直是她创作的重要主题之一。《生死场》中的金枝是被一个中国男人强奸的,《牛车上》五云嫂的悲惨故事,《小城三月》中的翠姨是被旧的婚姻制度逼迫而死的,一直到《呼兰河传》中关于老爷庙和关帝庙的讽刺性叙述,特别是对小团圆媳妇充满哀怜的叙述,都贯穿着女权思想。如果说上述这些作品,还是以艺术形象婉转地表达了她对男权社会的愤恨,那么散文《烦扰的一日》、《三个无聊的人》和《〈大地的女儿〉与〈动乱时代〉》等散文中，则直述出处于男权中心文化中的女性无奈的处境。不仅是在旧式的家庭中，就连左翼文艺阵营内部，在进步的文化人中，男尊女卑的观念仍然顽固地统治着人们的头脑。这使萧红感到深重压抑，最终导致了她与萧军的分手。在此之前，她曾离家出走，进入白鹅画院。她只身东渡日本，也是为了摆脱对萧军的依附性处境。特别是她与萧军分手，所有的朋友都站在萧军一边。而她与端木的结合，又几乎遭到所有朋友无一例外的反对。这也不能不使萧红感到孤独和寂寞。作为一个叛逆的先驱者，萧红一生都追求独立，却一次又一次地陷落在男权话语的圈套中。以至于临终的最后一句话是："我一生最大的痛苦和不幸都是因为我是个女人。"

萧红的晚期作品，还触及到人生与人性的隐秘之处。短篇《后花园》讲述的仍然是乡土人生的寻常故事，但没有了阶级压迫和民族矛盾，感人至深的是主人公对人生意义的追问。尽管没有结论，但那亘古的忧愁和生命原始的悲哀，却使小说的主题极为深刻。类似于莎士比亚笔下的哈姆雷特，托尔斯泰笔下的安德烈，显示了思想家的风度。而默默的生死之中，所蕴含的悲剧底蕴，则是萧红以女性独有的方式，洞察历史文化、人生、人性的独特心得。这与她早期对生殖与死亡的独特敏感相呼应，成为贯穿她全部创作的线索。

萧红的思想这样的深刻而丰富，很难为她的同时代人所体会。那是一个救亡压倒一切的时代，她只能行进在布满荆棘的不归之路上。她后期的几部作品都没有得到应有的关注，只有茅盾为《呼兰河传》作了序，虽然对其艺术价值给予了很高的评价，但其中对她寂寞心态的剖析，则典型地代表了当时主流意识形态话语对萧红的误解。萧红的思想是深邃的，她的目光穿透了漫长的世纪，望着人类的未来。她属于那种永远不会被人们遗忘的作家。

才　华

萧红虽然极有思想，却极少意识形态的说教。她几乎是用女性独到的经验洞察历史，成功地逃离了逻各斯中心主义的男权话语。忠实于自己的感觉，使她能以细致的笔触，深入到语言所不能抵达的隐秘之处。早在她写作《生死场》的时候，人物的身体和动作就具有强烈的隐喻性，推动着叙事的发展。甚至人与物之间也有互喻的效果，使作品具有高层次的语义暗示性。从这个意义上看，与其说萧红是用头脑思考，不如说她是用身体思考。正如鲁迅的精到评价："这自然还不过是略图，叙事与写景，胜于人物的描写，然而北方人民对于生的坚强，对于死的挣扎，却往往已经力透纸背了。女性作家的细致的观察和越轨的笔致，又增加了不少明丽和新鲜。"所谓"力透纸背"正是这种女性独特洞察感知方式带来的艺术效果。用经典现实主义的理论，也许可以批评她的人物"面目不清、性格不明"，但正是这种模糊性构成了一种互相指涉的语义场，有效地表现了蒙昧的生存。

萧红的感知方式是充分感性化和个性化的，这使她的作品具有鲜活生动的特征。或者说充分的感性化与个性化，使她把女性特有的感知方式推向了极致。这在她的散文中表现得最为突出。《商市街》里记叙了她在哈尔滨艰难的生活，不仅细节生动文字饱满，而且各种感觉都写得细致入微。诸如饥饿、寒冷、寂寞、孤独、绝望等等，都具有极深的心理体验的内容和感人至深的艺术效果。

萧红的艺术才华还表现在表述方式的充分自由。她是不屈从什么权威的，也没有一定的圭臬。即使对于极尊崇的鲁迅先生，她也不盲目地效法。在上面提到的那次她与聂绀弩的谈话中，她谈到了对于小说非常成熟的看法："……有一种小说学，小说有一定的写法，一定要具备几种东西，一定要写得像巴尔扎克或契诃甫的作品那样。我不相信这一套，有各式各样的作者，有各式各样的小说。若说一定要怎样才算小说，鲁迅的小说有些就不像小说，如《头发的故事》、《一件小事》、《鸭的喜剧》等等。"接下来，萧红表达了她在创作上的雄心。聂绀弩问她："写《头发的故事》、《一件小事》之类么？"她答道："写《阿Q正传》、《孔乙己》之类，而且至少在长度上超过他！"此后，她写了《呼兰河传》和《马伯乐》两部长篇。这两部作品都没有中心的情节冲突，一种散文化的笔法，使她的叙述挥洒自如。就在她置身于战火硝烟之中，病魔缠身的危难时刻，还和骆宾基沉湎于关于文学的谈话中。当骆宾基谈到《战争与和平》真是一部伟大的杰作、艺术的高峰的时候，萧红重申了自己对于小说的见解："我认为，在艺术上是没有什么高峰的。一个有出息的作家，在创作上应该走自己的路。有人认为，小说要有一定的格局，要有一定的要素。不写则已，一写就要像托尔斯泰、巴尔扎克那样，否则就不是小说。其实有各式各样的生活，有各式各样的作家，也就有各式各样的小说。”萧红的这些观点，八十年代曾一再地被人们援引，成为中国当代小说文体变革的重要思想资源。也说明萧红作为一个成功的作家，从创作实绩到理论，对中国现当代文学的杰出贡献。

萧红具有诗人的天赋。这不仅表现在她写作的诗歌中，也浸透在她的小说里。《呼兰河传》是一部优秀的抒情小说，不仅语言精练，韵律感强，而且具有复沓的节奏。内在的情感也是丰满充沛的，一唱三叹，起伏跌宕，深沉而忧郁。萧红的抒情才华，沟通了中国现代文学的抒情小说的传统。这得益于她幼小时随祖父读唐诗的艺术熏陶。古典文学对她的影响，还可以追溯到叙事文学。《小城三月》中的故事，其原型来自《红楼梦》中宝黛的爱情悲剧。她驾驭语言的能力也是卓越的，质朴，清新，浑然天成。萧红是中国二十世纪汉语写作的一个成功范例。

萧红还具有讽刺的才能，这在女作家中是非常罕见的。她鞭辟入里地揭示出社会上各种丑恶的现象，同时又用轻松而谐谑的语言表述出来。最体现她的讽刺才能的，是《马伯乐》一书。她从马伯乐洋奴气极重的家庭写起，描画出一系列的社会蠹虫的丑恶嘴脸。最生动的自然是主人公马伯乐，他的两句口头禅是“真他妈的中国人”、“到那时可怎么办”，最形象地表现出一个没用人的精神状态，使人联想起鲁迅笔下的高老夫子，和鲁迅所倡导的改造国民性的文学主张。这部作品显然属于鲁迅所开创的中国现代文学的讽刺传统。

萧红卓越的才华使她的大部分作品成为中国现代文学的经典作品。即使用苛刻的眼光也不得不承认，在她短短十年写下的近百万字的作品中，堪称优秀的也占绝大多数。她至少有四部书可以传世：《生死场》、《商市街》、《呼兰河传》、《马伯乐》。除此之外，《小城三月》、《后花园》、《北中国》、《手》等一批短篇小说，以及《回忆鲁迅先生》等一批散文都是杰作，具有永久的艺术魅力。

萧红是伟大的，她用生命和鲜血书写了自己的跋涉之路，这既是整个民族的解放之路，也是现代女性艰辛的解放之路。她以自己的思想和才华昭示着后人。作为一个先行者，她以自己的作品而永垂不朽。

为萧红作传，显然是笔者所难以胜任的。但对先驱者的景仰，使我不揣浅陋奋力完成了《萧红传》。但愿能准确地传达出她的精神魅力。萧红，我的姐妹！

是为序。

对着人类的愚昧

季红真

萧红本名张乃莹，是中国现代文学史上一个著名的女作家，二十世纪三十年代以表现东北民众抵抗日本侵略者的中篇小说《生死场》震惊文坛，被称为抗日作家。她以自己短暂的一生，在不到十年的时间里，写下了近百万字的文学作品，涉及了小说、散文、诗歌、戏剧等多种文体，留给我们一笔丰富的文学遗产，至今仍然激动着读者，影响到了中国当代文学的发展。

一

1911年6月1日，萧红出生在黑龙江省呼兰县一个具有维新倾向的乡绅地主家庭。她的父亲张廷举是呼兰教育界的头面人物，出任过小学校

本文为《萧红精选集》序言。

《萧红精选集》，萧红作品选集，季红真选编，北京燕山出版社2006年6月版，16开，289页，选入萧红作品29篇。另收季红真《对着人类的愚昧》（序）及《创作要目》2篇。

长等多种职务，是个兼容新旧善于变通的矛盾人物。萧红从小在祖父的溺爱中长大，和家族中其他的人感情上都很疏远。她受惠于五四新文化运动妇女解放的思潮，呼兰的小学刚一设立女生部，就被送进学校读书。小学毕业的时候，因为升学而和父亲发生了最初的冲突。经过一年的持续斗争，她得以进入哈尔滨东省特立第一女子中学读书。她在这里接触到有着新的知识结构与思想背景的教师，也接触到了鲁迅等一批新文学作家的作品和域外左翼作家的许多著作，初步形成了自己的世界观。她在课外练习写作，学习绘画，参加各种体育锻炼，喜欢和有思想的男同学交往。她投身爱国学生运动，热衷于各种社会活动。大都市中的经历开阔了她的视野，对于资本主义的现代文明有了切肤的感受，获得观察社会的新视角。她立下独立自主的人生理想，向往富于创造的艺术生涯，由于接受了更激进的左翼思潮而和父亲发生了思想的分歧，终于因为婚姻问题爆发为不可调和的对抗。

萧红离家出走，和表哥陆宗舜到北京，进北师大女附中学习。由于家庭的经济制裁，被迫退回家中，被软禁在阿城的张家老宅中达十个多月，趁“九一八”之后的混乱逃了出来。经过一段饥寒交迫的流浪生活，在寒冬来临的时候，陷落在未婚夫王恩甲的情感圈套中，和他在旅馆中同居。其间曾经再次出走，独自一人到北京，想恢复学籍，终因经济原因而未果。王恩甲追到北京，把萧红押回了哈尔滨。两个人在旅馆中住了多半年，欠下老板数百元的食宿费，王恩甲说回家取些钱，离去后再无下落。老板断绝了对她的供应，扬言交不出钱就把她卖到妓院。临盆在即的萧红，在万般无奈的处境中，投书《国际协报》，得到萧军等左翼文化人的同情与帮助。趁着哈尔滨发大水，乘一只送柴草的小船出了牢笼。她和萧军结合，将生下的孩子送了人。为了纪念他们在艰难困苦中的邂逅相爱，朋友在《东三省商报》副刊《原野》上，发表了他们的爱情诗专刊。萧红从此走上了文学创作的道路，也走上了左翼文化的道路。她在病痛中参加赈灾画展，参加话剧演出，甚至为共产党的《东北民众报》刻钢板。她在左翼文化人的圈子中，结识了职业革命家、武装抗日的壮士和前卫的艺术家，对于她的思想和艺术都产生了深刻的影响，促进了她的创作。1934年中秋节之后，她和萧军出版了合集《跋涉》，很快就被日伪法西斯当局查禁。在精神的大恐怖之下，他们逃离伪满洲国，投奔时在青岛的朋友共产党员舒群。在他们离开一周以后，他们的朋友共产党员罗烽被捕，在此后残酷的斗争岁月里，他们的不少朋友为国捐躯。

萧红在青岛主编《新女性周刊》，并且完成了《生死场》的写作（原名《麦场》）。不久，青岛的党组织被破坏，舒群全家被捕，他们再次陷入精神的大恐怖之中。他们怀着侥幸的心理投书鲁迅，在迷惘中请教革命文学的方向。鲁迅很快回了信，这对于他们是极大的鼓舞。年底，他们坐在四等舱的杂货堆里，离开青岛奔向上海。他们初到上海的日子是贫困的，在鲁迅的帮助下，他们逐步叩开文坛的大门，并结识了茅盾、聂绀弩、叶紫和胡风等一批左翼作家，和他们保持了终身的友谊。1935年，在鲁迅的支持下，他们和叶紫组成了奴隶社，自费出版了《奴隶丛书》，包括萧军的《八月的乡村》、叶紫的《丰收》和萧红的《生死场》。两萧一跃成为著名的抗日作家，他们的作品是抗日文学的经典。鲁迅为萧红的《生死场》作序，胡风为《生死场》写了后记，高度评价了她的思想与艺术。在鲁迅身边，萧红受到了多方面的熏陶和启迪，思想和艺术更加成熟，完成了记叙自己在哈尔滨艰难生活的《商市街》。她结识了冯雪峰、史沫特莱和鹿地亘等左翼文人，增进了对于中外文化的了解，对于文学观念的发展有着重要的作用。

由于和萧军的情感纠葛，1936年夏天，她独自一人东渡日本。她在东京安顿下来，一边学习日文，一边坚持写作。她受到了日本刑事的无理骚扰，对于这个民族有了更切近的观察。不久她又经受了鲁迅逝世的巨大悲痛，这是继至爱的祖父去世之后，对她最大的精神打击。西安事变的爆发，又使她惊惶了一天。由于萧军"没有结果的恋爱"，她改变在日本居住一年的原定计划，于1937年1月离开日本回到上海。由于和萧军的关系，她一度出走，进一家犹太人开办的画院学习，很快就被萧军找了回来。春天到来的时候，她又独自到北京小住。她和在北京搞学生运动的老友舒群一起，登上了长城，被雄伟的景物和精美的艺术震撼，缓解了个人的悲伤情感。回到上海之后，她和萧军的关系有所改善。时局的迅速变化，也使她很快从个人的情感创痛中解脱出来。"七七"事变的爆发，拉开了民族抗战的历史帷幕。上海"八一三"抗战开始的第二天，她就写下控诉日本法西斯轰炸闸北的散文《天空的点缀》。为了援救鹿地亘，她置生死于度外四处奔走。她和朋友们一起，支持胡风创办以抗日为宗旨的文学刊物《七月》，这个名字就是她起的，并且在组稿会上，结识了东北来的青年作家端木蕻良。

由于战火的不断蔓延，萧红和萧军九月底离开上海到达武汉。在这里，萧红在各种社会活动和家务的间隙中，开始写作《呼兰河传》。1938年1月下旬，他们应山西民族革命大学的聘请，乘坐简陋的铁皮车厢驶向临汾，担任文艺指导的工作。不久，丁玲带领西北战地服务团到达临汾，两个杰出的女作家便历史性地在此会面。2月，太原失陷，临汾局势吃紧，民族革命大学决定撤退，作家可以留下跟学校走，也可以和丁玲的战地服务团一起走。在去与留的问题上，两萧蓄意已久的离异，爆发为激烈的争吵。最后是萧红独自跟丁玲走，原打算到运城之后去延安，后来又改变了主意。她和同行的艺术家受丁玲的委托，在行进的列车上集体创作了一个以抗日为主题的三幕话剧，到达西安后演出，场场爆满，轰动一时。不久，萧军从延安到西安，两萧在这里彻底分手，萧红此时已经怀了四个月的身孕。4月，萧红和端木蕻良乘火车回到武汉，并且在这里结婚。萧红想打胎，因为财力不支而作罢。他们的结合几乎受到所有朋友的非议，带给她的感受是不愉快的。6、7月间，武汉形势也危在旦夕，端木蕻良先去重庆，萧红等到9月中旬才起身。

到达重庆的时候，萧红的临产期已近，就住到江津的朋友白朗家。萧红在医院中产下一个男孩儿，没有几天就死去了。于是她回到重庆，在这里完成了《纪念鲁迅先生》等一批精彩的文章。1939年的5、6月间，日军加紧了对重庆的轰炸。在频繁的警报声中，萧红坚持写作，但体力和精神都有些不支，迫切希望有一个安静稳定的创作环境。

1940年1月19日，萧红和端木蕻良飞到香港。这里是她人生的终点，也是她创作的又一个高峰期。她参加了文化界的各项活动，用自己的笔呼应着民族解放的伟大斗争，写下了一生中许多重要的作品。她为纪念鲁迅先生，创作了哑剧剧本《民族魂鲁迅》。完成了长篇小说《呼兰河传》和长篇小说《马伯乐》的第一部，写出了《小城三月》、《北中国》、《后花园》等优秀的中短篇小说。正当创造力旺盛的高峰期，却被病魔缠上。《马伯乐》的第二部刚刚写完第九章，她就一病不起。她辗转病榻，住在英殖民地的医院里，备感被人冷视的凄凉。而战争的炮火又催逼而来，使她的精神也备受惊吓和折磨。1942年1月8日，太平洋战争爆发，她在炮火中仍然和照看她的友人骆宾基探讨文学，计划着胜利以后约上几个朋友，重走红军长征的路线，完成冯雪峰表现长征而没有写完的"半部红楼"。可惜法西斯的魔爪撕碎了她的文学之梦。

由于日军占领后的军管,她颠簸在频繁迁移的路途中:从自己的家到医院,从医院到旅馆,从旅馆到朋友家,再到另外的旅馆;从英国的医院到法国的医院,从私人的医院到临时的医疗站……终于还是死于庸医误诊,终年才三十一岁。临终前的遗言说:“半生尽遭白眼冷遇……身先死,不甘,不甘……。”

萧红的一生是逃亡漂泊的一生,也是反抗战斗充满创造精神的一生。她逃避法西斯的迫害,最终还是死于战争的炮火;她反抗父权制的精神奴役,但还是一而再再而三地陷落在男权文化的话语陷阱中,感叹作为女人的不幸。她把自身的解放汇入民族解放的洪流中,用自己的笔书写着人民的苦难、屈辱、悲愤与抗争。她在遍布荆棘的不归路上跋涉一生,生命转换在神奇的语言文字中,焕发出超越时空的灼人的艺术光彩。

二

萧红是一个有着独立思想的作家。她生活的二十世纪上半叶,正是中国历史的多事之秋。阶级压迫的惨烈与民族危亡的紧迫,法西斯战争的巨大灾祸,都影响着她的生活与创作。她回应着时代的要求,以战斗的姿态进入民族乃至人类争取解放的行列。

萧红开始写作的三十年代初,正是左翼文学方兴未艾的时期。革命文学基本的宗旨是从社会学的角度,以阶级论为基础,关怀底层民众的苦难、促进社会的变革。她感应着这样的潮流,一起步就是一个左翼作家,对于底层民众的关注贯穿她的一生,用自己的笔揭露社会的黑暗也是她创作中的重要部分。她主要是以乡土为基本视角,表现普通农民悲惨的生活,他们的反抗、失败与屈辱,他们麻木的精神状况,他们在严酷的自然力与社会政治结构的双重压迫下卑微的生存。这一点使她和激进的左翼思潮保持了心理的距离,也自觉地和民粹主义区别出来,思想的源头更接近五四开创的启蒙理想。

萧红同情革命,在早期的小说《看风筝》中就涉及了职业革命家,《生死场》出版的时候署名萧红,也是为了和萧军联名隐喻“小小红军”的意思。但是她不愿意参与党派斗争,不肯进入任何主流话语的腹地。在政治上更接近自由主义的立场,这和“五四”个性解放的思潮相通,而区别于一般的革命文学主张。特别是在抗日战争全面爆发之后，面对法西斯暴力的摧残，萧红明确提出作家不是属于阶级的，而是属于人类的，不管是过去还是现代，作家都要对着人类的愚昧。这样的思想深度，是她得以超越时代的重要原因。

萧红成长在一个文化震动的时代，战争的炮火也摇憾着严密的体制，这使她可以在新的意识形态中洞察历史与文明。她的主要作品中，都表达了对于父权制文化体现的价值观念的怀疑乃至嘲讽与批判。对于乡土社会所维系的传统文化价值是她主要审视的对象，生命的沉寂、卑琐，情感价值的荒凉，以及迷信、保守、自私、势利、愚昧到残酷的程度等，《呼兰河传》是典型的代表。对于近代资本主义文化的缔造的现代大都市，她的批判也是犀利的，《生死场》中的乡村女性金枝，为了生活勇敢地走进城市，在令人恐怖的底层，得到的是最难堪的被强暴的屈辱，马伯乐的洋奴家庭是以基督教为背景，体现着殖民文化的特征，而自私、虚伪与吝啬则同样表现了精神的空虚腐朽。萧红通过她一路逃亡的遭遇，写出了都市社会中各种无耻之徒的丑恶嘴脸。她在日本写给萧军的信中，陈述了自己对日本的印象，认为是比中国还要病态的民族，没有“健康的灵魂”。她揭露着封建文化熏陶出来的男性，也嘲笑了外来文化教育出来的新式知识者，发现了他们共同的虚伪。这些都属于她所谓“人类的愚昧”的范畴。萧红的思考因此超越了种族与文化，达到了人类性的高度。

所有这一切，又是基于性别的立场。萧红是从女性的经验洞察历史，追问女性生存的价值与意义。她作品中感人至深的是女性的文化处境及其命运，所有的女性人物几乎都是悲剧的结局。在阶级压迫下的乡村妇女是最悲惨的一群，《生死场》中的王婆是一个典型，“她一生的痛苦都是没有代价的”。传统文化培养出来的文化性格，遭逢文化冲突的时代，在闭塞的小城保守的风气中，只能被旧的婚姻制度吞噬，《小城三月》中的翠姨是典型。而大都市中的知识妇女，则在琐碎的日常生活中忙碌挣扎，《烦扰的一日》是直述态的表达。处于进步文化阵营中的女性，仍然要受到主张维新的朋友嘲笑，这是萧红自己的切身感受。她的女权思想是明确的，来自她从小到大的艰难抗争。这也是她至今启发着女性文学的走向，影响着不少后来人的重要原因。

萧红写作之始，就经历了挚爱的祖父的死，生产的痛苦与失去孩子的悲伤，这使她特别敏感生殖与死亡的问题。可以说这个问题是她创作的母题，一以贯之地存在于阶级、民族的表层叙事中，体现着她独具的女性敏感。她早期的短篇《王阿嫂的死》，就是写一个贫苦的佣工孕妇，丈夫被地主烧死，独自带领一个养女生活，被地主殴打之后，在地头早产身亡，五分钟以后，刚出生的婴儿也随即死去。《生死场》中为乡村女性的生殖专门设了一节《五月的刑罚》，几个不同的场景顺序出现，表现了女人像动物一样悲惨的境遇。在生物学与文化学的不同层面上，揭示了女性生存的特殊苦难，也揭示出蒙昧的生存中，生命没有价值的毁灭，人生没有意义的循环。在战争的环境中，生命的脆弱就更加明显。萧红晚期的作品中，充满了“人生何如”的疑问。在短篇《后花园》中，把这个疑问借助一个贫苦磨倌之口表达出来，寄托自己的探索。这是旷古的忧愁，生命的原始悲哀，萧红以女性独特的敏感，追问人生与人性的终极价值。尽管如此，在民族解放的斗争时代，萧红始终都在寻找民族精神的健康力量。《呼兰河传》结尾的第七章，在一个承受着苦难命运的磨难，无声地抵抗着恶俗世风的压迫，又满怀希望地生活着的贫穷磨倌身上，发现了平实的生命力量。这是萧红在接近生命终点的时候，倾注一生寻找的结果。

三

萧红在艺术上也是一个拓荒者。

她忠实于自己的体验和感觉，对于汉语的神奇力具有独特的感悟。她的语言生动单纯而又形象饱满，具有生命的质感。她以儿童般的想象力，创造出非她莫属的灵活句式，完成自由的表述。《商市街》中，她细腻地记叙了寒冷、饥饿、孤独、寂寞等感觉，创造出一个完全属于自己的心灵世界。她对于细节的捕捉尤其敏锐，所有的作品中都充满声音、色彩、线条、画面、形象，在白描中浑然一体，产生多维的视听效果。她富于直觉的联想，以最朴素的形象转喻出象征的意义，比如磨倌的形象在她的作品中不止一次地出现，这是旧日北方农村中最寻常的职业，使人联想到时间的循环与不断重复的人生。她的作品中，就是人与物之间，也形成质朴的互喻关系。《生死场》中“老马走进屠场”一节，以一个简单的陈述句，概括了底层民众像动物一样任人宰割的悲惨境地。以身体的隐喻为中心的修辞手法，推动着叙事的发展，这是

萧红以诗歌的任意性原则,突破了一般性的语法规则,也是她的作品具有诗性效果的原因。从现实主义以人物为中心的美学原则出发,可以批评她的人物面目不清性格不明,但是正是这种模糊性有效地传达出一种蒙昧的生存状况,暗合于世纪之交的美学潮流,体现出她前卫的艺术姿态。

萧红是一个自觉的文体探索者。她曾经一再地对朋友说:有一种小说学,说小说一定要写得像契诃夫、像巴尔扎克;我不相信这一套,有各式各样的生活,有各式各样的作家,就有各式各样的小说。就是对于她崇拜的鲁迅先生,她也怀有超越的艺术抱负。她认为有出息的作家不应该屈从于权威,艺术上要走自己的路。她以自己的艰苦实践,完成了文体的创造性建造。《呼兰河传》是一个典范,她综合地运用了各种文体。从电影、风俗画、自叙传的抒情诗,到可以独立成章的短篇小说,以互相勾连的场景与人物,传达出整体的文化氛围,使分散的细节获得内在的联系。她的散文也以文体的自由见长,像《回忆鲁迅先生》这样的长文,全部以琐碎的细节和断断续续的一些场景组织起来,却生动地写出了鲁迅作为普通人的日常生活,写出了他的家庭气氛,以及所有成员的性格。萧红运用过各种文体,也可以看出她驾驭文体形式的超群能力。这种充分个性化的文体自觉,成为二十世纪八十年代中国小说文体革命的重要理论依据,也可以看出萧红对于中国文学的重大贡献。

萧红具有诗人的气质,不仅创造出了一些诗篇,就是在叙事性的作品中,也富于抒情的节律和复沓的节奏感。比如《呼兰河传》的第四章,从第二节起,开头的第一句话都是"我家是荒凉的",或者"我家的院子是荒凉的",形成复沓的节奏,以一唱三叹式的情感旋律,强调基本的语义,将各种细节关联在统一的语义场中,使以前和以后的叙事都渗透了悲凉的意蕴。它因此常常被论者当成抒情小说,有的研究者甚至极言《呼兰河传》是不可分析的。以荒凉为主题,以凄美的情感为基调,几乎是她晚期小说创作的一个显著的特点,体现在所有的作品中,使写实的风格中渗透了抒情的诗魂。这种风格化的诗性特点,体现着她古典文学的深厚修养。她的创作从根本上说是汉语文学在文化震动的时代,成功的创作性转换,而美学的源头是古代的诗文传统。

萧红对于汉语写作的杰出贡献,还体现在她对于传统叙事文学的借鉴与发展,由此带来原型置换变形的效果。《小城三月》中的爱情悲剧,可以追溯到《红楼梦》中宝、黛的婚姻悲剧。小说主人公翠姨的性格是中国经典的女性文化性格的一种类型，它的原型就是林黛玉。萧红通过这样一种文化性格的悲剧性命运，表达了对于新旧杂陈的特定历史时期，女性特殊的文化处境与心理的分裂，也从一个角度表现了四分五裂的中国灵魂。她赋予这个经典的原型以崭新的文化难题，这就在现代性的历史过程中，个体的心灵所遭遇的沉重负荷，以及抗争的无力。

萧红的讽刺才能也是卓越的，特别是在女作家当中尤其显著。她的作品中充满了对于黑暗的社会制度的批判，但是除了正面的揭露以外，也夹杂着犀利的嘲讽，其中包括了对于各种残酷的文化制度虚伪性的揭示，对于文明创造者男性的揶揄。特别是晚期的《马伯乐》，最集中地发挥了她的这一思想激发出来的讽刺才情。她通过对马伯乐逃难过程的叙述，讥讽了都市中各种各样腐朽、罪恶、堕落的无耻之徒，衔接起由鲁迅开创的中国现代文学中的讽刺传统。而对于主要人物马伯乐的塑造，从他的洋奴家庭到社会交往范围，从他的形体到话语方式，从他一无所能又自视甚高的种种荒诞之处，成功地塑造出一个没用人的形象。这也是一种文化性格，也是新旧杂陈的时代生长出来的一种人物类型。从中可以看到高尔基《没用人的一生》的影响，看到萧红对于二十世纪文学潮流的广泛汲取。把罪恶的社会制度与文化的历史演变，深化到性格的内在分裂，这是她区别于高尔基的独特发现与表达。

萧红是二十世纪汉语写作的典范作家，她对于中国新文学的影响是深远的。她的探索被一代一代的读者接受理解，她的著作不断地再版，她的思想成为重要的资源。特别是近二十多年来的女性文学，受到她启发与影响的作家不乏其人。她所开辟的女性话语空间，她所创造的女性表达方式，她所发挥的汉语魅力，都在激发着新的跋涉者的精神光芒。她的血肉融进了中国文学的悠久历史，同时也成为新文学的传统之一。

是为序。

活在人们记忆中的萧红

季红真

编选这本《萧萧落红》,是我写作《萧红传》的副产品。

几年前,为了撰写《萧红传》,我开始着手搜集有关萧红的资料。这当然首先应该感谢在我之前的萧红研究者,他们所做的大量资料索引工作,给我提供了极大的方便。在这个基础上,不少友人又给我提供了新的资料线索,这使我的资料搜集工作,一直延续到九十年代末。书写完之后,除了将向私人借阅的几种书籍迅速归还了物主之外,其它的都保留了下来。就连搬家的时候,也特别仔细地存放在一个专门的地方。因为想到许多熟悉和陌生的朋友对我无私的帮助,我也应该像他们一样,随时准备向需要它的研究者提供方便。

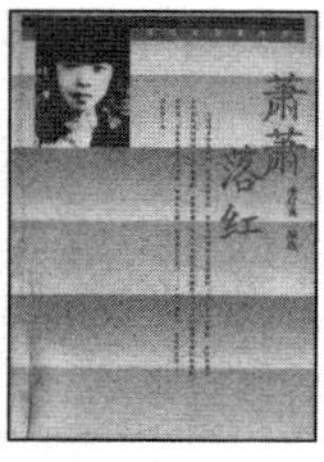

本文为《萧萧落红》后记。

《萧萧落红》,萧红研究资料集,季红真选编,人民文学出版社2001年1月版,32开,332页,插图36幅。内收萧红研究史料27篇,陈漱渝《云霞出海曙　辉映半边天》(序)及季红真《活在人们记忆中的萧红》(编后记)2篇。

校友郭娟女士在电话中提到人民文学出版社计划出版一套"漫忆女作家"丛书，建议我编选萧红这一卷。这是我始料未及的，当然喜出望外。这既使我的资料搜集工作有了一定的社会和经济效益，也使这些闲置的资料可以结集出版与读者见面，方便那些有志于研究萧红的同道和满足一般读者的好奇心。

萧红无疑是一个伟大的作家，这并不仅仅因为她是写作的美丽女人。她的思想与才华都超越了她的时代，象征着人类永恒的精神。后人是通过她的作品了解她，对她自然存着一份由于陌生而免不了的敬仰之情。而她的同时代人，则是在记忆中保留了她生动的音容笑貌。这是一份宝贵的遗产，特别是她同时代的许多友人都已纷纷作古（他们也许会在另一个世界和她相聚），留给我们的这份回忆资料就更加弥足珍贵。

人们生活在这个拥挤的世界上，总免不了要被别人善意或恶意地误解，许多话语的陷阱都先入为主地限制着人们理解问题的思维方式。用罗兰·巴特的话来说，就是人们实际上生活在神话之中。一个在父权制的文化中以写作为生的女人，就更难于摆脱这种处境。萧红传奇般的经历，被人们谈论了多半个世纪，由于各种意识形态的背景而出入极大。诸如始乱终弃、沦落风尘、英雄救美，甚至于陈义太高脱离了民众火热的生活等等，都带有言说者的主观色彩。就连萧红本人的诉说中，也免不了一个时代意识形态对想象力的限制。在本书收录的许多亲历者的文字中，连一些基本的事实都存在着极大的出入。我不想也没有能力充分地考据清楚，宁愿保留各种不同的说法，这也相当于保留了一个时代的话语方式，可以使人们更清楚地看到萧红所处的文化语境。不仅如此，不管她的同时代人怎样评价她，透过各种话语的迷津，还是可以在一些具体的细微末节上，看到一个活生生的萧红。她的精神风貌、她的言谈举止，乃至于她的生活习惯，都以不同的话语方式活在她同时代人的记忆中。

为了使资料更翔实，在编辑本书的过程中，学长吴福辉、老友丁宁和好友金玉良都曾鼎力相助，在此一并致以衷心的感谢。

2000年暑期

错动历史中的文学飞翔

——《呼兰河的女儿：萧红全传》序

季红真

相遇萧红，对于一个以现当代文学研究为业的人来说，无疑是一个极大的幸运。但是，能够读懂萧红，却不是一件容易的事情。她的意义长期被遮蔽，首先是被自己的传奇经历所遮蔽，然后是被鲁迅遮蔽，还有就是被萧军遮蔽。在目前已经出版的《中国现代文学史》著作中，很少有为她设专节论述的。一般是放在左翼文学的题目下，近年则多放在东北作家群的范畴中，只有在女性文学史中有她独立的章节。左翼的身份使她获得被言说的合法性，东北作家群的归纳使她得到乡土的认同，而女作家的前卫姿态又使她的政治、文化、人生、人性等方面的诸多思考被忽略。至于那些商业炒作式的写作，更是以不幸身世的煽情抹杀了她思想和艺术的成就。当

《呼兰河的女儿:萧红全传》,季红真著,现代出版社2011年5月版,16开,518页,插图84幅。

然，这也说明了她的丰富性，可以从各个角度被阐释，被各个层次和各个时代的读者所接受，好的作家都能为后人提供一个阐释的空间。

但是对于还原一个真实的萧红无疑困难重重，她所生活的历史情景如此错动混乱，不仅是辛亥革命、五四运动、抗日战争等中国现代化过程的重大历史变动，还有她所生长的东北地区独特的政治史轨迹，张氏父子治下反日维护路权的运动，张学良易帜之后的中东路事件，九一八以后日本法西斯的猖獗，都直接影响到她的命运。她所承载的乡土文化如此独特，肃慎、东胡、抚余与汉四大族系，在漫长的历史中生活在这块肥沃的黑土地上。清代长达200年的封禁，只有流民带来了中原的文化，闯关东的破产农民在文化史的“奇劫巨变”中，迎击了铁血文明的外族入侵。最现代的文明裹挟着最原始的文化，层层累积的移民传统带来了神奇的人生场景与形态。萧红所生长的家庭如此畸形，作为逃荒暴富的山东移民后代，衰落中的振兴，迫于时势的变通，血缘关系的复杂，上一代人阴暗的心理纠葛，都使她的成长历尽曲折，至今有一些无法释解的谜团。十年以前，我仓促写作《萧红传》的时候，就充满了疑惑，只能坚持一个原则，搞不清的地方全部存疑。5年前开始，我在学校开设《萧红研究》的课程，每年教一轮，每次都有新的发现，实地的考察、访谈和全面地搜集资料，使大量的疑点得以冰释，仍有谜团无法解开，也只好继续存疑。但是，这一次发现的萧红显然丰满了许多，称之为大传尚可差强人意。

一

对于萧红身世的考辩，实在应该感谢呼兰学人和几代哈尔滨学者 以及萧红亲属所做的大量工作，家世基本已经搞清楚，使最大的一个谜团得以揭开，萧红就是张家的女儿。但是由于时代的变迁与调查者的立场，仍然有一些结论大可质疑。

在萧红的生活史中现存最大的一个谜团，是订婚的时间与未婚夫的人间蒸发。前者关系到萧红求学等一系列奋斗的困厄所在，后者关系到她情感生活的巨大转折，而且，两者又都是一个问题的延续。最早的说法是3岁订婚，而后则是14岁上高小的时候订婚，她的嫡亲侄子张抗先生坚持这种说法，铁峰先生当年找到介绍人于兴阁,也证明了这个说法。最新的调查成果来自她的堂妹张秀珉,是在初中二年级、18岁的时候,由她的六叔张廷献介绍定亲。三种说法时间相差不少,但都是一个人,汪恩甲或者汪殿甲。只有铁峰先生根据于兴阁的说法,认为是呼兰驻军游击帮统王廷兰的次子王恩甲。

这一说法最近似乎已经彻底被否定了,因为王廷兰作为抗日殉国的名将家世一目了然,他只有一个正式名分的儿子王凤桐,比萧红大3岁,在16岁的时候与呼兰一商家女结婚,次年生子。1932年,哈尔滨沦陷后,王廷兰代表马占山到齐齐哈尔接触李顿调查团,被捕后在日本特务的严刑拷打之下坚贞不屈,最后被装进麻袋从楼上扔下去壮烈殉国。王家不堪日本特务的骚扰,悄悄逃往关里投奔张学良抗战,后人一直延续至今。但是,仍有一些蛛丝马迹让人疑惑。张秀珉说六叔张廷献和汪恩甲的哥哥汪大澄是要好同学,受汪大澄之托为汪恩甲介绍对象。既是同学,张廷献把自己的侄女介绍给同学的弟弟,自己岂不矮了一辈,这在上个世纪20、30年代的东北是不合礼法的,何况乡绅张家又是极讲门第和体面的。

萧红小学毕业之后,全班绝大多数同学继续升学,父亲张廷举却坚决不许她继续读书,这也是一个匪夷所思的疑点。仅仅用重男轻女的封建思想是不足以解释的,因为张廷举是新派乡绅,是呼兰提倡女学的头面人物,阻止自己的女儿读书,要受到教育界同人的鄙夷,也要受到前妻家族的压力。而且,对于所有为萧红说情的亲朋一概不做任何解释,其中必有难言之隐。致使萧红在家停学一年,最后是向家庭施行了“骗术”才到哈尔滨上了初中。她的同学好友徐淑娟对于她的叙述基本都是属实的,当年萧红曾经对她说,自己很小就被家里订给豪门,允许出来上学也是为了攀这门高亲。汪恩甲的父亲只是一个小官吏,是谈不上高亲的,除非他另有不为人知的神秘身世。曹革成先生在《我的婶婶萧红》一书中,提到长期流传着一个说法,汪恩甲本姓王。还有一个传说,萧红的祖母范氏的哥哥是某地的一个督军。所有关于范氏的回忆,她都是神神道道的,在家里说一不二。当时的东北乡间,订婚有口头和正式下礼两个步骤,萧红的父母婚事就是由范氏最早托人提亲,延搁了四年之后才正式下礼成婚。3岁订婚一说,也未必就是空穴来风,以范氏的精明强干,联姻一个军界豪门也是可能的,只是口头的婚约,后人未必知晓内情,作为过继子的张廷举又不便说破。萧红祖父80大寿的时候,马占山、王廷兰和呼兰县长等军政要人都亲自赴宴，马占山赠匾额，并且当场把她家所在的英顺胡同改名长寿胡同，胡同原名得自驻军将领之名。张廷举当时只是一个县教育局长，何来如此大的排场和威势？萧红对祖母颇多怨愤，是否与这密不告人的婚约有关。14岁订婚的说法，大概是旧话重提，因为萧红这时有一次初恋，并且抑郁生病半年，对方是破落了的二姑家的哥哥，应该是《呼兰河传》中兰哥的原型，后者贫病而死，萧红在小说《叶子》中对此有过详细的描述，不仅场景与人物和她家耦合，没有亲历是写不出那样深挚的初恋体验的。于兴阁出面做媒，就在这个时候，而后来张廷举阻止萧红升学，大概也和这次提婚有关，而父亲的最终妥协和萧红对徐淑娟的自述，是否还隐藏着双方家长幕后的暗中协商？汪恩甲家在哈尔滨顾乡屯，本人也已经师范毕业在哈尔滨工作了，萧红到哈尔滨读书可以离他近一些。而18岁的正式订婚，也是由于她在“反五路”游行中活跃，招来不少异性青年，引起家长的紧张。她与未婚夫同居是在黑龙江政局急剧动荡之时，马占山打响了武装抗日的第一枪，汪恩甲的失踪就是在王廷兰殉国前后。萧红一生不说婆家与未婚夫的坏话，对自己的婚事讳莫如深，大概都和这不可言说的神秘婚约有关。

二

把萧红从所有意识形态的简单逻辑中剥离出来，全面发现一个真实、完整的萧红，是我多年的努力，而传记的写作是这个努力得以实现的基础。事实上，我们当代文坛讨论的所有问题，萧红那里几乎都有。譬如，底层写作的问题、身体叙事的问题、民族国家的问题、性别的问题、终极关怀的问题、生命价值的问题，甚至包括早期后殖民的问题，更不用说民族化和文体的问题等等。在近年去政治化和去意识形态化的潮流中，萧红被新一代研究者从左翼文学中剥离出来的同时，也从历史的具体情境中被分解出来，所谓矫枉过正，合法性的宽松有了新的阐释可能。甚至有的论者认为她根本不是“抗日作家”，这无疑是违背历史真实与她创作实际的。彻底的去政治化、去意识形态化就是去历史化，从鉴赏的角度是可以的，但是从传记的写作与学术的研究来说则是虚妄的。除了调查考辩之外，还需要尊重她文本的自述，这也是尊重作者本人的严肃态度。

人是植根于历史当中的，而文化思潮、意识形态与具体的历史情景总是相互扭结，是所有人成长的意义空间，是历史土壤的一部分。完全以意识形态去解释一个卓越的作家自然是愚蠢的，而完全不顾意识形态的作用，试图抽象出一个没有历史政治色彩的作家也太过简单。这就是本书试图克服的两种倾向，希望在尽可能真实的历史还原中，发现这个奇特的艺术生命，是以什么样的方式植根于历史当中，又以怎样独特的心路历程回应错动时代的政治、文化、艺术思潮，完成内心纠葛向文学绽放的转化，怎样最终超越了自己的时代。

萧红一开始写作就是左翼的立场，第一篇小说《王阿嫂的死》就是以惨烈的阶级压迫刷新了读者的视野。乡村大地主阶级的豪横与无法无天，是东北地区最显赫的文化特征。因为是流民集聚的地区，东北至晚清“慈禧新政”之前几乎没有民治机构，一直都是军政合一的统治方式，相对于中原的规范，大地主更多是在以渔猎为主的通古斯原住民的生荒土地上，通过跑马占山式的开拓，与官府丈量土地时的营私舞弊发展起来的豪强地主。国民党的势力是在张学良易帜之后，才渗透过来。由于政治统治的疏松，天高皇帝远，匪患又十分严重，大地主的庄园都有深壕高墙，还建有炮台，豢养着私人武装。萧红祖辈聚族而居的张家大本营黑龙江阿城福昌号屯，村外被一条矩形的壕沟围着，沟深三米多，只在南面和东面开门。夏天，为了防止匪患，沟内还蓄满着水。张家老宅因为在屯子的中心，被称为张家腰院。四周由高墙围着，墙基1.5米宽，高3.5米，围墙四角设有炮台，炮台上有步枪和大台杆（土炮），昼夜有人在炮台上放哨。大院只正南有门，平时关着，只开一角门，有打更的人守着。萧红早期的小说《出嫁》等，都是以这里为背景，而她笔下所有的地主都姓张，可见是以自己的家族叙事为主。《夜风》里面的人物设置可以和张氏家族的血缘亲属关系一一对照，所以要想抹杀她以阶级论为核心的左翼倾向也是很难的。她成名之后，被父亲开除族籍，理由之一是“侮蔑家长”，也可见与封建地主家庭矛盾的不可调和。

三

然而，萧红最终超越了左翼的立场，开启了通往永恒的文学之门。这主要是和她的性别立场与女性独特的生命体验有关系，为了求学与婚姻自主，她和家庭爆发了最初的冲突，这是五四精神之女最一般的奋斗起点，由此开始了苦难的跋涉之旅。由于两度离家出走到北京求学，被家庭软禁在福昌号屯张家腰院中9个月，在历史急剧错动的“九一八”事变之后的混乱中，逃出被软禁的老宅，一度流浪街头，拒绝受和自己处于两极的父亲的豢养。她在开始发表作品的时候只有22岁，但是已经有了和两个男人同居的经历，遭际了痛失亲子的人生大悲。她现存最早发表的作品散文《弃儿》，细致生动地记叙了自己生产前后的窘迫处境与内心感受。她是以女性的经验洞察着历史，超越了意识形态的幻影，也超越了党派的立场。

尽管萧红的一生都主要生活在左翼文化人的圈子里，每当危难的时刻，都得到共产党员朋友的帮助，曾经还一度想加入共产党而去征求鲁迅的意见，至于鲁迅给予何种建议则不得而知。党组织也曾经想发展她，但是看到她那副“不可救药”的艺术家风度和任性的自由主义思想作风，便放弃了初衷。她对于党派政治的心理疏离也以不同的方式表达出来，除了和舒群、高原等人的当面争吵之外，旅居日本时期写作的小说《亚丽》，更是从生命的情感价值的角度，对于党派政治的组织形式表达了深刻的质疑。

性别的立场与女性的经验都是她接受左翼思想的基础，作为弱势群体的一员，她始终认同民众的苦难，而且看到他们顽强的生命力。这无疑适应了全民抗战的时代主潮，顺应了在外来暴力的威胁之下，建立历史主体的种族需要。她对聂绀弩说，我的人物比我高，一开始的时候，我也悲悯我的人物，写着写着感觉就变了，我觉得我不配悲悯他们，倒是他们应该来悲悯我才对。这实际上也把自己和鲁迅那些自觉地承担着启蒙任务的精英知识分子区别了出来。但是，她并没有放弃启蒙立场，而是随着历史大势的变动，调整着自己思想的罗盘。1939年4月，她在《七月》座谈会上，对于“战场高于一切”的急功近利的文学观念大不以为然，公开表示作家不是属于某个阶级的，作家是属于人类的，作家要永远向着人类的愚昧。当时，人类最大的愚昧就是遍及全球的法西斯战争。萧红一开始就针对这人类浩劫写作，《生死场》中后几章都和日本军队的入侵有关，只是她不是正面表现民众的抗日斗争，而是以更多的笔墨描写外族入侵对乡土社会传统生活的迅速改变。历史时间的断裂，使村民们原本贫苦的生活都难以为继，苦难以加速度的方式导

致乡村社会的崩溃，民族国家的意识也因此被强迫植入蒙昧生存中的民众头脑。“八一三”抗战爆发之后，她写下了《天空的点缀》等文章，直接参与了全民抗战的伟大事业。1939年，她在重庆又写作了《牙粉医病法》，揭露了外国医生在东北草菅人命的医疗暴行，这就是早期后殖民的问题，是对《生死场》中《传染病》一节素材的重申，也和当时日军在华的暴行接上了榫，这篇文章由于“反日倾向”而长期不能被批准发表。

当然，性别的立场在她始终都没有泯灭。从启蒙到救亡，从左翼到人类情怀，从民族国家到乡土之恋，她都是以女性独特的感知方式表达历史错动中的人性追问。《生死场》中最触目的是女性的生存惨状，月英的病象，三个女人生产的刑罚，因为生活无着而像一大一小两条干鱼一样上吊自杀的祖孙俩，王婆曲折离奇的经历，“一生的痛苦都是没有代价的”。金枝盲目地受孕，受到乡土文化的精神挤压，孩子死了之后，为逃避日军横行的破产乡村，化装进城缝穷，又被一个中国男人强暴，种族的立场与性别的立场发生了抵牾。她想去当尼姑，彻底摆脱苦难的人间，结果女人最后一个精神的避难所尼姑庵，也因为战争而坍塌了。这就是终极关怀的问题，哪里是安放灵魂的处所?!《呼兰河传》中王大姑娘自由婚姻的悲剧，承受了乡土社会公众舆论的话语施暴。至于小团圆媳妇的命运更是让人发指的残酷暴行，其中有同胞之间鲁迅所谓“无主名无意识杀人团”的愚昧，也有超越了种族的人性施虐本能。五四的启蒙立场，一直以女性的视角潜在地影响着萧红对世界人生的观察。在《呼兰河传》中，唯一一个健康的人性故事就是磨倌冯歪嘴子，尽管贫穷、尽管受人歧视，却满怀希望坚韧不拔地顽强生活下去。这和富于反抗精神的王婆一样，是让萧红感到心灵震动的乡土人物。在冯歪嘴子的形象中，萧红再一次完成了人生价值精神认同的自我确立。

而对于新式知识者的屡屡幻灭，使萧红的讽刺才能得到淋漓尽致的挥洒。1930年夏天，她随着远房姑表兄弟陆哲舜偷偷跑到北京，入北京师大女附中高中部读书，受到家庭的经济制裁之后，陆哲舜顶不住压力，两个人双双败退回哈尔滨。离京之前，萧红曾说他是“商人重利轻别离”。她在未婚夫汪恩甲人间蒸发之后，陷落在东兴顺旅馆，和萧军迅速结合，在共同生活的6年中，萧军频繁发生外遇。当年许广平对萧军说，萧红从来不说他不好。萧军回答，她是这个世界上真正爱我的人，他们以前的历史太复杂。认识萧红以前，萧军已经有10年婚龄，和前妻育有两个女儿。把妻子送回老家之后，和两三个女子关系暧昧，暗恋着一个叫李玛丽的文学沙龙主人，追求南方姑娘陈涓多年，致使学生气的萧红倍觉感情的荒凉，以至独自东渡避到日本。以后的种种事端，更是让她无法忍受。不仅是爱情的"苦杯"与郁积在胸的"沙粒"，而且所有的朋友都站在萧军一边，连她弟弟张秀珂也要在萧红逝世之后，才能理解当年她和萧军的争吵并不都怪萧红。萧红要摆脱萧军的影响，走独立的人生之路，就像当年想摆脱父亲张廷举的影响一样。但是，她的逃亡总是以失败告终，就像逃离历史的冲动最终以死亡结束在战火中一样。她躲到日本，被萧军为了结束"没有结果的恋爱"而叫了回来；她逃进白鹅画院，被萧军的朋友打探到消息带了回来；她独自跑到北京，又被萧军以身体有病而骗了回来，实际上萧军真正担心的是萧红会不会爱上她的朋友李洁吾。直到1937年夏，端木蕻良的出现，才使她获得彻底摆脱对萧军的精神依附。实际上，这摆脱也并不彻底，人是无法彻底割断自己的历史的。由于和端木蕻良的结合，她受到所有旧日朋友的诟病，而她自己也背上了思想的包袱，因为端木蕻良是初婚的处子，萧红因此觉得他为自己做了牺牲，而心甘情愿地为他料理所有的生活琐事，久而久之，便也觉出劳累。而所有左翼文人朋友都对端木蕻良心存轻视，更不用说异性隐秘的暗恋，她面临的是友谊与爱情的抉择。

而且，就是在新派文人的圈子里，她也时时感受到性别的精神歧视。萧红由此看到一些人性的永恒问题，是政治革命和文化改良都无法解决的。在《三个无聊的人》一文中，她讽刺那些以人道的精神与学者的态度去嫖娼的新式知识者。在《夏夜》中，她嘲笑左翼文人对少女红唇的人血比喻是酸葡萄心理，一旦得到红唇少女的爱情，便放弃文化的批判。在《马伯乐》中，她嘲笑了深陷于悲观哲学的新式小知识分子，只会怨天尤人、夸夸其谈而一无所能的可笑性格，同时也揭示了他们在中外文化冲撞的历史情境中进退维谷的尴尬，既是伯乐又是马，整个一个"没用人"的滑稽形象。其洞察力也是女性的视角，而温和的软幽默也体现着女性独特的智慧。

但是，在萧红那里，性别的问题是和人生的问题、阶级的问题、种族的问题搅缠在一起的。她是从切实的人生出发，以生命的价值为原点，去表现历史人生的种种苦难，民族国家的宏大主题也因此而具有了深厚的民众生活

基础，自身的生命体验则是所有问题得以融汇为艺术整体的情感酵母。

四

萧红在艺术上是非常前卫的。

她的艺术修养有着多个源头，童年和祖父学诗的音韵启蒙，早年乡土生活民间艺术的熏陶，在国际化大都市哈尔滨读书时期，20世纪美术新潮的影响，还有学习外语的过程中，对域外民族艺术的涉猎，都影响着她的写作。她一生学过四种外语，中学读的是英语班，和萧军一起学习俄文，在上海学了世界语，在旅日期间又学了日语。这些语言中渗透着不同的艺术思维方式，形成多个参照系，影响到她对汉语的独特领悟。

一般来说，她早期的作品受到域外先锋美术的影响。《生死场》几乎是一组富于象征性的画面，鲁迅当年"略图"与"叙事写景胜于人物的描写"的评价，就有保留地说出了她的特点。而身体的装饰性，则以儿童式的想象带给小说以新鲜明丽的视觉效果，《刑罚的日子》一节，毫不相关的三个女人生产的场面明显带有先锋美术的构图特征，夸张地放大了女人独特的苦难。而她所有作品中都具有前卫艺术感觉主义的表现特征，以散文集《商市街》最充分。在1937年的《萧军日记》中，记叙了他们之间一次有趣的争吵，起因是为了一个细节描写的分歧，萧军认为萧红的写法不是小说的方式，而是诗的方式，自己的写法才是小说的方式。两个人争吵不休，萧红气得哭起来。鹿地亘来访，弄清原委之后，说你们俩写得都很好，一个是古典的写法，一个是感觉主义的写法。可见，萧红是有相当艺术自觉的，而且，当时她刚旅日归来不久，日本民族对于感觉的重视也和西方前卫的美术潮流合拍。

她晚期的代表作《呼兰河传》则主要是以中国古典诗歌为主要的艺术源泉，这是它被更多的中国读者所激赏的原因。音韵的自然流露，节奏的复沓，都暗示和强化着乡土人生的悲凉主题。成长中失乐园的过程也因此而格外清晰，邻近生命终点的时候，她以这样的挽歌形式，祭奠了自己的童年，也祭奠了所有的乡土故人。

萧红的时间形式也适应着错动的历史，表现出多种不同的形式。她的历史时间是断裂的，《生死场》以日军入侵为界限分为前后两段相隔十年，近于蒙太奇式地剪辑出乡土人生的故事。晚期从《后花园》开始的乡土叙事,基本的时间形式则是农耕民族封闭循环的文化时间,适应了对于单调生活与重复人生的喟叹。而《呼兰河传》则在封闭循环的传统文化时间框架中,揳入了钟表所象征的现代文明的时间形式,既与中国近代的历史相契合,又与成长的过程相适应,容纳了不同的生命周期。乡土人生与大的文化时间框架同构,表现为生老病死的无穷循环。而叙事者则跳出了这时间形式之外,隔着断裂的历史时间,以回顾的方式审视记忆中的家园,追问"人生何如?"最终超越了左翼文学以阶级论为核心的立场。

这样丰富的艺术创新,促进了汉语写作的现代化过程。萧红在对民族与民众的苦难认同中,以血书写了生命的诗篇,在错动的历史中完成了自己的文学飞翔,超越了自己的时代,这就是她永生的价值所在。

当年,萧红曾经想以《呼兰河的女儿》命名她的传世之作《呼兰河传》。明年是她来到这混乱世间的100周年,以这个名字命名追寻她匆忙离去身影的著作,也许是最切近她文学理想的描述,至少是笔者最诚挚的祭奠。

《呼兰河的女儿——萧红全传》后记

季红真

《呼兰河的女儿——萧红全传》是在我十年前写作的《萧红传》基础上，大量更改之后完成的。

当年写作《萧红传》的时候，就是仓促上阵，连她的故乡也没有去过，资料的搜集也只限于北京、香港和东京，关于黑龙江的近代历史几乎是从《东北近代史》和《东北现代史》里抠出来的，对于她的家世与早期经历主要是依赖当地学者的最新工作成果。尽管自以为尽力严谨，资料搜集和阅读的粗疏与考辩的马虎，今天读来，不免汗颜。十年中，当地的学者发现了不少佚文，对于她的家世有了更准确的了解，不少文献资料解密，使字母变为图像，而网络的发达也使资料搜集变得容易。而我自己工作条件的改善

《呼兰河的女儿：萧红全传》，季红真著，现代出版社2011年5月版，16开，518页，插图84幅。

与生活环境的变化,也使深入细致的研究成为可能。新著不仅字数增加近十万,有一百多幅图片,而且着意增补了历史文化的背景与人物的传记资料,尽可能还原萧红生活的大历史与小环境。随着年龄与阅历的增长,在一些资料的考辩方面也具有了方法论的改良,尽可能保留多种声音的叙事,也尽可能分析通透,既存疑又推测,存疑的同时保留多种可能的开放性叙事,所有叫不准的地方仍然全部存疑。

能够写成这样一本书,首先应该感谢所有现代文学史专家们的工作,他们对萧红以及所有现代作家,特别是东北作家群的研究工作,为我的写作打下了扎实的基础。尤其应该感谢我的同窗好友杨殿军、徐彤夫妇,是他们为我的访学提供了优越的条件,而且尽最大努力支持萧红研究的工作。王贺英同学以她精湛的日文与广博的东北近现代文化史知识,为我答疑解惑,使我的工作得以深入。特别应该感谢的是章海宁先生,他以多年细致的调查工作带领我们实地考察,在资料搜集方面给予了无私的帮助。在他的介绍下,结识了张抗先生等萧红的近亲和叶君、刘乃翘等哈尔滨的萧红研究专家。他们以及所有当地学者的工作令我佩服,也令我惭愧。萧红研究会的王连喜等同好为本书提供了大量图片,沈阳师范大学图书馆的刘偲偲、卢金梅女士不厌其烦地为我查找资料,杨晶女士为我购买有关图书,在此一并致谢。

还需要再次感谢的是日本的平石淑子女士,我2000年在东京访学期间,她在百忙中带我寻访萧红当年的遗迹,使我至今受惠。在香港的小思女士为我查找了海外的萧红资料,也是我一直难以忘怀的。

臧永清先生大力扶助本书的出版,张晶女士为此书的编辑耗时颇多,都令我感动,特此致谢!

萧红和她的弱势文学

林贤治

今年，是萧红辞世第六十五个年头。

萧红的名字为人们所熟知，很大的原因，盖在于作为一个女作家的不幸的婚姻和早逝，她死去的时候才三十一岁。对于她的著作，人们不见得怀有更大的关注的兴趣，这是很悲哀的。至于文学实绩，在文学史上也得不到相应的恰当的评价；文艺思潮兴替无常，或左或右，显然损毁、淹没了许多东西。

继鲁迅之后，萧红是现代中国的一位伟大的平民作家。说她伟大，是因为她在短暂的一生中，始终体现了对穷人和妇女的弱势者群体的灵魂的皈依。她的善的爱、悲悯与同情是广大的，而且，这与她对民族传统文化的专制性，以及社会不公的批判联系在一起，显示着一种人

本文为《萧红十年集》序言。

《萧红十年集》，林贤治主编，人民文学出版社2009年1月出版，32开，1101页，插图24幅。内收萧红1932—1942年间作品167篇、书信50封及林贤治《萧红和她的弱势文学》（序）、《萧红年表》2篇。

性的深度。当她以书写的方式表达着所有这些的时候,无视任何范式,而创造出了极具个人特质的自由的风格。在她的一百余万字的文学遗产中,至少有两部诗性悲剧《生死场》和《呼兰河传》,一部讽刺喜剧《马伯乐》,堪称经典之作。

婚恋史:生为女人

1911年,萧红出生于黑龙江省呼兰县的一个地主家庭。父亲专制而保守,在萧红初中毕业以前,就为她订了婚,毕业后不再让她上学。这样,她的接受教育及自由婚姻的权利过早地被剥夺了。周遭房客的女人、农妇,和她们的女儿,以不断重复着的险恶的命运呈示给她。她感到恐怖。

上个世纪三十年代,五四的大潮已落,而流风仍在。这时,萧红已经是一个读过易卜生的《娜拉》和鲁迅的《伤逝》的青年了。为了求得新知和爱情,她决然离家出走,远赴北平。正如鲁迅在题作《娜拉走后怎样》讲演中说的:"梦是好的,否则,钱是要紧的。"由于家庭断绝经济来源,半年之后,她被迫返回老家,遭到软禁。不久,又逃了出来,流浪在哈尔滨街头。最后,在打熬不下去时,她只好找未婚夫王恩甲,开始有条件的同居。

很快,萧红发现受骗,于是再往北平,试图寻找一种独立的生活。王恩甲追踪而至,结果返回哈尔滨的一家旅馆,实际上成了"人质"。在她怀孕数月的时候,王恩甲弃她而去,所欠旅馆的巨额费用全部押在她的身上。旅馆发出警告,如果她无力偿还,将有被卖做妓女的危险。

萧红在绝望之际,写信向《国际协报》求援。这时,作为报社的一名业余编辑的萧军出现了。两人迅即坠入爱河。稍后,萧红趁哈尔滨发大水的机会逃了出去,与萧军结合。在萧军的帮助下,萧红在医院里产下一个女婴,贫困中被迫送人。正是这"弃儿",成为她,一位无力抚养孩子的年轻母亲的永久的伤痛。此后,他们一面维持生计,一面开始写作,在朋友的资助下,出版了两个人的作品合集《跋涉》,但是随即遭到查禁。

当时,整个东北已经沦为日本侵略军的占领区。他们不愿做亡国奴,于1934年6月逃离"满洲国",南下青岛,继迁上海,过起动荡的流亡生活。

在上海,他们找到鲁迅。正如萧红说的,"只有他才安慰着两个飘泊的灵魂”。通过鲁迅，他们的文稿陆续得到发表，在十里洋场中很快便站稳了脚跟。

就在他们冉冉上升为两颗闪耀的文坛新星的时候，家庭共同体出现了可怕的裂痕。

对于萧军，萧红是爱的，感激的，但也有着明显的不满。主要是因为，萧军一直以强大者和保护者自居，对萧红缺乏必要的尊重，时有发生的戏谑与讥嘲，也是脆弱的萧红所不能忍受的。尤其是家庭暴力，譬如为作家靳以和梅志所见证的脸部外伤，所给予萧红的屈辱和损害是深重的。萧军的婚外恋，使萧红自觉被抛弃，加剧了内心的创痛。为此，她曾经一度远走东京。回国后，第三次流寓北平。1937年，抗日战争爆发。生活所加于萧红的痛楚，虽然一时为抗日的热情所遮蔽，而伤口仍然因了某种契机而暴露出来。1938年春，在西安，她终于与萧军在平静中艰难分手了。

继而相恋同居的，是东北作家端木蕻良。这种关系，萧红一直维持到生命的最后一刻。

然而，有阳光的日子毕竟短暂，命运再一次戏弄萧红。当时，她已经怀上了萧军的孩子，当她由武汉至重庆，直至产下这男婴，端木蕻良都不曾陪伴在她的旁侧。她孤独，失望，无助，出院时对白朗说：“未来的远景已经摆在我的面前了，我将孤寂忧郁以终生！”

在骆宾基根据萧红生前所述写成的《萧红小传》中，写到端木蕻良对萧红的两次“遗弃”：一次在武汉，他拿到一张船票以后，抢先撤退至重庆，留下萧红一个人耽在原地，不但行动不便，在经济上也得靠朋友接济。还有一次，是在太平洋战争期间的香港，萧红病重住院，他不告而别，一共长达十八天，把照顾病人的责任完全推卸到一个认识未久的朋友骆宾基身上。据萧红的朋友孙陵提供的材料，萧红最后曾用铅笔在纸条上写下“我恨端木”几个字。在香港，萧红曾经计划摆脱端木蕻良，但却迁延着没有实行。其中，一是如她所说，为女性惯于做“牺牲”的惰性所致，再就是身体过于虚弱，一切潜在的病症都暴露出来了，她一时拿不出力量拯救自己。当时，她还抱有一个幻想，就是端木蕻良曾经许诺让她到北平他的三哥家里去养病。在长期的漂泊生涯中，她一直渴望健康和一个安静的写作环境。然而，未及等到最后，美梦就幻灭了。

自由和爱情都是萧红所追求的。结果,她死在追求的道路上。她一生所承受的不幸、屈辱和痛苦,至少有一半来自她的“爱人”。而且,他们都是追赶新文化运动大潮过来的人!

萧红如何面对自己的命运呢?

她这样说:“我一生最大的痛苦和不幸,都是因为我是一个女人。”

生活史:贫困体验

出于叛逆和反抗,萧红由一个地主的女儿沦落为流浪者、穷人,构成为她的命运的全部,包括文学的命运。

在中国现代作家中,没有一个人像萧红这样被饥饿、寒冷、疾病逼到无可退避的死角而孤立无援。一个人,尤其是一个女性,要具有怎样的自由意志,方可以抵御这一切!

萧红的穷困生活,有过两个严重的阶段:最先是一个人流浪在哈尔滨街头,稍后是同萧军一起生活于商市街。萧红的自叙性散文《商市街》,忠实地记录了后一阶段的生活和个人的感受。美国学者葛浩文认为,本书可以同英国作家奥威尔的《巴黎伦敦落魄记》相比拟。奥威尔在书中描写的流浪生活,比如饥饿,典当,失去工作的恐慌与无聊,等等,许多情形与萧红的遭遇是相似的。

萧红在散文中,留下了只身流浪时饥寒交迫,呼告无门的片断情景,她饿着肚子,穿着单薄的衣服,通孔的凉鞋,无目的地行走在冰雪的大街上。铜板一天天减少,在寒夜里,差点连喝一杯热浆汁的钱也凑不够。她曾经找过亲戚,大门紧锁;去找熟人,熟人早已迁移。在深冬的夜里,她感到身上的力量完全用尽了,双脚冻得麻木,昏沉中,被一个做皮肉生意的老太婆领到家里过夜。当她在狭窄而阴暗的屋里醒来,发现套鞋被偷了;离开前,老太婆又要她留下一件衣服典当,充做她的住宿费。她像做了噩梦一般,从身上褪下单衫就走了。

她这样写下自己流浪街头的感受:“当我经过那些平日认为可怜的下等妓馆的门前时,我觉得她们比我幸福。”

萧红一无所有,即使她和萧军生活在一起时,也同样一无所有。《商市

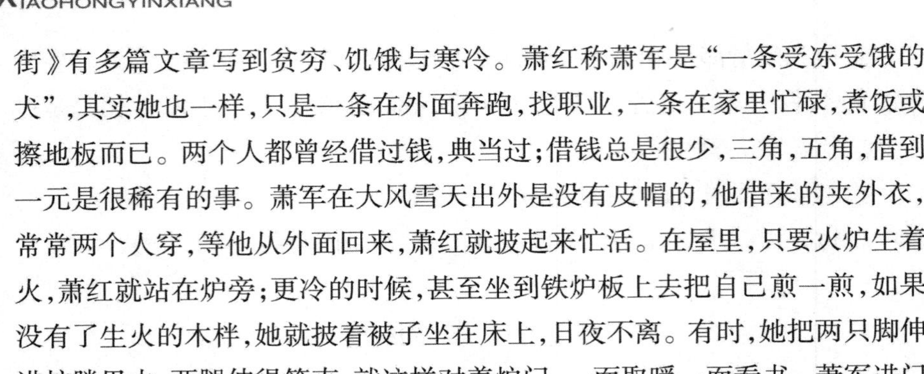

街》有多篇文章写到贫穷、饥饿与寒冷。萧红称萧军是“一条受冻受饿的犬”，其实她也一样，只是一条在外面奔跑，找职业，一条在家里忙碌，煮饭或擦地板而已。两个人都曾经借过钱，典当过；借钱总是很少，三角，五角，借到一元是很稀有的事。萧军在大风雪天出外是没有皮帽的，他借来的夹外衣，常常两个人穿，等他从外面回来，萧红就披起来忙活。在屋里，只要火炉生着火，萧红就站在炉旁；更冷的时候，甚至坐到铁炉板上去把自己煎一煎，如果没有了生火的木柈，她就披着被子坐在床上，日夜不离。有时，她把两只脚伸进炉膛里去，两腿伸得笔直，就这样对着炉门，一面取暖一面看书。萧军进门看见，还取笑说她是在“烤火腿”。

大雪总是给萧红带来不安和恐怖。半夜里，她冻得全身冰凉，即使睡去，也尽做着冻死冻僵的噩梦。她这样描述冬雪对她的侵袭：“我的衣襟被风拍着作响，我冷了，我孤孤独独地好像站在无人的山顶。每家楼顶的白霜，一刻不是银片了，而是些雪花、冰花，或是什么更严寒的东西在吸我，像全身浴在冰水里一般。”

饥饿和寒冷紧紧追逮着萧红。她常常连黑面包也吃不起。因为没有钱，早上卖面包的人提着挤满面包的大篮子到过道里卖，她始终没敢推开门。她在书里写道：“门外有别人在买，即使不开门，我也好像嗅到了麦香。对面包，我害怕起来，不是我想吃面包，怕是面包要吞了我。”她买面包欠了钱，第二天萧军起来再去买，卖面包的人立刻从他的手上把面包夺了回去。她写道：“我充满口涎的舌头向嘴唇舐了几下，不但‘列巴圈’（面包）没有吃到，把所有的铜板又都带走了。”

萧红有一篇题作《饿》的文章，其中有为了面包，她决心做偷儿的一段：

……黎明还没到来，可是“列巴圈”已经挂上别人家的门了！有的牛奶瓶也规规矩矩地等在别人的房间外。只要一醒来，就可以随便吃喝。但，这都只限于别人，是别人的事，与自己无关。

……过道越静越引诱我，我的那种想法越想越充胀我：去拿吧！正是时候，即使是偷，那就偷吧！

轻轻扭动钥匙，门一点响动也没有。探头看了看，“列巴圈”对门就挂着，东隔壁也挂着，西隔壁也挂着。天快亮了！牛奶瓶的乳白色看得真真切切，

"列巴圈"比每天也大了些。结果什么也没有去拿,我心里发烧,耳朵也热了一阵,立刻想到这是"偷"。儿时的记忆再现出来,偷梨吃的孩子最羞耻。……我抱紧胸膛,把头也挂到胸口,向我自己心说:我饿呀! 不是"偷"呀!

第二次也打开门,这次我决心了! 偷就偷,虽然是几个"列巴圈",我也偷,为着我饿,为着他饿。

……在"偷"这一刻,郎华也是我的敌人;假如我有母亲,母亲也是敌人……

贫困的日子,阴暗的居室,恶劣的环境,永久的焦虑,完全毁坏了萧红的健康。头痛、咳嗽、肚痛、失眠、疲乏……在她此后一生中,这些肺病、胃病、贫血、神经系统的诸多症状从来未曾消失过。可是,除了临终前的一次住院,她没有做过检查,她看不起医生。在哈尔滨,她听说有一家医院可以免费看病,老远跑了过去。这家医院看病草率不用说,取药也仍然要收费的,她没有钱,当然只好无功而返。

萧红当时的生活境况,实际上比一般的城市贫民还要差。所以,她向聂绀弩说起文学时,会说在她的小说中叙说的众多"奴隶",地位比她高,处境比她好;她不配悲悯他们,而应该是他们悲悯她。

双重视角:穷人与女性

这样,萧红的文化身份自然生成了两个视角:一个是女性,一个是穷人。这两个视角是本体的,本源性的,又是重叠的,复合的。

作为知识女性,萧红虽然不如西方的女性主义者那么激烈,直接诉诸政治行动,但是,在要求男女平等,反对对妇女的歧视、压迫和侮辱,争取妇女的独立自由、自主权利这些方面,她的态度是明确的,立场是始终如一的。她没有以传统的伦理观念要求男女的和谐,两性间的一致性,在她看来是只能由"男性中心社会"的瓦解,男性对女性个体的尊重所达至。所以她认同并赞美妇女对男性的反抗,而把女性对男性的依附和顺从引为耻辱。但是,萧红看到,在中国社会底层,在农夫农妇中间,他们存在着一个更为基本的急迫的问题,就是生存的权利。在这里,生存高于一切。至少,性别问题是同人

性、人权问题结合在一起的。萧红曾经表示过，男性和女性差异不大，也只是在生存这一层面意义上来说的。就是说，她在女性的视域中，多出了一个穷人的视角。这正是萧红作为一个直面人生的现实主义者，不同于一般的理念上的女性主义者的地方。

在《商市街》里，萧红就保留了这两个视角。她嘲讽富人和上流社会，对穷人寄予同情。对于萧军在男女问题上所持的轻浮态度，她同样毫无保留地给予批评，揶揄，甚至表示不屑，自然也流露着受伤之后的感慨与苦痛。什么叫"底层文学"？无论是作为穷人还是作为女性，萧红都是一个陷身于底层的人，以这样的社会身份，以及忠实于这一身份的感受写出来的文学，哪怕是足够"自我表现"的文学，也都是底层文学。

从写作第一个小说《王阿嫂的死》开始，萧红就把她的文学，献给了"永远被人间遗弃的人们"，其实也就是穷人和妇女这两部分人。在她的小说中，这两部分人往往结合为一种角色，她不惮重复地叙说着这样一种角色，即穷苦的女性。从小姑娘、小学生到老妇人，从产妇、母亲到寡妇，她以深浓的颜色描绘她们的命运，含着热泪，感叹她们的善良、诚实和不可救药的柔弱；其中虽然也有反抗的分子，但是在她的笔下是为数极少的。她着重揭示的是她们的不幸、痛苦和不平，是整个社会的不公。

在《生死场》中，萧红写道："在乡村，人和动物一起忙着生，忙着死。"小说中带着自己的姓名出现的妇女，大多是被折磨以后悲惨死去的。而许多妇女连姓名也没有，她们"仿佛是在父权下的孩子一般怕着她的男人"。其中写到，月英得了瘫病以后，便遭到男人的打骂，下体生了蛆虫也没人管，严寒天气夺走她裹身的被子，用砌起来的砖块代替。《呼兰河传》第五章写小团圆媳妇在十二岁那年嫁过门去，婆婆就开始打她，甚至吊打，院子里天天有哭声。然后，是接连的跳神，看香，赶鬼，吃偏方，野药，扶乩，一直到小团圆媳妇发烧害病不能起来。最后，用开水给她洗澡，是最为触目惊心、惨无人道的一幕！一个晚上就用开水烫了三次，烫一次，昏一次，一个天真活泼的小女孩——小媳妇就这样死掉了！

众多穷苦女性的受难与惨死，在萧红笔下，更多的不是来自直接的政治压迫，而是来自她们的丈夫、婆婆、尊长、亲属、同学，周围的人，来自家庭和社会的歧视、侮辱和迫害，来自文化压迫。正如在鲁迅的《狂人日记》里出现的,这是一张"吃人"的网;但是,萧红并不作抽象的描述,而是把不幸和死亡连结在日常生活的每一个细节上。每一个网眼都透出人类的愚昧。萧红说过,文学就是跟人类的愚昧作斗争。

穷人和女性作为外视角,落在作品的题材、人物和故事上面;而作为内视角,则表现为作者的道德立场,思想和情感的倾向性。卡夫卡说:"当我们生活的世界陷入不义时,惟有受难才能让我们与这个世界产生积极的联系。"可以看到,萧红完全自觉地站在受难的穷人和妇女一边,暴露权势者,反抗"男权中心社会",控告世界的不义。但是,当她批判穷人和妇女的愚昧和残酷时,那充满愤怒的目光中,却又是含了哀悯的。她清楚地知道,使穷人和妇女的人性劣质化的根本原因是什么。在立场上,她作了必要的倾斜。

在《生死场》中,"受罪的女人"被置于中心的位置。除了瘫病死去的月英以外,金枝也是出场较多的一个。她只是男人泄欲的工具,嫁不到9个月,就和别的村妇一样,"渐渐会诅咒丈夫,渐渐感到男人是炎凉的人类"。全村起事抗日时,赵三宣誓道:"我是中国人!我要中国旗子。我不当亡国奴,生是中国人,死是中国鬼……"金枝说的却是:"从前恨男人,现在恨小日本。"但接着补充说:"我恨中国人呢!除非我什么也不恨。"

《呼兰河传》有这样一段讽刺性的议论:

"这都是你的命,你好好地耐着吧!"

年轻的女子,莫名其妙的,不知道自己为什么要有这样的命,于是往往演出悲剧来,跳井的跳井,上吊的上吊。

古语说:"女子上不了战场。"

其实不对的,这井多么深,平白地你问一个男子,问他这井敢跳不敢跳,怕他也不敢的。而一个年轻的女子竟敢了,上战场不一定死,也许回来闹个一官半职的。可是跳井就很难不死,一跳就多半跳死了。

那么节妇坊上为什么没写着赞美女子跳井跳得勇敢的赞词?那是修节妇坊的人故意给删去的。因为修节妇坊,多半是男人。他家里也有一个女人。他怕是写上了,将来他打女人的时候,他的女人也去跳井。女人也跳下井,留下来一大群孩子可怎么办?于是一律不写……

《马伯乐》可以说是《阿Q正传》的抗战版。鲁迅说他写阿Q,是在画中国的寂寞的魂灵,萧红则是以“逃”的意识集中了国民的劣根性,摹拟鲁迅在小说中的悲剧喜剧化的手法,继续描写中国的魂灵。小说选取中产阶级家庭的寄生的男人为主角,应当不是偶然的。其实,从萧红看来,国家、权力、战争、政治、秩序、规则、所有的霸权话语,都是男人的集合、扩张或延长,因此,不可避免地同样遭到她的质疑和批判。

叶紫的《星》及其他小说,一样的乡土题材,明显缺少女性视角。像柔石的《为奴隶的母亲》,也不是从女性视角出发的,虽然主角是女性,包含的却是男性的同情。丁玲是一个女性主义者,写出《莎菲女士的日记》,但是,在写作《水》以后,她的作品开始向阶级斗争倾斜。即使到了延安,她在《在医院中》、《我在霞村的时候》等作品中,一度发出质询,经过批判,很快就宣布向集体作无条件的皈依了。

萧红在尝试创作时,曾经接受过左翼政治的影响,但在一生的写作过程中,基本上弃除了意识形态的规训,而坚持个人的自由写作。在她那里,穷人与女性的双重视角,充满着人本主义色彩,与当时建基于阶级斗争理论的中国左翼文学是很不同的。

还可以比较一下在文学史上被认为一贯偏右的作家,如废名、沈从文,都是以表现乡土著名的。废名是周作人的学生,习惯“用毛笔书写英文”,他的小说,在技术层面上,极力作出“现代性”与“传统性”的整合。封建宗法社会的中国农村在他的笔下不曾出现压迫、苦难与挣扎,他写的是现代的“世外桃源”,恬淡、清简、空灵,周作人称之为“梦想的幻景的写相”。沈从文在一些作品中虽然也写及农村的苦痛,但是,由于在认识上,他一直以原始的、野蛮的、强悍的力量为美,对民俗中的决斗、杀人等残酷的、血腥的行为不但不加谴责,反而加以赞美,这种力比多崇拜的倾向,在很大程度上损害了作为一个作家的道德判断和道义力量。此外,他和废名同样喜欢制作牧歌情调,说到底,它源自东方的一种文人情结。

萧红没有这种文人气,她直接介入中国农村的黑暗现实,没有距离,没有创作家的所谓“美学观照”,她把自己也烧在那里面。

即便是女作家,在写作中也未必一定用女性视角观察和处理生活。女性视角的运用,需要具备自觉的女性意识或女权意识。比如张爱玲,虽然在她的小说中，也有不少女主角，但是在叙述的时候，她是冷静地旁观着的，使用的是“第三只眼”。五四时的淦女士、庐隐，都是持女性视角的，但也跟许多知识分子作家一样，缺少穷人的视角。像萧红这样兼具了穷人与女性视角的“复眼”者，在中国现代作家中，恐怕是唯一的。

作家无论左翼或右翼，无论男性或女性，萧红都可以独立其中，超越其上。从家庭到社会，作为受难者和牺牲者的角色，成了她的一种深厚的、无可替代的写作资源。她以天然的“复眼”，摄取并展示了一个广阔而丰富的文学世界。

诗性悲剧：自由的风格

英国作家、女性主义者伍尔芙说：女性的风格是自由的风格。拿这句话来概括萧红的写作，是最恰当不过的了。

萧红的自由的风格，表现在她对社会和人生悲剧的诗性书写上。悲剧紧贴着她的肉身，正如她对朋友说的，她一生走的是败路。社会的衰败和个人的挫败困扰着她，而又促她清醒；无量数人的苦难和死亡，不断地震撼着她，召唤她写作。所以，她的大小作品，始终保持着饱满的“原始激情”。萧红的这份激情，无疑地同她敏锐的感觉有关，其中突出的是痛觉。正是持续的疼痛，使她的情绪和情感，带上了一种苦难质性，故而在颜色、比重、速度、形态方面有了异常的改变。她把所有这些主观的东西，在自由叙述中重新植入被创造的世界，从而深化了她的悲剧主题。

描写世界的衰败与死亡，主题本身被赋予了一定的现代主义意味。在写作中，萧红大胆地打破传统的写实的方法，而采取一系列颇类现代主义的手法，主要表现在内倾的、断裂的、碎片化的处理上面。萧红无师自通，她没有在西方现代主义作家那里取得任何灵感，一个基本原则就是把故事还给生活，把空间还给时间。本来，生活并不存在一个封闭的结构，也不存在一条故事发展的因果链，而生活场景中的众多人物，所谓芸芸众生也并没有时时有着主角次角之分。生活是开敞的、多元的、无序的、庸常的、断片的。萧红的《生死场》和《呼兰河传》，并不像写实主义小说那般的将生活系统化和戏剧化，它们是反完整的，具有很大的随意性。《生死场》第十章只有三行，《呼兰河传》每章都相当于一个独立的房间，而彼此间并没有廊庑相连。故事无中心，无主角，甚至于无情节。没有一个人物是支配性的，支配的力量惟在命运的逻辑本身。

萧红注重场景切片及细节描写，甚于情节的安排；注重人物的精神世界的呈现，甚于性格的刻画。她尤其善于表现人物的孤独、寂寞，人的原子化生存。在萧红有关的人物描写中，蕴含着存在主义哲学的因素，尤其是后来的小说，对人的生存本质的探询，显示了一种灵魂的深。

小说家昆德拉说："只有散文，才是生活的真实面孔。"萧红将小说散文化，逶迤叙来，无边地伸展，只需忠实于个人的生活经验和生命体验，通过自由联想连缀起来，而无需依赖虚构的想象。她和那些沾沾自喜于编造故事的写手不同，为了赢得写作的自由，她必须摆脱情节一类沉重的外壳，抛弃那些过于显眼的手段，所有羁绊梦想的技艺性的东西。她让写作回归本原，让心灵和生活面对面呼吸、对话、吟唱。

从土地上生长出来的文学生机勃发。萧红拥有大地，她的爱深厚而广大，而作品是有气魄的。《黄河》开头写大自然，《马伯乐》开头写大上海，《呼兰河传》写小城民俗，颇有汪洋的感觉，尤其是唱大戏的一节，可谓华彩乐章。但状写人物的心理是极细致的，像《小城三月》，用笔就非常工细，刻画近于古典。然而，像《生死场》写王婆拉老马走进屠场，《呼兰河传》写小团圆媳妇所受的折磨，却又是何等的惊心动魄！

萧红的语言肌质是诗性的，抒情、自然而富有弹性。在书写她的乡土故事的时候，除了语言风格自身的美感之外，在叙述的互相配置中，萧红常常使用省略、跳跃、中断、闪回等多种手段，以加强整体的诗性。她特别注意保留原初的感觉，不去预先设置故事的高潮，任由情节自然发展，随机设喻，通过隐喻和象征，大大扩充了语言的内在张力。

鲁迅曾经为《生死场》作序，赞赏作者的描写的细致、明丽和新鲜，尤其称赞其中的越轨之处，一种力的美。胡风写了读后记，称作"不是以精细见长的史诗"。他敏感于小说的诗性，认为作者把一种女性的纤细感觉与非女性的雄迈的胸境相结合，在女性作家中是独创的。但是，鲁迅和胡风都因为现实政治的需要，把小说纳入阶级和民族斗争的大框架，在一定程度上把一部多声部的小说化简成了单声部的小说。在艺术分析上，他们都没有从一个女性自由写作者的内在需要出发，依旧用了传统的小说观念去衡量；特别是胡风，批评小说组织能力和典型性格的缺失，大体上是基于经典现实主义原则提出来的。可是，对萧红来说，与其说这是能力的缺乏，毋宁说她从根本上就不喜欢这种男性化的凝聚、严密、规整、推进的集权式风格而予以抛弃！

萧红同聂绀弩谈文学时，曾经这样说过："有一种小说学，小说有一定的写法，一定要具备某几种东西，一定写得像巴尔扎克或契诃甫的作品那样。我不相信这一套，有各式各样的作者，有各式各样的小说。"她不承认小说有所谓"范式"或者"顶峰"，不同意对她的小说的散文化写法的批评意见。她坚持自己。

五四之后的一代作家中，萧红因袭的负担最小，用她论屠格涅夫的话说，她正是从灵魂走向本能的。她的文学资源主要来自新文学传统，这个传统刚刚形成，说不上深厚，但因此也就最少腐朽和保守的东西；它是现代的，开放的，尊重个性与自由的，这就给她的创作提供了更大的创造空间，带上更多的个人天才的特点。

文学史：她死在第二次

作家是以作品作为生存的见证的。去世以后，作品被埋没、湮灭自不必说，倘若遭到恶意的利用、曲解、贬损、否定，或竟无视其存在，无异于第二次死亡。

早在抗战时，就有人批评说萧红的散文看不懂，也有人批评萧红的作品低沉、阴暗，与抗战无关。相关的文学史著作，除了把《生死场》当成萧红的代表作略加论述之外，她的《呼兰河传》和《马伯乐》长期得不到重视。《马伯乐》从发表到八十年代初，长达四十年间，只有一篇评论。

《呼兰河传》出版之后几年，茅盾把小说的价值缩减为田园牧歌式的美文加以评论，强调作者的寂寞心态，看不到她的博大的爱，深锐的痛，无视作品的思想文化价值。相反，他寻找美的"病态"，"思想上的弱点"，批评小说在北方人民的生活那里，卸下了封建剥削和压迫，以及日本帝国主义侵略这样"两重的铁枷"。其实，这是很重的两顶"帽子"。他指出，萧红所以如此，是因为"感情富于理智"，被"狭小的私生活的圈子"所困，把自己同"广阔

的进行着生死搏斗的大天地”完全隔离开来。他批评萧红“一方面陈义太高，不满于她这阶层的知识分子的各种活动，觉得那全是扯淡，是无聊，另一方面却又不能投身到工农劳苦的群中”。从茅盾的批评中可以看到，四十年代早期在延安，中期在重庆，后期在香港，以至五十年代以后多次政治运动中对知识分子和文学艺术的简单粗暴的批判的阴影。

《生死场》之后，萧红已经成为一位具有鲜明的个性主义、人道主义和女性主义倾向的作家。在当时，国家意识形态因为民族战争的兴起而得到进一步的加强，政治代替文化，救亡代替启蒙，阶级性代替人性，宣传代替艺术，在这种语境的支配之下，萧红作品的价值不可能被充分认识。在文学史教科书里，她书中的丰富的人性内容和非主流倾向被遮蔽了。

悲剧往往以喜剧的形式再次出现。八十年代初，一种文艺思潮为另一种文艺思潮所代替。随着文革的被否定，现代文学史上的许多占有重要地位的作家和作品，遭到了质疑和否弃，而一些长期被冷落、被批判的作家和作品，受到青睐，有的几至于被捧杀。

美国学者夏志清的《中国现代小说史》，较早地以比较文学的方法，描画了中国现代小说发展的轮廓，让长期局限在密室里的学院人物开了眼界；书中把中国大陆过去几十年间受到冷遇和打击的作家如沈从文、张爱玲、钱钟书等发掘出来，置于显赫的地位，尤其迎合“拨乱反正”时期的人们的接受心态。实际上，夏志清虽然在某些方面纠正了大陆文学史的流弊，却仍然逃不掉冷战时代意识形态的支配，譬如对鲁迅，以及其他一些左翼作家的作品的贬抑，便非常明显。对于萧红，夏著在洋洋数十万言中，评价的文字只有一行：“萧红的长篇《生死场》写东北农村，极具真实感，艺术成就比萧军的长篇《八月的乡村》高。”夏著进入大陆以后，是被大批的学院中人奉为文学史的圭臬的。加以九十年代，“告别革命”论成了时髦，于是，三四十年间凡是与“鲁迅”、“左翼”或“革命”相关的作家和作品，普遍受到轻视，便成了势所必至的事。

到了1978年，夏志清给他的书写了个《中译本序》，自我澄清说书中对萧红的《生死场》、《呼兰河传》未加评论，实在是最不可宽恕的疏忽。及2000年，重提了译序中述及萧红处，说是“对自己的疏忽大表后悔”，还提到他在另外一篇文章里对《呼兰河传》的“最高评价”：“我相信萧红的书，将成为此后世世代代都有人阅读的经典之作。”具体的评价不得而知，但学院是如此的学院，萧红作品在中国的命运实际上并没有太大的改变。

就这样，萧红成了前后两种不同的文学思潮的牺牲品。

在卡夫卡的文学词汇中，有一个他最喜欢使用的语词，就是“弱势”。他从语言、政治和群体方面进行定义，并且强调说：“弱势乃是一种光荣，因为弱势对于任何文学都意味着革命。”萧红的文学，在整个中国现代文学场域中，无疑是弱势文学。她既倾情歌哭社会底层的群体命运，却又执意暴露其中的黑暗和愚昧，而且，她是那般恣意地表现自我的个性、思想和情感，而所有这些，又不是属于廊庙、山林、经院、书斋、闺阁，而是属于荒野的、泥土的。她流亡、漂泊在自己的语言当中，写法上，没有一个小说家像她如此的散文化、诗化，完全不顾及行内的规矩和读者的阅读习惯。她是一个自觉的作家，可以认为，她是自弃于主流之外的。

作为存在者，萧红有理由无视所谓的“文学史”的存在，而仅仅属意于她的文学，也即弱势文学本身。弱势文学的革命性，它的潜在的意义和价值，就在于：人道主义与自由。这是最高的，因而也是最为稀有的文学品质。

中国文学无论新旧，所缺乏的，恰恰是这种品质。这样的文学，正如我们所看到的，往往多出许多附加物，比如奖赏、谥号、报告、会议、活动，以至一些小把戏，等等。至于萧红，除了孤绝的品质，她一无所有。

2007年8月25日

《漂泊者萧红》后记

林贤治

前年秋，偶翻杂志，得见评论《谁人绘得萧红影》。阅至萧红因萧军和端木蕻良——最亲近的两位男士——对她的作品的嘲笑而起反感一节，颇受触动，于是萌生作传的意图。

萧红，作为中国现代女作家的存在，有两条交叉的线索，就是文学和人生：一、萧红的爱情悲剧说到底并非由性格酿成，而是文化价值观念深层冲突的结果，是男权社会处于强势地位的又一例证。但是，“五四的女儿”萧红，不曾屈从于传统道德，不因为爱而牺牲个人的价值与尊严，这才终于做定了中国婚姻史上的一名“悲剧英雄”。二、在文学史上，萧红的作品中女性与穷人的双重视角，以及自由的风格是被忽略了的，作为“弱势文学”的实际成就被

《漂泊者萧红》，林贤治著，人民文学出版社2009年1月版，32开，299页，插图60幅。内收林贤治《后记》1篇。

严重低估。

萧红的一生追求爱与自由，在我的传记中，她是同时作为追求者和反抗者（至死仍在反抗）进入一个由来便是不公平的，充满暴力、奴役与欺侮的社会框架之中，通过悲剧性冲突完成自身的形象的。为求忠实于历史，故事场景及人物对话，大体上是对回忆录或自传性作品的综合改写，避免小说式虚构。这样，留给我的最大的想象空间，唯是心理分析和内心独白，相关的叙述也多采用猜想的、悬疑的手法。萧红是诗人，因此传记的语言也较为随意、自由，我希望能从中敷布出一种近于诗性的风格。

逝者如斯。时间的迁流是无情到了极点的，往昔已无由复制。所以，传记之作，即使再谨严，再丰实，最多也只能视作后人的一种感怀而已。一个灿烂的生命，如今零落成泥，即使绘得当年的些许影迹，便能重播其内质的芳馨吗？

思之不觉怃然。

2008年夏初

《萧红现象》序诗：我和你

皇甫晓涛

我和你，
隔着几重夜幕？
眼睛对着眼睛，
心灵对着心灵，
读懂的，不仅是一座坟茔。

埋葬你的，
难道就是那一抔黄土？
合拢起的，
也只是战火下的夜幕？
浅水湾里，
世人遗忘了伟大的孤独，
呼兰河岸，
永远沉睡着寂寞的故土。

《萧红现象——兼谈中国现代文化思想的几个困惑点》，萧红研究专著，皇甫晓涛著，天津人民出版社1991年8月版，32开，218页。正文外收《序诗：我和你》、《写在〈萧红现象〉的后面》2篇，附录收关于文学理论的论文7篇。

如今，高粱地已不见乱坟岗，
漏粉房可还有野蘑菇？
老山羊仍在村口永久地伫望，
在哪里呵，
　　莹莹的惊诧，
还有人高马大的小团圆媳妇？

看不见这一份孤独，
读不懂这一座坟墓。
还是那漫漫的夜，
伴着棵缄默的树。
唯有落红纷纷，
深埋下沉睡的故土。

沉睡的故土，
终使你难以瞑目。
赶走了太阳旗，
复笼住紫色的雾。
每一扇茅檐下的窗，
都关着一百年的孤独。
每一盏长夜的灯，
都煎熬着世代的贫苦。

有人叹你的命运和才华，
有人慕你的风流与征途；
也有人，专爱品鉴你轶闻的花边，
　　　　　　和际遇的丰富。
眼睛对着眼睛，
心灵对着心灵，

只有你知道，
世人与你相隔几重夜幕。

几重夜幕，
倾尽心曲也难诉这份孤独？
从异乡到异乡，
不知女儿芳魂憩息何处？

《走进萧红世界》序

钱理群

读完单元的这本厚重的心血之作，突然产生一种幻觉，书中的几十万文字，全化作一幅美丽的图画：

“……一个穿长裙子飞散着头发的女人在大风里边跑，在她旁边的地面上还有个小小的红玫瑰花的花朵。”

这是萧红的回忆：重病中的鲁迅曾不断地抚摸这幅苏联某画家着色的木刻（《回忆鲁迅先生》）。

这是有一种象征意义的。这画里，自然有鲁迅的生命，但在我的感觉中，似乎也有着萧红的身影，而现在研究者也仿佛融入其中了。人们因此看到了对充满活力的美好的生命的“永远的憧憬”。——这是作者所要探讨的鲁迅的生命

《走进萧红世界》，萧红研究专著，单元著，湖北人民出版社2002年8月版，32开，474页。正文外收钱理群《序》，凌宇《序》、引文《我为什么研究萧红》以及《后记》等4篇。

和萧红的生命的契合点，而我却从中看到了作者自己与萧红的生命的契合。

在这个意义上可以说，摆在我们面前的这本《走进萧红世界》，是萧红和她的研究者共同谱写的一曲生命之歌。

作者如此概括她眼里的萧红：“从她个人曲折不幸而又执着绚丽的生命历程，到她笔下各式各样的生命形态，从她对故乡刻骨铭心的复杂情愫，到对文学锲而不舍的顽强追求，都浸透了这位女作家对人的热爱与关切，对生命的珍惜与呼唤，对人类存在的洞察与悲悯。”——我以为这是抓住了萧红的真正独特之处的：正是强烈的生命意识、人类意识以及对现代中国人的生存困境的正视与关注，使萧红在中国现代“乡土文学”、“女性文学”、“左翼文学”、“抗战文学”中（如作者所说，人们经常把萧红纳入这几个文学范畴中）卓然独立而显得难以规范。

作者这样结构她心目中的萧红世界：“萧红与故乡”、“萧红与自然”、“萧红与儿童”、“萧红与女人”、“萧红与男人”、“萧红与鲁迅”、“萧红与文学”。——我以为这也是颇具创造性的，在有关萧红的研究著作中，似乎还没有见过这样的结构，而这正属于作者自己的发现：“故乡”、“自然”、“儿童”、“女人与男人”、“文学”，这在生命本源上，原是有着某种同构性的；它们构成了萧红世界的基本元素，萧红正是在对这些基本元素的深入开掘中，展开了她对“人与自然”、“女性与男性”、“生与死”……这样一些人类存在的基本母题的追问的。而对于扎根于中国这块土地上的萧红，这些基本元素不仅具有形而上的意义，又是与现代中国的历史进程紧密相连的，因而她的追问，又必然地与“个人与社会”、“传统与现代”、“女性与民族国家”这样一些作者所说的“现代性命题”联系在一起，从而构成了萧红世界的丰富性与鲜明的时代特点。而本书正是抓住这些“萧红式”的（也即经过萧红生命渗透过的）基本元素与基本主题来展开论述，也就获得了一定的研究深度。

作者在选定了她的观察视角与结构方式的同时，也选定了自己的研究方法，也即接近萧红世界的方式。这就是作者所说的，把萧红视为“精神姐妹”、“与她作平等的对话与交流”、“注重从文本从原始资料入手”、“力求用自己的眼睛和心灵去感受去解读萧红及其作品的意义”。——在我看来，这几乎也是必定如此的。据我与作者近15年的接触（我们是1987年在福建师大的助教进修班上相识的，以后一直保持着联系，后来她来北大做了访问学者，本书的部分书稿就是在这一期间完成的），她给我的印象：虽然生活道路上也不平坦，但始终保持一颗赤子之心，因此，她与做人作文无不“坦荡、真诚、自然、质朴、单纯、无邪，一片赤子之心”的萧红，一见如故，一旦决定将其作为研究对象，就不能不“把自己烧进去”（鲁迅语），这都是命中注定：我常说，研究工作在某种意义上，就是一种“结缘”，而这样心心相印的研究对象，又是可遇不可求的。单元与萧红有着这番缘分，实在是三生有幸。

因此，我应该向作者表示我作为老朋友的欣喜之情。同时，自然也有一个善良的（或许是不合时宜的）愿望：愿鲁迅与萧红（或许还有作者）倾心的那位“穿长裙飞散着头发”，“在大风里边跑”的“女人”永存人间，愿有更多的人像萧红那样关爱人的生命，愿有更多的作家像鲁迅、萧红那样关注中国人的生存困境，愿有更多的作家与研究者永远保有一颗赤子之心。

2002年7月9日

《呼兰河传·小城三月》导言

吴福辉

天才的女性作家萧红的名声，这些年是与日俱增了。究其原因，文字的感觉之美是一点，大约稍稍一读就会被迷住。再就是她的身世让人同情，同情、爱怜之余便更想看看她的作品，于是就有了并非火爆但很持久的萧红热。我就看过写萧红的电视剧，虽然不够精彩。钱钟书先生的名言是“吃了那鸡蛋如觉得好就不必去看母鸡了”，我是遵守的，一直坚持着没有去看萧红的家乡呼兰县。观了话剧《生死场》，应当是改编得不错的，但仍然觉得没有读萧红的原作那么过瘾。理解萧红，鲁迅先生的那几句话还是够分量，说她“叙事和写景，胜于人物的描写，然而北方人民的对于生的坚强，对于死的挣扎，却往往已经力透纸背。女性作者的细致的观察

《呼兰河传·小城三月》，萧红著，现代作家精选本丛书，吴福辉、陈子善主编，上海复旦大学出版社2004年9月版，32开，266页。收萧红小说《呼兰河传》、《小城三月》及吴福辉《导言》3篇。

和越轨的笔致，又增加了不少明丽和新鲜”[①]。鲁迅没能读到以后写成的更成熟的《呼兰河传》，所以后来是由茅盾写了一篇这部小说的序。熟悉茅盾的人会惊奇于这序言文字饱含的激情，说：“如果有使我愤怒也不是，悲痛也不是，沉甸甸地老压在心上，因而愿意忘却，但又不忍轻易忘却的，莫过于太早的死和寂寞的死。”[②]原来茅盾刚刚失去了爱女，他用这篇序言祭奠了女儿，也祭奠了年轻轻孤独辞世香港的萧红。据说萧红的遗言是：“半生尽遭白眼冷遇，身先死，不甘，不甘”，“我将与蓝天碧水永处，留得那半部《红楼》给别人写了”。说得真痛！

仅从本书所选的作品看萧红的左翼思想也是明显的。贫富差别，人与人的不公平，乡民自然地生、自然地死，阶级的和民族的压迫与欺辱，这些都经过作者寂寞童年的回忆性文字的过滤，尽兴表现出来。比如老胡家的小团圆媳妇之死，是《呼兰河传》中最使人揪心的情节。揪心的还在于致死的原因，是周围人们极度的愚昧和冷漠（鲁迅的思想影响）。《手》写有一双被染缸泡蓝泡黑的手的学生，如何受到学校师生的歧视和周围人的白眼。《牛车上》里的五云嫂叙述自己的丈夫如何被作为逃兵受到格杀。而《小城三月》差不多是用貌似平静的口气，来述说一个要强的翠姨怎样用默默的死来对抗不遂心愿的婚姻。这样看待萧红自然不能说错，就像说《生死场》是抗日小说也是可以的一样。但《生死场》里最震撼人心的是写北中国的农民动物一般生殖和死亡的人生，这是一种文化状况，你很难相信在民族战争到来之后这些纯朴的蛮性的人们会一夜间走向集体的反抗。同样的，《呼兰河传》的优美之处是那些传统风俗的描写，是关于王大姐死后她那不起眼的丈夫磨倌冯歪嘴子突然坚强地担起抚养两个孩子责任的描写，让其中闪出人性力量的光辉来。沙汀生前曾有一次与我谈起他自己的小说《凶手》，也是写枪杀逃兵的，他由衷赞美萧红的《牛车上》，劝我务必找来读读，说：同样是枪毙逃兵，可以写得像我似的剑拔弩张（哥哥被迫去执行枪决弟弟），可以写得凄美无比，充满抒情气息，却更扯动人的心肺。

抒情，是萧红的艺术个性，造成她那样个人化写作的基本元素之一。她

① 鲁迅：《萧红作〈生死场〉序》，《鲁迅全集》第6卷，人民文学出版社1981年版，第408页。

② 茅盾：《〈呼兰河传〉序》，《茅盾全集》第23卷，人民文学出版社1996年版，第342页。

与聂绀弩、骆宾基都谈过这样意思的话，说明她放弃成见、奔放无羁的艺术思路：“有一种小说学，小说有一定的写法，一定要具备某几种东西，一定写得像巴尔扎克或契诃甫的作品那样。我不相信这一套，有各式各样的作者，有各式各样的小说。若说一定要怎样才算小说，鲁迅的小说有些就不是小说，如《头发的故事》、《一件小事》、《鸭的喜剧》等等。”[①]这无疑于是打破一切小说已有模式（特别是十九世纪以来由法国、俄罗斯的现实主义小说所规定死了的模式）的惊人宣言。无怪萧红小说连长篇《呼兰河传》都没有中心情节，和前后贯穿的人物刻画，一段一段地述说，被有意模糊了散文与小说的界限，理念的隐退带来的是文学直觉的充分还原，复沓的文句充满诗意和回溯之美。

已有的生平资料证明，萧红是“五四”的女儿。她最初的抗婚思想来源于新式学校的教育。与萧军的结合，是两人共同反抗旧世界的开始。不幸的是，她在以后的婚姻路途中还要寂寞地两面作战，去反抗男人的世界所加予她的重担。我们反过来再检点萧红的全部作品，能发现实际上她一直在替受到多重压迫的女性说话。《小城三月》里的翠姨悲剧故事说得何其明白，翠姨的家庭并不是不开明，但一个女性暗恋了自己的堂兄后是无处去诉说的，巨大的压力来自整个文化环境，她只有抑郁而死的一条绝路。

我还要特别提到她的长篇散文《回忆鲁迅先生》。这里有数不尽的细节刻画，直觉的个性化的描写，完全是一个女性细微观察下的鲁迅，萧红眼中的鲁迅。如开头写鲁迅谈论女人服装鞋袜的色彩图案的搭配，写鲁迅的走路“他刚抓起帽子来往头上一扣，同时左腿就伸出去了，仿佛不顾一切地走去”。描写一夜劳作后鲁迅的睡眠是“鲁迅先生的书桌整整齐齐的，写好的文章压在书下边，毛笔在烧瓷的小龟背上站着。/一双拖鞋停在床下，鲁迅先生在枕头上边睡着了”。写鲁迅的死是：“17日，一夜未眠了。/18日，终日喘着。/19日，夜的下半夜，人衰弱到极点了。天将发白时，鲁迅先生就像他平日一样，工作完了，他休息了。”[②]鲁迅逝世时，萧红在日本，她并未在场，但她写得如在场一般。小说她写得如散文，散文她写得又如小说。自从我们失掉

① 聂绀弩：《〈萧红选集〉序》，《萧红选集》，人民文学出版社1981年版，第2—3页。

② 萧红：《回忆鲁迅先生》，《萧红选集》，人民文学出版社1981年版，第145、157、180页。

了鲁迅夫子之后，我们收获了多少怀念的好文章。但萧红的这一篇可说是空前的绝唱。

这就是萧红的感觉，萧红的思想，萧红的文字。记住，她只活了30岁。

2004年8月2日于小石居

《萧红小说全集》序

张抗

在姑姑诞辰85周年之际，时代文艺出版社推出了这部《萧红小说全集》是一件很有意义的事。

出版社要我为这部集子写一篇序，这真使我忐忑不安。我虽说是姑姑的亲侄儿，但并不是萧红研究的专家学者，本无资格作序，但经不住出版社的热情鼓励，要我想说点什么就说点什么，不必多虑。这多少也卸掉了我的一些包袱，只好勉为其难了。

姑姑1942年病逝于香港以后，其作品的出版和研究，大体经历了两个阶段：一是四十年代至五十年代初期，二是七十年代末至今。

在萧红作品的出版方面，几十年来各种版本可达四十多种，其中长篇版本可达十多种之

《萧红小说全集》，长春时代文艺出版社1996年5月版，上、下册，32开，935页，插图5幅。收萧红弟弟张秀珂之子张抗《序》和编者《后记》2篇。

多。此外，结集出版的就有人民文学出版社的《萧红选集》，上海文化生活出版社的散文集《商市街》、《桥》和短篇小说集《牛车上》，上海杂志公司的短篇小说集《旷野的呼喊》，重庆大时代书局的《萧红散文》，浙江文艺出版社的《萧红散文全编》，黑龙江人民出版社的《萧红散文集》，北方文艺出版社的《萧红短篇小说集》和《萧红全集》（第一部），中国广播电视出版社的《萧红散文选》，哈尔滨出版社的《萧红全集》等等，再加上这次时代文艺出版社的《萧红小说全集》，就有十多部集子，可谓洋洋大观矣。

在萧红研究方面，第一阶段主要是萧红生前好友所作，如郭沫若、茅盾、许广平、胡风、白朗、丁玲、柳亚子、骆宾基、聂绀弩、孔罗荪、梅林、靳以、绿川英子、史沫特莱、海伦·福斯特、辛克莱、鹿地亘、罗果夫等中外前辈们都发表了怀念追忆文章，介绍了他们同萧红交往的往事，写得栩栩如生，情真意切。待到第二阶段，特别是粉碎“四人帮”以后，萧红研究才同复苏的中国文坛一样，开始真正意义上的“热”起来了。这期间，萧军、舒群、塞克、骆宾基、罗烽、白朗、端木蕻良、姜椿芳、蒋锡金、方未艾、梁山丁、关沫南、陈隄等老先生们发表了各种文章和谈话，起到了“放火烧荒”的作用。新一代研究者们，如铁峰、钟汝霖、肖凤、葛浩文（美）、谢霜天（台湾）、尾坂德司（日）、中村薰（日）、前野淑子（日）、卢玮銮（港）、陈宝珍（港）、姜德明、陆文采、陈世澄、丁言昭、李计谋、李重华等后起之秀们，亦对萧红及其作品的思想倾向和艺术特色发表了很多真知灼见，起到了继往开来的作用。据有关人士统计，近十几年来散见于各报刊发表的萧红研究方面的文章，达到上千篇几千万字，是萧红全部作品文字量的几十倍，几乎涵括了萧红生平的各阶段和全部作品，其中在国内外为萧红立传的艺术作品就达到近70部，现已正式出版的传记或传记小说达16部之多。不仅如此，萧红及其作品还引发了国内外影视界的关注，先后有《呼兰河的女儿》、《萧红与呼兰河》、《呼兰河与浅水湾》等6部电视艺术专题片在国内播放，有《萧红出走》、《落红赋》两部戏剧在搬上舞台的同时也搬上了屏幕。据说，现在还有三四部根据萧红作品和生平改编的电影正在创作和摄制之中。还有，应国内外广大人民群众的要求，在社会各界的支持下，呼兰县委、县政府和故乡的父老乡亲已将萧红故居修缮一新，基本恢复了原貌，并于1986年对外开放。据萧红纪念馆馆长孙延林介绍，故居开放以来，至今已接待了四十二万多名中外游人，包括来自18个国

家的四千多位国际友人，其规模和影响在与萧红同等位置的现代作家的故居或纪念馆之中，恐怕还是第一的。

我一直在想，姑姑是一个仅有初中文化的、出身于地主家庭的大小姐，在其短暂而坎坷的人生经历中，又仅留下百万字左右的作品，与她同时代的作家当中，比她文学创作成就高的、影响大的、声望高的不在少数。然而，却很少有像她这样在死后受到海内外读者的厚爱的。这是什么原因呢？究竟是什么拨动了那么多人的心弦而经久不衰呢？是艺术的魅力，还是坎坷的生平？似乎是，也似乎不是。

萧红作品是现实主义的，这是中外评论家和专家学者一致赞同的。但在研究其作品主题和创作倾向时，却产生了一个怪圈，似乎可以自圆其说，又似乎破绽百出，使人困惑不解。在当前研究萧红的学术观点中，有一种认为萧红的思想倾向在写《生死场》时是健康向上的，反映了抗日斗争的主题，等到写《呼兰河传》时，尽管写作技巧提高了，思想性却下降了，这原因便是萧红后期脱离了民族斗争的主战场，掉进了自己寂寞的感情圈子里的缘故。但且慢，萧红在这期间又写了《北中国》、《给流亡异地的东北同胞书》、《九一八致弟弟书》等作品，表达了作者抗战必胜的信念和持久斗争的激情，表现了作者把民族的希望寄托在共产党、八路军身上，由此看到了中国革命的前途。同时还一针见血地戳穿了国民党顽固派“假抗日真反共”的反动本质，给予了无情的鞭笞。这作何解释呢？据此，另一种观点认为，萧红的思想在后期并没有颓废，她始终关注着当时斗争的时局，高举抗日的旗帜，“始终遥遥与革命主力驻在地的西北圣地延安的大旗所指相呼应的”。可是在其后期创作的两部长篇中，一部写了一个“目的是没有的，逃跑就是一切”的庸俗、卑琐的人物，另一部则勾划了辛亥革命后到“九一八”事变前我国北方的一个落后闭塞小镇的生活图景，展现了各类人物愚昧、混沌和麻木的精神世界。这两部作品都没有正面显现抗日斗争的主战场，其中《呼兰河传》似乎游离于激烈的抗日斗争之外，散布着一种寂寞、凄婉、梦魇似的情绪。这又是什么原因呢？萧红研究似乎被引入了“二律背反”的窘境。

1993年呼兰国际萧红学术研讨会上，有两位来自黑龙江省七台河市的研究者，发表了一篇颇有新意的论文《巍巍耸立一丰碑》，尽管该文有些提法并不很准确，值得进一步商榷，但仍可给人一些有益的启示。作者从文学的本质出发，认为文学就是人学，歌颂高尚的人性，鞭笞低卑的兽性，是文学永恒的主题。我国五四运动以来，一批先进的文学家摒弃了千百年来善善恶恶的老腔调，把目光转向了人。他们把斗争的锋芒直指国民中愚昧、麻木、听天由命、不知抗争等精神疾患，“怒其不争、哀其不幸”，以自己的文学创作，呼号呐喊，呼唤国人猛醒，改造国民灵魂，重铸民族精神。认为在这批作家中，成就最为卓著者，应当首推鲁迅，以鲁迅为代表的五四文学开创了文学的新纪元。萧红的《生死场》正是在这种影响下和环境中产生的。作品深刻地揭露了统治阶级的残忍兽性和被压迫阶级的愚昧、麻木的现状，并选取那些最能表现这一主题的材料，来展开情节和塑造人物。在写村民们因遭受压迫蹂躏的强烈刺激而产生的本能的反抗时，也正是以此为生活背景，来表现他们“人和动物一起忙着生，忙着死”的蒙昧混沌的。该文因此认为持有“抗日作品”论的人显然是将作品的主题和作品的时代背景混淆了。《生死场》贯穿始终的主题是农民在生死线上的挣扎，是同《呼兰河传》的主题一脉相承的。

这篇文章的新意恐怕就在于此吧。我们常说看问题应该全面地、历史地去看，如果孤立地、静止地看问题，那很可能是“一叶障目，不见泰山”。综观姑姑一生的创作，其特色基本可归纳为从自己熟悉的生活入手，通过生活细节的“感性”描写来体现深邃的理念。她从来不在自己的生活感受以外去创作那些简单地“图解现实”的作品，她的笔始终是“为人生”的。

旧民主主义革命失败的教训证明：在半殖民地、半封建的中国社会，反帝反封建是密切相联的，缺一不可的。毛泽东在《中国革命和中国共产党》中指出：“中国革命的两大任务，是互相关联的。如果不推翻帝国主义的统治，就不能消灭封建地主阶级的统治，因为帝国主义是封建地主阶级的主要支持者。反之，因为封建地主阶级是帝国主义统治中国的主要社会基础，而农民则是中国革命的主力军，如果不帮助农民推翻封建地主阶级，就不能组成中国革命的强大的队伍而推翻帝国主义的统治。”

中国思想发展史表明：封建主义能在中国大地上长期横行无忌，是因为它同落后的生产方式和社会心理、习俗习惯紧紧地糅合在一起的。这种病态的“结合体”既表现在精神生活中，又表现在物质生活中。中国历代封建统治者都很重视这一点，认为“为政之要，辩风正俗为其上也”。历次入侵的外国统治者也很重视这一点，“帝国主义的文化和半封建文化是非常亲热的两兄弟，它们结成文化上的反动同盟”。白种侵略者传教办学“以华治华”，黄种侵略者鼓吹“同种同文化，要共同提携”。

姑姑一生经历了以“五四”运动为分界点的两个历史时期——旧民主主义革命时期和新民主主义革命时期，体察了四类“政府”——张作霖式的、伪满康德式的、蒋介石式的、英属殖民地式的统治。她痛切看到这种黑暗统治带给国民灵魂的扭曲和危害，她认识到这种病态的社会心理和风俗习惯构成了“无主名、无意识的杀人团”，“古来不晓得死了多少人！”这些人物及风俗虽然在鲁迅和二十年代乡土作家的笔下已经出现过，但在东北特定的环境下，仍然给人以发聋振聩之感。她深深地感到，要推翻旧中国，要争取民族解放，就必须改变封建落后的社会心理和风俗习惯，将人们从愚昧、麻木和保守中解放出来。

姑姑曾经向友人谈到自己对鲁迅小说的认识：“鲁迅小说的调子是低沉的。那些人物，多是自在性的，甚至可以说是动物性的，没有人的自觉，他们不自觉地在那里受罪，而鲁迅却自觉地和他们一起受罪。”（聂绀弩《〈萧红选集〉序》）姑姑在这里涉及了人的“异化”现象，当然她不可能达到马克思主义对“异化”本质那样深刻的认识，她不过是“感性”地体验到这一点，但思想敏锐的姑姑却在其一生创作中紧紧地抓住了这一点，宣称自己就是要“向着人类的愚昧开战”。特别是在萧红后期创作中，她更是师承鲁迅的传统，从自己的生活和经历出发，笔锋集中地从各种角度刻划了令人毛骨悚然的“畸形的灵魂”，从而深刻地控诉和批判了黑暗的现实，表明了自己的阶级主张。

由此，我认为可以得出这样的结论，姑姑前后期作品的思想倾向是一致的，不能人为地把反帝反封建的斗争割裂开来，然后说哪个斗争最主要，哪个斗争是次要的，并依此作了“思想颓废”的依据，或者根据作品是否描写了“现实斗争场面”，来判断作品思想性的高低优劣，这都是站不住脚的。从《生死场》到《呼兰河传》，姑姑经历了一个从自在到自觉的过程，《呼兰河传》的诞生，正是作者探索人生的思想深化的结晶。至于说《呼兰河传》为什么充满了忧悒、寂寞的色彩，我觉得姑姑对此已经作了回答，她在《呼兰河传》“尾声”中说：“以上我所写的并没有什么幽美的故事，只因他们充满我幼年的记忆，忘却不了，难以忘却，就记在这里了。”带着对黑暗现实清醒的认识去回忆往事，去回忆那“麻木而又愚昧”的生活，必然使作品的情调充满了忧悒、寂寞的悲剧色彩，因为这是将“人生有价值的东西毁灭给人看”。

作家白桦曾评价说：“萧红这个人的思考从来不用理念的东西来写，这一点非常了不得。你看现在很红的捷克作家米兰·昆德拉，他的哲学思考是用理念的语言写出来的，但是萧红完全用感性的女性的、细腻的眼光，而且充满了情感来表达出她的很高的理念。”他又说：“我个人偏爱萧红，对那个时代的思考如此深刻，三十年代女作家独此一人。不久前我在澳大利亚讲演举例时，就谈到，我们过去对萧红的忽略，使我们的文学走进了一个奇怪的方向。”（冯羽《呼兰河畔访白桦》）他的这个说法是否可以回答一些萧红研究中的困惑呢？

在姑姑生平研究中，也取得了很大成果，加深了对作家本人及其作品的理解和认识，但同时也存在着“猎奇”倾向。早几年在姑姑身世上造出了一个“养父说”，这完全是主观臆断的产物，不仅完全不符合事实，而且大大贬低了姑姑的形象，似乎她的离家出走，不是对地主阶级的背叛而是因为她本身就是佃户的女儿的缘故。针对这种荒诞不经的“研究成果”，我在1982年第五期《东北现代文学史料》上，曾作文予以澄清，并经呼兰县有关部门和很多研究者们的严谨考证，推翻了这个“假说”。但是这个“养父说”给萧红研究工作带来了很坏的影响，把当时研究工作的兴奋点转移到一些毫无意义的考据上了，损失是很大的。再一个就是炒“婚史”。有些文章和传记的作者似乎对姑姑的婚恋生活格外感兴趣，不厌其烦地渲染演绎，论证一些细枝末节，其中个别的情节和人物对话完全是琼瑶笔下富家少男少女所为。这类作品，恐怕是追求轰动效应和商业价值的产物吧！

记得萧军伯伯、舒群伯伯和骆宾基伯伯还在世时，我几次到北京去看望他们，在谈到姑姑生平研究中出现的这些偏差时，我谈到了家人所回忆的一些情况，并表示了我的忧心。

萧军伯伯对此也有同感，认为我提供的情况有助于澄清某些事实，并表示他的作品以后修订再版时，可予以吸收。他说，研究作家应该着重研究他的作品。他又说，作家也是人，也得吃饭、睡觉，拉屎、拉尿，何必在考据中如蝇逐臭呢？我在海北楼萧宅，将我收集的有关资料送给了萧伯伯的女儿萧耘姐，以供她在研究工作中加以思考。

舒群伯伯的谈话则带有理性的色彩。他主张要从有助于对作品的理解和评价出发，来考察作家的生平。他认为，作家笔下的人物，都来源于生活，是作家根据本人的经历和观察，通过典型化创造出来的，不能简单一概而论为是本人的自述。他强调，萧红之所以在作品中反映劳动群众，之所以成为人民爱戴的作家，同党的支持和扶持是分不开的，“那时二萧（指萧军、萧红）出《跋涉》没有钱，是我将跑交通攒下的50块大洋给了他们，这不仅是个人间的朋友行为，而是中共地下党对他们的资助”。

骆宾基伯伯满怀深情地回忆起姑姑的音容笑貌，表示自己对姑姑是以亲姐姐相待的。他说，萧红在生活上是很严谨的，她既是受害者，也是顽强的斗士，对她生平的考据应该实事求是地抱有同情心，不应该在她惨痛的伤口上再抹一把盐。

现在还在世的姑姑有过交往的东北籍老作家不多了，对姑姑生前史料的发掘工作，恐怕业已到了“抢救”阶段。唯一还健在的与姑姑共同生活过的端木蕻良伯伯，可以说是姑姑从武汉到香港阶段的生活伴侣和重要见证人。他因高龄身体明显衰弱了，不能上下楼梯，只能扶着轮椅在房间里散步，以作锻炼。端木伯伯谈起姑姑时，心情非常激动，我不忍心刺激他的神经，可又不得不问及姑姑的往事，因为姑姑后期的创作及生活在其一生中有着特殊的意义，且史料较少而议论又颇多颇杂。端木伯伯向我讲述了一些同姑姑共同生活的往事，他们如何到香港以及姑姑病逝前后的情况。他表示，待手头的几部稿子（指《曹雪芹》等）脱手以后，即准备着手写关于姑姑后期生活与创作的文章。对于萧红研究中对他的一些非议，他采取了一种“不予理睬”的态度。好在他的侄子曹革成，也是我的好朋友，现在也在从事萧红、端木的研究工作，近些年来不断有新作发表，充实填补了一些姑姑后期史料的空白，使姑姑后期的形象逐渐真实而立体地凸现出来了。

姑姑在三十年代的哈尔滨从事文学活动时，曾有一批志同道合的挚友，现在他们的子女同我也成为了好朋友。由于地域关系，我们同住在哈尔滨的来往比较多，像当年的中共地下党员、画家金剑啸烈士的女儿金伦及其爱人李汝栋，当年牵牛坊主人、画家冯咏秋的儿子冯羽等。还有在北京工作的，前面提到的曹革成和萧耘及其爱人王建中等，也常有音信往来。尽管我们各自的工作岗位不同,却始终关注着东北老作家的信息或研究动态。我们这些与东北作家群有着血缘关系的后辈人，既为萧红研究与东北现代文学史研究取得的成果感到高兴,也为研究中出现疵纰感到惋惜。

每当有三十年代的老前辈们从外地来哈尔滨时，则更是我们两代亲人大聚会的高兴日子，连年逾花甲的金伦大姐和汝栋大哥也都变成了顽皮的孩子。老人们最喜欢在这种场合向晚辈追忆过去,讲述了许许多多鲜为人知的往事,为东北现代文学史的研究提供了丰富可靠的史料。这篇文字中有许多资料就是我的这些兄弟姐妹们帮助收集的,在此一并表示感谢。

以上啰啰嗦嗦地写了一大堆文字,既想表达我对姑姑的怀念之情,也想对那些给姑姑以厚爱的社会各界朋友表示感激之意，有不当之处亦请各位读者及专家们予以斧正。

1995年10月27日写于松花江畔

《跋涉生死场的女人萧红》后记

曹革成

萧红这个名字，我是从儿时就知道的。那时在饭桌上，父母常提及她的故事，她是我从未见过面的婶母。

还清楚地记得，50年代我们家从上海华东师范大学搬到哈尔滨师范学院，由于失去了书房，父亲的书散乱地堆在我和弟弟的房间墙角，这是"书山"，占了小半间的面积。我好奇地从里"淘金"，翻出许多当时从未见过的旧杂志和书籍。其中，就有署名萧红的《呼兰河传》。那是讲北方一个小镇的故事，当时就在我落脚的东南方向。

我读着这从未见过的语言，这从课本上、书店里买的图书中，从来没有过这样"说话"的小说，仿佛进入一座梦幻的小镇，进入一座尘封多

《跋涉生死场的女人萧红》，曹革成著，北京华艺出版社2002年3月版，32开，424页。内收曹革成《后记》、《出版补记》、《萧红年谱》3篇。

年的古老民宅，一个个非今非古的人物在眼前表演，攫住了我十一二岁的心灵。那份震颤，至今还体验着。原来天底下还有这样的小说！那每一字我还都能认识吧，但那每一句话却那样的特别。那一个个普通的方块字，竟会拼出这样奇怪的语句——什么定语、主语、状语、谓语、补语、宾语……我学过的极规范的句式，在它们那里，竟然可以重新组合，就新鲜、生动、活泼、深刻、形象了。原来人人认识的方块字，竟然可以组成一条幽婉的"呼兰河"，在我心中流淌，它生动了，有了生命力……

萧红再一次从我心底翻出，已是"文革"后的事情了。70年代末以来，萧红的名字突然走红。是啊！一生才有31年，创作不过10年，作品只有一百万字，研究她，该是最容易出成绩，当专家了，于是一篇一篇评论发表，一本一本"传记"出版。我兴奋地找来读，然而与那"萧红"名字的热度相反，越读，心里越凉，还是舒群先生的话一语中的："徒有萧红的名字！"

读了那么些本写萧红的书，平心而论，还是肖凤女士那本最薄、出版最早的《萧红传》，客观简约地刻画了萧红的一生。尽管里面有许多史料残错和缺遗（这在当时无法避免），特别是她一提笔，就陷入了别人早已挖好的"寂寞论"泥淖。

1977年从北大荒回来上大学算起，不知不觉中，已过去了20余年，我在业余中收集的有关萧红的资料有几尺高了。80年代以来，面对一本本"曲笔"太多而失真的传记，萧红的侄子张抗（张秀珂之子）、冯咏秋（牵牛坊的主人）的儿子冯羽等人同我多次商议，由我们自己动手写一本《萧红传》，终因各自的业务太忙拖了下来。由于这是一个大工程，一件严肃洒脱不得的事，我总觉得自己一个人无力承担，而且我多年的兴趣一直是文学创作和历史研究，因此只好在收集资料中等待合作者。

1997年10月，受一位朋友之托，与出版社联系出版她的一部电影剧本，不想出版社对出传记更感兴趣，于是我大胆冒出自己来写一部《萧红传》的想法。非常感谢我的同仁们，是他们鼓励我完成多年的宿愿，总算有一个机会，能把我和一批"东北作家群"后代所"认识"的萧红形象奉献给读者。

动手写作中，才发现许多史实需要重新梳理考证，面对出于不同感情、目的、态度或因记忆问题写出的互相矛盾，甚至黑白颠倒的回忆，不得不下一番去伪存真的工夫。好在我有一条原则：审视各种回忆（这些回忆是极珍贵的,不可缺少的,但不少是不可全信的),紧紧依据萧红本人留存的作品和书信,紧紧依据真实的历史背景,紧紧依据客观事物发展的逻辑。我的目的是恢复萧红本来真实的面目,使它不再是“徒有其名”的一部传记。

由于众所周知的原因,作为本书的作者,我对《萧红传》审视极严。传中涉及许多颇有争议的人和事,都力求要有依据,有凭证,有出处。我尽管已觉得自己够冷静,够客观了,我的朋友们还要求我把自己感情的起伏压抑到最低限度。为了萧红,为了她的传记,我尽了最大努力。

关于萧红的传记真是太多了。仅对于她的十年创作生涯,还有话可说吗?是的,面对那么多本传记,我居然有那么多的东西要写,这倒真是一个可研究的文学现象了。

在这部传记里,与其他萧红传记不同之处是多方面的,这里仅举几例。

首先,通过对现有的零星杂乱的资料进行清理和分析,我对萧红和她的第一位丈夫汪恩甲之间的关系,有了一些新认识。发现《春曲》一诗其实写于他们的共同生活期间。而萧红对她前后两个孩子的态度也说明一定问题。

汪恩甲失踪后,萧红陷入困境。当她几次向几家报社去函求救时,事实证明,拯救萧红的不是别人而是国际协报副刊负责人裴馨园。如果不是裴馨园几次断然决定和交涉,萧红可能早已“消失”于世,不会再有后来的故事,这份功绩是不该被别人顶替的。

关于萧红和萧军的感情性格问题,我从他们当年的信件和纪实性散文、诗歌中寻找答案,找到了他们从结合之初起以至后来曾多次亮起感情红灯的事实和原因。长期流传的两萧分手的“答案”只是一个贬低萧红的神话。

几乎所有传记对萧红生涯最重要的最后四年,都是极不成比例的草草收场,虽然资料匮乏,结论却惊人的一致,轻率地一笔否定。唯有肖凤、钟汝霖、李重华几个写出了与《萧红小传》完全不同的一些事实。我在这部传记里,用了一半的篇幅,以无数新的例证或认识角度,揭示了萧红最后四年,在武汉、重庆、香港,也就是她和端木蕻良共同生活四年的真相。本书第一次披露了她的丈夫端木蕻良弥足珍贵的回忆,再结合另外一些不被读者所关注的当事人的回忆,从中可以清晰看到他们的感情生活、创作生活和社会生活。从而了解其他传记里所没有的许多史实的真相,解开几十年来一个又一个被种种谣传误导的谜团。事实证明萧红的《呼兰河传》根本不是“寂寞”

之作！她的死，也不是死在她人生道路“走下坡”的时期，她是攀登上她文学生涯顶峰，又向更高成就进取时，被罪恶的侵略战争夺取了生命。

萧红的侄子张抗曾尖锐地指出：“有些文章和传记的作者似乎对姑姑的婚恋生活格外感兴趣，不厌其烦地渲染演绎，论证一些细枝末节，其中个别的情节和人物对话完全是琼瑶笔下的富家少男少女所为。”（《萧红小说全集》序，时代文艺出版社1996年5月版）萧红的一生不是“红颜薄命”的一生，不是“寂寞”的一生。原哈尔滨师范大学中文系钟汝霖教授曾指出：萧红是一位“反帝爱国的女作家”，这个评价是极其恰当的。我在传记中很注重萧红的情感世界，也写了她的婚恋史，除去了许多讹传和不实之辞。同时，我是把她放在东北作家群里，放在中国的作家群，去梳理她与恋人、朋友、导师、同志的情感和交往，因为她的情感世界是开放的，不是封闭的，否则《幻觉》、《商市街》、《苦杯》这类散文和诗作就不会在当年公开向读者剖白了。

但是，萧红的生活表现、战争表现和创作，套用白桦先生的话来说，她从来不是靠理念来表现，而是“完全用感情的”，“充满了情感来表达出她的很高的理念”。（冯羽《呼兰河畔访白桦》）这就是萧红在文学之林能立足的地方：她的作品含有很高的时代性，同样也含有极高的艺术性，因而有了永久的生命力。我尝试使用“感性”的语言来描述她理性的一生，虽心有余而力不足，但仍希望读者读起来还有兴致，希望这不是奢求。

无可讳言，这本传记也汲取了他人的一些“成果”。如在如何看待萧红与她父母长辈的尖锐矛盾上，我很赞同李重华先生在《只有香如故——萧红大特写》的一个观点，概括说既除有后来的阶级意识，也有当时萧红青春的逆反心理。另外开姨是小说《小城三月》的生活原型，也是依据他的论述。诸如此类的引用，基本以不同形式标出，以示不敢掠美。书后所列书目，也多在行文中提到，可证不是“罗列”而已。

传记中，萧红在呼兰和哈尔滨时期生平，和在“牵牛坊”的活动，得到张抗、冯羽、李汝栋（金剑啸烈士的女婿）等友诚挚指点。萧红与舒群的许多交往细节由舒群先生之子李霄明热情提供。萧红与罗烽白朗夫妇的交往细节，是罗烽夫妇的养女金玉良提供。至于萧红与端木蕻良那段重要的经历，除我十几年聆听端木先生的讲述外，端木夫人也提供了不少细节和线索。另外，香港时期的资料，曾一直是几近空白。感谢萨空了先生的《香港沦陷日记》，使我能准确勾画出太平洋战争在港九地区的进程。再有刘以鬯、卢玮銮等香港友人对香港时期萧红和端木蕻良的研究,都大大丰富了我这本传记的内容。

书后所附萧红年表,目前可能是最全面的。由于长期以来,许多读者不了解萧红与端木蕻良四年夫妻生活的真相,因此在年表中,也列上了端木先生一些有关情况,以求读者对萧红最后四年的生平创作和活动,及与端木先生的关系,有一个客观准确的认识。

写书是很辛苦的,写传记更是辛苦,因为要对所涉及的每一人,每一件事负历史的责任,而这一切又只能是靠业余时间去完成,更增加了辛苦的程度。尽管如此,书中的谬误还会不少,恳请知情者和广大读者一一指出,以便将来更正充实。

这本酝酿已久的传记终于要问世了!它的问世离不开众多亲友的支持和关怀,离不开众多未见过的“书面”朋友的支持。如果它能受到读者喜欢,通过它,能在读者中重新树立萧红真实的形象,我这近20年的心血也就不算白费,我也对得起,我从小崇拜而永远不会见面的婶母——萧红了!

1997年12月写,1998年4月重写于洗石轩

《我的婶婶萧红》跋

曹革成

《我的婶婶萧红》在社会上产生了较广泛的好的影响。感到高兴的是：我对所收集的资料，下了一番甄别、去伪存真的工夫，终于在维护萧红的尊严，维护她的声誉，维护她的权利上，获得了普遍的支持和理解。作为晚辈，我为尽到了自己的一份责任而感到欣慰。

其实在书中，我并没有对萧红有什么拔高和过誉之处。相反，我只是把她经过的历程，自己留下的东西，一一展现在世人面前，而她自己的所作所为已经完全充分的说明了问题。

我始终认为萧红自己提供的东西是第一手的，她自己的散文、诗作、书信等等是最可靠真实的。有人哀叹，说看了我写的萧红传后，把他心目中那个“红颜薄命”的才女形象打碎了。真

《我的婶婶萧红》，曹革成著，江苏文艺出版社2010年3月版，16开，245页，插图128幅。附录收端木蕻良《我与萧红》、《萧红年谱》、《跋》3篇。

是好笑！萧红是一个实实在在的人，并不是某本小说中虚构的悲剧女主角！其实他得到的所谓萧红形象，恰恰是那些“谬托知己”的人提供的。这些“知己者”在宣传萧红上起的是什么作用，不是一目了然了吗？而我搞不懂的是，那些“知己者”对萧红的认识怎么会与萧红本人的实际相差那么远？世上有如此“走眼”的“知己”，交友实在要小心啊！

萧红是一位左翼作家，这是当时时代所决定的。然而现在有一种倾向，似乎认为称之“左翼作家”，有贬低之嫌，这真是令人匪夷所思！简单地讲，人类对社会的政治看法，从来就分左中右的，或激进，或保守。西方社会里到今天仍称呼什么“左翼政党”、“右翼报纸”等等，这其中并无什么高低之分，只是各个群体对事物的看法不同。当然，在很长的一段时间里，我们由于受阶级斗争理论影响，把左中右提高到无产阶级专政的角度来区分，左即革命，右即反革命，甚至爱国、卖国也简单以左右来划分。而文化大革命又把这种划分推到了极端，以至现在害怕再提“左中右”了。

但是在西方学者中仍在政治观点上划分左中右的，而且也是尊重别人的政治取向的。美国学者夏志清先生，在其名著《中国现代小说史》中，就对人们视为左翼作家的鲁迅、茅盾、郭沫若、叶圣陶、张天翼、吴组缃、师陀等都有专章的论述。而且，在对各派作家的评论中，左翼作家占有重要的一席之地，左翼文学在现代文学史中占有重要的分量！他甚至对漏掉了萧红、端木蕻良、路翎等人的分析表示深深的遗憾，认为“未把《生死场》、《呼兰河传》加以评论，实在是不可宽恕的疏忽”。认为“端木蕻良、路翎两人都应有专章评论才对”。可证称之为“左翼作家”，对其文学地位和文学贡献丝毫没有贬低的意味，反倒是我们自己害了“恐左病”，害了“政治幼稚”病。

最为可贵的是，除鲁迅、茅盾这些已被公认的文学巨匠之外，恰恰是萧红、端木蕻良、路翎、吴组缃这些“左翼作家”，并没有因其政治观点的“左翼”，而伤及他们对文学艺术自有规律的认识。他们强调文学的“社会功能”，同时也忠实艺术的真谛。所以他们的文学作品不是“政治宣传品”，而是能与社会共进，成为人类文学之林的永存奇葩，今天以至将来都是人类文学的代表作之一，是对文学艺术的独特贡献。他们是“左翼作家”的代表人物之一，也是“左翼文学”的骄傲。与“贬低”相反，恰恰是直到今天，我们还重视不够，没有把他们提升到他们在文学史上应有的地位，对他们的作品也远远没有发掘出真正的价值。

2011年是萧红百年诞辰。她的家乡黑龙江省已开始行动,推出多个重大举措,如成立萧红文学院,设立省级萧红文学奖,点校萧红全集等。在此之际,江苏文艺出版社决定重新出版拙作《我的婶婶萧红》,无疑是对她百年纪念的呼应,在此表示衷心的感谢。

此次出版,除了改正书中错漏外,又增加了《萧红年谱》,使人们能更直观了解萧红的人生履历。萧红与端木蕻良结合的四年是她人生重要的一个阶段,也是长期以来被某些人刻意渲染,谬误盛传的重灾期,因此年谱中,适当加进了端木蕻良先生与萧红互动的内容,使读者更清晰他们的夫妻生活、创作活动与社会活动的真相,以正视听。

还是那个心愿:如果有更广大的读者,读了这本传记后,能在他们的心目中恢复萧红的尊严与声誉,树立她真实的形象,我的心血就没有白费。

2009年10月于北京

《从异乡到异乡——萧红传》后记

叶君

萧红是我的情结，我想她也可能是大多研习中国现当代文学者或深或浅的心理情结。

萧红弃世已六十多年，距离她的诞辰将近一百年。死时只有31岁的她，在我的想象中，一直是个命途多舛的姐姐。这种想象如此真切，每次接触到关于她的资料，心底便弥漫而起淡淡的伤感，涌动着强烈的表达冲动。香港中文大学资深萧红研究者卢玮銮教授，基于女性的立场，出于对萧红的细腻感知，写下了一段很能引我共鸣的话："愈看得多写萧红的文章，特别是与她有过亲密关系的人写的东西，就愈感到萧红可怜——她在那个时代，烽火漫天，居无定处，爱国、爱人都是一件很困难的事，而她又是爱得极切的人，正因如此，她受伤也愈深。命中注定，

《从异乡到异乡——萧红传》，叶君著，中国社会科学出版社2009年3月版，16开，413页，插图95幅。另收叶君《后记》1篇。

她爱上的男人，都最懂伤她。我常常想，论文写不出萧红，还是写个爱情小说来得贴切。”

多年来，我一直想在进入关于萧红的论述之前，写一部她的传记，想以此传达对她的理解和对其生命历程进行细致触摸之后的感受。我想在自己的叙述里，最大限度地将她还原成大时代里的一个普通女性，一个命运坎坷的天才女作家，一个任性的姐姐，而与革命、进步、左翼并没有太多关涉。总之，我要写一部全然关于萧红自己的传记，在想象中，隔了漫长的时空我要与她做一次精神的对话，对其精神苦难感同身受。

这是我的理想，也是我庄严的举意。

2005年的隆冬，我第一次来到哈尔滨。那天夜里，一下火车便觉得自己已然进入这个留有太多萧红印记的城市，心理上是如此亲切，以至于在出租车上便迫不及待地向中年司机打听商市街、东兴顺旅馆、欧罗巴旅馆，不想对方一脸茫然，萧红这个名字在他是陌生的。我有无边的失望，觉得这座城市可能在渐渐把她遗忘，那些建筑还在，但那些哈尔滨往事却在渐成淡漠的传说。那一夜，我真切地感受到了哈尔滨的冷。

我的生命中或许注定与萧红存有一个约会。2006年正式定居哈尔滨之后，我便借来大量关于她的资料，开始力图实现心中那个庄严的写作计划，那个富有激情的举意。经过一年多的准备，2007年8月20日，正式动笔之前，在一个学生的带领下，我来到呼兰萧红故居，想亲眼看看她的“家”。不巧的是，故居因为装修已于头一天关门了，向工作人员说了很多好话，才让我们进去看看，不过所有的展品都已经收起来了，只剩下几间空荡荡的屋子和空荡荡的后花园。能够亲眼看看，我就已经非常满足，在我的内心，老实说萧红的“家”是我并不愿意去的地方。看看这空荡荡的屋子倒是恰到好处。

“从异乡又奔向异乡，这愿望多么渺茫，而况送着我的是海上的波浪，迎接着我的是乡村的风霜。”萧红在诗里对自己的大半生经历有过极为精粹的概括。“从异乡到异乡”成了我的题目。两天后，关于她的叙述正式开始。一年多几乎没有什么娱乐的日子，却给了我十分愉快的体验。我觉得自己的叙述平稳而从容，2008年9月2日终于告竣。文字无论好坏，我都非常满足，“萧红百年”在即，在心底我终于完成了对于她的“一个人的纪念”。

在这部40多万字的传记即将与读者见面的时刻，我的内心平静而喜悦，时时感到自己何其幸运、幸福，最想表达的还是无尽的感恩。

本书在写作过程中得到了省委宣传部衣俊卿部长和黑龙江大学张政文校长的关注和支持，特此表示感谢。上级领导对萧红研究的支持令人极为振奋。

传记写作自然不是小说创作，资料来源都需要有根据，所以在本书出版之际，我最想感谢的就是此前对萧红作出各种叙述的作者们，同时也向他们表达我的敬意。在书稿正文之后，我特地对本书的参考文献做了附录，只是限于本书的体例，为了尽量保持阅读的连贯性，有些引述和转述没有直接作注，而有些地方我在文中做了明确的提示。如有不周，我恳请原文献作者谅解。

感谢中国社会科学出版社资深编审郭沂纹女士，她对本书稿的认同和赏识是这本书能够顺利与读者见面的前提，她的不断努力令我深深感动。半年来虽联络不多，但关于萧红我们之间存有一份动人的默契。这是一次令我极其难忘的愉快合作。

感谢萧红嫡亲侄子黑龙江省少儿出版社资深编审张抗先生、呼兰萧红故居副馆长王连喜先生、黑龙江《生活报》首席记者章海宁先生为本书提供了大量珍贵图片，其中很多是第一次面世。这些图片为我们全面、深入地了解萧红提供了全新的可能。

感谢我的学生们，在写作过程中，他们以对《萧红传》的关注给了我极大的动力。我们一起谈论萧红是一年来最为愉快的体验。

感谢我的朋友们以对本书的厚爱表达着对我的支持，其实我深知里边问题很多，远远没有达到他们所认为的那样好。

最后，我要感谢我的家人对这本书的付出。

2009年1月9日　上午　作者于哈尔滨

《萧红图传》后记

叶君

我深知在“图像霸权”甚嚣尘上的当下出版一本不算随俗的作家图传确非易事。近一年来，我对原来萧红图传记的文字进行了大量删减、修改和润饰，但对于萧红的理解还是基于自己的一贯理念，那就是力图将她还原成一个大时代里的普通女人。关于萧红生平的叙述，我自知自己的文字比较主观，但人与人之间出于常情至理却又往往能因此而获得一份客观真实。我所要做的主要工作某种意义上就是祛魅与还原。然而，每次面对自己的叙述，心里一样充满惶恐，追问意图和立场何以实现。囿于认知和表达上的局限，呈现于读者面前的文字就是眼下我所能达到的最大可能。

图像确实是达成直观认知的有效方式。但

《萧红图传》，叶君著，广东教育出版社2010年4月版，16开，362页，插图285幅。内收叶君《后记》1篇。

在此书的编撰过程中，我始终警惕图像成为一种话语霸权，同时也更加真切地感受到文字的魅力和不可替代性。为此，本书保留了足够的文字篇幅——我所想要的是一部有内容的图传。另一方面，为了让图片不至于成为点缀和“鸡肋”，在几千张图片中精选了300多张自认为能够参与萧红生平叙述的新旧图片，并将它们插入20多万字里。无论文字还是图片叙述，我所追求的理想之境便是精致、平和而从容。由于时间仓促和能力所限，眼下本书只好以此面目示人，如有可能日后再进一步完善。

为萧红出一部图传源于中山大学张均兄的鼓励。我亦念念不忘四年前初来哈尔滨举意写作萧红传时张兄在电话里的庄严激励。当时只有极其简单的想法，且事后的写作中关于萧红的认知也与起意之初有很大不同。如果不是张兄在精神上的支持，说不定中途搁置甚至放弃亦未可知。作为朋友张兄才情卓越却又胸怀坦荡，温暖的关切常令人如沐春风。在张均的介绍下，我有幸与广东教育出版社资深编审吴曼华女士相识，从而有机会将拙作忝列该社在业界享有盛誉的“20世纪中国文化名人图传丛书”。我极为感佩吴老师对待工作的激情与庄严，因为萧红而结缘，这又是一次极其愉快的合作。同时，我也要感谢美编黎国泰先生为本书付出的辛勤劳动。

非常感谢萧红嫡亲侄子黑龙江省萧红研究会副会长张抗先生，呼兰萧红故居前副馆长王连喜先生，黑龙江《生活报》记者、萧红研究会副会长章海宁先生为本书提供了大量珍贵图片。其中很多第一次面世的图片，我个人爱不释手，为读者全面、深入了解萧红提供了全新可能。

算来萧红安眠广州一隅已愈半个世纪，多年来对银河公墓心向往之却不能至。适值萧红诞辰99周年之际，这本出版于广州的小书权当奉献灵前的一份用心之祭。

2010年3月9日夜　哈尔滨

另一种萧红传记

孙郁

萧红去世后，描述她的，男性为多，从未中断过。最为热烈的是民间研究者的声音，不时从书林中冒出。他们好奇眼光里的存在，有着神异的色彩，也把昔日文坛的影像由模糊到不断地清晰化着。有人告诉我，其实理解女人，大概还是女人自己，男人眼里的萧红，与女性眼里的形象还是有别的。证之于学林，可以找到许多的例子来。比如梅志笔下的萧红，比如季红真的研究等等都是。

这个看法后来也得到了一点印证。记得是十几年前，我在中国美术馆参观了“萧红故居馆藏中外名人书画作品展”，鲜活的场面多多。袁权女士一直都在现场，那时候她还是曲阜一所小学的老师。她何以参与了这个展览，以及怎

本文为《从呼兰河到浅水湾——萧红全传》序言。

《从呼兰河到浅水湾——萧红全传》，袁权著，中国青年出版社2011年6月版，16开，245页，插图157幅。内收孙郁《另一种萧红传记》（序言）、袁权《寻梦人的步履》2篇。

么搞起了研究,现在已经忘记了。那个展览很朴素、平常,却印象深深,这个完全民间化的聚会,在那时似乎没引起多少人关注,也匆匆地从京城的热闹里淡出了。

然而此后便注意到袁权这个有趣的老师,她偶然出现在一些学术会议的现场,从不发言,只做听众。后来她到北京搜寻各种资料,偶然到我这里来。我知道她在觅寻萧红的档案资料,在我看来,那都是大海捞针之举,渺乎如云烟的存在,实在是无米之炊。然而不料十几年之后,竟看到了她关于萧红的传记手稿。完全是新的天地——朗照的黑土下的人生和漂流的女子的写真,苍凉年月的灵光片段,一页页被还原着。我知道,一本更有趣的萧红传诞生了。

关于萧红的传记多矣。印象最深的是葛浩文与林贤治先生的。他们都是男性作家,或为教授,或为诗人。都从自己的视角去瞭望自己的审美对象,已被广泛地接受。袁权的不同于他们的是,靠女性的细腻的笔触和详细的资料理解自己的传主,视角自然也有了新意。

萧红是个天籁。从寂寞的北方一落脚到上海,便有异样的韵致袭来。她几乎没有受过什么国学的训练,可文字天生的好,是晨曦般清晰的光度,照着灰暗的地带。北方枯燥而可爱的生活,就那么如诗如画地流来,带给人的是野味的遐想。鲁迅的认可她,一定与其身上的天然的美有关系。那些作品有从野草和丛林里散出的清香,有旷远的幽怨和辽阔的心绪。这个没有文艺腔的女子,是混浊的上海滩的一泓清泉,冲刷着世间的乱相。最没有作家调子的人,其实更接近作家的本色。我们看鲁迅为《生死场》写下的序言,真的觉出眼力的不凡,那是捕捉到其精神的亮点的。这个“天外来客”的扣门,让鲁迅嗅到了泥土的气息。在阅读《生死场》手稿时,说是意外之喜也并非不对。

我曾读过鲁迅博物馆藏的萧红手稿,那文字俊美有力,可以想见其人的透彻。像狂风里的劲草,顽强里吐着绿色。她的感觉丝毫没有受到世俗的污染,奇异的句子夹带着苦涩的梦,流转于暗夜里。我曾想,粗糙的萧军对她的内觉是常常忽略的,这造成了悲剧。在弥漫着恐怖气息的世间,有什么办法呢?也只能任无奈在此间蔓延,爱与快慰是短暂的。而这短暂的间歇,竟也有精神焦虑后的宁静。那些美文与佳句,实在是她无望之后的喘息。艺术有时乃惆怅里的突围,在弱小者那里,支撑精神的文本,是黑色存在的盲点的填补。卡夫卡、川端康成等,都是这样。至于女性作者伍尔芙、艾赫马托娃,亦有此意。文学史里的相近性片段,我们还可以找到许多。

许多记述萧红的文字谈到了她心地的美。梅志生前写到这位朋友,有很多细节颇为传神。20世纪30年代的青年,精神的突围是多重的。萧红经历了饥饿、失恋、漂泊的苦运,也卷入了革命的风潮。她的左翼选择,乃无奈命运的推动。理论上亦无任何准备。生活困顿了,没路可走,只能做苦态的记录。走到左翼队伍的人,也有偶然的因素。底层的青年易在绝境里作抗争的选择,乃历代社会固有之现象。鲁迅在晚年,对青年有如此深的感应,那也是自己还在一样的苦态里吧。不过有一个现象值得思考,鲁迅的痛感里,有古老文化的纠葛。萧红那代人,只是己身的痛感,层次不一了。但青年的能量,在鲁迅看来是一种纯美的储存。它可以抵挡陈腐的旧影的袭来。晚年鲁迅的快慰之一,就是在萧红、萧军这样的青年那里,看到了旧式士大夫身上缺少的天然的美。倘说文坛还会有希望,是在这类青年身上的。

这种天然的美,不是逃离世间的隐逸,那是与恶的存在对峙的抒怀。他们在困苦里表现的不安与抗争,也是鲁迅心以为然的。萧红的作品,和许多左翼作家不同,她的世界除了对世道的冷嘲外,有生命自身的困境。她对内在矛盾的敏感,超出了一般作家。中国的激进文人抱怨别人的时候,将自己洗得干干净净,似乎黑暗与自己无关。萧红是一个迷茫的女子。她在最冷静的时候,依然清晰自己的无力感。在到青岛、上海、西北抗战的途中,她显得纤弱和痛楚,一直被爱情纠缠和困扰。当一些作家苦于无法写作,或写不出满意的作品时,萧红却没有那些问题。所有的日常生活都可以入文,这样的生命状态,使她身边的许多男性作家显得轻浮。在意识形态里,又不仅仅属于它们,不凡的文人往往就在这样的空隙里诞生的。

这一本书,资料的排列很有技巧,流畅得很,历史场景的穿插很是自然。因为谙熟掌故,又会心于书写的对象,文章如泉水般流泻。她很少判断,也不抒情,一切靠材料说话。所引资料彼此连接自如,而敬意与爱意亦深含其间矣。在乱世之间,一个美丽、纯情的女子如何挣扎,如何寻梦,都在此间复活了。

好的传记是自己生命的一部分。无论写人还是述己,倘没有热力在,则食之无味。我常常感动于司马迁的写史,人物鲜活,呼之欲出。那是有大的悲

悯的缘故。袁权写萧红，有女性间的理解与同情，间或亦有困惑的排遣。那种对远逝者的流盼，寄寓了什么呢？也许是刘勰所云的素心吧？我读这本书，一直有种新鲜的感觉。许多模糊的街景、人像，渐渐清晰了。这里也有作者生命的期许，或是一种感怀。一个美丽的生命那么早地离世，是人间的大悲哀。我们这些后来者，知之而不思之，思之而不行之，都有愧于前人。可惜世间流俗者占据的空间过多，美妙的存在灵光一闪，不易留住。传记作者的责任重大，于此亦可窥见一二。

文学写作是一个迷，要找那里的规律殊难。但那些美丽的不易久存的片段，灵光般飘逸在神思里，被后人一点点记录下来，便成了审美的再造。传记写作的劳绩，有时候就在这里。而杰出的人物被不断书写，乃隐含了神采的久远性。写作者与被写作者之间的对话，其实也是读者与逝者的对话。历史有时候就是在这样的对话间有了立体的感觉。袁权的劳作给我们带来的惊喜，也恰在这个层面。因这一本书而去对读萧红的原著，那就不仅廓清了背景，连人的形影，也会渐渐清晰起来的。

2011年4月14日

寻梦人的步履

袁权

这本书初稿的杀青，是在一个寒夜里。

月明星稀，了无倦意。因为我还没有走出来。

当写作接近尾声时，已经有意无意放慢了速度。弱智如我，仿佛这样就有可能稍稍延续萧红美丽的生命。当写作进度款款把我带入萧红病逝地“圣士提反女校”临时救护站时，心碎的恐惧依然紧紧将我攫住，我还是痛得久久不肯睁开眼睛……

此书的写作，犹如熬粥。或许只是最普通的家常餐，远远比不得色香味俱全且花样翻新的时尚“八宝”。怎奈从无米做起，又是城外盘桓彷徨的笨鸟，也许只有满腔阿甘似的痴骇是那赖以熬粥的水，同时，这样一泓“忘情水”，也是这单

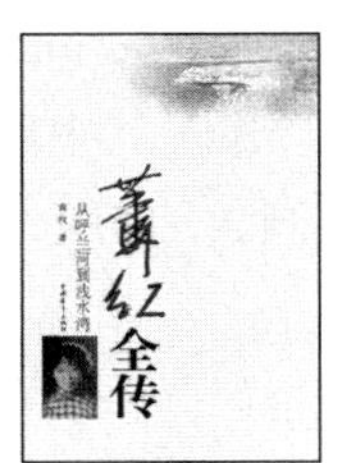

本文为《从呼兰河到浅水湾——萧红全传》后记。

《从呼兰河到浅水湾——萧红全传》，袁权著，中国青年出版社2011年6月版，16开，245页，插图157幅。内收孙郁《另一种萧红传记》(序言)、袁权《寻梦人的步履》2篇。

"生意"中仅可依仗的非常寒碜又令人羞涩的微薄本钱，所以张罗"备料"和准备"试飞"的时间都显得过于漫长。不知为什么居然无端地坚持了下来，也不去想该不该回头。

具体已记不起什么时候，什么情况下碰到萧红，总归是在多年以前罢。

偶然得到的，非常有限的几本不宜公开流通的旧书里，有一本没有封面，也没有封底，破损到卷曲得只有绝大部分内页的书，悄然来到我的身边。可以勉强翻阅的起初有几页残缺不全的文字，似是什么人写的什么有关的话，在那之后方进入正文。时隔多年，在读过不少关于萧红的文字后，我知道，我那时看到的是带有自传性质的长篇小说《呼兰河传》，而那几页残缺的文字是一个叫茅盾的人为此书所写。

那时年少，更兼处在荒诞岁月的文化沙漠，一个渴望读书却是无书可读的女孩子，就这样与萧红"狭路相逢"。

作为读者，我何其幸运，第一时间读到的便是她最成熟的作品。《呼兰河传》通篇灵感飞扬，流溢着充满了智慧的单纯，用词不见华丽，却凭情调和味道收获了文字之美，那观察一切的"儿童视角"令人沉醉，感觉好得出奇。在当年那样非常有限的阅读范围内，这种别具丰采的"春秋笔法"，带着它缠缠绵绵的思绪，重重地敲打我空空荡荡的心。语言之淳美稚拙，意境之辽远悲凉，一经入目便挥之不去，立马就在心里扎下了根，这一扎估计至少就是一辈子。

是那样毫无来由的不期而遇，是那样抵挡不住的一见倾心。

而茅盾先生写于1946年的那篇《论萧红的〈呼兰河传〉》，本是一篇文学评论，最初发表在1946年12月号《文艺生活》，因为写得好，被上海寰星书店1947年所出的新版《呼兰河传》作为序言收进书中。我最先看到的残页，便是这个后来以"序言"而称著的文章。当时印象最深的，并非其中广为流传的"三个一"——"它是一篇叙事诗，一幅多彩的风土画，一串凄婉的歌谣"；反倒是下面的一段话深深地刺激着年青而苦闷的心：

对于生活曾经寄以美好的希望但又屡次"幻灭"了的人，是寂寞的；对于自己的能力有自信，对于自己的工作也有远大的计划，但是生活的苦酒却又使她颇为悒悒不能振作，而又因此感到苦闷焦躁的人，当然会加倍的寂寞；这样精神上寂寞的人一旦发觉了自己的生命之灯快将熄灭，因而一切都无从“补救”的时候，那她的寂寞的悲哀恐怕不是语言可以形容的。

我把这段话非常认真地抄在一个带塑料皮的小本子上——相信很多那个时代的少男少女都会持有这类隐藏着秘密的小本子，里边同时也许会手抄着保尔·柯察金的临终领悟，“人的一生应当这样度过……”等等“格言”——反复咀嚼，并以此为自己小小的人生悲苦镇痛。那时并不知萧红为何物，只是现实中看不到亮点，而自己又遭遇一些青春期的烦忧，在这样心境的误导下，也许夸张并放大了一些春恨秋悲，居然就自作多情地把这段话当做是写给自己的了。也许还为此流过点点温柔且伤感的泪。

对语言和文字的膜拜，就在各种艰难且痴迷的阅读中一点一点聚沙成塔。

于是，不可救药地爱上了这个人，无怨无悔地沦陷于她特有的文字；并且，深怀着敬畏与亲密试图慢慢走近她。在以后漫长的岁月里，从少年到中年，到如今未老先衰，几乎未曾稍离。书快出版时，有知情的老朋友帮我推算，说我“恋”上这个人已近三十年了，我听了有些吃惊：天哪，三十年，白云苍狗就这么过去了，其间会有多少事情发生，我们是怎么走过来的？同时，也难免忧伤，人生究竟会有几个三十年呢？在欣慰于友人相知的同时，也愧怍于自己“出活儿”太慢。我对数字一向迟钝，不曾掐算，但是自己心知肚明，一路走来，有“她”陪伴，“她”俨然已变成生活里的一个部分。某种程度来说，“她”于我已具坐标意义，每每遇到不顺心的事情，我往往假设，如果是她，她会怎么想，她会怎么说、怎么做；我所遇到的“难”何曾难得过她？我所吃的“苦”能跟她相比吗？自己遇到的这些个郁闷烦恼，跟她曾经濒临绝望的惨痛，还有屈辱相比算得了什么？……

她留在世上且目力所及的几册发黄变脆的书，或陪伴惶恐来袭的无助黄昏，或在静静的雨夜里长驱直入。青灯孤卷，慰藉心灵。一读再读终不能通之后，我似乎才有一点知道，有些文字只用眼睛看是不够的，必须要用心来读，萧红所书就是这类文字的代表。

看得东西多了，偶尔会有一点感悟，觉得这个世界上大约无人能够具备同情她的资格，就算你发自很高尚的悲悯之心；或许鲁迅先生是仅有的例外，但那是她所敬爱的人，对她更多的是欣赏和期许，还有帮助与鼓励；鲁迅的病故，是她生命中难以估量的痛失。十年逃亡，背着多重重负——落难、贫困、多病、战乱、情变、失子，永远的漂泊和流浪，还有生命晚期雪上加霜的误诊，直至盛年作别人间……一个乱世女性一生所能遭遇的难关几乎没有一个容她躲过。如此背景笔耕不辍，饱蘸生命呕心沥血，留下近百万文字或浑金璞玉，或如玑如珠，裹着人间最初始的美质，丝毫不沾染变态的尘埃，穿越时光隧道，感动一代又一代读者。

没有人能像她那样，纤弱外表里有着芬芳而强大的内心；没有人能做到她那样，饱经忧患而无损高贵纯净的心灵；没有人能比她做得更好，把自身苦难历程化作充盈的精神资源；没有……没有，没有！过去没有，现在没有，将来也不知道有没有。不能，不能！……我不能，你不能，他也不能。

长久打动我们的更是立于这一层面上的萧红，比照这一层面，她坎坷情路是非恩怨和因此带来的种种传闻大可不必一再炒作；作为她生命中最有价值最难能可贵的核心所在，这一层面带给我们的感动，甚至超过她卓越的禀赋和不俗的才情。

如此这般，我们怎敢轻言对她的同情？除了敬畏，我们还能再说些什么?!

只是，只是天妒英才，天不假年。泪未干已暗淡了蜡炬，丝未尽已羽化了春蚕。令人深怀永久的痛惜。

尽管是永远都做不到她那样，但并不妨碍我们学习她的态度。读她写她让我学到了很多东西；对资料持续不断地钩沉和爬梳于我不啻是一个学习的过程；深藏内心的她的身影，已经潜移默化地影响了我。读她写她也是一种缘分，这缘分引领我更趋认同并试图靠近那些坚强和纯净的品质。

从这个意义上来说，这本书仿佛不是我给她的礼物，倒更像是她对我的馈赠。

唯愿再过一个多年之后，人已耄耋，烛光里，壁炉前，静静捧一册萧红的书，字里与行间，相看两不厌，依然能赚我会心的微笑。

白云悠悠。山清水碧。我们都是行路的旅人。

萧红生前大抵走过十个城市，计有哈尔滨、北京、青岛、上海、东京、武汉、临汾、西安、重庆、香港等地，它们之中几乎无一不是热点，吸引着当今为数众多的“驴友”。但这一切对她来说，却丝毫不具备旅游和观光的意义，只是无可奈何的逃亡线路，只能说明她生命中的黄金岁月是如何被命运无情地切割；萧红身后墓分几处，也折射出墓主支离破碎的一生。十年写作，十年乱离；十年寻梦，十年漂泊。让人心仪的是在这样的常态里，她终其一生都不曾放弃对理想之爱和做人尊严的追寻，犹如飞蛾扑火，那般奋不顾身。不肯浪费生命，不愿迷失了自己，无论怎样的世事浮沉，只听从自己内心的召唤。哪怕一路走来，备尝艰辛，每每凄风苦雨，遍地荆棘；纵然已是苍白憔悴，伤痕累累……

令人肃然起敬，令人扼腕叹息。

在这个“神马”都是浮云的年代，总有一种精神让我们感动，总有一点东西会留在心中，总有一种情怀装点精神家园，也总有一抹微光温暖生命旅途。

公元2011年，会逢萧红之百年华诞。

心底无穷思爱，祈愿魂兮归来。

此时此刻，特别希望她在我的书里能复活一次，哪怕只是短暂的复活；此景此情，特别希望她写的书能拥有更多的读者，并因其不朽的文字得到永生。

我祈盼自己能做到这一点，哪怕只是部分做到，哪怕只是很小很小的一部分，我的愿望卑且微……

此书即将付梓之际，心里涌现的，是对许多人的深深谢意；若是没有那些个帮助和加持，要完成并出版此书是很难想象的。

感谢我的责编，助我成就小小心愿。在一个学术研讨会上向他提出本书构想后，当场得到他的肯定与鼓励；此后，稍有停滞，即予鞭策，一再督促书稿的撰述与完善。

感谢孙郁百忙作序，在他主政北京鲁迅博物馆期间，为我多次的打扰提供帮助，不厌其烦。

感谢挚爱的母亲在天之灵，远行之后二十余年依然不离不弃的佑护；欣喜可爱的孩子健康快乐，长成阳光少年是我相依为命的有力支撑。

感谢所有亲友，为我传递关爱的目光。

相惜的挚友已远行天国，再不能够分享，那一份别样的钟爱与期许将长伴余生；依然健在的亲朋皆是这乱世人间的温暖之源，我会珍惜。

2011年4月　北京

《中国二十世纪散文精品·萧红卷》序言

林非

萧红似乎注定了要与散文结下不解之缘，她两部颇为著名的长篇小说《生死场》和《呼兰河传》，就都表现出不少散文化的倾向。对于像她这样具有细致心理体验和浓郁感情色彩的女性作者来说，这似乎又显得是理所当然的事情。

她在写完《生死场》时，还只是个二十三岁的少妇，却已经对东北农村里艰辛困苦的生活，和农民们丰富复杂的个性，有了相当细腻和深切的理解，还较为充分地写出他们走上抗日的道路，是种种生活遭遇的必然结果。这部小说问世之后，以自己思想和艺术的力量，吸引和鼓舞着众多的读者，产生了不小的影响，也奠定了作者在现代文学史上的地位。年轻的萧

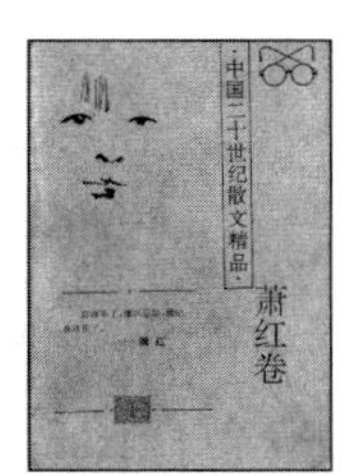

《中国二十世纪散文精品·萧红卷》，伍仁编选，太白文艺出版社1996年3月版，32开，297页，平装、精装两种。收萧红作品43篇、书信5封及林非《序》1篇。

红用自己的心血和劳作，为中华民族反抗侵略和争取解放的斗争，作出了应有的贡献。

鲁迅曾精辟地评论过这部小说，认为它写出“北方人民的对于生的坚强，对于死的挣扎”，“往往已经力透纸背”，并且从审美特征的视角，指出“这自然还不过是略图，叙事和写景，胜于人物的描写”，而“女性作者的细致的观察和越轨的笔致，又增加了不少明丽和新鲜”（《萧红作〈生死场〉序》），确实是清晰地阐明了萧红这部作品的独特品性。它不像一般小说那样注重人物性格的集中刻画，而更接近于像散文那样的叙事与写景，从中呈现出若干人物的剪影，这样写来可能会削弱性格的塑造，却显得更为纯朴和自然，“明丽”和“新鲜”，因而在审美效应方面给予读者耳目一新的感觉。

她在1940年写成的《呼兰河传》，以忧伤和哀惋的情调，描摹出许多人们在封建主义制度蹂躏底下愚昧麻木的精神状态和生活方式。这部小说依旧沿着《生死场》的艺术风貌迈进，不过她的笔触显得更为深沉，在艺术上已经渐趋成熟。茅盾曾评论过这部作品说“要点不在《呼兰河传》不像是一部严格意义的小说，而在它于‘不像’之外，还有些别的东西——一些比‘像’一部小说更为‘诱人’些的东西：它是一篇叙事诗，一幅多彩的风土画，一串凄婉的歌谣”（《〈呼兰河传〉序》），茅盾所标举的这些特点，在萧红娓娓动人的笔调中，确乎是表现得甚为鲜明的，而这种抒情化和诗意化的特征，恰巧是通过充满情韵的美文这种载体才得以表现出来。

萧红这两部长篇小说在叙述方法上明显的散文化倾向，证实了她是一位偏重于主观感受型的作家，因此她撰写散文的时候，就不言而喻会去献出散文味极为浓郁的结构了。只要数一数她的散文集《商市街》、散文与短篇小说合集《桥》和《牛车上》，就可以发现其中的不少篇章，是写得多么的清新、明净和隽秀，而且还洋溢着一种意蕴甚深的情调，很容易扑进读者的心坎里去，紧紧地扣住他们的心弦。

像《搬家》和《最末的一块木柈》，叙述她在哈尔滨饥寒交迫和辗转于死亡边缘的漂泊生涯时，竟把寒冷气候的侵袭，写到刻骨铭心的程度。当她望见临街的窗户里，闪烁着温暖的灯光时，只是渴望着能够有一堆厚厚的茅草，用来暖和自己冻坏了的双脚，像这样悲惨的处境，令人读来不由得感到浑身战栗。《雪天》和《饿》，渲染着饥饿对于自己身心的折磨，无时无刻不感觉到它沉重的压力。饥饿甚至使她产生了这样的幻想:“桌子可以吃吗?草褥子可以吃吗?”这种震颤心灵的呼声,不能不提醒读者生出悲悯和愤懑的感情。

无论生活是多么的艰难和困苦,都不能使她的意志消沉下去,记录她和萧军合著短篇小说集《跋涉》出版过程的《册子》,就充满着青春的气息和欢乐心态。她始终怀着一种挣扎和搏斗的精神,不屈不挠地反对日本帝国主义的强权统治,同时也向极端不合理的社会挑战,寻找着一条崭新的生活道路。

《过夜》、《破落之家》和《初冬》这些篇章,在描摹自己无依无靠的流浪生活时,强烈地表达出跟封建家庭决裂的勇气,显示了坚韧和强劲的内心世界,以及对于劳苦大众出自衷心的同情。《夏夜》、《蹲在洋车上》和《家族以外的人》,在回忆童年的往事时,飘浮着一种抒情的气氛,激荡着一种神往的韵味。她温情地怀念着那个心理状态显得很卑微,却又是十分善良和忠厚的雇工,这样的笔墨不能不使人想起《呼兰河传》来。

《回忆鲁迅先生》,是她散文创作中最为出色的一篇佳构。虽然只是点点滴滴的生活掠影,笔调也似乎显得分外的淡泊和朴素,却蕴藏着一缕缕深深的情怀,表现出内心中细腻和洋溢着崇敬感的印象。她善于机敏地捕捉细节的本领,在这篇作品中也表现得十分突出,以一种挚爱的心情抒写着鲁迅坐在苏州河边,一面吸烟一面等候电车的情景,以及他全家朴素与和谐的生活,他自己饮食方面的嗜好、穿着衣衫的怪癖、案头工作的劳累、临终之前消瘦的病容等等。通过这些生活中生动的细节,无限钟情地刻画出鲁迅的风采与心灵,勾勒着这位充满了人情味的智者,具有一颗像水晶那样透明的心灵。这样就不能不使多少从未见过鲁迅的读者,熟悉和爱上这位伟大而又平凡的宽厚长者,深深地觉得只要是站在他的面前,就完全可以坦露自己的心胸,甚至可以向他撒娇,要弄点儿小小的脾气,祈求着他给予精神的慰藉。

这篇作品不仅是萧红散文中最好的篇章,而且在许许多多怀念鲁迅的散文中间,也可以说是最好的篇章之一。它的深情和机智,以及它表现细节的本领,从惟妙惟肖的言谈举止,直到鲁迅大智大勇的崇高心灵,竟能描摹得如见其人,如闻其声,这是很值得认真加以品味和揣摩的。

萧红是一位通过自学获得成功的女作家,当她远未受完中学教育时就

被迫辍学，虽然经历了刻苦的努力，形成自己文学创作的风格，却也从字里行间流露出自己语言功底的不够深厚，有时还会出现遣词造句不够准确和通顺的特点。对此如果不去进行仔细的分析，又往往会被她抒情的色彩和感人的氛围所掩盖，难以发现她在这方面的不足之处，这也许就是艺术风格巨大的魅力所致吧。从这里面的情形也可以证明，形成充满个性魅力的艺术风格，是一件多么重要的事情！

1994年6月23日于北京定桥畔

伤残的花

张毓茂

一

野蓟经了几乎致命的摧折，还要开一朵小花，我记得托尔斯泰曾受了很大的感动，因此写出一篇小说来。

——鲁迅:《野草·一觉》

鲁迅这里所说的野蓟，就是列·托尔斯泰在《哈泽穆拉特》开头处提到的那株受伤的牛蒡。它受了致命的摧残，却顽强活着，并且开出一朵小花。这，不但使托翁深受感动，也激起鲁迅先生的叹赏。然而，先生大约当时不会想到，八年后他自己也遇到一株令人深受感动的牛蒡——萧红。这个脸色苍白、有着一双水盈盈大眼睛的

本文为《萧红文集》序言。

《萧红文集》，张毓茂、阎志宏选编，安徽文艺出版社1997年7月版，全3册，32开，1461页。收萧红作品162篇、书信31封，另收许广平、丁玲、绿川英子、萧军、聂绀弩、靳以、骆宾基、端木蕻良、梅志等回忆萧红文字9篇。

少女,经过长途跋涉,从"荆天棘地"的东北来到鲁迅先生身边。她遭受过难以言说的侮辱和损害,国难、家愁、个人悲痛集于一身,灵魂和肉体都受到严重的创伤……可是,她像那株受伤的牛蒡一样顽强地生活着,终于用自己的血泪和生命,绽开出奇异艳丽的花朵——优秀的文学作品,贡献给自己灾难的祖国和人民。鲁迅当时就预言,她将来"比谁都更有前途"。令人痛惜的是,她仅仅活了31岁,正当才华焕发的年龄,就匆匆与人间永别了。在她不到十年的创作生活中,留下了近百万字的文学作品。这些作品,不仅在当时轰动文坛,就是五十多年后的今天,仍然深受国内外广大读者的喜爱,有着广泛深远的影响。

萧红原名张迺莹。1911年诞生于黑龙江省松花江支流呼兰河畔的一个小城——呼兰。萧红后来在自传体小说《呼兰河传》里曾真实地描绘过呼兰河古老、单调而封闭的社会风习和民众生活。父亲张廷举虽是当地有名的乡绅,却贪婪残暴。萧红说:"父亲常常为着贪婪而失掉了人性。他对待仆人,对待自己的儿女,以及对待我的祖父都是同样的吝啬而疏远,甚至无情。"①张廷举为了催逼房屋租金,把房客的全套马车赶了过来,房客的家属给萧红的祖父跪下,哭诉着自己的困难。这个善良的老人把车马还给了房客。张廷举竟为此同自己的父亲终夜争吵。对于萧红,张廷举也十分冷酷。萧红"偶尔打碎一只杯子,他就要骂到使人发抖的程度"②。生母姜氏因为重男轻女,对萧红总是"恶言恶色"③。继母梁氏,对她的虐待更厉害。在这个阴森冷漠的家里,只有慈爱的祖父关怀萧红。在《呼兰河传》里,萧红曾以深情的笔触写到她同祖父在冷清的后园里度过的那些寂寞的日子。祖父经常领她在满是蝴蝶、鲜花的小园中漫步,在她受到委屈时,总是慈祥地抚摸着她的头发说:"快快长吧!长大就好了。"④

作为文学家的萧红,她的第一位艺术上的启蒙老师,就是祖父。每当晚上睡觉前,或早晨醒来后,祖父总是教她背诵唐诗。这时,祖孙二人一起沐浴

---

① 萧红:《永久的憧憬和追求》。

② 萧红:《永久的憧憬和追求》。

③ 萧红:《家族以外的人》。

④ 萧红:《永久的憧憬和追求》。

在中国古典诗词的艺术海洋里。萧红最喜欢念的诗，如：

两个黄鹂鸣翠柳，一行白鹭上青天；
窗含西岭千秋雪，门泊东吴万里船。

重重叠叠上楼台，几度呼童扫不开；
刚被太阳收拾去，又为明月送将来。

小萧红鼓足力气“喊”着她爱的诗，常常把“两个黄鹂”读作“两个黄梨”①，把“几度呼童”念成“西沥忽通”②，而且纠正之后又不断重犯，祖父总是宽容地大笑一通。这个老人大约怎么也不会想到，他所传授的唐诗，恰似一粒种子撒落在萧红幼小的心田里，对她后来的成长起着深远的影响。

1927年夏天，萧红小学毕业，在祖父的支持下，考上了哈尔滨东省特区区立第一女子中学当寄宿生，这时萧红16岁。同呼兰的生活相比，萧红感到进入了一个新的世界。“东特女一中”是一所著名的中学。这里进步势力比较强大，像楚图南这样著名的进步学者，孙桂云这样全国驰名的运动健将，都曾是这个学校的教师和学生。在这里萧红爱上了绘画，并开始如醉如痴地阅读中外文学，读了鲁迅、郭沫若、茅盾、郁达夫等新文学者的小说、诗歌和戏剧，也读了巴尔扎克、屠格涅夫、高尔基、辛克莱等外国文学家的作品，同时，还浏览了卢梭的《民约论》、穆勒尔的《自由论》等西方思想家的专著。呼兰小城里那个调皮撒野的小女孩不见了，萧红变成一个文静、孤僻、沉思的姑娘。她以忧郁、深邃的目光注视着生活，除去画画，还写了许多抒情小诗在“东特女一中”的校刊上登载。

1929年6月，祖父病故，萧红悲痛难言。次年中学毕业，回到家里。张廷举夫妇为了攀附高门，把萧红许配给当地一个姓汪的军阀的儿子。萧红断然拒绝了这门亲事，并从此和娜拉一样，跟封建家庭断绝关系，独自走向了社会。

但娜拉走后怎样呢？正如鲁迅先生所说，娜拉“实在只有两条路：不是堕

① 此情节见萧红《呼兰河传》。

② 此情节见萧红《呼兰河传》。

落，就是回来”[①]。“还有一条路，就是饿死了，但饿死已经离开了生活，更无所谓问题，所以也不是什么路。”[②]萧红当时正是面临着这样悲惨的抉择：或堕落，或回家，或饿死！

在哈尔滨，萧红面对茫茫人海，身无分文，根本找不到谋生的职业。起初，还能勉强在同学家里寄宿。日子久了，不要说人家厌弃，就是自己也不好意思再去麻烦，万般无奈之中，萧红同意了未婚夫汪殿甲的同居要求，条件是日后两人同去北平读大学。

黑暗的现实像一个可怕的陷阱，萧红终于落进深渊了。1932年，她被抛弃在道外区一家旅馆里。那个和她同居的男人一去不返。旅馆老板日日催逼房费和饭费，甚至用停止供饭来折磨她。萧红这时正怀着身孕，怎么可能偿还那600元债务呢！老板准备把她卖到妓院去抵债。在这危急万分的时候，她向当时的《国际协报》副刊发出呼救信。信，落到副刊编辑裴馨园手里。裴馨园是个富有正义感和同情心的文化人，遂派他的助手三郎去探望萧红。于是，旧世界的另一个叛逆者——流浪诗人三郎，也就是后来的著名作家萧军，在萧红的生活中出现了。萧军来到东兴顺旅馆，在发着霉味的黑屋子里看到的是一个憔悴的孕妇。她脸色苍白，神态疲惫，乱发中已经出现白丝……但是当萧军听完她对自己不幸经历的动人倾诉，读了她写的沁人心脾的一首小诗时，萧军说：

> 这时候，我似乎感到世界在变了，人在变了，当时我认为我的思想和感情也在变了……出现在我面前的是我认识过的女性中最美丽的人！也可能是世界上最美丽的人！她初步给我那一切形象和印象全不见了，全消泯了……在我面前的只剩有一颗晶明的、美丽的、可爱的闪光的灵魂！……
>
> 我马上暗暗决定和向自己宣了誓：
>
> 我必须不惜一切牺牲和代价——拯救她！拯救这颗美丽的灵魂！这是我的义务……[③]

---

① 鲁迅：《娜拉走后怎样》，《鲁迅全集》第一卷，人民文学出版社，此情节见萧红《呼兰河传》。

② 鲁迅：《娜拉走后怎样》，《鲁迅全集》第一卷，人民文学出版社，此情节见萧红《呼兰河传》。

③ 张毓茂：《萧军传》，重庆出版社。

然而，真要拯救这颗美丽的灵魂又谈何容易！萧军和他的朋友们都是身无分文的穷汉，怎么能弄到600元这样大笔的款子？正当他们焦急万分，一筹莫展时，哈尔滨地区连降暴雨，松花江堤由于洪水猛涨而决口。霎时间，东兴顺旅馆一带变成汪洋泽国，千家万户，男女老少，在洪水中挣扎逃命。这样一场巨大的灾难，使萧红绝处逢生。在混乱中，萧军趁势把萧红救出牢笼，逃到裴馨园家里。

萧红和萧军来到裴家寄住，不久因与裴妻失和，两人赌气离开了裴家。萧军和萧红雇了一辆破旧的马车，带上他们唯一的财产——一个旧柳条包，坐在车子上慢悠悠地沿街行进。萧红半依在萧军的怀里不断地咳嗽，萧军疼爱地搂着她，听着车轮在花岗岩石块铺砌的街道上发出单调的响声。秋天了，云在高空里轻轻地游动，街上行人稀少，只有几个乞丐踽踽前行……就在这时，在闪烁着微弱、惨白光亮的旅馆小屋里，萧军和萧红开始了他们辛酸而又甜蜜的新婚之夜。萧军送给妻子的礼品，既不是戒指，也不是首饰，而是比珠宝更为珍贵的三首定情诗[①]：

浪儿无国亦无家，只是江头暂寄槎。
结得鸳鸯眠更好，何关梦里路天涯。

浪抛红豆结相思，结得相思恨已迟。
一样秋花经苦雨，朝来犹傍并头枝。

凉月西风漠漠天，寸心如雾亦如烟。
夜阑露点栏干湿，一是双双俏倚肩。

就这样，大时代的两个苦难儿女，两颗叛逆的灵魂，互相搀扶，彼此温暖，在患难中结合了。

在这家小旅馆里，萧军和萧红所度过的短暂“蜜月”生活，实在没有多少蜜味。萧军每天像一头健牛似的，四处奔走，寻求职业，访友借钱。有时跑

① 张毓茂：《萧军传》，重庆出版社。

了一天，到晚上两手空空而归，两人只好饿着肚子相抱而眠。这年冬天，萧军总算找到一个家庭教师的职业。两个人顽强地挣扎和拼搏，逐渐摆脱了困境，生活开始得以温饱。

然而，萧军也好，萧红也好，都不是沉醉在个人安乐天地里的小市民，也不是涓生、子君那样仅仅追求恋爱自由的人。作为叛逆者，他们的痛苦和欢乐，始终和苦力、车夫、小店员、流浪汉等下层人民联结在一起，和沦陷在敌人铁蹄下的祖国山河联结在一起。他们没有忘记作为这个古老而苦难民族的儿女所肩负的重任。他们在稍事复苏和调节之后，就勇敢地向黑暗的社会势力进击了。

当时，中国共产党满洲省委已从沈阳转移到哈尔滨，开始组织北满及哈尔滨的革命文艺活动。在萧军与萧红投身的左翼抗日文化的队伍中，有白朗、山丁、白涛、达秋、冯咏秋等进步的作家、诗人和画家，他们先后创办了《哈尔滨新报》的《新潮》副刊、长春《大同报》的《夜哨》副刊、《国际协报》的《文艺》周刊等等，以这些刊物为阵地发表了大量的进步文艺作品，产生了广泛的革命影响。萧红在萧军的鼓励下，写出第一篇小说《王阿嫂的死》，从此她从爱好绘画转向文艺创作。在处女作之后，她又写出《弃儿》、《中秋节》、《清晨的马路上》、《镀金的学说》以及后来收入小说集《跋涉》中的那些作品。不多久，以“悄吟”署名的萧红，以“三郎”署名的萧军，便在北满文苑，成为令人瞩目的新秀。

萧军和萧红辛勤笔耕的第一颗硕果，也可以说是他们婚后第一个宁馨儿，就是他们的小说合集《跋涉》。

《跋涉》出版于1933年10月。其中收入萧军的短篇小说六篇（《桃色的线》、《烛心》、《孤雏》、《这是常有的事》、《疯人》、《下等人》），萧红的短篇小说五篇（《王阿嫂的死》、《广告副手》、《小黑狗》、《看风筝》、《夜风》）。由当时哈尔滨五日画报社印刷。

根据萧军、萧红后来的回忆，他们对自己这部处女作的出版，是怀着难以言说的喜悦之情的。装订成册那天，是中秋节的前一天，家家户户都忙着过节，二萧却跑到印刷所。由于工人们放假三天，他俩就学着自己动手装订成册……居然装订出一百本《跋涉》。萧军回忆说：“雇了一辆‘斗儿车’，载着我们这两颗火热的、胜利的、青春的心回了家。当夜就尽可能地分送了一些朋友们……”[①]

《跋涉》像一团火，照亮了当时荒芜的哈尔滨文坛，那些为“王道乐土”歌功颂德的汉奸文艺，那些鸳鸯蝴蝶派的颓废文艺，那些胡编乱造口吐白光的武侠剑仙小说，都为之黯然失色！当时，一位评论家对《跋涉》的出版给以这样的评价：“从广漠的哈尔滨，它是颗袭入全‘满’的霹雷。”[②]

1934年6月，萧红同萧军从大连乘船离开了“荆天棘地”的东北，流亡到关内。他们先到青岛，同作家舒群夫妇比邻而居。在青岛，萧红完成了她后来震动中国文坛的中篇小说《生死场》的写作。也是在青岛，她开始同中国革命文化的主将和旗手鲁迅先生通信，受到了鲁迅先生的鼓励和关怀。他们就像在茫茫的大海上看见了灯塔，激起了巨大的喜悦和战斗的勇气。这年10月，他们离开青岛，来到上海。

1934年11月30日下午两点钟，萧红和萧军，这两个来自北方的不甘做奴隶者，聚合在鲁迅先生身边。他们见到先生时的喜悦和兴奋，是终生难忘的。从先生的身上，萧红不仅得到了导师的教导和支持，也得到了慈父般的关怀和爱抚。鲁迅先生极为赞赏萧红的文学才华。他吃惊于萧红对生活的“细致观察和越轨笔致”[③]，更吃惊于看上去还有点纤弱的萧红，却能把“北方人民对于生的坚强，对于死的挣扎”描绘得“力透纸背”[④]。是的，《生死场》是不愿意做奴隶的作家献给不愿意做奴隶的人们的书。它呼唤着人们起来反抗，它的出版，诚如许广平所说：“给上海文坛一个不小的新奇和惊动，因为是那么雄厚和坚定，是血淋淋的现实缩影。”[⑤]此书一出，萧红立即成为全国著名的青年女作家，并且蜚声海外。

正当二萧从困苦中挣扎出来，创作进入旺盛期，他们之间的感情却出现了裂痕。萧军认为自己主导思想是喜爱“恃强”，而萧红则过度“自尊”，萧军可以豁出命来去救萧红，可是却缺乏温柔缠绵的体贴。他总是把萧红当做弱者来保护，这种“保护”有时难免伤害萧红的自尊心，而萧红从

---

① 张毓茂：《萧军传》，重庆出版社。

② 邓立：《萧军与萧红》。

③ 鲁迅：《〈生死场〉序》。

④ 鲁迅：《〈生死场〉序》。

⑤ 许广平：《追忆萧红》。

强大的封建势力传统的禁锢中冲闯出来，身心都是伤痕，要求丈夫更多的温情也是可以理解的。固然，在饥寒交迫的挣扎、拼搏中，萧军是大勇者，萧红即使受到一些粗些的忽略，但当共同生活的伴侣以生命在护着自己时，除了感激，还能有什么更多的苛求呢。至于萧军，晚年在他的回忆录中曾这样说：

由于我像对于一个孩子似的对她"保护"惯了，而我习惯于以一个"保护"者自居，这使我感到光荣和骄傲！①

可是遗憾的是，萧军在萧红已经成为与自己齐名的作家时，并没有调整自己对萧红的态度，他犯了无法挽回的错误。萧红这时感到萧军的"保护"是一种压抑，那种强烈的爱有如一种束缚，她半真半假地骂萧军具有"强盗"一般的灵魂，这深深伤害了萧军。萧军晚年回忆起来还相当难过地说："如果我没有类于这样的灵魂，恐怕她是不会得救的！"②

他悲叹自己是一柄斧头，人们需要时，就来称赞，用过之后就抛到一边，还要骂上一句："这是多么愚蠢而野蛮的斧头啊！"

二萧都陷于感情的痛苦之中。

这时，二萧的好友、翻译家黄源提议萧红到日本住一个时期。萧红去请教鲁迅先生，先生也觉得可行。

1936年7月15日，鲁迅一家为萧红饯行。许广平女士亲自下厨房烧菜。鲁迅虽然正在病中，发着高烧，也来陪坐。当时，萧红怎么也没料到，今夕一别，就再也见不到鲁迅先生了。

1936年10月19日，鲁迅先生逝世，旅居日本的萧红被这个宛如晴天霹雳的噩耗惊呆了。她给萧军写信表示自己的悲痛心情。这封信曾以《海外的悲悼》为题发表在《中流》上。1937年1月，萧红回国，她到上海的第一件事，便是去拜谒鲁迅先生的墓。她在《拜墓诗》中哭诉说：

① 张毓茂：《萧军传》，重庆出版社。

② 张毓茂：《萧军传》，重庆出版社。

那一刻，
胸中的肺叶跳跃了起来，
我哭着你，
不是哭你，
而是哭着正义。

紧接着，中国历史开始了一个新的转折——1937年7月7日全民族的抗日战争爆发了，萧军和萧红梦寐以求的时刻来到了！在《失眠之夜》、《天空的点缀》等作品中，萧红曾真实生动地描述了他们当时兴奋、激动、焦灼的爱国心情。他们睡不着觉，神经处于沸腾状态。特别是萧红，激动得时时想要哭泣。在空战频繁、炮火猛烈、随时有葬身火海的危险的时候，他们兴高采烈地仰望天空中激战的飞机，互相传递着哪怕是一丁点儿的胜利消息，帮助医护人员救助受伤的抗战官兵。即使在深夜，二萧夫妇相对时，也总是没完没了地谈论着日本侵略军长驱直入。上海、南京孤城危悬，一些机关、企业以及大批逃难的民众，开始向武汉方面撤退了！

1937年9月上旬，萧军和萧红同难民一起逃出上海，他们挤在一艘破旧的轮船上，看着满船的伤兵和难民，心中有说不出的忧伤。经过十多天的颠荡，二萧到达武汉。好友、青年诗人蒋锡金在码头上迎接了他们，并将自己的两间房子腾出一间给萧军夫妇。三个穷苦的青年作家在一起，各自埋头写作，帮助胡风、绀弩编辑《七月》。围绕这杂志的作家和诗人，形成了现代文学史上著名的“七月”派。此后，在抗战烽火中，萧红又辗转到了许多地方。1938年1月下旬，萧红同萧军、田间、艾青、绀弩等一起到了山西临汾的民族革命大学任教。以后又随丁玲率领的西北战地服务团到了西安、重庆，在西安，萧红和萧军的感情裂痕，由于另一个青年作家的插入，终于无法弥合了。萧红主动向萧军提出：“三郎，我们永远分开吧！”自尊且高傲的萧军立即表态说：“好！”当然，他们毕竟一起生活了六年多，即使永远分手，萧军还是有许多话要说。但他几次要谈，都遭到萧红的拒绝……

萧红同萧军在西安分手后，没有像萧军等革命作家那样奔赴圣地延安，而是逐渐地远离时代洪流，后来蛰居于香港。当时萧红离开西安时，她的挚友、作家聂绀弩鼓励她，把她比作金翅大鹏鸟，说：“飞吧，萧红！记得爱罗先珂童话里的几句话么：'不要往下看，下面是奴隶的死所！……'"[①] 如果不是黑暗势力的摧残和贫病的折磨，我们坚信，萧红还是会同时代的大潮相汇合的。也许她太疲倦了，想短暂地休息一下，然而冷酷的死神却留住了她，使她再也不能重新飞起来。

萧红仅有十年的创作生涯，却给我们留下《跋涉》、《生死场》、《商市街》、《桥》、《牛车上》、《旷野的呼喊》、《回忆鲁迅先生》、《萧红散文》、《马伯乐》、《呼兰河传》、《小城三月》等十一个集子。未能结集的还有哑剧《民族魂鲁迅》、诗集和书信等。她去世前在病床上，仍计划着新的创作。她想再写十个短篇，连题目都拟好。她还准备写反映哈尔滨女学生抗争生活的长篇《晚钟》，甚至她还有更大的计划，要写一部开垦家乡北大荒的长篇《泥河》……这是多么美好的理想，难怪她弥留之际悲哀地感叹："我将与蓝天碧水永处，留得那半部'红楼'给别人写了。""半生尽遭白眼冷遇，……身先死，不甘，不甘！"

就这样，在祖国黎明前萧萧的寒风中，一朵凄艳的文艺红花过早地凋谢了！

二

萧红的创作，从一开始，就选择了"五四"以来由鲁迅所开辟的现实主义的道路。她"敢于正视淋漓的鲜血，直面惨淡的人生"，从不回避残酷现实中的苦难与不幸。她写贫困，写饥饿，写疾病，写人民所承受的种种灾祸，展现出一幅幅惊心动魄的人生图景。这里有被地主活活烧死的长工（《王阿嫂的死》），有被捆缚着的不甘心当炮灰的逃兵们（《牛车上》），有耗尽了一生血汗而换得的却是主人的凌辱、毒打的老仆人（《家族以外的人》），有深夜里被日军蹂躏的妇女的悲惨的尖叫和一片片被烧毁的房屋，一个个被挂在树上的头颅（《生死场》），有狂轰滥炸，断垣残壁，"混合着人的肢体，人的血，人的脑浆"（《放火者》）……尽管这些"还不过是略图"[②]，却是那么

① 聂绀弩：《〈萧红选集〉序》，人民文学出版社。

② 鲁迅：《〈生死场〉序》。

触目惊心。

当然，萧红并未仅仅停留于"略图"的勾勒，她的笔锋，向着社会生活的深处，向着民族灵魂的深处，去探索，去开掘，去剖析。她以"女性作者的细致观察和越轨的笔致"描画着我们民族的沉默的灵魂。她让我们看到，在呼兰河边、生死场上，"人和动物一起忙着生，忙着死"，尽管他们被殴打，受折磨，遭蹂躏，最后像"老马走进屠场"（《生死场》）似的了却一生，但他们对自己的生活却不作任何反省，祖祖辈辈重复着那种"卑琐平凡的实际生活"。萧红在这里展现出的是一片可怕的精神沙漠，就像鲁迅所慨叹的那样："没有花，没有诗，没有光，没有热。没有艺术，而且没有趣味"[①]。那么，这精神的沙漠上，有的是什么呢？有的是封建统治阶级的思想毒汁。它深深地渗透到群众意识之中，使得受侮辱受损害的下层群众，麻痹了自己的意识，也按照统治阶级的思想准则来思考和对待周围的事物，实际上帮同统治阶级在做着"吃人"的工作。这首先表现在"不把人当人"。即使下层人民之间，彼此也好像隔着一道高墙，从不想到别人肉体和精神上的痛苦。有二伯被东家打得头破血流，躺倒在地，人们远远地站着看热闹，没有一个人出来劝阻、说情。只有两只鸭子蹒跚到有二伯身边，那却是为了啄食他流在地上的鲜血（《家族以外的人》）。《生死场》里的月英和金枝，都是美丽、善良、辛勤的少女。她们都没有独立的人格，没有人的尊严，只是男人泄欲的工具。月英病得下体腐烂生蛆，她的丈夫便不再理她，连她靠身的棉被也撤下来，换上的是硬砖头。甚至在她临死时呼唤着喝一口水，丈夫也懒得去取。金枝呢，她以情窦初开的少女独有的羞怯和柔情，深深地爱着成业，但成业却像一头春情勃发的公牛，把她按在河边的草丛里，粗暴地占有了她，使她怀了身孕，不得不在轻蔑和憎恶的压力下嫁了过去。这样丑恶、野蛮、无人性的生活，不能不激起人们心灵的颤栗，逼迫人们思索。难怪茅盾说，读萧红作品，"开始读时有轻松之感，然而愈读下去心头就会一点一点沉重起来"[②]。

其次，萧红以犀利的笔锋剖析了人们灵魂中那种传统的可怕的惰性力量。这种力量严重摧残了生命的活力。它使人们因循守旧，窒息了进取的精

① 鲁迅：《热风·为"俄国歌剧团"》。

② 茅盾：《〈呼兰河传〉序》。

神。《呼兰河传》写那些小胡同里千篇一律的生活节奏。那些漏粉的苦工住着三间会“走”的破草房，“一刮起风来，这房子就喳喳地山响，大柁响，马梁响，门响，窗框响”，但他们却不肯搬出来，得过且过地住着，住着，好像房子与“他们已经有了血族的关系”，“似乎这房子一旦倒了，也不会压到他们”。东二道街那个大泥坑，阻碍车马，阻碍行人，淹死过鸡、鸭、猪、狗和小孩，“老头走在泥坑子沿上，两条腿打颤，小孩子在泥坑子的沿上吓得狼哭鬼叫”，“可没有一个人说把泥坑子用土填起来不就好了吗？没有一个。”……在这死水般的生活里，任何一点“越轨”，“反常”，一点觉醒，一点对美好事物的追求，都要被禁锢到完全窒息，仍然“照着几千年传下来的习惯而思索而生活”。《呼兰河传》里的王大姐，是个活泼、美丽、能干的姑娘，本来周围的人们全喜欢她，夸赞她“像一盆火”，“是个兴家立业的好手”，可是，当她爱上了穷磨倌冯歪嘴子时，周围的人们立刻惊骇起来，目为“异端”，并且用最不堪的话语诋毁她。为了亲眼观看一下这个不可理解的“怪物”，前后街上二三十人都跑来了……还有老胡家那小团圆媳妇，一个多么天真、结实的小女孩，却活活地被折磨死了。人们骂她，打她，用烧红的烙铁烙她，按照跳大神的“指示”，把她捺到开水锅里去煮……一群愚夫愚妇善男信女怀着真诚的“善心”，干着残忍的蠢事。他们是在按照几千年的“古训”在“管教”小团圆媳妇，因为她“太大方了”，“走起路来，走得风快”，“一点也不知道羞，头一天到婆家，吃饭吃三碗……”于是，“为她着想”，便演出一幕幕灭绝人性的惨剧；“于是，人心大为振奋”，“来看热闹的，不下三十人，个个眼睛发亮，人人精神百倍……”，直到把这个“黑忽忽的，乐呵呵的”孩子“管教”死了，人们才感到一种精神上的满足；于是，又幻想着小团圆媳妇的灵魂变成一只大白兔，在阴雨的夜里到桥下哭泣，而且说得活灵活现，甚至还有人跟大白兔对过话……这算是一种精神餍足后打的饱嗝吧。当然，这是荒唐可笑的，然而，谁又能笑得出来呢！我们这个古老民族的不幸儿女们呵！他们或是传统的牺牲品，或为阿Q式的看客……他们的精神被扭曲，灵魂被毒害，失却人性，消尽了热力。萧红继鲁迅之后，再一次“画出这样沉默的国民的灵魂”，真是勾魂摄魄，催人猛省！就这个意义说，萧红和鲁迅一样，也是一位卓越的精神界之战士。

然而，萧红决不是仅仅重复鲁迅做过的事情，她为新文学提供了鲁迅所不曾提供的东西。鲁迅笔下的人物,大都生活在清末民初。萧红固然也揭示了民族的精神病态,但时代毕竟不同了。萧红从一开始动笔,就接触了这一尖锐的时代课题,把握着时代脉搏的巨大跃动。《看风筝》中的革命者刘成虽被囚禁,斗争意志却磨练得更坚强。出狱后继续到群众中宣传革命,启发人民觉悟。小说结尾写刘成又被逮捕,而情调高昂,以"颜色鲜明的风筝"高高飘起,象征着革命未来的远大前程。如果说《看风筝》还嫌写得恍惚迷离,那么《夜风》则正面展现阶级斗争的刀光剑影,带着时代的风雷电闪。长青母子原是恪守"忠臣孝子"古训的奴隶,在被逼得走投无路时,也曾绝望得要"吊死在爹爹坟前的树上",然而,革命怒潮卷涌他们冲向前去。他们同李三、刘福、小秃等一大群雇农一起,跟随革命军杀进地主庄园……在《生死场》中,这种觉醒和抗争,则被表现得更加激越、有力、壮观。往昔蚊子一样生活的愚夫愚妇们,在敌人铁蹄践踏下,"想做奴隶而不得",终于从觉醒到聚合,巨人一般走向神圣的民族战争的前线。"人们一起哭向苍天",发出使"蓝天欲坠"的呐喊:"我是中国人!我要中国旗子,我不当亡国奴,生是中国人,死是中国鬼……"他们共同盟誓,为了保卫国家、振兴民族,"千刀万剐也愿意","就是把我们的脑袋挂满了整个村子所有的树梢也情愿……"我们这古老民族被压抑了几千年的生命活力,终于像地火一样奔突而出!在这里,萧红"用钢戟向晴空一挥似的笔触,发着颤响,飘着光带"[①],把无比悲壮的时代图景,惊心动魄地展现出来。

遗憾的是萧红开始创作时太年轻了,当时只有21岁。她没有鲁迅那样广阔的人生阅历,也没有鲁迅所特具的思想家的深邃的历史目光。因此,她在表现这个重大主题时所产生的粗糙、幼稚、疏陋等缺点,就是十分自然的。特别是萧红在去世前的两三年中,思想是比较消沉的。这一方面由于私生活的不幸,纠缠于个人感情的苦恼,同时,由于她"悄然'蛰居'"[②],游离于时代大潮之外。那钢戟式的笔触往往被哀婉的抒情所代替了。

萧红的作品在艺术上具有独特的风格,尤其表现在小说创作上。她的小说突破了传统的"一定的写法",把小说散文化,抒情诗化,绘画化。它没有

① 胡风:《〈生死场〉读后记》。

② 茅盾:《〈呼兰河传〉序》。

曲折完整的情节,也不严格围绕人物性格组织开端、发展、高潮和结尾,往往以感情的起伏脉络为主线贯穿事件的片断或生活场景,形成一种自然流动的小说结构。她的著名长篇小说《呼兰河传》,是一幅幅生活场景的速写,信笔写来,娓娓而谈。这种近似散文的结构,舒展自如,不拘一格,一任感情的流泻,有如行云流水,行之所当行,止之不可不止。萧红小说形虽散,但由于有强烈的激情贯串其间,成为全篇灵魂,所谓"情者文之经"①,因此在艺术上仍是完整的。

萧红非常重视情感在创作中的作用,她那许多美丽的散文、诗歌都以情真意切而著称。同样,她的小说不但感情充沛,而且善于把感情升华为优美的诗情,并以极为蕴藉、清新的诗的笔调来抒写,从而把小说抒情诗化了:

> 满天星光,满屋月亮,人生何如,为什么这么悲凉。
>
> 过了十天半月的,又是跳神的鼓,当当地响,于是人们又都招了慌,爬墙的爬墙,登门的登门,看看这一家的大神,显的是什么本领,穿的是什么衣裳。听听她唱的是什么腔调,看看她的衣裳漂亮不漂亮。
>
> 跳到夜静时分,又是送神回山。送神回山的鼓,个个都打得漂亮。
>
> 若赶上一个下雨的夜,就特别凄凉。寡妇可以落泪,鳏夫就要起来彷徨。
>
> ——《呼兰河传》

这里不仅有诗情的意境,就连语言、韵律、节奏也都是诗化了的。同抒情诗一样,萧红小说往往有一个鲜明的自我抒情形象。从她的许多作品,如《商市街》、《牛车上》、《桥》、《呼兰河传》、《小城三月》……都可以看到一颗美丽的"诗魂"。她单纯善良,天真无邪,富于幻想,勇于追求,在漫漫的黑暗中,挣扎着,憧憬着,奋斗着,呼唤着自由和美。这呼唤的声音使人想起王尔德童话里的夜莺,玫瑰的刺在夜莺的胸口上扎得越深,它的歌声就越响、越美、越动人。读萧红的小说,亦有如是感。仿佛那真挚动人的诗情,都是从"我"的心灵深处流淌出来的。因而,萧红的小说,既是小说,也是散文,又是真正的诗。

① 刘勰:《文心雕龙·情采》。

诗情和画意，在优秀作品中总是融合在一起的，萧红虽未成为画家，却把绘画才能充分发挥在文学创作之中。她以画家的目光去观照、摄取自然风光和社会人生图象，在作品中描绘出一幅幅绚烂多彩的画面。例如《小城三月》那杨花飞舞、春意盎然的早春景色；《生死场》那“十二月严寒的夜”，寒风、厉雪、折树、怯月，构成一幅雄浑的图画。特别是在《呼兰河传》描绘了跳大神，唱秧歌，放河灯，野台子戏，4月18日娘娘庙大会……一连串风土画，“在灰黯的日常生活的背景前，呈现了粗线条的大红大绿的带有原始性的色彩”①。

萧红在揭示人物心理状态时，也常常呈现出色彩绚丽的画面。《看风筝》中刘成的父亲听说儿子回来了，欣喜若狂地奔去。“他心里生了无数的蝴蝶，白色的空中翻着金色闪着光的翅膀在空中飘着飞。此刻凡是在他耳边的空气，都变成大的小的音波，他能看见这音波，又能听见这音波。平日不会动的村庄和草堆现在都在活动。沿着旁边的大树，他在梦中走着。”这真是神来之笔，胜过千言万语。像这样的例子，在萧红作品中可谓俯拾即是。总之，散文化，抒情诗化，绘画化，是萧红小说鲜明的艺术特点。这些特点固然使得萧红小说“不像是一部严格意义的小说”，但却“比‘像’一部小说更为‘诱人’”②，更具有艺术魅力。

萧红的魅力，还体现于其艺术风格的变化丰富，多彩多姿。布封说得好：“一个大作家绝不能有一颗印章，在不同作品上都盖着同一印章，这就暴露出天才的贫乏。”萧红的作品前期明丽、刚健，后期则沉郁、隽永。当然，这只是就艺术风格的主要特色而言。像所有成熟的作家一样，她的风格并非单调划一，凝固不变，而是一种鲜明的主色贯穿下，调以不同的配色、衬色，使作品风格显得气象万千。首先，萧红有女作家的婉约妩媚，却不纤弱无力，它是婀娜与刚健的结合，细腻之中又现粗犷豪放。比如她写金枝、月英、五云嫂、王亚明、黄良子、李妈、翠姨等不幸妇女们的内心世界，细致入微，纤毫尽现。然而，萧红也并非一味细针密缕，更有“钢戟向晴空一挥似的笔触”。这种笔触不仅用在生与死搏斗的场景之中，就是描写缠绵悱恻的爱情故事，也交错

① 茅盾：《〈呼兰河传〉序》。

② 茅盾：《〈呼兰河传〉序》。

运用。《小城三月》中的翠姨，是个林黛玉式的孤寂高洁的少女。她端庄幽静，沉默寡言，青春爱情的熊熊火焰被压抑着，“她似乎把它带到坟墓里去，一直不要说出口，好像天底下没有一个人值得听她的告诉……”作者用细腻深情的笔触，描绘着翠姨的心曲。这个多情美丽的少女直到弥留之际，见到所爱的人时，才终于挣开了封建礼教的束缚，不顾一切地拉住心上人的手，失声大哭，把长期闷在心里的痛苦、哀怨、爱情……尽情地倾吐出来。如果说，在这之前，萧红描绘翠姨的笔调是“抒情的、哀怨的、使人感到无可奈何、无法抗拒的，细得如一根发丝的小夜曲”①，那么，这时则以高亢激越的旋律，展示她那宛如地火奔突，具有强烈的冲击力和爆发力的爱情。

其次，萧红风格的丰富多彩，还表现于它的清新明丽与沉郁顿挫的结合。在“五四”以来的女作家中，像萧红那样经历坎坷，遭受过那么多屈辱和不幸的还不多。萧红说：“我的心就像被浸在毒汁里那么黑暗，浸得久了，或者我的心会被淹死的。”②独特的个人气质和生活经历，使她作品的风格不可能像冰心等女作家那样清雅、纤秀，而处处流露悲怆沉郁的情调，她的所有作品都带着萧红特有的哀伤和沉郁。但在一幅幅阴暗的生活画面中，却时时闪现着亮色。这就是鲁迅所赞赏的“明丽和新鲜”。萧红总是顽强地开掘生活中健康、积极、美好的因素，给人以希望、理想和力量。她怀着巨大的喜悦描绘生死场上那些愚夫愚妇们的觉醒（《生死场》）；她借着临死的敌人的眼睛，展现出造反奴隶的浩荡队伍（《夜风》）；在饥寒交迫中夫妻相濡以沫的温馨欢快（《度日》）。即使是呼兰河放河灯的迷信活动吧，萧红也从愚昧迷信的后边，窥见人们对现实生活的不满，努力在贫困的生活里寻求微薄的欢乐和心灵的寄托。因而她把放河灯的场景点染得诗意葱茏，飘逸出神。这一切正说明了萧红“有一颗晶明的、美丽的、可爱的、闪光的灵魂！”③她向着“‘温暖’和‘爱’的方面，怀着永久的憧憬和追求。”（《永久的憧憬和追求》）她不甘心被沉闷、黑暗、龌龊的生活埋没，一再说：“我要飞……”④，飞往“一个美丽的所

---

① 萧军：《萧红书简辑存注释录》。

② 萧军：《萧红书简辑存注释录》。

③ 萧军：《萧红书简辑存注释录》。

④ 聂绀弩：《在西安》。

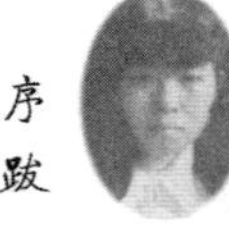

在”[①],期待着“将来全世界的土地开满了花的时候”[②]……因而萧红也像鲁迅那样,“删削些黑暗,装点着欢容”[③],使作品发着光闪着亮。当年有位诗人深情地说:

何人绘得萧红影,望断青天一缕霞。[④]

是的,萧红在那个黑暗的时代,曾经是一缕明丽的彩霞。如今时光过去了五十多年,她仍然光彩夺目,不减当年。在中国现代文学史上,这个年轻早逝、才华横溢的姑娘,确是一缕永不消逝的霞光。

1996年元月

① 罗荪:《忆萧红》。

② 萧红:《一粒土泥》。

③ 鲁迅:《南腔北调集·〈自选集〉序》。

④ 聂绀弩:《在西安》。

《萧红代表作》前言

邢富君

一

端午节，一向是同屈原的名字联系在一起的，可是在今天也同时会勾起我们对于现代文学史上一位优秀的女作家萧红的怀念，因为七十多年前的这一天，正是萧红的诞辰。

屈原和萧红的生活时代、身世与创作特点是大不相同的，但是，他们在各自的动乱年代中的忧国忧民之心，他们各自所遭受的苦难，却都是一样令人感动；他们所留下的文学遗产，也都是值得我们珍视的。当然，与那位天马行空的古代诗人屈原相比，萧红在文学天地里飞翔的羽翼要显得纤弱。但萧红与现代中华民族的生死存亡的斗争息息相连，这一点又使人感到她更

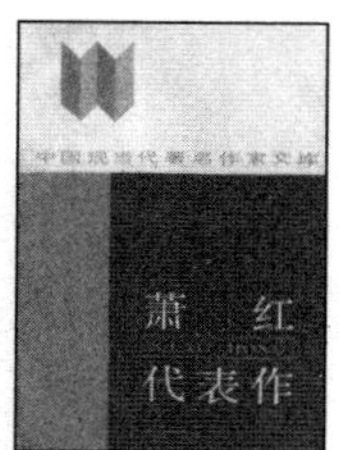

《萧红代表作》，邢富君选编，河南人民出版社1987年5月版，32开，376页，插图2页。收萧红作品28篇，另收邢富君《前言》，鲁迅《萧红作〈生死场〉序》、《萧红主要作品目录》等。

亲近一些。她的作品，不仅在当时产生了广泛的影响，而且在经历了历史的风雨之后的今天依然具有魅力。

近几年来，萧红的作品已经再版印行，对萧红的研究更是兴盛，其规模与影响甚至超过了某些比她更享盛名的作家。自1981年以来，在萧红的故乡相继举行了三次萧红纪念会和学术讨论会，在海外汉学家那里也引起了重视与反响。《1982年中国百科年鉴》的"文学研究"一栏里，"鲁迅研究"之下，并列了"萧红研究"一项，难怪许多人说，现在是"萧红热"！

萧红的命运和她的文学创作至今震动着人们的心弦。新时代的年轻一代作家，对萧红的创作，对她那不迷信前人，主张"有各式各样的作者，有各式各样的小说"的观点怀有浓厚兴趣。萧红的文学遗产，不论在思想上还是在艺术上，都有着同我们新时期的文学相辉映，同读者的需求相一致的地方。这些，就是萧红创作弥足珍贵之处。

二

这边树叶绿了。
那边清溪唱着：
——姑娘啊！
春天到了。

去年我在北平，
正是吃青杏的时候；
今年我的命运，
比青杏还酸！
……

这首题为《春曲》的小诗是萧红的处女作，写于1932年。这位春天的歌者，这时在人生道路上已经历尽了坎坷，备尝了人间的辛酸。

萧红本名张乃莹，1911年的端阳节生于黑龙江呼兰县。母亲去世早，她受继母的虐待，父亲的冷落，使她过着寄人篱下的生活。这样的处境养成了她倔强不屈的性格,并使她对下层人民的生活有所了解。1927年,萧红去哈尔滨读中学。萧红在这里开始接触到"五四"新文化的影响,读鲁迅、冰心和茅盾等作家的新文学创作,并且梦想着做一个女画家。可是由于家庭的包办婚姻,使她被迫退学,心中十分痛苦。1930年冬,她毅然离开封建家庭出走了。

萧红抱着对幸福的天真向往,寻求着爱情和安身之地,但结果,饮下的又是一杯生活的苦酒。她曾在寒冷的冬天的哈尔滨街头流浪过,夜无归处;又曾作为宿债人质困居于一家旅馆,坐守愁城。在这不幸遭遇中,她与萧军邂逅相遇。那时萧军也是一个流浪者,他成了萧红《春曲》的第一个读者。他们成为风尘中的知己。正如骆宾基在《萧红小传》中所说,这是"两种向顽强的旧社会作战的战斗力的结合"。从此,他们携手跋涉,共同去叩文学的大门。

那时,哈尔滨因为特殊的地理位置和历史渊源,曾是一座国际都市。文化活跃,报刊繁多,除了中国的新文学创作之外,俄国与苏联的文学作品也在流传。"九一八"事变后,中共满洲省委从沈阳迁至哈尔滨,为了进行抗日斗争的宣传,十分重视文化工作。因此,这里文人云集,创作活跃,成了东北作家群的摇篮。萧红就是在这样的文学环境中成长脱颖而出的。虽然她仅有初中的学历,但在开手创作的第一年,就在哈尔滨和长春两地的报刊上发表了二十余篇作品,成为东北最有影响的作家之一。

1933年10月,她与萧军自费印行他们的小说、散文选集《跋涉》,其中收有萧红的六篇作品。《王阿嫂的死》是萧红的第一篇小说,作品描写了一对青年农民死于残酷的封建压迫与剥削的悲剧。接着,萧红写了表现农民觉醒反抗的《看风筝》和《夜风》,以及取材自身生活经历的一些作品。一位文学新人的初作,往往显示着作家艺术个性的萌芽,并预示着未来创作的发展。萧红的最初创作使我们看到了她如下的特点:

首先,她忠实于表现自己对生活的观察与感受,关注劳动人民的命运。不论是写农民的苦难,还是写自身的遭遇,都倾注一种真挚的感情。1942年出版的《满洲文艺年鉴》中,评论《跋涉》说:"作者的创作态度决不是观念的虚构与浪漫的幻想,而纯粹是在现实中提炼素材。作者的生活体验,是很丰富的吧,并且凭着他们前进的世界观,从他们笔下写出来的人物,都是一种下层的被毁辱与损害的人们生活奋斗的故事。”这里指出了萧红早期创作的基本特点，说明她的创作起步于现实主义之路。

其次，作为女作家，萧红对于妇女问题表现了特别的关注。她在写农民的生活，描绘农民在封建剥削下生死无常的悲剧时，着重表现了妇女悲惨的命运。这是萧红在以后写作《生死场》时进一步表现的主题。王阿嫂这个人物，就是《生死场》中不幸女性形象的雏形。

第三，萧红开手创作，便同时发表小说、诗与散文。她也作画。她善于融化各种文体的艺术特征，来写自己的作品。她以散文的笔法写小说，不追求曲折的戏剧性情节，而以对日常生活的动人描绘取胜。她的散文又写得富于诗情画意。这种写作风格，在萧红以后的创作里得到了更充分的发展。

由于《跋涉》所表现的鲜明的政治倾向，致使这本书印出后即遭日伪当局的查禁，并危及作家的安全。1934年夏，萧红与萧军相偕离开哈尔滨，经过大连，乘船赴青岛。从此，开始了萧红生活与创作的一个新时期。

三

青岛，对于来自沦陷的东北的萧红来说，就是“祖国”！这里的绿水青山，给了流亡者以感情上的慰藉。她在这里写完了她的第一部重要作品——《生死场》。这是萧红的心境比较轻松愉快的一个时期。

1934年10月，萧红同萧军离开青岛去上海。鲁迅一向以扶植文学新人为己任，对于萧红的文学命运更是特别关心，推荐她的文章，介绍她同茅盾、巴金、聂绀弩、叶紫以及史沫特莱等作家相识。萧红开始在上海的文艺刊物上发表作品。而后，在鲁迅的支持下，她的《生死场》终于出版了。

《生死场》作为《奴隶丛书》之三，是自费“非法”印行的。但是，它出版后的影响是不寻常的。鲁迅在《生死场·序》中，简明中肯地评价了这部小说的优点：“北方人民的对于生的坚强，对于死的挣扎，都往往已经力透纸背；女性作者的细致观察和越轨的笔致，又增加了不少明丽和新鲜。”因此，它使上海滩的读者感到新奇和震动，报刊竞相评介，誉为中国文学“难得的收获”。著名批评家刘西渭，竟会因为未能为《生死场》写作评论而引为遗憾。《生死场》使萧红成了引人瞩目的左翼女作家。

《生死场》的成功,在于它本身的优点,也在于它出现的时代环境。它虽是一部中篇,但作品背景广阔,展示了二十年代和三十年代初,即"九一八"事变前后东北农民的命运。作者以各种人物的活动,构成了一幅幅富有乡土特色的生活图画。

在这部作品中,萧红着笔较多的是女性的形象。王婆是一个经受了生活的种种苦难与不幸,而保持着坚强性格和反抗精神的人物。她因儿子被官府杀害,而在悲痛与绝望中服毒死去,已经被装进棺材,却又奇迹般地活下来。十年后,村里组织秘密抗日活动,她积极活跃,又默默忍受了女儿牺牲的悲痛。这是《生死场》中活得最坚韧、挣扎得最顽强的一个人物。

金枝,是萧红寄予深切同情的重要人物。这个农家少女所追求的爱情的欢乐是与不幸同时到来的。她以一种越轨的方式与成业相恋,但成业只是凭男性的本能爱金枝。10年后,金枝成了寡妇,到哈尔滨谋生,又受尽了凌辱而归。作品着重地表现了金枝身为女性的不幸,她的青春与爱情受到了粗暴的对待。作品中另一个过场人物——打渔村最美丽的姑娘月英的遭遇,也大致如此。萧红如此描写劳动妇女的悲惨命运,来自她对北方农村生活的忠实观察,其中也寄托了对自己身世不幸的忧愤。这些,给作品增添了凄楚动人的力量。

《生死场》在艺术上虽然有薄弱之处,不过却也显示了萧红的创作个性。她有丰富的生活感受和对生活的细致观察,也熟悉自己所写的人物,但在表现东北沦陷前后这样广阔的历史背景方面,她的艺术概括的力量就显得很不够了。萧红又是一个醉心表现自己生活感受与观察的作家,不大注意精心组织小说的故事情节,因此,《生死场》的结构给人以散漫之感。但在另一方面,萧红却像一个高明的写生画家,善于以鲜明的笔触描写北方的农村的自然风光与农村的日常生活。比如,农民对于牲畜的感情;二里半那只山羊引起的风波;女人们在一起戏耍闲谈的欢乐;农民那种带有原始色彩的恋爱生活,还有他们在家破人亡之后为追求生存进行的反抗,都描写得细致而生动。这些,都显示了萧红的创作才华。在以后的创作中,萧红概括生活的能力大有提高,她的艺术手法渐趋成熟,而她的艺术风格仍是沿着《生死场》所开创的道路发展的。

虽然,《生死场》描写东北人民抗日行动的内容比较薄弱,还不如对农村日常生活悲剧的描写那样真实生动，但就唤起当时读者的抗日的民族感情来说，已经是足够了。这种情况导致了这样一种观点，似乎这部作品的意义及其成功，就在于它写了抗日的主题。长期以来，不少评论总是把《生死场》同反映东北抗日游击战争的小说《八月的乡村》相提并论，从抗日文学的角度来赞扬它"尽了号召抗日的作用"，但却又求全地责备它只写了"自发的斗争"，没有表现共产党对抗日斗争的领导。这样地评论《生死场》是不尽符合作品的特点和萧红的创作意图的。萧红意在反映东北沦陷前后农民的命运。农民在沉滞的旧生活中苟安于残酷的封建剥削与贫困，王婆为了缴纳地租将一匹老马卖进屠场，赵三组织"镰刀会"抗租，很快烟消云散，这同叶紫笔下二十年代的湖南农民是多么不同啊！这种差别是可以理解的。因为，当革命的春天来到南方的山野时，北方的雪原还未解冻。直到日本侵略者的屠刀在面前举起，他们才迈开脚步去找义勇军。就表现东北人民的觉醒与反抗来说，《生死场》同表现共产党领导下的抗日游击战争的《八月的乡村》有异曲同工之妙，但毕竟有各自的特点。《生死场》中写得比较鲜明的人物，不是抗日的英雄，而是多灾多难的农民，如金枝、王婆。萧红生动地描绘出她们的悲欢命运，引起读者的唏嘘、同情和共鸣，这是《生死场》的成功之处。

萧红在上海时期写的作品，编成了散文集《商市街》和散文小说合集《桥》。这些作品，显示了萧红在散文创作领域里的才华和成绩。

《商市街》写的是萧红与萧军早年共同度过的一段艰难生活，书名取自他们当年在哈尔滨住过的那条街道名字。《商市街》实际上也是萧红的一部重要作品。1936年，聂绀弩说到萧红的文学成就时，就把《生死场》与《商市街》相提并论。《商市街》不仅提供了萧红、萧军这两位东北作家早年生活与创作的生动材料，而且对于研究萧红的创作风格，了解她在艺术上的探索，有重要的意义。

《商市街》是自叙传，从中可以看到三十年代初日伪统治下东北城市生活的风貌，看到下层知识分子生活的状况。占作品中心地位的，是一对年轻的恋人在生活中的挣扎和奋斗。三年后，萧红在上海回忆这段生活时，发出了令人酸辛的感叹："只有饥饿，没有青春"。但是《商市街》的动人之处，不光在它唤起了读者对萧红身世的同情，更主要还在于两萧在困苦的生活中相濡以沫的感情和不屈服于恶劣环境的奋斗精神，在于萧红的那一支富有才情的笔所表现的艺术力量。

楼梯是那样长，好像让我顺着一条小道爬上天顶。其实只是三层楼，也实在无力了，手扶着楼栏，努力拔着两条颤颤地，不属于我似的腿，升上几步，手也开始和腿一般颤。(《欧罗巴旅馆》)

全书是以这样的一段文字开始的，它把一个人因饥饿和倦乏而生的软弱感，雕塑般鲜明地展现在读者面前。因为她没有钱去买一个面包，不禁产生了“桌子可以吃吗？草褥子可以吃吗？”的幻想，而当她嗅到了诱人的麦香时，却又产生了恐惧：“对面包我害怕起来，不是我想吃面包，怕是面包要吞了我。”这种极端饥饿者的心理，只有亲身经历过的人才能体验，也只有最善于描绘人的感受与心灵的艺术家才能如此鲜明有力地描写出来。《商市街》在艺术上的独创，在于对平淡无奇的日常生活的动人描绘，把人的感受、欲望、为潜意识所支配的行动描写得缕缕分明。萧红把自己内心的欲望高度形象化了，因此给人以历历在目之感。作家不用特意的渲染，而是用冷静的语调，仿佛叙说着生活中最平常、又最不忍述说的事情。像萧红其它作品一样，《商市街》是以情动人的，而在表现方式上又更细腻、含蓄，有更丰富动人的心理描绘。

《商市街》是《生死场》的姊妹篇，这两部作品，一部以对客观现实的描绘，一部以表现自我，显示萧红的艺术才华，代表了萧红创作的春天。这两部作品虽然描写了生活的种种苦难，特别是《生死场》写了不少人间惨剧，但却表现出一种蓬勃的生气与力的美。这一点，恰好代表了萧红创作的思想与艺术风格。

四

1936年春，萧红以《苦杯》为总题，写了11首失恋的抒情短诗。最后一首写道：

说什么爱情！
说什么受难者共同走尽患难的路程！
都成了昨天的梦，
昨夜的明灯。

萧红怀着这种痛苦的感情，于1936年7月离开上海去日本。在异国，她孤独得“像一片树叶”。但是，后来两萧还是未能在共同患难的路上继续走下去，1938年春他们在临汾劳燕分飞。萧红与端木蕻良一起回到武汉。可是萧红是否由此从孤独和痛苦中解脱出来了呢？对于这一点，她自己后来回答得很清楚：“和萧的离开是一个问题的结束，和T（指端木）又是另一个问题的开始。”在个人生活上，萧红痛感未能摆脱身为女性的不幸。1938年秋武汉失守前夕，萧红孤身来到重庆，过了一年多稍微安定的写作生活。后来，为了求得较好的写作环境，她在1940年春迁往香港。萧红一生是在漂泊中度过的，而从1936年7月她孤身去日本，到1942年1月22日在香港含恨离开人间，她生命的最后几年的生活尤其动荡，怀着一种无所依傍的孤寂之感。虽然，在萧红的个人不幸中蕴藏着社会悲剧的内涵。

她在漂泊的生活中依然执着于文学，写作勤奋。在流寓日本的半年中写了小说集《牛车上》和其它一些散文。抗战期间，她以一个作家的身份参加了抗日救亡活动。在上海“八一三”抗战中，曾到被轰炸的市区采访，写作通讯与散文（《失眠之夜》）；在武汉，她参加了《七月》杂志的工作；她应邀去山西临汾“民族革命大学”任教，扩大了生活的视野，在创作的抗日前线的八路军战士生动的艺术剪影（《黄河》）之后，萧红更加执着于文学创作。她写下普通民众对于抗战胜利的信念和热烈渴望（《朦胧的期待》），画出那种逃跑主义者懦弱自私的嘴脸（《逃难》、《马伯乐》）。她眷念故乡，表现北中国人民在侵略者铁蹄下的痛苦呻吟和反抗（《旷野的呼喊》、《北中国》），同时又追溯历史，描写她童年见闻的旧生活的悲剧（《后花园》、《呼兰河传》、《小城三月》）。她还写作了许多散文，包括《回忆鲁迅先生》这篇重要的回忆录。有些作品，萧红是辗转于病榻之际写的。在战时的文苑中，萧红属于多产作家之列。

1935年，鲁迅在《中国新文学大系·小说二集序》中曾引用裴多菲的诗句:“他是苦恼的夜莺……苛待他罢,使他因此常常唱出甜美的歌来。”鲁迅就此评论道:“我并不是说:苦恼是艺术的渊源,为了艺术,应该使作家们永久陷在苦恼里。不过在彼兑菲(即裴多菲)的时候,这话是有些真实的。在十年前的中国,这话也有些真实的。”

萧红就像“苦恼的夜莺”,用自己全部的生命歌唱着。当然,首先是民族的灾难,浇灌着萧红的创作园地。同时,她也在自己的创作中收获了个人生活痛苦所结的果实。也许,生活的苦酒使她忧悒愁闷,某些作品给人以寂寞和压抑之感,不像前期作品那样富有生气和引人注目。然而,萧红后期的创作,不仅在数量上远远超过她前期的创作,而且她所表现的生活也较以前更为广阔,留下了她在思想和艺术上走向成熟的足迹。

在萧红的后期作品中,《逃难》和《马伯乐》是标志她的创作发展和风格转变的代表作。萧红过去的作品很少用讽刺笔墨,这两部作品的风格特点则是幽默、讽刺的。萧红过去作品的人物面貌一般比较单纯,鲁迅在《生死场·序》中,曾以“叙事和写景,胜于人物的描写”,委婉批评了作者描写人物的手段还比较弱;《逃难》和《马伯乐》,则在刻画人物的性格上,显示了萧红艺术才华的新发展。《逃难》中的何南生是马伯乐形象的雏形。萧红突出地展示这类人物的特点:胆小却又机警,讲求万事有个准备,而只为着“逃难”。特别是《马伯乐》这部长篇小说,在广阔的社会历史舞台上展现了主人公的“逃难”表演。随着战局的发展,马伯乐从上海至武汉,奔重庆,一路逃去。萧红在动乱的生活中见惯了那些毫无民族责任感、毫无抗战热情的逃跑主义者的嘴脸,通过艺术概括写出的何南生、马伯乐这类讽刺性的形象,显示了作家鞭挞抗战中丑恶事物的热情。

在中国现代讽刺文学领域里,《马伯乐》是一部颇有异彩的作品。“五四”时期,鲁迅的《阿Q正传》是世界讽刺文学之林的杰作。此后,师法鲁迅讽刺艺术的代表作家可推张天翼。张天翼在抗战期间写的讽刺短篇《华威先生》曾有深广的影响。萧红的《马伯乐》在小说艺术上也有师法鲁迅的地方。萧红尽力写出一种性格,一个典型,马伯乐性格鲜明,栩栩如生。读《马伯乐》,令人联想到《阿Q正传》。这两篇小说在描绘形象上有些相似之处,即突出人物异常鲜明的性格特征,淋漓尽致地揭示人物的整个灵魂,刻画形象有夸张和漫画的手法,而内容异常真实。《马伯乐》在艺术上的弱点是,有些描写琐碎重复，结构也显得松散，作者仿佛兴之所至地写下去，而缺乏应有的节制。尽管如此，《马伯乐》仍然代表了萧红小说创作的进步。萧红写出了一种“马伯乐性格”，这种“性格”的劣根性，如卑怯、自私、逃避国难，自视甚高又盲目迷信外国，清谈终日，不务实际等等。也像阿Q的性格一样，至今仍有镜子作用，可以照出某些人灵魂的阴暗一角。这就是马伯乐形象的生命力所在。

代表萧红后期创作文学成就的，还有长篇小说《呼兰河传》以及短篇杰作《小城三月》等。

萧红和东北作家群的其他作家，取材上大都以表现东北故乡的生活为共同特色，既是反映东北人民现实斗争的作品，如《八月的乡村》、《生死场》、《大地的海》、《边陲线上》等，也有回顾历史的作品，如《第三代》、《呼兰河传》、《科尔沁前史》、《混沌》等。萧红流寓日本时写的《家族以外的人》，描写了童年回忆中的一个重要人物——有二伯。后来，萧红在短篇《后花园》中又描写了童年回忆中的另一个人物——穷磨倌。这两个人物都重见于《呼兰河传》中。由此可见，写作《呼兰河传》是萧红酝酿已久的。这并非是她“现实的创作源泉已经枯竭”的表现，而是因为呼兰故乡在她的漂泊生活中经常魂牵梦绕，是她创作灵感的重要源泉。

萧红在这部长篇小说中，以童年生活的回忆为线索，写北国的自然风光，写故乡小城的历史、风俗民情以及旧生活的悲剧。作品给人一种沉重甚至哀怨的感觉，但并不软弱无力。它描写下层人民生活的苦难，揭露封建主义旧传统、旧道德、旧风俗对于善良而愚昧的群众心灵的毒害摧残。作品的批判锋芒是尖锐的。在艺术形式上，它有点像作者的自传，又是用散文的笔调写的小说，有浓郁的抒情，又有幽默与讽刺。茅盾说：“它是一篇叙事诗，一幅多彩的风土画，一串凄婉的歌谣。”（《呼兰河传·序》）。在中国现代文学史上，《呼兰河传》是一部风格独具的长篇创作。从本书所选的《家族以外的人》和《后花园》两个短篇中，大致可见其风貌。

如果从创作风格的完美和艺术成熟的表现着眼，萧红伏身病榻写的最后一篇小说《小城三月》，更值得重视。这篇小说在取材上同《呼兰河传》一脉相承，而在艺术处理上，则显然不同于《呼兰河传》那种散文式的写法。《小城三月》虽是忆旧之作，但萧红十分重视对人物形象与生活环境

的描绘，使这篇作品脱去个人生活忆旧的色彩，将人物的典型意义鲜明地突现出来。

《小城三月》写的也是女性的悲剧。女主人公翠姨悄悄地恋爱了，可是她绝望地将恋爱的秘密深藏心底，仍旧任人安排自己的命运——订婚、办嫁妆……她除了拖延着婚期，未表示出反抗，或者说，她软弱而决绝的反抗只是一死，只能将自己的恋爱带到坟墓里去。比起鲁迅《伤逝》中敢于冲出旧家庭，同所爱的人结合的子君，比起冯沅君《旅行》中同恋人外出旅行的女学生，《小城三月》中的翠姨的确不像"五四"后的新女性。或者说，萧红无意以"五四"时代新女性的形象来写翠姨。在作品中，萧红以充满诗意象征的语言描写了北方姗姗来迟，又匆匆而去的短暂春天，并且细致而精确地写出了翠姨的生活环境：时代的春风总算吹到了遥远的北方，青年有了到大城市读书的机会，男女之大防的界限稍微松弛一些，这个闺中少女也呼吸到了解放的气息。但封建传统依然牢固地盘踞于现实生活中，婚姻仍按封建常规包办，男子也不能自由地去访问小姐。翠姨受到春的呼唤与蛊惑，却没有冲破传统束缚的力量。翠姨悲剧的根本原因，不仅在于她的软弱，而且在于周围的环境以及她所处的地位。她没有外出读书的机会，又是个受人鄙视的改嫁寡妇的女儿。这都是她的不幸，她自知"命不会好"。萧红就是要写出一个在新时代的春天将临，而仍然生活在残冬之中，听到了春的呼唤，却没有力量迎接春天的少女的悲剧。《小城三月》是对于封建旧传统的控诉，又是一曲对于被埋没的青春的挽歌。这部作品展示出，越是在新时代将临之际，旧生活摧残人的悲剧越发令人怵目惊心。

萧红对于女性爱情的命运常有一种悲剧感。这自然同她个人生活的不幸有关，从《生死场》中写金枝的遭遇，一直到《小城三月》写翠姨的死，都表现了这种悲剧性。这说明，萧红总是在自己的小说中忠实而深刻地表达自己的生活感受和心灵历程的。

五

在七十年代，美国出版了一本《萧红评传》。在这部专著的结尾，作者葛浩文谨慎而又不无倾向地写道：现在还难于对萧红的文学历史地位下一个

“放之于四海而皆准的断语”，但至少可以说，她留下了传世佳作，因其“历久常新的内容及文采，终久会使她跻身于民国时代文坛巨匠之林。”这说明大洋彼岸的汉学家对于萧红创作的重视程度和称誉之高。在文学史上被称为“文坛巨匠”的作家是很少的，萧红的文学影响似乎还不足以这样说。可是，萧红作品所表现的独创性和艺术才华，并不多让于某些名重一时的作家，倒是毋庸置疑的。

就萧红创作的艺术独创性来说，引人注目的是她那个性鲜明的文体。别林斯基曾说：“有文体，这本身就说明了有才华，并且是不平凡的才华。”萧红这种“不平凡的才华”，首先表现在她那极其简洁、自然、富于抒情性的优美的行文。在萧红生前和身后，许多作家评论家都注意到了她的文笔之美。鲁迅以“明丽和新鲜”称誉《生死场》的文字；骆宾基形容《呼兰河传》“文笔优美，情感的顿挫抑扬如小提琴名手演奏的小夜曲”；葛浩文则以“注册商标式的优美简洁”称赞《商市街》的行文。读萧红的作品，不论是散文还是小说，都可以感到，她对于描写对象总保持一种自然亲切的感情，取材有浓厚的自传色彩，文笔亲切。萧红惯于以散文的笔调写小说，很少表现出虚构故事的本领，却充分显示描写日常生活场面和事件的卓越才能。这一点，也为新时期的一些年轻作家所推崇。

我们感到惋惜的是萧红的创作生涯很短暂，因此也使我们更珍惜她对于中国现代文学的贡献。萧红的文学命运，令我们想到日本女作家樋口一叶。这位日本近代现实主义文学的开拓者之一，只活了24岁，创作生活还不到五年，留下了二十几个短篇小说。因为她独具才华，所受到的高度评价则超过了某些创作历史长、名重一时的大作家，已被列入世界名作家之林。樋口一叶的作品多写下层人民的苦难，特别是下层妇女的悲惨命运，在风格上，是以感情真挚、文笔清丽、有浓郁的抒情气息而著称的。比较樋口一叶与萧红的作品，可见这两位隔代的女作家的风格特点和天才表现是很近似的。因此，我们也敢于相信，在世界作家之林中，萧红也将享有她应居的地位。

1985年5月

读《萧红身世考》

江南尘

读罢《萧红身世考》书稿，我一直在沉思……

20世纪30年代，黑龙江的呼兰走出一位著名女作家萧红，绝非偶然。萧红出身于地主家庭，却走上反抗封建恶势力压迫的道路，从反抗封建婚姻争取婚姻自由那一天起，就不得不到处流浪，饱尝人间艰辛，看透世态险恶，历经种种坎坷。正是这样特殊的生活经历，把她的命运与爱国道路、与革命文学事业紧密地联系在一起。她的作品，鲜明而深刻地展示了北方人民多样的生活画面，她以如椽巨笔，为中华民族呼喊、抗争、拼搏。鲁迅说她的《生死场》写出了"北方人民对于生的坚强，对于死的挣扎"；许广平则说，这是"东北人民向征服者抗议的里程碑的作品"。可以说，是北方社会历史文化的

本文为《萧红身世考》序言。

《萧红身世考》，萧红身世研究论集，孙茂山主编，哈尔滨出版社2003年12月版，32开，411页，插图19幅。收萧红身世研究39篇，附录收呼兰河萧红研究会、萧红故居资料13篇，另收江南尘《读〈萧红身世考〉》、傅丰志《序》、编者《后记》3篇。

长期积淀孕育造就了萧红，萧红是黑龙江的伟大女儿。

萧红史诗般的作品为黑龙江文学带来不朽的光彩，展现了黑龙江人民雄浑、博大、丰满的性格。萧红是黑龙江文学史上的永恒丰碑，是黑龙江人民的骄傲。作为黑龙江本土作家中最有光彩的女作家，作为东北作家群的翘楚人物，萧红的名字像一颗宝石永远镶嵌在中国现代文学史册上。

萧红文学创作道路很短暂，只留下百万字作品，数量算不得宏富。作家在病榻上以尚有半部红楼未写为憾，人们还记得她留给人"不甘、不甘"的话，当时，她只有31岁，何等年轻，可惜天不假以时日，留下永久的遗憾。值得惊奇的是，萧红虽经历岁月磨砺，却日益显示其永久价值。至今仍然有许多人喜欢萧红的作品，研究萧红的人也越来越多，萧红并没有因为离开我们越来越远而有丝毫寂寞与冷清，甚至出现热衷研究萧红的现象。阅读萧红作品的人，日见其众；研究萧红的论著与论文，日见其多，这是文学史上罕见的现象。作为萧红的家乡人，当然为此感到无比喜悦，这是很自然的。随着萧红研究的继续深化，对萧红身世的研究也在逐步展开。她的经历坎坷曲折，引起许多人的同情。她的家庭、婚姻，尤其让读者欷歔不已。其实，萧红家世与身世并不复杂，她有小传留在世上。但这些年，却出现了"养女"说，引起人们的关注。

萧红家世最需要澄清的问题是萧红到底是张家的亲生女，还是养女。这对于正确诠释萧红作品，深化萧红研究，撰写萧红传记，都是无法回避的问题。

仔细追问，提出这个疑问的，其实是萧红弟弟。他们也没有公开谈论，只是私下里和萧军表示过怀疑，这些原本是私下疑虑，并非外人所知，所以从萧红辞世到20世纪80年代，任何萧红传记都没有说萧红是"养女"。直到萧军复出，在为萧红信件注释时，披露这个怀疑。后来又有陈隄对此作过引申，"养女"的怀疑因此而公开于社会，引起种种猜测，也就在情理之中。

呼兰是萧红的故乡，呼兰人热爱萧红，他们为萧红骄傲。在财力极度困难的时候，他们千方百计恢复萧红故居，现在已有相当规模。萧红纪念馆不断接待热爱萧红的人们，萧红研究会已存在多年，并有多种成果问世。呼兰人的努力应该得到赞赏。尤其可喜的是，近年来他们把研究的目光专注于萧红的家世，并取得重要成果，这就是奉献给读者的《萧红身世考》。

严格地说，“家世本无事，后人自扰之”。如果把这一切放到当时特定历史条件下思考，也不难理解。萧红姐弟自幼失去生母，且很早就离开这个他们并不热爱的家庭，先后走上革命道路，已经和这个家庭决裂。姐弟二人私下里对封建地主家庭发出这样的怀疑，虽然没有任何事实根据，却是可以理解的。

解开这个疑团，澄清“生女”与“养女”之谜，最有资格最有权威的当然是与萧红有亲密交往的家人、亲戚，还有知情的家乡人。

这本书就是萧红的家乡人对“生女”与“养女”说做出的重要结论，他们以大量事实证明萧红是“生女”而非“养女”。这部洋洋洒洒几十万字的书，就是在破解萧红身世之谜。书中确切的事实与可靠的论据都是围绕这个主题而展开。因为有近亲在，有当事人在，又及时作了认真的社会调查，这些翔实的第一手资料具有无可争辩的可信性、可靠性、权威性。我想，这也是这本书的价值所在。可以说，这是终止“养女说”的最有力的著作；可以说，这为萧红家世研究画了一个完满句号。在这个意义上说，其功不可没。

对萧军与陈隄提出的质疑也要作历史分析。他们只是存疑，却没有条件也不可能深入研究，得出最终结论，完成这一任务只能由家乡人承担。

这样一本书的好处，是为萧红研究的后继者提供一个捷径，让人少走弯路，这是这本书的重要贡献，应该感谢为这一重要成果及时问世而作出不懈努力的所有人。

《萧红评传》后记

郭玉斌

哈尔滨往北是呼兰，呼兰往北是绥化。1986年暑期，我独自骑着自行车跑了近8个小时的路程，从绥化来到呼兰，朝拜了我仰慕已久的、从家乡走向世界的女作家萧红的故居。当时故居开放刚刚50天。

呼兰河有条支流叫诺敏河，诺敏河便是我的家，我深深地爱着这片多情的黑土地。正如屠格涅夫所说："人们对自己的家乡，没有别的选择，只能爱的。"为了同乡的缘故，我借到一本残破得没有封面和封底的，但幸而还不缺正文页码的《呼兰河传》（那时候，萧红的作品还较难找到）。书一到手，略掂量一下，不很厚，便想用小半天把它"拿下"。然而，当我还没读上10页的时候，就发现自己错了。它强烈地吸引着

《萧红评传》，郭玉斌著，中国社会出版社2009年6月版，16开，291页，插图90幅。内收郭玉斌《自述》、《后记》及《东昌张氏族谱书》（萧红一支）3篇。

我，让我沉迷在它的艺术漩涡里，产生一种无法自救，也不愿自救的濒死前的巨大的欢乐！于是，相识恨晚！于是，幸得相识！于是，叹道："此曲只应天上有，人间能得几回闻！"它打破了我看书的两个常规：一是阅读速度，一是阅读习惯。我慢慢地读，细细地品，生怕暴殄天物，就这样，一部并不很长的长篇我竟读了半个多月。还有，平常我有作读书笔记的习惯，可这次我却感到一种少有的力不从心。那种不可言喻的感受，就像海潮一样，一次次地将我淹没；那美妙的语句，就像海潮退后，留在沙滩上光洁的贝壳，俯拾皆是，美不胜收。我就像一个饥饿的人拥有一桌丰盛的饭食，一个孩子拥有了一个大玩具店。我战栗，我因奢侈而战栗；我痛苦，我因快乐而痛苦！我甚至不希望那小说写得那么好，而使我拥有如此之多……大学毕业时，同学留言册上有一栏是"你喜爱的书"，我毫不犹豫地写上了萧红的《呼兰河传》与萧洛霍夫的《静静的顿河》（二"萧"二"河"）。是的，一部《呼兰河传》，无论何时读，也无论从何处读，我都能全神贯注地读下去，并且常读常新，爱不释手。

加拿大著名华裔作家陈若曦参观萧红故居时留下了令人吟味的字幅说："《呼兰河传》启发了我对东北的兴趣和向往。"我完全理解这位"外乡人"发自肺腑的感言。因为我也是在《呼兰河传》的启发下走近萧红的，并且在以后的岁月中，研究萧红成为我的主课之一。1991年《萧红全集》出版发行了，我真是大喜过望，因为我一直想珍藏并阅读萧红的全部作品，便一下买了两套，一套自己留下，一套送给了我尊敬的老师。1993年我曾尝试着把萧红的《生死场》改编成了电视文学剧本。1993年和2001年，我参加了两次大型萧红学术研讨会（即"首届萧红国际学术研讨会"和"纪念萧红诞辰90周年学术研讨会"）。1997年，我又为中文系的学生开设了"萧红与东北作家群研究"的专题课，此后10年间，课程已开了6个轮次，授课学生逾千人。此外，我还多次到呼兰萧红故居，也寻访了哈尔滨的东兴旅馆、欧罗巴旅馆、商市街25号、萧红中学以及阿城福昌号、青岛的观象1路1号、武汉的小金龙巷21号等居所、学校或遗踪。

就在去年的端午节（萧红诞辰纪念日），我还怀着麦加朝圣的心理，徒步"走了六小时寂寞的长途"，来到了通江段的呼兰河畔。呼兰河，是萧红的母亲河，是钟灵毓秀的河，又是我施洗的河！我用那清凉的河水，洗去一路的疲惫,洗去心上的尘埃……

我对萧红的痴迷竟至影响了我的女儿。有一次我带着十岁的女儿去哈尔滨,路过呼兰的时候我试探着问她:“车过呼兰你能想起谁?”她不假思索地答道:“萧红!”悦,再问:“还能想起谁?”她毫不迟疑地答道:“萧军!”大悦,三问:“还能想起谁?”女儿扬起脸骄傲地答道:“鲁迅!”大大悦,又问:“还能想起谁?”这个问题对于她来说似乎难了点,但她眨巴了一下眼睛,还是出人意料地答了出来:“刘呼兰(刘胡兰)!”闻者无不大笑!

在研究的过程中,我得到了很多人真诚的帮助。辽宁师大的邢富君教授,绥化学院的王加人教授、邢海珍教授,给予我以切实的指导;海伦教委的王迎春先生、铁力一中的王学东先生,为我的书稿提出了卓有价值的建议;萧红纪念馆业务馆长王连喜先生,毫无保留地为我提供了一些珍贵的照片,并解答了我关于萧红身世及亲人方面的若干疑问;呼兰档案局的刘艺凯先生、呼兰县志办的相关人士,为我查找相关资料提供了方便;绥化市第一医院的崔红女士、哈尔滨工程大学的张悦先生,为图片的处理做了大量工作。特别感谢中国社会出版社袁美珍女士,我们素昧平生,她对书稿的认同和赏识,并辛苦地为我审稿,才有了此次出版机会。……对于他们热诚、无私、有力的支持和帮助,我心存感激,没齿难忘。

十年磨一剑,霜刃未曾试。今天我把此书捧出来,只是为了与萧红的真爱者作心的沟通,只是为了求得一份心的快慰与安适,只是为了以此作为素白的花朵献于心中最美的坟墓。

永远的萧红,永远的呼兰河,永远的《呼兰河传》……

2009年春

作者于诺敏河畔闲云阁

《萧红画传》后记

章海宁

三十年前，遭遇萧红。

那时，我的父母去了遥远的黑龙江，留下我在苏北的小村里伴着年迈的祖父母。我不知道黑龙江在哪里，它离我有多远，也不知道我的亲人背井离乡后怎样的伤悲，如何度过一个个没有月色的夜晚，思念充满了我少年的梦。一次，路过一家商店，橱窗里的一本小书引起了我的注意，那书是黑龙江的一家出版社出版的，我便买下了，把它揣在怀里，感觉我和我的亲人在一起。这书便是《萧红散文集》，我和萧红就这样遭遇了。

后来，我到黑龙江读书，与我的亲人生活在一起，少年时买下的这本书一直伴着我。我读萧红的《商市街》，读《呼兰河传》，读《马伯乐》，

《萧红画传》，章海宁著，黑龙江大学出版社2011年8月版，16开，322页，插图297幅。另收《后记》1篇。

读《小城三月》，直到大学读她的《生死场》。她的忧伤、她的泪水、她的叛逆，她对生命的追问，她孤绝的目光，让我魂牵梦绕。一路读来，萧红也成了我不曾谋面的"亲人"。

我曾多少次想象去哈尔滨，去呼兰，去见我的"亲人"。我从没想过萧红早已不在人世了。以致读骆宾基的《萧红小传》，读到她凄凉的离世，为她伤痛，为她流泪。

二十年后，选择留在哈尔滨，是因为萧红的缘故。

这里离她故里呼兰最近，每一条街道都留着她的印迹。她的歌，她的笑，她的叹息，都封存在哈尔滨的记忆里。在这样的城市生活，也是一种幸福。

今年端午，恰逢萧红百岁诞辰。

不用走寂寞的长途。从哈尔滨乘车去呼兰，很近的路程，只是寻不到火红的山茶。带一束康乃馨，来到她的青丝墓旁，人生百年，长亭送别，总是黯然神伤，想象中的青丝墓鲜花盈盈。不料，我却是第一个看她的人。晨曦穿过雨后的树影，洒落在墓石上，仿佛抚着百年长梦。

在中国现代文学史上，萧红是个神话。

一个只读了九年书的女孩子，跋涉文坛九年，三十一岁悄然离世，却成为现代文学的经典作家，这是一个永远诉说不尽的话题。当下，萧红活在各种话语体系里，阶级的、左翼的、抗日的、启蒙的、女性的、乡土的、现代的，以及身体写作、底层叙事、后殖民写作，等等。尽管如此，萧红从未被任何一种话语体系淹没，她在众多的话语体系中，特立独行，吐露芳华。

经久的岁月，洗去历史的尘埃，萧红愈发熠熠生辉。我们越来越清晰地感觉，1942年1月22日，尽管阳光朗照，我们却失去了一个伟大的灵魂，一颗悲悯的心，一位天才的女子。在香港两年，生命最后的岁月，她燃烧得像一团火，完成了《呼兰河传》、《马伯乐》、《小城三月》多部传世之作，之后倏然熄灭。至今触摸她的文字，还感觉到生命的炽热和激情。萧红的身后，长夜漫漫，她给中国现代文学留下长久的叹息。萧红的离世，成为中华民族苦难的象喻。近七十年过去，这份沉痛依然压在人们的心头。

萧红的作品有数百个版本，特别是近十年，每年都会有近十个新版本出现。在现代作家群星中，这是个堪称特别的现象。她被当今不同年龄、不同层次的读者喜欢，她被中国读者喜欢，也被外国读者喜欢，她的作品被译成多种文字，在世界广泛传播。萧红是超越时代的，也是超越国界的。她不仅仅属于一个时代，更属于整个人类。

萧红的传记不下四十种，但我们对萧红依然知之甚少，我们的研究还远远不够。一直到前几天，萧红的作品还有新的发现。所以萧红研究也一直在路上。在萧红百年之际，用近六个月的时间，写了一部《萧红画传》。这部新的萧红传记，不是八卦传奇，而是一本严肃、可靠的生平记述，虽文字不多，但有传有评，吸收了萧红研究最前沿的资料和观点，对不同的资料进行辨析、考证，叙述力求客观、准确，还原一个真实的萧红。书中所收图片二百余幅，是近十年来精心搜集所得，不少图片是首次公开。黑龙江大学出版社彩色印刷，使之有别于此前任何一本萧红传记。在此我要感谢黑龙江大学出版社李小娟社长对该书的支持，以及该书编辑为出版此书付出的辛勤劳动。

此外，在搜集资料过程中，得到了萧红侄子、黑龙江省萧红研究会副会长张抗先生，呼兰萧红故居纪念馆原副馆长王连喜先生，黑龙江大学副教授、黑龙江省萧红研究会副会长叶君博士，北京的袁权女士，日本女子大学平石淑子女士，以及北京鲁迅故居博物馆、中国现代文学馆的朋友们的大力帮助，在此表示诚挚的谢意。

二〇一一年六月六日

每个人心中都有一条寂寞的河

——萧红和《呼兰河传》

王渡

萧红含着眼泪，用纤细柔弱的笔，写尽了似水年华恒远的悲凉与轮回，将天真与无邪，孤独与寂寞纠结在一起，使她的《呼兰河传》弥漫着别具况味的风采。

每个人心中都有一条寂寞的河，缓然无声地流淌着，河上浮沉着生命历程里曾经有过的欢乐和忧伤，河底则沉淀着逝去的年华与现实生命中的悸动和感悟。

三十年代最负盛名，也最具才情的女作家萧红，心中也有一条寂寞的河。

一九四〇年的香港，萧红寂寞地离开纷扰尘世的前年，心中那条寂寞的河不住地在孱弱的躯体翻腾，漾起一朵朵追忆过往的涟漪。在惨白的病房中，她提起笔写下了对北方家乡最后

本文为台湾普天版《呼兰河传》序言。

《呼兰河传》，台湾普天出版社2002年12月版，16开，268页。另收茅盾《论萧红的〈呼兰河传〉》、王渡《每个人心中都有一条寂寞的河》2篇。

一次深沉的呼唤，完成了不朽的名著《呼兰河传》。这是她临终的凄艳绝唱，也是一生中最完美的作品。

那时，她只有三十一岁，因为感染肺结核而被切开喉管，嘴巴不能言语，一个人孤独地待在医院，在战争的炮火中等待死神降临。她敛藏起自己短短一生的悲欢，把心中的沉痛尘封起来，在病床上辗转反侧，执着而艰难地握着笔，一句一句写下自己对家乡的爱恋。

越是接近生命的终结，萧红越是坚韧，她要勇敢地超脱了自己和这个尘世。

萧红，原名张迺莹，是三〇年代中国文坛最负盛名，也最有才气的女作家，文笔沉郁优雅，擅长勾勒动乱流离的真实生活面貌，作品深受鲁迅、茅盾……名作家激赏。在不到十年的创作生涯中，萧红总共留下了近百万字的作品，堪称是中国新文学的一颗耀眼明星。

一九一一年六月二日，萧红出生于黑龙江呼兰城的一个大地主家庭，开始了不幸而孤独的童年。

萧红的父亲张廷举是当地士绅，平日不仅对佃户奴仆残暴，对她也十分冷峻严厉。此外，她的祖母不喜欢她，母亲更是对她恶言恶语。在这种寂寥冷清的环境中成长，萧红经常孤单地徜徉在自家的后花园编织童年的梦幻，唯一可以让她感受到亲情慰藉的是从小教她背诗和她玩耍的祖父。

萧红在哈尔滨读中学时，受到五四新文学思潮的影响，一边醉心于写作、绘画，一边大量阅读新文学作家和西方文学作品，使她有了崭新的视野与精神境界。

一九三一年，当萧红长大成一个亭亭玉立的少女时，她的父亲百般逼迫她必须嫁给一个旧军阀的儿子，她断然拒绝，并决定和封建家庭决裂，逃出父权的控制。

但是，现实的黑暗社会对一个不经世事、孤立无援的少女而言，无疑是比封建家庭更残酷的猛兽。萧红不幸被骗，坠落灾厄的深渊。

她离家出走后和汪殿甲相识，两人在哈尔滨一家旅馆里同居一段时间。不久，汪殿甲以回家取钱为借口，绝情地抛弃下怀孕的萧红，从此他再也没有在萧红的生命中出现过。

重病缠身、无力偿还积欠旅馆费用的萧红，面临了被旅馆老板卖为娼妓的威胁,走投无路之际,只得写信向当地的报馆求援。

当时担任报社编辑的萧军得知消息后前往旅馆探视,孤苦无援的萧红泛红着眼向萧军吐露了自己的不幸遭遇。萧军看了她写下的美丽而又哀怨的小诗,心弦不禁为之震动,决定救她脱离苦海。终于,在一个暴风雨侵袭的黑夜,萧军趁着洪水泛滥之际顺利救出萧红。

萧红脱困后分娩在即,但迎面而来的是饥寒交迫的日子。萧军为了筹措生活费用经常出入当铺,两人过着四处借贷的日子。后来,萧红在一家破医院里生下了一个女婴,由于实在养不起这个女婴,便由医院门房把这个孩子抱走。

在这样的苦难日子里,萧红和萧军仍然坚持写作,不久便共同孕育出了他们的第一本文集——《跋涉》。

一九三四年六月,萧红和萧军两人辗转流离到了青岛,在当地一幢小阁楼里,萧红写下长篇小说《生死场》,随后两人风尘仆仆前往上海,将这部呕心之作送交当时的文学宗师鲁迅指正。

鲁迅读完甚为激赏,除了照料两人的生活外,还特地为《生死场》撰文作序,从此奠定了萧红在中国文坛的重要地位。

萧红成名了,但是一生中最美好的时光不久却宣告结束了。她和萧军之间因为性情不合发生了冲突,两人的争吵日益激化,性格暴躁的萧军动手打了萧红,对萧红的身心造成难以治愈的创伤。

为了抒缓情感的冲突,萧红怅然前赴日本,而萧军则回到青岛。客居两地的萧红与萧军虽然彼此思念,但是当两人重新聚首后,矛盾却更加激化,彼此的猜忌和怨恨越演越烈,最后不得不分手。

经过一番犹豫和痛苦挣扎,萧红把自己的情感和命运,寄托给了另外一个作家端木蕻良。

一九三八年夏天,萧红与端木蕻良在武汉举行婚礼,新婚之时萧红正怀着萧军的孩子,不过孩子出生几天后就夭折了,至此她与萧军之间可说缘尽情断。

她曾经深爱萧军,"二萧"也曾是三〇年代文坛的一段佳话,但谁也没有想到,最后这段患难感情竟是以劳燕分飞收场。

萧红和端木蕻良相处的岁月里,两人互相勉励,写下不少优秀作品。中

日战争爆发后，萧红怀着心灵创痛和端木蕻良远走香港，至此，她人生的最后一段岁月就注定寂寞。由于被迫东躲西藏，加之医药匮乏，身体虚弱的萧红不幸感染了肺结核，而且病情日益严重，最后住进了玛丽皇后医院。

一九四二年一月二十三日十一点，凄寒的冬日上午，饱受病魔折腾的萧红嘴唇渐渐转黄，脸色越来越灰暗，喉咙处的伤口溢出泡沫，不久心脏停止跳动了。年仅三十一岁的她经过十年漂泊，在玛丽皇后医院里咽下了生命的最后一口气息。

萧红死后葬在香港浅水湾，蔚蓝而沉静的海滨。大海或许是宽容的，接纳了每条寂寞的河流，但萧红依旧是寂寞的。

萧红是一个身心都遭受过摧残的不幸女性，也是一个被家庭、爱情和社会放逐的孤独灵魂。但是，她气若游丝地撰写《呼兰河传》之时却能超越自我，不流于顾影自怜的哀欢怨尤，而是泛着微笑的泪光，“向着温暖和爱的方面，怀着永久的憧憬和追求”致力写作。

一部优秀的作品不仅在于主题深刻，也在于散发深厚的情感，特别是在字里行间表达了属于作者本身的独特人生体验，否则即使整部作品用最华丽精妙的文字堆砌而成，也不过是不知所云的文字游戏。

萧红无疑是那种将自己全身心投入作品的作家，文字便是她灵魂的自传。在《呼兰河传》里，她并未故意炫耀、卖弄文采，也没有矫揉造作的文人姿态，流露的是与自然万物相融合的美好品性。

萧红是文学天才，她以独特的笔调写就的《呼兰河传》是新文学中极为难得的经典之作。她把自己对生命的体验与感悟，诚挚地融入书中，把自己曾经有过的孤独与忧伤、寂寞与怅惘，转化成作品的情感基调和美丽的诗魂。

《呼兰河传》溢散着如梦如烟的优美文字，散发着她对生命独特的感悟和体认，文字中充满了许多细致晶莹的抒情，使整部作品更具有艺术魅力，因而被文学评论家誉为“诗篇一般的小说”。

在辽夐黑土上，苍凉的平原与荒野间，呼兰河南岸的寒冷小城赋予了萧红哀婉清丽的人生基调。

东北的风土人情蕴含着人类为求生存的卑微本质，呼兰小城则透过一个天真烂漫的小女孩的眼睛，呈现出灰涩、沉郁、苍凉、凄冷的单调色彩。

《呼兰河传》中的人物大多朴素、善良，但也有着人性愚昧、贪婪的一面。他们的生活节奏犹如缓缓流动的呼兰河，或是小城寺庙叹息般悠长的钟声，充满闲散与寂聊。

小团圆媳妇、王大姐、有二伯、冯歪嘴子……一个接着一个出场，又一个接一个谢幕。他们的人生命运或许有所不同，但却又有着极其相似的宿命。年复一年，他们艰苦地度过了遍地白雪的酷寒冬季，走进了喧哗热闹的春季夏季，跳大神、唱秧歌、演野台戏、十八娘娘庙大会，秋季过后又不得不为自己和家人的饥饱寒暖操劳。

《呼兰河传》回荡着童年时期对时光流逝的无奈和对未来的迷惑，萧红的祖父和她的后花园无疑是小说中的核心，也是一长串凄婉歌谣的摇篮。

萧红笔下的后花园，是一个花草丰美、葱郁蓬勃、洋溢着坚韧生命力的处所，在那里可以看到无遮无拦的灿烂阳光与蓝天白云，花园里有小孙女的银铃笑声与老祖父的慈祥笑脸。

在后花园里，萧红天真烂漫地拈花惹草摘菜、娇蛮地和爷爷耍赖。祖父和萧红之间的对话是她最鲜明的记忆，似乎透过祖孙二人的对话，让童年时期的她幻想自己拥有生命的永恒。

但是，永恒只是一种幻想。长大之后，这座童年的乐园却成了禁锢她的牢笼，年老的祖父去世了，父亲冷峻无情地拒绝萧红读书、求学的愿望，也不让她走自己的人生道路。

悲剧性的命运注定了萧红与众不同，在喧嚣的时代始终想要保持灵魂的高度自由，沉郁的悲哀铸成了她作品的丰硕，但也使她的生命如同早春凋零的枯叶，随风萧萧落下，在雨中化作成春泥。

萧红有着一颗透明心灵，像一朵盛开在阳光下的花，也许是她家后花园里的向日葵、大椒茨花、马蛇菜……也许世间根本没有形容这种花朵的名字。

在三十年代的文坛，萧红鲜明而热烈地开放，不幽幽暗暗地沉浸在个人的悲欢。她盛开在阳光下，无论历经过多少逃亡与饥饿，无论面对多少困苦与不幸，她都坚持自己的文学理念，用她的笔写着她的字，不受任何牵绊。

在她的笔下，花草不是异类，动物也不是牲畜，一切都是浑然一体。这里的花草是有生命的，这里的人类也有花草的特点。

读到这些充满灵性的文字时，心中总会生出莫名的感动，思索写出如此自在而没有半丝尘埃沾染的文字的女子，想来该是多么玲珑剔透呵。这也难怪武侠大师金庸会感慨地说："萧红在香港写的《呼兰河传》感人至深，我阅此书后，径去浅水湾她墓前凭吊一番，深恨未能得见此才女……"

萧红成年的境遇与童年时美好而自由的心灵状态构成了一种对比，萧红写作时的心绪起伏与情感波动，正是对生命透彻了悟的苍凉体验，构成了她作品魅力的源泉。

看尽繁华咀嚼荒凉心河的感觉，萧红含着眼泪，微笑地想望着再也回不去的呼兰小城。悲悯与彻悟浑然内蕴，她用纤细柔弱的笔，写尽了似水年华恒远的悲凉与轮回，将天真与无邪，孤独与寂寞纠结在一起，使她的《呼兰河传》弥漫着别具况味的风采。

《二十世纪文学名家大赏·萧红》导读

刘人鹏

萧红，本名张乃莹，一九一一年生于中国东北呼兰河镇一个地主家庭。父亲是当地颇有声望的乡绅，持家冷酷而严厉。她的亲生母亲早逝，继母对她也很冷淡，故萧红自懂事后，便和父母保持著遥远的距离。

尽管有个不受父母关爱的寂寞的童年，萧红幸而有个爱护她的祖父。这个在家中全无权势的年迈老人，几乎把所有的爱和精力都给了这个孤独的小孙女，于是后花园中老祖父的温柔关爱，成了萧红一生永远的憧憬和追求。即使到她远离家乡二十载的生命后段，这种父权家庭对女儿的冷漠疏离，以及她在后花园中感受到的天真欢乐，冰与火的两极温度，仍然是她创作中一再出现的双重旋律。

《二十世纪文学名家大赏·萧红》，萧红作品赏析集，刘人鹏编著，台湾三民书局2006年5月版，16开，261页，竖排繁体，插图10幅。内收萧红作品23篇，刘人鹏《导读》、《萧红年表》2篇。

少女时期的萧红，和父权的对立开始变得剑拔弩张。这种尖锐对立始于她的就学问题。尽管萧红的父亲当过校长和教育局长，这个思想封建的旧式乡绅，仍然不肯让成绩优异的女儿继续升学。在和父亲苦斗一年后，十七岁的萧红终于在祖父的支持下冲破阻挡，离开偏远的呼兰县城，到了哈尔滨读女中。

哈尔滨的新式女子教育，让萧红第一次接收到了时代的新鲜气息，而一九二八年东北热血青年间掀起的反日高潮，也让她受到极大的心灵震撼。新式生活打开了她的视野，给了她反叛封建家庭出走的勇气，但这种勇气同时让她成为一个彻底被家庭拒斥的异端。她失去了一切，受尽了屈辱。正是从哈尔滨的中学生活开始，萧红经历了祖父去世、逼婚逃婚、受骗怀孕，直至困在东兴顺旅馆、面临被卖入娼家的绝境。如果童年她在家庭所面对的是双亲对幼女的冷漠与无视，那么她的少女生活，则是父权社会对于一个不肯就范的淫贱女儿的拒斥和惩罚。就在这种因缘交错下，萧红度过了一个特殊的少女时代，一个即使心理尚未成熟，但身心均已遭受女人屈辱的少女时代。

一九三二年，大腹便便的逃家少女萧红，在即将被卖入娼家的绝境中遇上了青年作家萧军，这个历史性的偶然相遇，让两人的生活从此都进入了全新的一程。萧军原本只是代替编辑老斐送两本书去给萧红解闷，但见面后却深深地被这个受苦的美丽灵魂打动，于是这两人迅速地相爱并同居，从此，这对革命伴侣携手在打造理想世界的这条路上并肩行进。

比起萧军，这次相遇，对萧红的意义无疑是更大的——除了遇上个对未来蓝图有共同理想的伴侣外，萧军也为她开展了新的视界和生活。一方面，在萧军牵引下，萧红中学就开始在体内蠢蠢欲动的艺术灵魂，正式找着了“文学”这个出口，从此她的创作便如同行云流水一发不可收拾；另一方面，遇上萧军，也让她从少女以来遭逢的严酷环境开始改变——在哈尔滨商市街，她第一次有了属于自己的家，而在逃亡上海后，她更有了一大群可信赖的师长和接纳她的先进朋友。伴随着萧军对她毫不迟疑的倾心相待，原先充满恶意和讥嘲的社会开始接受她，并且试图重新收编她的边缘位置。

可惜这份幸福感没有持续太久，随着两萧在左翼文学阵营中的地位的日渐稳定，本来相爱的两人，却开始面临了爱情危机——在家庭生活中，萧军强势的英雄色彩和理直气壮的精神出轨，让渴望珍视和尊重的萧红感到巨大的孤独和痛苦：“我不知道你们男子为什么那么大的脾气，为什么要拿自己的妻子做出气包，为什么要对自己的妻子不忠实！”而对萧军来说，萧红性格上的细腻多愁和敏感却也让他感到快要窒息，只能对着朋友呐喊：“我爱她！但她不是妻子，尤其不是我的！”林黛玉式的多情多病情调，对以强者和英雄自居的萧军来说无宁是尴尬和避之唯恐不及的，终于他们不得不走上分手一途。

然而从未被注意的是，在萧军难以消受这种缠绵的同时，萧红的痛心和失望，却是不成比例地巨大。一路孤寂走来的萧红，是以一颗饱受伤害的心灵渴望对方的温柔和尊重。但在这个她终于建立的新家庭中，萧红发现自己竟无法从患难与共的革命伴侣身上，得到她需要的体贴和忠诚。在散文《失眠之夜》，叙事从战争对女性的无视开始切入，深切地思索起“国家”对女性的真实意义，而到了新诗《苦杯》，叙事则是沉痛地控诉：“我幼时有个暴虐的父亲/他和我的父亲一样了/父亲是我的敌人/而他不是/我又怎样来对待他呢/他说他是同我一战线上的伙伴。”对于萧红而言，幼年冰冷无情的父权世界，在新阵营中以一种和缓但不容置疑的方式复活了，而这次的施暴者是自己最亲密的战友兼伴侣。要在这一层意义上思索，才能知道她的呐喊有多么锥心，诗中所呈现的不单只是她失恋的苦楚，而是她作为思想解放的新女性，对于新阵营中“其实并未更新”的性别压迫的直陈与抗议。

更孤绝的是，当两萧感情出现冲突矛盾，阵营中愿意支持她的朋友却是少之又少。正如孟悦、戴锦华在《浮出历史地表》中一针见血的精彩论述：

> 对许多人而言，如果承认“两萧”的家庭与《玩偶之家》有相似处，势必会打乱意识形态的内在宁静，因为娜拉所受到的性别压迫，在新的、左翼文化阵营中，按理说是不应存在的。人们甚至甘愿对这一压迫视而不见。

生存危机中的群体需要的不是怀疑，而仅仅是信念和意志。萧红这份唯有一心追求自由的女性才感受得到的精神痛苦，在这悲壮大时代注定得不到位置。抗战爆发后不久，萧红就作出众人不解的勇敢抉择：她选择和萧军离异，脱离了主导文化圈。之后更不顾丁玲的劝阻，随著端木蕻良一路南下。

直到她一九四二年以三十二芳龄死在烽火连天的香港，她都自觉地以一种孤绝的姿态，游走在左翼男性阵营的边缘。

这种郁闷孤寂的处境，虽然让这个一心追求自由的新女性饱受折磨，但也让她能在主导意识形态阵营外，展现出惊人洞察力和艺术构思。事实上，正是那种作为从属物的屈辱女性处境，使萧红对中国历史的过去、现在、未来有著一份并不像男性友人们那样乐观的、因而也更清醒的判断。尤其在外族入侵、全国掀起抗日热潮的大时代面前，历史的惰性从人们的眼睛中消失了，但并未在萧红的生活现实中消失。于是，在她的小说中，我们可以看见《生死场》中以女性身体（而不是种族身份）所承受的种种生理屈辱；可以看见《桥》中对于奶娘劳动力的剥削；可以从《牛车上》看见乡村女性所呈现的战争视角；甚至还可以在《小城三月》中看到“翠姨”这个凄美闺秀的遇害全记录。和其他同时代的女作家相比，萧红的性别关照更加赤裸和粗野，她不只是从父权象征体制的批判出发，同时也从女性原始的身体经验出发。故而她能描写如动物本能般的做爱，能够描写向来被定位为污秽不洁的妊娠和临盆。也许是深刻体认到女性现实层面的种种困境，她的小说人物，在“翠姨”这个典型闺秀形象外，又多出了如“芹”、“金枝”、“月英”等被丑恶地呈现的女性身体。

而在民族主义高涨的左翼阵营，她笔下的女性生育，往往被再现为一种纯粹而徒劳的肉体苦难，新生命总是轻率地死去。显然对于萧红而言，生理女性的身分，让她对创造新生命的态度，并不如民族神话所宣扬的正面且乐观，而是有更为切身且细致的思考过程。

本书选取的篇章，即试图在民族主义大旗之外，呈现出一个女性视角的萧红。以左翼进步阵营内的“爱国女作家”在文坛上扬名，萧红后期的生命困境也来自于此。出于同样的情感因素，左翼阵营不愿细思两萧从相爱到离异的内在矛盾，同样也往往无视她许多篇章中展现的性别反思。而她许多展现性别关照的乍现灵光，也往往在巨大国族的刺眼光芒下被掩盖掉。事实上，比起奋勇浴血杀日本鬼子的王婆，《生死场》中被中国同胞强暴的金枝，就是个很少被爱国评论者提到的尴尬角色，尽管金枝在整篇小说中占了非常醒目的重要位置。而萧红除了在《给流亡异地的东北同胞书》中有“东北流亡同胞，为了失去的土地上的大豆、高粱，努力吧！”这类鼓舞人心的公开呼吁外，她其实也有“家乡这个观念，在我本不甚切的……那块土地在没有成为日本的之前，‘家’在我就等于没有了……”诸如此类的内心惆怅和彷徨。这种作为一个女作家（而不是一个爱国作家）的萧红，是很少被承认被看见的，但却是本书择选篇章的依据。

由于篇幅所限，本书能选取的篇章不多，尤其长达五万字的《生死场》，本书仅能节选其中几章。有心一窥堂奥的读者，有必要做进一步的延伸阅读。一九九八年由哈尔滨出版社所出版的《萧红全集》（上中下三卷本），是目前可见最完整的萧红创作版本，其中收录的铁峰先生史料考证详实、长达百余页的《萧红生平事迹考》，是本书重要的参考文献。

而从女性角度重读萧红，始见一九八九年孟悦、戴锦华振聋发聩的著作《浮出历史地表》，她们的研究视角和精湛论述，释放了这位早逝才女被禁锢数十年的孤寂灵魂，也是本篇导读最主要的参考引用依据。至于本书的选文和文稿撰写，出自清华大学中文所博士生吕明纯，特此说明。

《萧红散文全编》前言

彭晓丰　刘　云

现代作家中，萧红是很有些神奇色彩的一位。她像流星般倏忽划过，在文坛上活跃的时间不足七年。然而，她的两部代表作分别由鲁迅和茅盾作序，对那代人来讲，这可是个不小的殊荣。文人自古相轻，现代文学中同样是笔战频频，萧红身为圈子中人，想来难免有些磕磕绊绊，可竟然没有得罪过谁，不管同性还是异性的作家，回忆起她来都少微词。再说那个年月还有分明的文学营垒，左中右相互间都不那么宽容，萧红身在左翼，竟也没有扯进那些交锋中去。一九四二年她在香港去世。延安和重庆都开了悼念会，在当时，这也算是罕见的吧。所有这些，加上她那些曲折的生活经历，萧红是理应引起后人的阅读兴趣的。

《萧红散文全编》，彭晓丰、刘云选编，浙江文艺出版社1994年5月版，32开，593页，收萧红散文82篇及彭晓丰、刘云《前言》1篇。

不过，阅读萧红的目光总让人感到有些不够公平。据聂绀弩回忆说，在萧红创作之初，包括鲁迅在内的不少文坛名宿都认为，以萧红的才秉个性看，她在散文创作上当最有前途。鲁迅说她"叙事和写景，胜于人物的描写"，胡风说她结构意识与性格描写稍嫌欠缺，好像都有这层意思在。尽管萧红本人对这类意见不太服气，这总是当时文坛上的某种共识吧。可今天的读书界好像不太在乎当时人们的这些意见，提到萧红，总是讲她的小说如何，甚至她后期一部在文体归属上大可商量的重要作品《呼兰河传》，也一定要拉进小说家族才行。这里的原因比较复杂，简单地讲，小说较多得自观察，更易寄托作者对外部世界的认识与分析；散文则更多涉及创作主体的情感体验，和个人的生活际遇有更多的瓜葛。三十年代特定的历史背景使题材对作品的成败有着重要的作用，而由此沿习的批判模式也不断强化着这样一种认知方式，萧红的小说因此而备受重视。人们在这里急于得到的是外部世界的真实反映及作者对之作出的价值判断，而作者的情感经历、个性气质、审美趣味之类则在其次，萧红的散文也许因此而被冷落了吧。

但这还仅仅是一种表象。数年前一位批评家写过一篇很出色的分析萧红创作的论文。在篇首她曾经大发感慨，认为萧红长时间吸引着读者深情的关注，"似乎主要不是由于她的文字魅力，而是由于她富于魅力的性情和更富于魅力的个人经历——尤其是情感经历"。(赵园《论小说十家》)这段话道出了一种更为真实的阅读期待，尤其对今天的年轻读者而言，作品中反映的历史真实远不如浸润在作品中主体的思想，情感和其他个人因素更引发兴趣。我在上课时就遇到过这种情况。一位同学在课间跑上台来，希望我少分析些有关《生死场》的背景和主题，多介绍一下萧红的生平。我理解他的这个要求，可当我问他是否读过萧红的散文时，他却无言以对了。

重视萧红的散文，并非因为在萧红研究中小说与散文的比重悬殊而想挑起什么事端，而是以为这是理解萧红的一条更为合理的路子，既然人们对萧红的兴趣多在于"主体"而非"文体"，散文理当占据一个重要的位置，何况以萧红的性格禀赋看，她更关心的显然是自己的内心。外部世界曾经数度令她神往，并且牵引过她手中那支勤奋的笔，却最终没有成为她心目中的"终极关怀"，这些是不难从她的生平和创作中加以论证的。

萧红出生在黑龙江省呼兰小城的一户张姓地主家庭，但这个背景也许

完全是虚假的。据萧军1979年的回忆,张廷举并非萧红的生父,他先与萧红的母亲姜氏有染,继而与姜合谋害死其夫,姜氏是带着孩子嫁到张家的,萧军提出的证据一是他1937年出版的小说《涓涓》,其情节素材来自萧红,书中地主的原型就是张廷举,他对萧红曾有过近于兽类的乱伦企图;二是萧红胞弟张秀珂在1936年对萧军的几次谈话。这段史实由于查证困难,好像没有引起研究界更多的注意,如今当事人都已故去,怕是更难证实了。但有一点是明确的,这个堪称是钟鸣鼎食的大户人家,几乎没有给予萧红起码的温爱,"幼年时期她的生活是黯淡的、孤零的、无助的,在精神上不被理解的。既无母爱,也无父爱,几乎等于生活在瑟瑟秋风的荒原上或沙漠中一株荏弱的小树!"(萧军《萧红书简辑存注释录》)在整个童年和少年生涯中,萧红唯一的情感慰藉来自她的祖父,这位六七十岁的老人除了善良和蔼外,似乎无力给予萧红更多的爱抚和保护,但在那个自然气候和情感氛围同样寒冷的环境里,萧红却把这唯一的安慰视作是自己生命的给养,稀少方知珍贵,在祖父身上,萧红认定了自己的宿命,并将之定为自己生命航行中的坐标。这就是她在一篇散文中说的:

……从祖父那里,知道了人生除掉了冰冷和憎恶而外,还有温暖和爱。所以我就向这"温暖"和"爱"的方面,怀着永久的憧憬和追求。

她的一生都为了这憧憬与追求而存在,她的创作也是这一生命主旋律的各种变奏,其中散文则更应和着主旋律的节拍。

和小说相比,萧红写散文的时间要集中得多。她散文创作的第一个高峰是在1935年。这时她与萧军抵达上海不久,摆脱梦魇的欣慰伴随着事业上的成功,使她过上了一生中少有的一段幸福安宁的日子。《生死场》已经写好了,在鲁迅的帮助下即将出版,手上总要再写些什么,萧红的目光投射到了自己身上,像一个战间小憩的斗士在舔润自己的伤口一般。这之前短短的五六年时间,对萧红而言真够得上惊心动魄。十八岁时,祖父撒手人间,萧红与家庭间唯一的情感纽带断裂了。她更加厌恶家庭,也厌恶家里为她包办的婚事,为此她曾逃往北京与情人陆振舜同居,但为时不长,陆振舜就迫于家庭压力,临阵妥协。萧红被迫返回家中,被伯父"软禁"在乡下。后来,萧红再度出走，在饥寒交加中为未婚夫王恩甲所乘，几乎留下终生之憾。这一连串的人生苦水，加诸一个二十岁左右的女孩子，几乎注定是灭顶之灾了，可萧红居然挺了过来，没有沉沦，也没有堕落，直到1932年8月哈尔滨大水引出的那场“伟大的见面”，她的人生才得以翻开新的一页。

换一个作家，比如郁达夫，上面这段经历一定会是他创作的绝好素材了，即以萧红论，她的细腻和缠绵去处理这些时过境迁的痛苦，也会感人至深而不失自得的奢侈吧？奇怪的是，萧红把这一段轻易地略去了，也许在她看来，以一种轻松的心境去玩味痛苦，近乎对自己情感的亵渎；也许是她不愿让往日巨大的阴影继续盘踞在她生活的领空。总之，这个满怀着追求与憧憬的姑娘第一次认真地返视自己时，她撷取了生活中最诗情画意的篇章。

《商市街》记载的是两萧结合之初在哈尔滨度过的那段日子，钟情男女的浪漫今天看来已近于残酷了。萧军刚把萧红从东兴顺旅馆救出时，简直一文不名，是用刀子逼着医生为萧红治病的。萧红当然更惨，拖着即将临盆的身子，甚至没有一双合脚的鞋穿。萧军为了这番骑士之举还丢了饭碗，两人经常一天吃不到顿稀粥，这个冬天的蜜月像哈尔滨的冰雪一样严峻。两年后萧红仍能非常准确地找到她对伤病、饥饿、寒冷等等相当精细的感觉，在求生本能的驱使下，他们忍受过太平盛世中难以想象的饥馁与屈辱。《商市街》的前半部分几乎尽是让人心悸的文字。不过萧红显然并不想借此来宣泄自己的痛苦，她更珍惜的是苦中的欢乐，是灰姑娘的童话，这种心情赋予了《商市街》以真正的魅力和情趣。《当铺》里，萧红当掉了她新做的棉袍，拿着一块钱去体味施与者的畅快和爱人饕餮时的满足；《新识》中的剧团活动，青春和友情烘热了那间冰冷的客厅；《几个欢快的日子》在一种恶作剧式的调侃中忘却了世间的困扰；《册子》更是记录了他们两人在第一部作品集《跋涉》问世时的激动与惶恐。在这些散文中，物质生活与精神生活间构成鲜明的反差，但二者又得到了一种微妙的平衡，这中间环节就是萧红执着的爱心，我以为这是萧红散文和萧红人生中最为内在的东西了。

历尽磨难的萧红始终没有失去对幸福的渴望，但幸福来得过于突然，她尚未来得及分析就已陶然其中了，这或许注定了她后来的不幸。1936年，萧军与某女士有了一番感情纠葛，一下把萧红推到了崩溃的边缘。据说她那时天天耽搁在鲁迅家里，“烦闷，失望，哀愁笼罩了她整个的生命力”（许广平语），这场变故不仅导致了萧红只身东渡日本，也促使她重新思考自己的命运。这期间她文章写得不多，独居异国重新振作的企图好像也没能实现，后来就有了鲁迅的去世，这给萧红的打击不比她自己的悲剧来得轻松。爱的失落和恩人的亡故使萧红参悟人生的目光变得深沉而淡泊了。

在萧红的生活中，爱的慰藉主要来自三个人，先是她的祖父，在整个童年和少年的时代里，只有他曾给予萧红的心灵以一份温馨；再是萧军，他以豪侠之举将萧红拯救出火海，并向她施以了真情实感；还有就是鲁迅了，虽然他与萧红接触的时间不长，却在思想上给她以深刻的影响，事业上给她以积极的扶掖，生活上给她以真诚的关怀。萧红的主要散文几乎可以看成是献给他们的。但这几组爱的关系的确并不等值，祖父和鲁迅都是萧红的长辈，他们是以老人的慈祥和宽容对待萧红的。这种隔代的"父爱"自上而下，如雨露般全然是温柔与体贴，而萧军却不同了，他与萧红年龄相当，既是情感上的恋人，又是事业上的同志，可他们之间在爱情是并不平等，萧军曾坦然地说过，"我从来没有把她作为'大人'或'妻子'那样看待和要求的，一直把她作为一个孩子——一个孤苦伶仃，瘦弱多病的孩子来对待的，由于我像对于一个孩子似的对她保护惯了，而我也习惯于以一个'保护者'自居，这使我感到光荣和骄傲"。（《萧红书简辑存注释录》）萧军的这种态度似乎可以理解，但萧红却为此深感困惑。在潜意识里她未始不依恋于这种保护，可理智上却明白，这种不平等正是她受到情感伤害的原因。萧红实在是太过痴情了，她自诩是《红楼梦》里的人，而不愿当《镜花缘》里的人，可惜不是史湘云或尤三姐，女性的缠绵柔弱在她身上的确太多。这里牵涉到萧红散文中扑面而来的拂拂阴柔之气，也牵涉到她性别意识中某种特殊的自觉，很多论者认为萧红是一个女权主义作家，这结论不无道理，却未必道尽真相。在不少篇什里，萧红表示了她对男性世界的厌恶和警惕（如《三个无聊的人》），但在另一些篇什里，她又带着自赏的态度玩味女性特有的娇柔、小心眼和嫉妒心（如《一个南方的姑娘》），这些矛盾的心态，在萧红散文中达到一种少见的平衡。顺此再做稍深些的思考，则会发现萧红对女性命运一种不落窠臼的认识。

中国的女作家在现代妇女解放的道路上一直甘为前驱，"五四"后短短的十几年，她们的作为大有颠覆历史的味道。总起来看，她们的探索大致指向两个方面。一个以冰心为代表，以为女性解放不独要挣脱男权的束缚，尤其要实现女性的天赋,这份造物主赐给女性的职责就是一个爱字。只要懂得爱,施以爱,献给爱,世界就会澄清,人类就会得救,灵魂就会升华,与爱相应,女人应有的是温柔、贤淑、雅静。她们没有必要到理性王国中去与男人分庭抗礼,而应在感情世界里固守自己的爱巢;另一个则以丁玲为代表,她们不满于男性中心意识派定给女人的种种道德义务,不甘于弱者的地位忍受异性的凌辱和剥夺,进而她们向男性社会发起了挑战,竭力张扬自己的雄强与豪放,在她们心目中,女权的确切含义是女人在男性社会中享有男人的一切权利。想想几千年历史给予女人的种种不公,这样的要求更显得有理而且有力。

萧红当然也要面对这双向的选择。对她而言,这种选择与其说是一种理性的权衡,不如说是情感与理智的纠结更为确切。一种不可兼得的惆怅,始终凸现在她的生活上和文字中。从理性上看,她对女性的社会地位有很清醒的认识,在唯一一篇带有理论色彩的散文《女子装饰的心理》中,萧红显示了堪称规范的女权主义立场。但在情感深处,萧红认定自己是个传统的女人,她所能依持的最终不会是刚强与果决,而只能是那颗柔弱的爱心。《同命运的小鱼》、《过夜》这些蕴含着她性灵的散文足以说明这一点。这种自在的矛盾使萧红一直想找到一条取法乎中的路子,既能保持自己的自立自尊,又能不失女性的娇媚与柔情。如果一定要有所偏重,萧红会把砝码加诸后者。这原因可以解释成"集体无意识"对萧红造成的某种限制,我却更愿意相信这是萧红对性别角色差异的一种朦胧而又合理的判断。遗憾的是,萧红的这个理想太过天真,两种难以调和的追求走向造成了萧红身心不断的紧张。她生活中许多令人费解的事情(如与王恩甲的同居),也许在这里可以获得某种解释。再说两萧之间,按萧军的说法,裂痕早已存在,1936年的变故虽然痛苦不堪,原也不失为一次解脱的契机。可萧红终于不能,看过她在东京寄给萧军那四十余封柔情缱绻的信,对此当有更深的体认吧!

1937年,萧红随端木蕻良南行,这个颇遭朋友非议的举动对萧红来说,未始不是相当自觉的选择,她显然希望借此重新找到情感的归宿。可后来的情况并不是那么顺遂,据说她变得日渐消沉,在重庆和香港,她近乎是"蛰居"的,安分地在家中做主妇,搞家政,对衣饰也变得讲究起来。这段生活受到不少自以为了解萧红的人所诟病,直到她孤寂地死后,也还是带着这份隔膜的惋惜去纪念她。

其实,像萧红这种情感类型的人,是难得消沉的,至少在心灵深处她不会,足资为证的就是她后期的散文。这些散文表面上看所涉甚多,其实最主要是那些回忆旧人旧事的文字。和《商市街》相比,这些文章不那么急切,但纸面下仍渗透着一种悲怆,萧红在体会了人生三味之后,似乎并没有旷达起来,现实生活中的空漠无处排遣,她只好在回忆中寄托情思了。这份情思主要系在两处,一是鲁迅,一是故乡。写鲁迅的那组文章1940年辑在一起出了单行本,是很可以当成女儿为父亲做的悼文的,萧红以细腻和真挚现出了一副一般文人笔下少见的鲁迅面影,这已经早有定论了。更耐人寻味的是写故乡的。按理说,故乡在萧红心目中分量不重,除了祖父之外,那里没给她多少值得珍惜的东西。可此时她离家已有十年,岁月多少平复了往日的创痛,而她又恰逢着深深的孤寂,寄居在战火威胁着的南国异乡,在这种情境下,故乡变得亲切而有情趣了。这些记载人事的笔墨,与其说是客观写真,不如说是萧红对自己童心的演绎,尽管在这类文章中不乏对愚弱国民性的鞭笞,但它们整体上是确实是诗意葱茏的。正如茅盾所言:“它是一篇叙事诗,一幅多彩的风土画,一串凄婉的歌谣。”

萧红去得太早,死时才三十一岁。和不少三十年代成名的现代作家相似,她没受过高等教育,小时的文化训练也不严格,以这种资历去写散文,通常就成了某种限制。二十年代,现代散文先于小说诗歌走向成熟。一时大家辈出,这些人大多家学深厚,又游历异国,故而上通魏晋,下和欧美,杂糅古典与西学之经典,出手或泼辣潇洒,或清淡平和,或华丽典雅,如鲁迅、如朱自清、如周作人、如郁达夫,几成后人无以逾越的高峰。但也恰因了这些作家资深学渊,使他们在下笔时有意无意地透着书卷气。相比其他体裁而言,散文显然是现代文学中品位较高的一种。在这样的背景下,萧红的确显得过于素朴和稚拙。她缺少现代散文常见的缜密雍容的笔法,隽永睿智的语言,更没有旁征博引的渊博。如果以二十年代散文的欣赏趣味去读萧红,评价也许是不高的。然而,某种缺陷在相异的情况下就恰恰构成了特色,萧红散文最终能在中国现代散文中占据一席之地,也许就是因为她的稚拙与朴素。读这些散文,通常引发的不是心有灵犀的惊赞和自愧不如的折服,而是一种对人生亲切而又世俗的了解。萧红在她的散文中,从不刻意追求什么,她只是让自己的心声汩汩流出,笔到意出,浑然无饰,这里人格和文字似乎有一种对应关系,萧红是在用她的散文向读者袒露她的思想与情感。我相信,这是认识萧红的最佳途径,和其他风景相比,这里少了些曲水奇石,却更为单纯,更为真切。

关于这本书的编辑需做如下说明。

萧红所著散文计有《商市街》、《萧红散文》,这两个集子中有一部分篇目相同,长篇回忆散文有《回忆鲁迅先生》和《呼兰河传》。另外,《桥》和《牛车上》是两本小说散文合集,其他则散见于各种报刊。本书依内容将其分为五辑,第一辑为两萧结合之初在哈尔滨生活的回忆;第二辑主要与抗日战争有关;第三辑是追忆鲁迅先生的一组文章;第四辑是感怀故家旧人旧事之作;长篇回忆散文《呼兰河传》自成为第五辑。各辑内文章排列次序以初次发表的时间为序,书中收取的散文基本是抒情记事的,另有作者生前公开发表的书信数封。但在萧红故后由亲朋好友整理发表的书信一律未收。萧红在抗战初期曾参加《七月》杂志的编辑工作。发表过一些议论性文字,但多是座谈记录,比较零散,故也没编入书中。

把《呼兰河传》编入散文类可能会使不少读者诧异,大多数评论文章都把这部作品看作小说,但很少陈述理由。其实,早在1946年茅盾先生为此书作序时就认为从严格的文体分类看此书不像小说。准确地讲,《呼兰河传》是一部长篇回忆录,所记多为作者童年生活中的一些真人真事,它缺少小说的基本要素:虚构。书的后半部分有一些小说笔法,但这情况颇似沈从文的《湘西散记》和《湘西》这两篇散文长卷,只能看作一种技术上的变动。1981年,人民文学出版社编辑的《萧红选集》,把文体类型与《呼兰河传》完全相同的作品《家族以外的人》编入散文类,也说明这种回忆录式的文字划入散文更妥。

萧红有一些散文改名后重新发表,如《蹲在洋车上》后改名为《皮球》、《小六》后改名为《搬家》、《过夜》后改名为《黑夜》、《放火者》后改名为《轰炸前后》等,为避免重复,目录上以首次发表的篇名为据,改名情况在篇末说明。另外,文章的出处,发表时间,收入集子的情况,也一并在篇末标出。

本书编辑过程中得到浙江文艺出版社的热情帮助,浙江图书馆唐敏小姐为查找资料提供了方便,在此特致谢忱。

1992年7月

《萧红小说全编》前言

刘 云

萧红从1933年与萧军合出小说集《跋涉》到1942年她独自寂寞地安息在香港浅水湾，整个的创作生涯满打满算也不足九年。这期间她写得最多最勤的当属小说，她以小说步入文坛，也以小说蜚声文坛，谢世时留下的未竟之作《马伯乐》也是小说，也可以说是以小说告别了文坛，把她的全部小说编成一集，庶几可作为对她告慰的纪念。

一

萧红是个不幸的人，二十出头已经备尝人生的辛酸，“九一八”之后的东北，更加于她一种阴暗悲惨的背景，这使得她在创作伊始，就格

《萧红小说全编》，刘云选编，浙江文艺出版社1995年12月版，32开，713页。收萧红小说39篇，刘云《前言》及附录《红玻璃的故事》2篇。

外关注于人间的苦难。这种内心体验与民族灾难的特定交织，使萧红的小说一问世即带着鲜明的时代印记，她写农民，那些她熟悉的“满洲国”统治下的农民。他们“蚊子似的生活着，糊糊涂涂地生殖，乱七八糟地死亡，用自己的血汗自己的生命肥沃了大地，种出食粮，养出畜类，勤勤苦苦地蠕动在自然的暴君和两只脚步的暴君下面”①。这些啼饥号寒、抛妻别子的惨剧尽管屡见于当时的各类作品，萧红却仍能让它们表现得触目惊心。不过，萧红并不甘于展览苦难，她自觉地承诺着那个时代对文学的要求，写出了农民不甘驯服的反抗，写他们对“生的坚强”和“死的挣扎”。相比之下，这些人物比那些悲惨的受难者更多了人性深度与性格魅力。比如《看风筝》中的刘成，《生死场》中的王婆等等，对苦难与抗争这一主题的揭示，使萧红的小说全面迎合了当时特定的阅读期待，批评界也在这一点上获得了少有的共识，萧红也因此一举成名。但这一事实却有意无意地缩减了萧红小说更深的蕴含，使她对农民的苦难与抗争相关的另一层文化心理的思索与剖析或多或少被忽略了。

三十年代，社会历史的急剧变动转移了文学的主导倾向，但这一转变在呼应现实的同时，也显示出它的仓促，在尚未完成“五四”时期提出的文学启蒙这一基本任务的情况下，大多数作家更多地关注起农民现实生活的苦难以及他们在这种苦难的压迫下的觉醒和反抗，由鲁迅等人提出的改造国民性的思想几乎在这里出现了中断。尤其是对中国农民的精神痼疾的广泛揭示与纵深挖掘上，明显弱于对他们饱受欺凌的生存困境的描绘。这种情况使得这一时期的文学在以人物的悲惨命运激起读者的义愤和同情的同时，也把其批判的锋芒从农民自身的弱点上滑离开去，更多地指向了外部环境。

萧红在这种潮流面前保持着她的清醒，或者说，她在顺应这一潮流时流露出了自己执着的困惑。深受五四新文化濡染的萧红是信奉个性主义与人道主义的，这从她创作前的生涯中即可看出，故而她对农民的态度是双重的，一方面她深深地同情他们的苦难，并直接描写他们的抗争，但她对农民的精神素质却有着无法释怀的疑惑，这种疑惑在赵三、二里半，甚至抗日英雄李青山身上，都顽强地表现着。

① 胡风：《生死场·读后记》。

正像有的论者曾经指出的那样:"在一个'群体'尚没有充分个体化,并由这些具有人格力量的个体按特定目的,宗旨或社会理想组织起来的时候,它还没有走出民俗社会的传统惰力,还是混沌一片的模糊体……在没有充分的个性意识诞生、发展之前,我们很难相信他们作为民族的脊梁从这片沉寂千载的古老大地上站立起来,进行一场神圣的民族解放运动。因为他们在传统文明的樊篱中,没有实现个人的自我解放,他们身上潜在的陋习将葬送任何一种社会解放运动。"①难说萧红也有如此明确的理性判断,可在她的意识深处,却分明包含着这样的焦虑:成业对金枝那种毫无人性的占有,金枝受辱后那些缝穷妇女的淡漠(《生死场》);五云嫂对丈夫拒绝充当炮灰的怨怼(《牛车上》);陈公公为儿子没去当义勇军而是给日本人修铁路所产生的庆幸(《旷野的呼喊》);这一切都引发出这样的深思。这些愚昧而麻木的灵魂彼此深深地隔膜着,只是在生存将被剥夺殆尽时,本能才促使他们作出反应。尽管呼号替代了沉默,野蛮置换了驯良,但他们能否真正驾驭自己的命运却仍然令人怀疑,这些片断尤其使我们想到了鲁迅关于"想做奴隶而不得"这句名言。萧红继承着鲁迅的思维,她丝毫没有忽略这些阿Q的传人们身上厚积的革命与反抗的潜质,但对于他们斗争的前景却没有任何廉价的乐观,甚至在民族战争这样严峻的背景下依然如此。《生死场》中有一段令人惊异的叙述:金枝在乡村饱受屈辱,为了活命她不得不出卖自己,并把换到的钱带回乡下。接下来是两个场面,先写金枝的母亲拿着女儿的卖身所得,"快乐的有点不能自制"地催她早些回城去赚这份大钱;再写金枝从王婆口中得知日本人在村里捉大肚子女人,将她们剖腹去恐吓义勇军,为此李青山砍下了两个日本人的头颅挂在村头的大树上。对此,金枝说:

"从前恨男人,现在恨小日本子。"最后她转到伤心的路上去:"我恨中国人呢,除外我什么也不恨。"

这段描写,加上最后在描述过农民起义后又增加的金枝遁走尼姑庵的描写,和小说中凸现的苦难与反抗的主题看似有所游离。为此萧红受到了时

① 皇甫晓涛:《群体·个体与集体》,《学术月刊》1991年5月号。

人与后人的不少诟病,包括胡风、葛浩文这些有识见的论者。现在看来,《生死场》却恰恰因了这层含义,才获得了超越历史的深刻性。与同被列入“奴隶丛书”的《八月的乡村》和《丰收》相比,《生死场》之所以更经得起阅读,并不在于萧红比萧军和叶紫更善于表现苦难与反抗,而在于她对中国农民更为准确的艺术把握。在三十年代这样的背景下,做到这一点是殊为可贵的。

二

从艺术个性上看,萧红的观察能力远逊于她对事物的体验,外部世界尽管不断牵动着她的视线,她却仍惦记着怎么样更好地返顾内心。这使她的小说中有不少或隐或显直接间接地透视心曲的篇章。在三十年代整个文坛偏于表现外部世界,讴歌集体英雄背景下,萧红的这种倾向同样显得独特。

在诸多的人生体验中,萧红感受最深体会最切的,当是她作为女人的那份经验,这一性别角色几乎规约、困扰和影响了萧红的全部生活。她出生在一个固守男性中心意识的地主家庭,由于无权承继张家的事业,她从小就没有得到应得的母爱与父爱,天性敏锐的萧红在近于无爱的环境里默默地体会着性别带给她的这份冷落,后来,她大胆出走,满心渴望得到真正的抚爱与亲情,却接连陷于情感的失落。来自男性世界的伤害不断地加之于这位柔弱而又纯情的少女身上,进而使她对生命本身有一种摆脱不了的迷失与惆怅。在她的意识深处,分明可以感觉到一种对女性命运的无可奈何的哀叹。这种无告之痛演化成了她笔下各式各样的女性形象,同时也赋予她们以相似的精神特征和生活形态:她们的生活都是不幸的,她们都备受男性的欺凌与侮辱,她们都是孱弱无力的被动者;《生死场》中的金枝,是一个多少寄托了作者人生经验的形象,她纯情、美丽,以情窦初开的少女所独具的羞涩与真诚,憧憬着成业的到来,可成业却像一头发情的公牛,“姑娘仍和小鸡一样,被野兽压在那里”,一俟金枝成了他的妻子,就更沦为服侍他生活并供他泄欲的工具。近乎此类的描写还有《生死场》中的月英,在她们身上,压迫并不主要地被表现为异族侵略势力和剥削者的凶残,而是来自另一性别的残忍与粗暴,女性作为人的价值被蛮横地践踏着,和同为被剥削的男性形象相

比，她们的苦难要深重得多。

在另一篇短小而精致的作品《访问》中，萧红同样展示了她对女性形象把握的特定视角。小说的主人公是一个十月革命流落异国的白俄贵族少妇，作为没落阶级的代表，她仍怀念昔日珠光宝气的奢华生活，可时代却把她抛到了生计无着的尴尬窘境。这原本是一个形成批判主题的好素材，但萧红却分明将之处理成了一曲挽歌，对女性悲剧命运的强烈关注与同情，超过了萧红创作中并不缺少的阶级意识，这也许尤应引起今天阅读萧红时的注意。

萧红对女性命运的深切同情包含着它的反题，即女性应该获得人格的平等与人性的尊严。在继承着五四传统的道路上，萧红以自己的生活和作品追求与呼唤着妇女解放与女性自觉。然而，在如何实现这一目的的途径上，或者在女性解放所需择取的方式上，萧红又一次显示出了她迥异于人的个性，五四之后在文学上最能显示出女性自觉这一时代趋势的，当是茅盾、丁玲等人笔下的“时代女性”的出现。在性格上，这些女性都具备了“雄强”、“豪爽”、“决绝”这样一些阳刚味十足的东西，即以一种角色置换作为她们解放自身的前提。“男性化”成了她们确立自我的基本尺度，男人的行为和言论成了她们的楷模。为了在向男人寻求认同的过程中求证自身的价值，她们有意无意地忽略甚至否认两性的社会差异，把自身的性别意识埋没于貌似公允的“人”的概念之中。尽管这一现象可能是女性解放进程中的必不可少的一步，萧红却没有让自己陷于盲从。一种执拗的审美心理和作为女性的自我塑造意识，使萧红思考着一种更符合女性心理特点的确立自身的方式。在萧红看来，女性作为一个健全的社会存在，不仅仅在于她是一个自由的“人”，尤其在于她是一个自由的“女人”。

萧红笔下绝少出现那种性格雄强的女性，即使她们作为觉醒者，其性格的基本因素也仍然是温柔贤淑，孱弱缠绵的。人们可以指责这种性格是男性中心社会强加于女性的，但萧红似乎更多是从审美角度去理解和把握它。人们可以说这种性格不够现代，不够健全，但却很难否认其表现出的美的魅力。《小城三月》中的翠姨是一个典型的例子。人们习惯于从时空背景的角度，把她理解成一个只有思想却怯于行动的弱者，但萧红并未否认她的觉醒与反抗，只是没有将这种反抗加上一层猛男的外衣。在翠姨的生存方式及作者对她的情感态度里，我们分明可以感觉到萧红本人对女性形象的某些理解。这一点从萧红本人的经历中也可以得到有力的佐证。她的一生屡遭男性的伤害,这使她在思想上对男权社会有一种深深的痛恨与厌恶,可在实际生活中,她却始终对男性表现出软弱与忍从。这里包含着萧红人格上令人费解的巨大矛盾,这与萧红对女性形象的理解有关。遗憾的是,在那个时代里萧红不可能清晰地分析并解决这一矛盾,翠姨终于悲惨地故去了,萧红自己也没能逃过去这一劫数。

与这一主题相关,萧红小说中还有一组特别引人注目的作品,如《山下》、《孩子的讲演》、《莲花池》等,它们或以儿童的眼光观察世界,或直接表现儿童的生活。写这些作品时,萧红正住在陪都的北碚,短暂的平静却并不意味着幸福,在世事的纷扰与人际的倾轧中,萧红真正疲倦了,这使她格外珍爱一种至真至纯的境界,这就是童真、童心与童趣,相比之下,成人世界则充满了污浊与恶俗。在《山下》和《孩子的讲演》里,萧红将她对少年早熟的恐惧表现得十分耐人寻味,在她心目中,童年也许是唯一能使她的灵魂慰藉的一片净土了。

三

萧红被公认为鲁迅的私淑弟子,在萧红心目中,鲁迅既是一位慈父,也是一位导师。在当时鲁迅周围的青年作家中,深得鲁迅思想精髓的作家恐怕不多,而萧红当是这少数人之一。从上述有关农民题材的处理上看,萧红显然是继承着鲁迅的思想趋向的。到了抗战初期,萧红有意将这一题材拓展,于是陆续有《逃难》、《马伯乐》的问世。这组作品篇目不多,但篇幅却不短。萧红的目光突然移至过去她绝少关注的知识分子的灰色人生上去,让人稍感有些突兀。这个卑琐凡俗的世界与萧红那种近于稚嫩单纯的精神领域和行为方式似乎反差过大。萧红自己不会意识不到,但她终是勉力而为,可见是刻意之作,把它看成是萧红决意发扬鲁迅发掘批判国民性的思想的产物,应该是最公允的解释。

这组小说中引人注目之处是作家为她的主人公赋予了一致的贯穿动作:逃遁。从《逃难》中的何南生起,作者对这一动作即有了坚执的关注,其中的基本情节在《马伯乐》中几乎是毫无割舍地复述了一次。初看上去,这

类人物令人想起叶绍钧笔下的潘先生。但叶绍钧是把逃难作为表现人物性格的契机，而萧红则是把逃遁作为人物的中心性格，这并非一个微不足道的变化，从中体现着萧红对知识分子精神痼疾的独到洞见。马伯乐有一句人生格言：凡事都要留个退路。他从家中逃到社会，从青岛逃到上海，从上海逃到武汉，再从武汉逃至重庆（这段尚没来得及写），逃遁不是被表现为外部环境下的迫不得已，而是主人公生活内容中的一种乐趣。他对生活缺少真挚，缺乏热情，尚没有进攻就想到退却，尚没有投入就想到逃逸，这种毫无刚性，明哲保身的人格曾被鲁迅所痛斥过，并以为是国民性中的一疾。与麻木和愚昧相比，这是一种与知识者更多沾滞的毛病，是一种消极怯懦的人生哲学。它与中国的释道传统显然有一种渊源关系。萧红在对这一精神现象的把握上虽然谈不到深入，可作为对她小说题材与主题的一种丰富，她的这些小说也是应该珍视的。

四

最后谈谈萧红小说的文体问题。萧红小说问世之初就给三十年代已具雏形的中国现代小说模式以有力的冲击，但这一特点在长时间里并未被人看好。萧红曾对此颇感不平地说："有一种小说学，小说有一定的写法，一定要具备某几种东西，一定写得像巴尔扎克或契诃甫的作品那样。我不相信这一套，有各式各样的作者，有各式各样的小说。"① 后人把萧红小说这种独异性概括为散文化，抒情诗化，绘画化。尽管意思是褒扬的，但却使人觉得萧红小说在文体上过于混乱。其实，萧红只是不满于小说既成的那些规矩，并不曾想僭越文体的界限，因此问题仍应扯回小说内部来考虑为好。

小说就文体功能来看，主要用作叙事，因而结构与人物通常成为其最基本的要素。在一般意义上看，萧红不仅谙熟这一文体规范，而且也驾驭得圆熟完美，常被人称道的《手》和不常被人称道的《桥》都可资证。这些小说的叙述，紧紧围绕着人物展开，生活过程的长度恰到好处，情节起伏的关节活脱自然，首尾呼应，性格凸现，是完全可以放进中学生课本中的那种精致规

① 聂绀弩：《〈萧红选集〉序》，人民文学出版社1981年版。

范的文本。可是，综观萧红的小说，这样的作品毕竟很少。她并非不能这样写，而是不愿或不屑这样写。在既成的小说规范面前，萧红表示出一种斜枝旁逸的意趣，不管她是否获得了人们认可的那种成功，其努力都应被珍视的。

萧红小说的一个鲜明特点是不过分关注事件的展开，特别是逻辑层面上的因果关系、来龙去脉之类，很少能在其小说叙述中成为一种动力，取而代之的是具体的生活场景的描画。问题在于，这种情节的淡化并不是由于作者对生活现象的原因与结果不善把握与推导，而是由于萧红感受生活的一种特定方式所致。在萧红看来，生活首先是直观的，人们切身感受到的是散乱无章的生活现象，这些现象间彼此的内在联系却并非感受所得，而是人们经由细致的分析才能够把握，借助于分析而得到的生活的因果关系，实际上是作家将生活纳入特定的理性框架之后的产物。当每一个具体的生活现象进入彼此纠葛的因果关系中时，其自身特具的感性内容通常会在这种关系中受到剥蚀。小说过分重视事件发展的逻辑层面，一定要以此作为代价，这是萧红难以接受的。最基本的生活方式，最深刻的人性内容，最具普遍性的意识状态，通常却恰恰包含在那些具体的生活场景里。正因此，萧红在小说中一向把场景放在情节之前给予优先的考虑。《生死场》、《牛车上》、《小城三月》、《后花园》等皆有这一特点，扑面而来的一幅幅生活画面，它们彼此间并不需要铺设过多的因果纽带，却同样带给人以情绪上的震撼。需要说明的是，萧红小说的这种结构特点，并不是建筑在她的情感波动之上，她并不像郁达夫那样为抒情所累而无暇顾及情节的进展。抒情不足以说明萧红对小说结构的认识，这里的动机与效果之间是一种更为自觉的美学追求，尽管在表现上显得那样浑成天然。同样，萧红小说对具体生活场景的偏重，也不是为了增加作品的民俗趣味和地方色彩，为后人提供一些发微掘幽的契机，乃是为了从中写出整个民族最基本的生存状态和生存方式，这里分明包含着萧红不凡的创作用心。

情节的淡化使萧红小说在叙述上呈明显的跳跃性，一向被视为必要的铺垫、伏笔、照应之类笔墨，萧红轻而易举地舍弃了。由于叙述密度被稀释，使萧红小说产生画面组接式的效果，而画面间连缀的松散，又模糊了人物性格演变的轨迹，故而包括鲁迅在内的不少论者，都认为萧红不擅长写人。但细细想来,这其实是萧红对小说文体认识导致的必然结果。萧红确实不太善于剥笋般地剖析细密繁复的人物心理过程,那种戏剧化的性格突转也提不起她的兴致,可她却极善于把人物放入特定的场景之中,这时的场景,并非像一般小说那样仅仅成为展示性格的“典型环境”,而是把人物融入自身,二者成为不可分割的整体共同点化主题。这是惊心动魄的仍旧不是性格本身所具的精神力量与个性魅力,而是一种弥漫在通篇文字中的生存方式与生活氛围,在这个意义上,萧红同样写活了她的人物。

五

关于这本书的编辑,有如下情况需作说明:

萧红的小说与散文在文体界限上一向不够严格,这显然与她长于抒情的艺术个性有关,但为本书的选目带来了困难,一些结构十分讲究,注重塑造人物的作品如《桥》、《手》、《马伯乐》等划归小说当然较为容易,但一些情绪性较强,情节淡化的如《叶子》、《清晨的马路上》等,似与散文无甚大异,这种情况只好依过去的约定而定。另外《呼兰河传》一向被视为萧红小说的一个高峰,但此文大抵是对童年故乡的真实回忆,通篇绝少虚构,而全书的大部分在笔法和结构上也类似散文,因此,我们将之归入了散文卷而未收入本卷。

本书的编排以发表时间的先后为序,在每篇小说的末尾注明该文最早发表的日期与书刊。萧红生前出版的小说计有单行本《生死场》(1933年上海容光书局初版),《马伯乐》(1941年1月重庆大时代书局初版),此外有她与萧军合著的小说散文集《跋涉》(1933年10月哈尔滨五日印刷社初版),小说散文集《桥》(1936年11月上海文化生活出版社初版),小说集《牛车上》(1937年5月上海文化生活出版社初版),《旷野的呼喊》(1940年3月上海杂志公司初版)等。凡收入集中的作品,也在文末加以说明。

根据梅林先生的《忆萧红》一文,萧红曾在1934年的《青岛晨报》上发表小说《进城》。这篇小说究竟存在与否一直未有确证,编者曾为此多方访求请教,但均没有找到线索。

萧红死前在病榻上向照顾她的朋友骆宾基口授了一部小说情节,死后由骆宾基凭印象撰成小说《红玻璃的故事》。由于此文并非萧红执笔，很难算是她的小说，仅作为附录置于集末，以供参考。

本书编辑过程中得到李庆西先生的多方帮助，在此谨致谢忱。

1992年10月

萧红其人其文

陈宝珍

走六小时寂寞的长途，
到你头边放一束红山茶，
我等待着，长夜漫漫，
你却卧听着海涛闲话。

这是诗人戴望舒在一九四四年十一月所作的一首口占诗，诗中的“你”，就是中国现代著名女作家萧红。

萧红在一九四二年一月廿二日病逝香港，廿四日遗体火化，廿五日黄昏时分葬于浅水湾丽都花园附近。当时墓上只有黄土一堆，圈一圈石头，中间插着一块写着“萧红之墓”的木牌。

一九五七年，萧红遗骨移葬广州市郊沙河银河公墓。

本文为台湾版《中国文学精读:萧红》导读。

《中国文学精读:萧红》，萧红作品选集，陈宝珍选编，台北书林文史丛书出版社1996年7月版，32开，179页，插图5幅。收萧红作品21篇，陈宝珍《萧红其人其文》(导读)1篇。

（一）人生还有温暖和爱

萧红，原名张廼莹，一九一一年六月二日诞生于黑龙江省呼兰县城一个地主家庭。在她的记忆中，"父亲常常为着贪婪而失掉人性"①，母亲在她九岁时去世，但在生时也是"恶言恶色"的，就连祖母，也并不慈爱可亲。幸而萧红还有一位爱小孩、好脾气的祖父，她长大后曾在文章中说："……从祖父那里，知道了人生除掉了冰冷和憎恶外，还有温暖和爱。"②祖父既是她的玩伴，也是她的启蒙塾师——他曾教萧红念千家诗，培养她对文学的兴趣和感情。此外，家乡呼兰给予萧红的印象是落后的，但却成为她日后创作的泉源。

萧红在家乡完成小学课程。一九二七年，十六岁，考入哈尔滨东北特别市第一女子中学，在校内寄宿。由于成绩很好，成为校内的名学生。她也受到新思想浪潮的冲击，并曾于二八年底，参与学生运动，反对日本侵占东北领土，并和同学一起组成野外写生会。她也喜欢历史，历史老师在授课之余，还给她们介绍新文学作品，使她对文学的兴趣日渐浓厚。

（二）从温室走进漫天风雨中

一九二九年夏天，萧红的祖父病故。萧红为追求自由生活，曾跟随男友到过北京，入女师大附属中学读书，后来几经波折，终于在一九三二年夏天，独自困居在松花江岸边东兴顺旅馆的小房间里。当时，萧红怀了身孕，又遭受失恋打击，并且欠下好几百元的房租饭钱；实在无法可想了，只好致函《国际协报》求助，因此得以逃出旅馆，也因此结识萧军③。后来她在医院诞下婴儿，却因无力抚养，只好将亲生骨肉送给别人。不久，她和萧军先后在欧罗巴

① 引文见《永久的憧憬和追求》，萧红父亲名张廷举，字选三，生于1888年，在当时黑龙江省教育界甚有地位。

② 引文见《永久的憧憬和追求》，萧红祖父名张维桢，生于1849年，1929年病故。

③ 萧军（1907～1988）：原名刘鸿霖，辽宁义县人，著名东北作家，笔名除萧军外，尚有田军、三郎等，著作甚丰。

旅馆和商市街的小房子里，展开另一段新生活。

他们的生活十分拮据，萧军靠当家庭教师维持两人的生活；萧红健康不佳，却仍要负担繁重的家务。不过，生活中也有值得高兴的事情。他们结识了一群文化界朋友，活跃于他们共同组织的画会和星星剧团。一九三三年八月，他们更出版了创作合集——《跋涉》[①]，正式步上文坛。书收录的作品绝对称不上成熟，却已经表现了写作的潜质。就在他们的生活日渐改善之际，政治阴云蓦地移向他们。东北三省在九一八事变以后已沦于日军之手，这时政治气氛更日渐恶劣。《跋涉》出版不久，即被查禁，他们剧团中一位朋友更被捕受刑。在这种局势之下，他们只好逃离哈尔滨，转到青岛去。

（三）女作家中最有希望的一位

萧红和萧军在一九三四年夏天到达青岛，但青岛的政治气氛同样紧张，于是在十月底至十一月初的某天，他们乘船抵达上海。

上海在当时已是文化中心，作家多如牛毛，年轻的两萧不但找不到投稿的地方，连生活也没有着落，困窘的景况可想而知，幸而他们在青岛时已开始跟当时的文坛巨匠鲁迅[②]通讯。鲁迅对青年作家的发掘和提拔是不遗余力的，他不但借钱给他们解决生活问题，更将他们的作品推荐给熟悉的杂志社。萧红在青岛时完成的第一部中篇小说《生死场》[③]之所以能面世，也可说是得力于鲁迅——鲁迅替她找出版社，把原稿送交中央宣传部审查，并在政治经济的双重压力下，出资印行这本小说，最后还亲自校正、作序，并且请胡风[④]作跋。在序文中，鲁迅对《生死场》作了极含蓄而中肯的批评，但对萧红

---

① 《跋涉》，小说散文集，收录萧军、萧红（署名三郎、悄吟）作品各六篇，1933年10月哈尔滨五日画报社印刷所代印。其中萧红的作品包括：诗《春曲·之一》；小说《王阿嫂的死》、《看风筝》、《夜风》、《广告副手》和散文《小黑狗》。

② 鲁迅（1881～1936）：原名周树人，浙江绍兴人。文学家、思想家、学者，著作甚丰富，为中国现代文学奠基人之一。

③ 《生死场》，中篇小说，上海容光书局1935年初版。

④ 胡风（1904～1985）：原名张光人，湖北蕲春人，文学评论家。

的才华却予以绝对的肯定，他认为《生死场》“是当代女作家所写最有力的小说之一”①，又认为萧红是“女作家中最有希望的一位，她很可能取丁玲的地位而代之，就像丁玲取代冰心一样”②。《生死场》在一九三五年十二月问世之后，越受查禁便越受欢迎，萧红的名字也因而跻身于现代作家的行列。一九三六年八月，萧红又出版了散文集《商市街》③，这本书同样受读者欢迎，非常畅销。

另一方面，萧红跟鲁迅成为忘年之交，从鲁迅夫妇那儿得到了来自亲人一般的关怀和爱惜。鲁迅俨如慈爱而严厉的父亲，鲁迅夫人许广平④像亲切的姐姐，就连他们的儿子海婴也爱跟萧红玩耍。《回忆鲁迅先生》⑤这部散文集让我们看到萧红简直成了鲁迅家的一分子。遗憾的是，两萧的感情已大不如前。一九三六年七月，萧红只身赴日本东京，主要目的是静养和学习日文，同时希望见见二弟张秀珂。不过，希望落空了，她抵达时，弟弟已回国。

远托异国，萧红感到无比的孤寂。十月，又传来意外的打击：在萧红离开时看来已康复的鲁迅病逝上海。萧红失掉了一段珍宝一样的友谊。

一九三七年一月十三日，萧红回到上海跟萧军会合。她常去看许广平，也常去拜鲁迅墓，并曾独自乘火车到北京游览，但心境却是异常孤寂暗淡。

（四）彳亍于烽烟路上

一九三七年七月七日的芦沟桥事变为全面抗战揭开序幕，八月十三日，日军又进攻上海。萧红萧军意识到留在上海十分危险，于是在这一年秋天到

---

① 这句话是鲁迅对美国女作家史沫特莱(Agnes Smedley，1890～1950)说的。

② 这句话是鲁迅对美国作家埃德加·斯诺(Edgar Snow，1905～1972)说的。

③《商市街》在当时列为巴金主编的《文学丛刊》第二集第十二册，由上海文化生活出版社出版，署名悄吟，共收散文四十一篇。这些文章既是一整体，又可独立成篇，是萧红、萧军在哈尔滨时期的生活实录。

④ 许广平(1898～1968)：广东番禺人，笔名景宋。

⑤《回忆鲁迅先生》，散文集，写于1939年10月，1940年7月重庆妇女生活社初版。在这本书中，萧红通过众多的日常生活琐事，勾划鲁迅及其家人的形象和生活，文字流畅活泼。

了湖北武汉。一九三八年一月，他们和新认识的另一位东北作家端木蕻良[1]一起响应号召，到山西临汾民族革命大学任教，加入抗日行列。二月底，日军轰炸临汾，革命大学迁至延安。这时，两人的关系更为恶劣，萧军认为萧红"不是妻子"，萧红则觉得"忍受屈辱，已经太久了"。二人持续五年的夫妇关系至此正式结束。

一九三八年四月间，萧红与端木蕻良回到武昌，举行婚礼。不久，端木与友人去了重庆。武汉开始被轰炸了，再度怀孕的萧红独个儿住在孔罗荪在汉口的家中[2]。九月，在友人陪同下到了重庆，不慎在码头上摔了一跤，结果流产。十二月，搬到歌乐山与日籍友人池田幸子同住，常一起喝酒唱歌聊天，身体也渐渐复元。翌年夏天，萧红搬到复旦大学临时校舍北碚附近，跟当时正在复旦教书的端木再度同居。重庆时期可说是萧红作品的丰收期，她写了几个短篇小说，几篇散文，写完了《回忆鲁迅先生》，而《呼兰河传》[3]的初稿也在此时完成。一九四〇年六月，大时代图书公司出版了《萧红散文》，收录作品十七篇。七月，《回忆鲁迅先生》出版。

（五） "我将与蓝天碧海永处"

一九四〇年春，萧红和端木到了香港，住在尖沙咀乐道八号。端木当时担任《时代文学》主编，他们的生活基本安定，但感情却是冷淡的，萧红的身体也很虚弱。香港恬静幽美的景色和澄碧的海水并没有冲淡萧红心境里的忧郁和孤寂，她常有离港的念头，却一直没有付诸行动。

在创作方面，萧红仍十分努力，她为纪念鲁迅六十岁诞辰，创作了哑剧《民族魂鲁迅》[4]，完成了《呼兰河传》和《马伯乐》[5]第一部，也写了不少散文、短篇小说等。

---

① 端木蕻良(1912～1996)：原名曹兰柱，又名曹之林、曹家京、曹京平等，著名东北作家，著作甚丰。

② 当时孔家是"中华全国文艺界抗敌协会"(简称文协)的会址。

③ 《呼兰河传》，长篇小说，上海杂志公司1941年初版。

④ 请参考《中国文学精读·萧红》的《民族魂鲁迅·题解》

⑤ 《马伯乐》，中篇小说，大时代书局1941年初版。

不过，病魔却在这时向萧红发动侵袭，给予她最沉重的打击。四一年秋天，萧红到玛丽医院检查身体，岂料打过针后就倒了下去，种种病象都显出来了，只好留医。十一月下旬，因不满医生护士的殖民地官僚作风，坚持出院，在家养病。十二月八日，九龙陷于炮火之中，骆宾基①和端木蕻良将萧红送到香港思豪大酒店。翌日，端木离开，准备突围赴星加坡，而骆宾基始终伴着萧红。一九四二年一月十日，萧红被送入养和医院，端木突围失败，回到萧红身边。当时医生误以为萧红喉部生瘤，在一月十三日给她动了喉部手术。五日后，萧红被转送玛丽医院，确诊为恶性气管扩张，再动手术换喉头呼吸管。一月十九日夜十二时，萧红见骆宾基醒来，曾跟他笔谈，她在拍纸簿上写道："我将与蓝天碧海永处，留下那半部'红楼'给别人写了。"②廿一日晚，日军占领玛丽医院，将病人赶出，萧红被转送至红十字会设立在圣士提反女校的临时医院。

廿二日清晨，萧红陷入昏迷状态。

同日上午十一时，萧红带着未完成的理想，离开苦难的人间。

萧红生逢中国政局动荡不安，战祸连年之际，半生颠沛流离，感情上屡受创伤，身体又不断受疾病折磨，但"给予"③的精神一直支持着她，这种精神使她写下近六十万字风格独特的作品，给现代文学史添上富于色彩的一页。

（六）一道淙淙鸣响的清溪——谈萧红的散文

萧红比较成熟的散文创作清丽流畅如一道淙淙鸣响的清溪，在赏心悦目之余，也响出了她的生活轨迹。读着《永久的憧憬和追求》、《初冬》④及《商市街》诸篇，我们可以毫不费力的勾划出她在东北时期生活的轮廓。其

① 骆宾基(1917～1994)：原名张璞君，吉林珲春人，东北作家。著有《萧红小传》，上海建文书店一九四七年初版，是最早的萧红生平专著。此书的修订版于一九八一年十一月由黑龙江人民出版社出版。

② 见骆宾基《萧红小传》。

③ 萧红在养和医院动手术后，对端木谈到作家应有的追求和人格时说过："我们的生活不是这世界上的获得者，我们要给予。"见《萧红小传》。

④ 请参考《中国文学精读·萧红》的《初冬·题解》。同时，以下所提及之萧红作品，除中长篇小说之外，均收录于本书，读者除通过导读了解这些作品外，尚可参考各篇附录之"题解"和"赏析"。

中还真实的映现她的追求，她的个性，她的喜怒哀乐，她所崇敬的人物等，更清晰地浮现出当时社会的众生相，随战争而来的惨象……

另一方面，这些清溪似的散文创作，也自有其艺术特色：

1. 剪裁得当：作者往往通过两三个场面引出文章的中心点，且能化繁为简，以小见大。《决意》、《永久的憧憬和追求》等篇都是很好的例子。

2. 以简单生动的对话交代情节，代替冗长的叙述：在《欧罗巴旅馆》中，"'咯咯……'有人打门，进来一个高大的俄国女茶房，身后又进来一个中国茶房：

'也租铺盖吗？'

'租的。'

'五角钱一天。'

'不租。''不租。'我也说不租，郎华也说不租。"

这里清楚交待两人本想也租下那些洁白的床单枕头等，但一听价钱，便知道自己付不起租金，而且两人很有默契。十来个字的对话，生动地呈现当时的情景，比光叙述更为有趣。

3. 能抓住人物的特点，通过简单的言语、动作和肖像刻划，勾勒他们的形象。《烦扰的一日》里的"瓷人"，《小偷车夫和老头》里的人物以至《家庭教师》中小饭馆里的人物都是活灵活现的。

4. 能抓住景物的特点进行描写，而且往往借景抒情，使情表现得含蓄而景更富于意味。在《雪天》中，一句"小屋子从灰色渐渐变做黑色"，具体而真实的点出时间的过去，衬托出下面所描写的——期待和饥饿之苦。《永久的憧憬和追求》一再提及雪，既切合回忆中的北国风光，又能显出父亲的冷酷。雪中围炉，听祖父读诗的情景又跟这雪构成强烈的对比，含蓄地表现了作者对祖父的感情，而"父亲打了我的时候，我就在祖父的房里，一直面向着窗子，从黄昏到深夜"，这里的情景就显得意味深长了……"窗外的白雪，好像白棉一样地飘着，而暖炉上水壶的盖子，则像伴奏似的振动着。"

5. 运用修辞方式加强文字的效果：《家庭教师》中形容郎华的小帽子扣在他的大头上，十分不牢固，作者用了很有趣的比喻——"好像乌鸦落在房顶，有随时飞走的可能"。《初冬》中"反覆"的运用也非常出色。其他还有"反问"、"象声"、"通感"、"衬托"等。萧红散文的用词有时也颇精炼。《小偷车夫和老头》中，“有两个老头也巴着门扇”的“巴”字，活画出他们渴望工作的急切；后面“他借着离得很远的门灯在考察钱数”，“考察”二字又活画出那副聚精会神的样子。

此外，萧红散文之所以引人入胜还在于它的真挚自然，不造作，不矫饰，只娓娓道来如闲话家常，从这个角度看，更像一道淙淙于大自然怀抱中的清溪了。

（七）一面沉重的铜镜——谈萧红的小说

萧红的小说，有不少取材于她在东北家乡生活时期的所见所闻，《生死场》如此，《牛车上》、《小城三月》等也如此，《呼兰河传》更是巨细无遗的从多角度细细刻划呼兰的精神面貌。另一方面，萧红生逢日本致力侵华的时代，也写过不少以战争为背景的小说。不过，她作品中的重要主题不在于思念故乡，也不在于鼓吹抗日。

经历与观察，使萧红深切感受到中国老百姓丑陋的一面，因此，她重要的小说创作，即使是被视为抗日作品的《生死场》，都像镜子一样，映照出中国百姓的缺点。

1. 他们没有确切的人生目标。“生了就任其自然的长去，长大就长大，长不大也就算了。”呼兰人民如此，《生死场》中的人物如此，生存似乎只为了吃的马伯乐也如此。

2. 他们非常保守，背负着因袭的重担，从不反省传统和一贯如此的规矩，不能接受常则以外的事物。《小城三月》里的翠姨因无法打破传统，郁郁而终；《呼兰河传》的冯歪嘴子和王大姐却因为挑战传统而饱受人们的排斥和冷嘲热讽。

3. 他们势利，残酷，不近人情，《手》中的校长、舍监、校役无不如此，《呼兰河传》里的人物也是如此。

4. 他们愚昧，对一切自然现象，人事关系都无法了解，于是不免迷信。旧式百姓拜土神，有病求偏方邪令，跳大神（见《呼兰河传》）；新式士绅则迷信上帝，有病祈祷，马伯乐的父母就是好例子。

5. 他们的政治触觉极为迟钝，七七事变后，上海一片繁华景象，人们还在做发财梦，争购航空奖券。那群“生死场”上的小人物也必须等到日本人

把他们弄得家散人亡，无法生存，才宣誓杀敌，走上抗日的道路。

此外，他们更歧视女性，欺善怕恶。作者照出他们的丑陋，供读者借鉴，让读者反省。

在萧红笔下也有人为的悲剧，往往由战争和贫富不均造成。《生死场》、《牛车上》、《朦胧的期待》中的人物，在不同程度上受到战争的摧残。《手》和《桥》里的悲剧，无疑是贫富悬殊的产物。作者对侵略者和剥削者的不满，对被剥削者的同情也是显而易见的。

萧红的小说，虽不是完美无瑕，却有一定的艺术成就。

1. 萧红常以不同的叙事观点来配合不同的故事，包括：全知观点，如《生死场》、《马伯乐》；次知观点，如《朦胧的期待》。此外，更常用第一人称叙事观点，而且用得非常灵活。"我"有时是故事中的主角（如《呼兰河传》第三、四章）；有时虽非主角，却也介入故事（如《手》）；有时又退一步成为冷眼旁观者（如《牛车上》）。适当的叙事观点往往在作者和读者造成适当的距离，并对小说的剪裁和作者的情感起了调节的作用。

2. 萧红小说的结构也是多样的：《生死场》采诗化结构，以一幅一幅具体描写连缀成篇，省略说明、叙述的部分。《马伯乐》中，一切事件由马伯乐的活动牵引出来，在现实中又常插叙过去。《呼兰河传》分七章，篇末有"尾声"，每章下面分若干节，而七章又可归纳为三部分。第一部分是作者家乡呼兰县的风物志（第一、二章）。第二部分，包括第三、四章，将叙述范围缩至作者的家庭和周围的人物。第三部分是余下的三章，作者抽出较特别的几个人物，作特写式的刻划。

3. 萧红笔下的人物，大部分塑造得十分成功，作者往往用具体的描写，让人物在读者跟前，以言语、行动呈现自己的精神面貌。在中、长篇小说中，作者多采用层层皴深的手法，通过众多的事件、细节，呈现人物性格中的不同层面。《生死场》中的王婆，在首章出现时，是一个幽灵似的老女人，而且非常易怒，但在后面的章节中，作者却呈现她善良易感的一面：她那当"胡子"的儿子被枪决后，她因极度伤心而自杀；她怜爱失去父亲、兄长而又不能留在自己身边的女儿。她送老马上屠场，回来时哭得像送丧。她先后替麻面婆和金枝接生，赶去看难产的女人，又为瘫掉的月英洗濯脏污腐烂的臀部。作者又告诉我们，王婆是最有正义感，最有胆识的。丈夫赵三组织镰刀会，她替他守秘密,还替他弄“洋炮”。她又帮助抗日英雄躲过日军的搜捕,替他们藏起武器和机密的记事册。由于事件和细节丰富,人物的形象仿佛由不同的面组合而成,显得真实而立体。不过,在短篇小说中,作者却又能通过简单的言语动作,勾勒出人物的主要性格特征。在《手》中,校役以为叫门的是常常早到的王亚明,于是“一边骂着似的哐啷啷啷的把门闪开了”,一边说:“半夜三更叫门……该考背榜不是一样考背榜吗?”等到发现叫门的是“我”时,就马上改口说:“萧先生,你叫门叫了好半天吧?”作者仅仅用了两句话,一个开门的动作,便活画出校役势利的嘴脸。

4. 景物描写在萧红笔下也是多姿多彩的,既可以粗犷,也可以柔和,既可以详尽细致,又可以简单概括。这些描写又往往起着暗示主题,衬托人物,为小说定调,营造气氛等作用。《小城三月》通过春景暗示主题,《朦胧的期待》中的景物反衬出战争的残酷和李妈内心的焦躁。栅栏外的湖水是平静的,“已经爬上了架的倭瓜在黄色的花上,有蜜蜂在带着粉的花瓣上来来去去。而湖上打成片的肥大的莲花叶子,每一张的中心顶着一个圆圆的水珠,这些水珠和水银的珠子似的向着太阳,淡绿色的莲花苞和挂着红嘴的莲花苞,从肥大的叶子的旁边钻了出来”。大自然充满生趣,但湖对面伤兵医院里残缺的人令李妈感到害怕,同时想起还没有为奔赴前线的情人钉好裹腿上的带子。在《手》中,雪和月亮的描写又使整篇小说隐隐透出沉重。

总之,萧红的小说,像镜子一样,能反映民族性的缺失,反映她生活的时代;而且是一面用心打磨的镜子,所以反映出来的“景象”是非常真实的。

(八)一组充满对比的活雕塑——谈萧红的创作(《民族魂鲁迅》)

除散文小说外,萧红也写过为数不多的诗篇和数量更少的戏剧。萧红的诗,乏善足陈,只可看作一瞬间感情思想的记录,但萧红的剧作,纵使不无缺陷,却有令人惊喜之处。《萧红全集》所收录的剧作有二,除《民族魂鲁迅》外,还有一篇《突击》,但因为后者是集体创作,所以这里只讨论前者。

《民族魂鲁迅》共四幕,每幕均有说明部分(包括人物、剧情)及表演部分。作者采顺叙法,将鲁迅一生某些重要经历大致按发生先后,以半想像半写实的方式概括成简单扼要的四幕,“用鲁迅的冷静、沉静,来和他周遭的鬼

祟跳嚣作个对比”,既刻划了鲁迅对抗愚昧保守的一生,也通过最后一场中,青年人所高举的鲁迅话语,暗示当时中国人民应走的路,主题颇为清晰。剧本集中处理能引出主题的主要事件,不节外生枝,因而显得节奏明快。“哑场片刻”的处理,使节奏感更强,且往往营造出肃穆气氛。

剧中处理人物时,除了处处显出对比外,更安排现实中的人物(如鲁迅)与小说中的人物、想像中的人物同台演出(前者如阿Q和王胡,后者如僵尸和少爷),广阔了剧本的空间。作者又通过简单的动作表情,塑造人物的形象,使他们生动如一组一组的活雕塑:她以“鲁迅拾起垂死青年的火把,向前走去”这一动作表现鲁迅立志继续跟恶势力斗争;又安排僵尸与洋场少爷重叠,表演一连串令人恶心的动作,反映两者的“内容”同样丑恶空虚。此外,作者一方面用象征手法含蓄地歌颂鲁迅(如开幕时在漆黑中出现的星),一方面又用漫画的夸张手法,讽刺跟鲁迅对立的绅士,使全剧在肃穆中不乏有趣的场面(如吃香蕉,与强盗周旋等),人物之间的对比也更为明显。

此剧人物较多,换景也频密,但作者处理布景、换景与人物上下场的手法非常灵活有趣,使剧本生色不少。何半仙、孔乙己、祥林嫂、当铺掌柜、绅士、强盗等剧中人的出场方式均颇特别。第四幕写鲁迅到德国领事馆递抗议书——“画面扯去纸壁成一方洞,里面露出一希特勒式人头,方洞上面写着德国领事馆字样”——布景简单而表现力甚强。

此外,萧红还为此剧的部分道具(如火把、电梯、幻灯片等)提供简单有效的制作方法,表现出在这方面的丰富常识与想像力。

萧红的作品无疑是富于吸引力的,除了达到一定的艺术水平外,对生活的深刻体验,敏锐的观察力和独特的观察角度,富于感性的心灵,细致的笔触,行云流水般的叙述方式……更使萧红的作品洋溢着特有的情味和魅力。

本书收萧红作品二十一篇,包括散文、短篇小说、戏剧创作三类。如果这些作品和作品所附录的“题解”、“赏析”能引起读者的阅读兴趣,使读者对萧红的作品加深了认识,则本书的编辑目的已经达到。不过,要全面而深入的了解萧红其人其文,阅读她的全集和有关资料仍是必要的;如果读者在读完这本书后,兴起了阅读《萧红全集》,研究萧红作品的意念并将之付诸实行,则编者自然是喜出望外了。

《萧红·氛围小说》序

锡庆

萧红（1911～1942）的一生太短暂了！只活了三十岁多一点，短得就像是“短篇小说”一般。

但萧红无疑是一个天才！就在她这短暂的一生里，就在她这短暂的有效“创作期”（1933年4月《弃儿》是其“处女作”，1942年1月《红玻璃的故事》是其“遗述”）里，她不仅完成了三部中、长篇小说：《生死场》、《呼兰河传》、《马伯乐》；三十多篇短篇小说：《黄河》、《北中国》、《小城三月》等；两部戏剧：《民族魂鲁迅》、《突击》；几十首诗：《可纪念的枫叶》、《苦杯》、《春曲》等；还发表了数量众多的散文名作：《回忆鲁迅先生》、《商市街》等，这上百万字的各体创作带着她疲惫、多病、伤痕累累的坚韧与勤奋，

《萧红·氛围小说》，萧红短篇小说选集，上海文艺出版社1996年1月版，32开，183页。收萧红短篇小说11篇及锡庆《序》1篇。

映着她曲折、坎坷、顽强自立的纯真与赤诚，不仅证明了她是中国现代文学史上一位杰出的天才女作家，而且也证明了文化革命主将鲁迅的非凡“眼力”——鲁迅从《生死场》中看出了萧红在创作上的巨大潜力，意识到这是继冰心、丁玲之后将会崛然升起的一颗女性希望之星！当然，萧红毕竟去世得过快、过早了，她如果不是这样像夏夜的流星一样仅以璀璨的一闪划过黑沉的夜幕，留下回味不尽的灼目光华的话，她的成就、地位实在是难以估量的！

对于萧红的研究显然还比较薄弱。

不错，《生死场》这个中篇由于鲁迅先生《序言》的首肯已被论者普遍接受，它的确奠定了萧红在创作上的坚实地位，但《呼兰河传》呢，这篇“不像”小说的小说实在是开创了一种地方“风情、文化”小说的新写法——它不是人物“自传”（只是带有一些“自传性”罢了），而是为“呼兰河”这个独特又典型的“地域”文化生态、民风民情作“传”，这在当时的小说“文坛”上是一个带有“先锋性”的新颖独创！《马伯乐》这个长篇尽管没有最后完篇，但在萧红的全部创作中是一个偏离了“常规”写法的“例外”，也可以说是一次创作的“冒险”——萧红大约自己也深知她既少老舍的“幽默”也更乏鲁迅的“深刻”，但她为什么不问后果、不计成败地要去甘冒这个“风险”呢？没有别的原因：她要师法鲁迅，像《阿Q正传》“画出国民的魂灵”那样，她也要以自己的笔墨画出半封建、半殖民地社会里半“中”半“洋”、奴性十足的“现代国民的魂灵！”小说不能算是多么成功，但在这里，萧红表现出了多么非凡的真正艺术家的巨大勇气！至于短篇小说的研究就显得更为薄弱了。其实，由于思想、生活、艺术表现力的种种制约——对于一个年仅二三十岁的年轻女作家，这中间还两次怀孕、分娩，除了婚姻不幸外还经常处在“饥饿”之中，一直体弱多病——我个人认为：驾驭中、长篇小说，萧红的确功力有所不逮（特别是在艺术结构上她魄力、组织力都显不足：辗转流徙的动荡生活自然也加重了她这个缺欠），但她的短篇小说创作是操纵自如、游刃有余的！从艺术上看，萧红的短篇小说实在是取得了较高的成就，很多篇什构思精巧，技法娴熟，堪称“杰作”，特别是到了后期简直是达到了随心所欲、炉火纯青的艺术境界。

这里，从萧红三十多篇短篇小说中依我的“眼光”选编了十一篇具有代表性的佳作。我想先逐篇地加以介绍,然后再总括地谈谈她短篇创作的特点等。

《王阿嫂的死》,过去一些研究者曾认为这是萧红创作的“发端”。现在已经查明:《弃儿》才是她的“处女作”。但《弃儿》带有“自叙传”色彩,社会意义远不如这一篇来得强劲。所以,以此篇作为短篇的“领起”,看来似乎更为合适。

这是一篇社会性浓重的悲剧小说。女主人公王阿嫂死了丈夫——她丈夫“王大哥”蒙冤酗酒成疯,活活被地主差人纵火烧死;她身怀六甲几乎是在田地“爬”着为地主家“流汗”,卖命,午间稍一喘息时被地主狠踢一脚,伤了胎气,生产时母子俱亡——这样,连先前她已死去的三个孩子,到这时彻底地家破人亡!她领养的一个天然的“小流浪者”七岁的小环姑娘也有一本“血泪账”:其父早死;其母被地主儿子强奸后气愤身亡;她在其姑、姨家短暂“流浪”后不得不到地主家乞食并横遭打骂;刚刚得到了王阿嫂的温情母爱的她,现在又得零丁飘泊……在这篇作品里“佣工”们(贫雇农)尚未觉醒。他(她)们像风吹偃了的小草,随风俯仰,难以挺立。整个作品充满了忧愁、悲哀、凄苦、无望的氛围。但作者的“倾向”又是很鲜明的,她把神圣的同情、友爱显然放到了那些只有“简单而不变化的名字”(尽是些“公共的名称”)的“佣工”们身上。

《夜风》比《王阿嫂的死》大进一步,是一篇精炼、精彩的觉醒小说。

为地主家洗衣糊口的寡妇李婆子和她的儿子放牛娃长青,在事实的教育下,摆脱了“忠”、“义”思想的束缚终于觉醒,参加了×××(共产党)领导的武装斗争,打倒了欺压贫苦农民的地主阶级,做了自己生活的主人。

这篇小说选择了“非凡”的视角——它正面从张姓“地主宅院”切入,形象描绘了这个陷入群众斗争汪洋大海里的一片“孤舟”、一座“死堡”的六神无主、心惊肉跳。老地主婆抖动“小棉袄”的动作正说明了情势的“险急”。在《夜风》里这个地主婆“老祖母”的虚伪、歹毒,张地主及其众弟兄的阶级本性,都得到了具体、生动的刻划。小说的生活容量是惊人的:中国民主革命的整个进程都“具体而微”地浓缩在这“咫尺”的画幅之中了。

《哑老人》短而别致。萧红在这里把摄像的“镜头”移向了城市底层生活最寒伧的一角。荒凉的街道,萧瑟的秋风。三位老人,都是乞丐。其中一位,半身不遂,又聋又哑——他就是小说的主人公“哑老人”。哑老人的儿子死

了;儿媳妇改了嫁;靠着工厂做工的孙女小岚接济吃食,苟活性命。就因为小岚每天回家两次(给爷爷送饭),竟被工头毒打而死,而哑老人也因吸烟掉下的火星引燃草帘被火活活烧死。这是一幕最悲凄的惨剧,活画出了旧中国底层群众的真实人生。小说的笔墨是精炼的,除了小岚不多的"独语"外,作品几乎像是一出"哑剧"。萧红在这篇创作里颇有意识地锤炼了她"雕塑"人物的出众才能。

《手》,是一篇动人的杰作,充分显示了萧红的创作个性。

她不再过于着重"情节"的编织、"故事"的讲述。她把创作的重心转向了人物"性格"的刻划、环境"氛围"的再现。

染缸房染匠的女儿王亚明克服重重困难来到城里上中学。因其双手是"黑"的、卧具不整而备受歧视:校长、舍监、阔小姐,甚至门役都刁难、羞辱她,给以颜色。她忍辱负重,发愤读书,但终因基础较差、英语不行而不让她参加考试,并令其退学回家。她(王亚明)和一班师生的"对立",实质上是"贫"与"富"、"下等人"与"上等人"的阶级对立。《手》反映了穷苦的劳动者对文化、知识的精神渴求以及富有者对文化、知识的蛮横垄断。在那样一个不公正的社会里,政治的统治和文化的垄断总是相互伴随的。维护这既成"秩序"的最好办法,就是让"王亚明们"永远"愚昧"下去!

《手》的取材是极为寻常的,但作家在这"寻常"生活中发现了并不寻常的"意义"——这正是萧红高明的地方,也是《手》的深刻之处。

用第一人称"我"的视角叙述,大大加强了小说的真实性、逼近感;不"温"不"火"、逐层展开的叙述"节奏",使得小说舒缓有秩、沁人心脾;最见精彩的当推"氛围"的渲染,冷漠乃至冷酷、轻视乃至鄙视、取笑乃至恶作剧的凛冽气息使人备感压抑。

《手》已经标志了萧红短篇的成熟。

《牛车上》构思的巧妙令人击节称绝!

五云嫂在牛车上讲述了她丈夫姜五云因当了逃兵(而且是个头目)而被"就地正法"的事情。作家在这里——在弹丸之地的"牛车上"——以有限的局促"空间"讲述了一个相当"开阔"的故事。这表明,作家真正吃透了短篇小说"短"与"小"的文体特点,在"短小"中求阔大,在"有限"中求无限,最大限度地发挥了"短篇"的体裁优长。

《牛车上》叙述的技巧是颇高明的:第一人称套第一人称;人物的心态、动作表达得活灵活现;场景、氛围的描绘历史如在目前。

和《手》一样,这两篇小说都是散文化小说。

《朦胧的期待》写在《黄河》之后,但发表略早,表达了“七七事变”全面抗战爆发后整个民族的一种“典型情绪”,所以将其调前还是有道理的。

这篇抗战小说写的是:长官的卫兵、“特务连”的金立之要上前线打仗去了;女仆李妈(金的心上人)想在分别前和他说点“体己话”而未得。作品通过洗裹腿布、买烟、赠钱(一块钱)等细节描绘,表现了李妈“朦胧的期待”——打胜仗,回来成亲、安家,过好日子。

这种“期待”,虽然“朦胧”却又非常“实在”,反映了当时亿万民众的一种普遍心理情绪,使这篇短作蓄满了健旺的时代精神。

《逃难》在萧红的短篇创作中独具一格。

在风格上它和长篇《马伯乐》极为相近,是女作家全部短篇创作中仅见的一篇讽刺、幽默小说。

主人公叫何南生,原来只是个小学教员,抗战间由南京逃难到陕西靠着朋友的关系才当上了中学教员。他一向反对中国人,好像他不是中国人似的;再有,就是他稍遇困难、危险之事立即“对全世界怀着不满”,并惊慌失措,常说:“到那时候可怎么办哪……”他挂着“抗战救国团指导”的头衔,发表着“誓与潼关共存亡”的讲演,实际上却挤上了开往西安的火车并决定“一去不回”,溜之大吉。挤火车时,他携太太、带儿女以及锅碗瓢盆、坛坛罐罐,甚至字纸篓、旧报纸、洋蜡头、细铁丝等等(光旧报纸就带了五十多斤,以备取火烧饭!)终于,他逃上了火车到达了西安。“还好,还好,人总算平安。”这是他惊魂稍定时所说的话。他本来还想说“到那时候可怎么办”的——不过这次却没有说。

《逃难》画出了与金立之、李妈等迥然不同的另一类“中国人”的嘴脸和魂灵。小说的文笔并不犀利,但“婉而多讽”。这对一个女性作家来说已经颇为不易了。

《黄河》,是几篇抗敌小说中写得最具气势,最有力度的一篇。

一个中国作家如果没有观察、表现过黄河,那肯定是一种缺憾,一种不幸!萧红是幸运的。作为一个极富画家素养、敏感气质的女作家,萧红在面对

中华民族发祥的“摇篮”、精神的“象征”——黄河时,一下子就抓住了它的特征和神韵:

黄河的惟一的特征,就是它是黄土的流,而不是水的流。

悲壮的黄土层茫茫地顺着黄河的北岸延展下去,河水在辽远的转弯的地方完全是银白色,而在近处,它们则扭绞着旋卷着和鱼鳞一样。

就是在这样略显悲壮、苍凉的廓大背景上《黄河》为我们上演了一阕慷慨激昂的活剧:“阎胡子”运载面粉的大船上上来了一个“八路”。这位豪爽嗜酒的彪形大汉“船主”和新近丧妻赶着归队的“八路”很快成了朋友。“俺家那边就是游击队保卫着……都是八路的,都是八路的……”当这位“阎胡子”船主得知这位“八路”士兵就是赶往赵城时,这位家住赵城的“船主”真正地高兴、激动了!他原是山东人,黄河发水时死了双亲;带着老婆跑到关东,不想关东又成了“满洲国”;没办法,只能投靠叔叔来到了山西赵城,租种了两亩地,还靠着这破船“穷跑腿”;现在,战事又起,他正为妻儿的性命担心、记挂……船靠岸了,他又在小饭铺请这位“八路”吃饭。他想往家里捎去他“平安”的话。

但捎句“平安”话显然不是最重要的。

“站住……站住……我问你,是不是中国这回打胜仗,老百姓就得好日子过啦?”

“是的,我们这回必胜……老百姓一定有好日子过的。”

这是篇末临分手时“船主”和“八路”的对话——在这里所表现出的对未来的“憧憬”,才是小说的点睛之笔!

《黄河》在萧红的小说中是独放异彩的!它表现了抗日前线上“八路”的奋不顾身、以“抗日为先”的英勇精神,反映了“八路”和民众休戚与共、心心相印的血肉联系。

《后花园》是独特的,它表现了小人物“几乎无事的悲剧”。

为主人经营磨房、打梆的冯二成子出身贫苦,三十多岁仍未成家。他因接触了主人家的女儿而开始“怀春”,却又没有丝毫的勇气,眼巴巴送别了她远嫁他人。后与王寡妇结合。不久,妻儿俱亡,主人也死了,又只剩下了他孤身一人。

小说没有什么情节、故事。有的只是平淡如水、永远不变的孤寂、乏味的生活——就像是磨房的“磨道”那样，永远只是单调的重复。主人公冯二成子懵懂无知、辛苦麻木，不知道为何而生，为何而活——就像后花园那些“花草”一样，随时序更迭而自生自灭。

萧红对“冯二成子们”（王寡妇等也显然一样）是怀着“大悲悯”的。她同情他们，怜爱他们，提出了“是谁让人如此”——把人生下来，并不领给他一条路子，就不管他了——的重要问题。

《后花园》写出了更为深邃的“人性”深度，更为本质的国人“生存状态”，是一篇具有“启蒙精神”的平凡人悲剧小说。

《北中国》可谓短篇珍品。中国现代历史上这场震惊了中外视听的“皖南事变”如此迅速，又如此深刻地在小说艺术中得到了生动的表现，再一次证明了萧红的敏锐——惊人的政治与艺术敏锐！

大事件需要有大腕力。

耿振华参加革命打日本去了，耿大先生、耿母在家里挂念着儿子。叫人绝对意想不到的是：儿子竟被中国人无端杀害了——这里暗写着“皖南事变”。结果，耿大先生疯了，反复不断地写着毫无希望投递出去的“信件”。信皮上总是这样写着：

大中华民国抗日英雄
耿振华吾儿　收
父字

耿大先生是“爱国”的。是崇敬“抗日英雄”的。——这也正是萧红的立场。她在选取了这样重大的“事件”作为小说题材时，再一次娴熟把握了“短篇”的文体规律，以“侧写”的高明手段铺染了浓重的悲剧“氛围”，表现了大气大度的艺术腕力。

萧红最后的短篇《小城三月》是一篇内容凄楚、情调高雅、文字婉丽的幽美小说。

从《后花园》起她的短篇创作已经是“炉火纯青”了，这一篇《小城三月》尤见精彩。

小说写的是“翠姨”的故事。翠姨是一个娴雅端庄、惹人怜爱的姑娘。她来到“我”外祖父家里，接受了时代文明的新鲜气息，身心都悄悄发生了可喜改变。她想上学读书。她想自由恋爱。她想走向社会。在“小城三月”里，她对“我”的一个表哥萌发了恋情。但家里给她定了亲，强逼她要走一条千百年来女性所走的习惯老路。她挣扎着、抗拒着、拖延着，悒郁成疾，终至病亡。一个在“春光”里滋润孕育、含苞待放的蓓蕾还没有来得及开放就在又一度“春光”来临时匆匆凋谢了。

《小城三月》是一个没有爱情的爱情故事。翠姨是坚韧、执着的，她追求美好的婚姻和理想的人生，不自由、不自愿则毋宁死！她以自己的生命陨落证明着“小城”在“三月”里的觉醒。

这个小城故事是由“我”娓娓道来的。“我”并不挺身而出、慷慨陈词，相反，常出以静观默察、客观纪实的明智态度和“婉叙”笔墨——这种让倾向从场面、情节中自然流露出现来的“节制”艺术充分表明了萧红的练达。散文化的优雅笔致和翠姨的优雅风度因内符外、异常契合。封建传统势力在温情脉脉的“亲情”面纱笼罩下依旧冷漠“吃人”的罪恶本质被再现得淋漓尽致。

在上述逐篇地简括缕析了本书遴选的具体作品之后，我们现在可以对萧红短篇创作的“总体风貌”做一点评说了：

一、萧红的全部创作是和她所生活、经历的特定时代密不可分的。她的小说创作——特别是其短篇小说的创作，主要反映了“九一八”后东北沦陷区在阶级与民族双重矛盾挤压下底层民众的挣扎及抗争；“七七事变”后抗日前沿及大后方军民英勇抗敌风貌与斑驳人生世相。

这个时代是风云激荡、可歌可泣的。萧红的作品勾画出了这个时代的“眉目”，显现出了当时“活中国”的姿态与魂灵。

时代孕育了萧红。时代成就了萧红。

她是这个悲壮时代出类拔萃的好女儿。

二、萧红的全部创作都是在鲁迅先生的影响、关怀之下进行的。

鲁迅先生对萧红的影响是多方面的，但最主要、最关键的深刻影响还是“为人生”、“画魂灵”的现实主义创作道路及创作精神。鲁迅在《〈生死场〉·序言》中相当敏锐而精辟地指出的萧红小说的若干特长，如“细致的观察”、

“越轨的笔致”，哈尔滨“略图”的“叙事和写景，胜于人物的描写”，北方人民“对于生的坚强，对于死的挣扎，却往往已经力透纸背”等，特别是“精神是健全的，就是深恶文艺和功利有关的人，如果看起来，他不幸得很，他也难免不能毫无所得”这段论述，不仅对萧红此前创作是一个“总结”，而且对她日后创作是一个“开启”，充分体现了对萧红的“现实主义”创作的肯定和张扬。萧红此后的创作是一直沿着鲁迅的这一指引深化着、前进着的。

是鲁迅发现、栽培了萧红这棵“新苗”；而萧红则延续、扩大了鲁迅的“生命”。

三、萧红的短篇小说有两种类型、两种写法。一种是所谓“倾向”小说，如《王阿嫂的死》、《夜风》、《哑老人》、《朦胧的期待》、《黄河》、《北中国》等；一种是所谓“氛围”小说，如《手》、《后花园》、《小城三月》等。

两类小说，两幅篇墨：“倾向”小说较看重故事情节，注重反映底层民众在“生死场”上的挣扎、苦斗，时代“眉目”较为显豁、清晰，主题指向也较明朗、强烈。“氛围”小说则不同，它更看重“人物”塑造，常以散文的亲切态度、娓语笔调真实地叙写日常生活的琐细事件，铺染出普通“小人物”悲剧命运的浓重氛围，主题意向也较为朦胧、多义。

这两类小说各自贯穿了萧红短篇创作的始末：“倾向”小说从《王阿嫂的死》起始到《红玻璃的故事》终结（这篇“故事”由萧红口授、骆宾基记写）；“氛围”小说从《弃儿》发端到《小城三月》收笔。这就明白证明了这两套手笔、两种格调作品在事实上的成立。

这两类小说平行、交错地向前发展，使得萧红的短篇于单纯之中见出繁复，于激宕之中显出淡雅，给人以参差变化之美感。

四、萧红的“倾向”小说受到现今某些“批评家”的非议。“非议”的主要之点在于：这些小说“功利性”过强，“倾向”过于鲜明，不够那么“纯文学”。我个人认为：这种批评不够了解中国的“国情”，也不尽符合萧红作品的“实际”，是有欠公允的。事实上，萧红的这些“倾向”小说是真实地反映了当时的现实生活的，是那个特定时代现实状貌、人物命运的艺术“再现”。萧红作为一个时代的“见证人”和历史的“书记员”，她的“真诚”使她不能有丝毫的躲闪和偏离。“生活”，现在不是“纯”文学的，那时则更不是！对一个有立场、有操守的“为人生”的前进艺术家来说，对之提出“纯”文学或

"纯"艺术的要求,无疑是"风马牛不相及"的!特别可贵的一点是:萧红的"倾向"小说显然已有意识地避免了(或克服了)三十年代泛滥于国际文坛上的"左倾"思潮(只是在个别篇什如《看风筝》中她所赞扬的那个"革命者"身上还流露了一点残痕),保持了一个现实主义者清醒、明澈的头脑——这是颇为难得的。再说,萧红这些"倾向"小说在艺术上(无论是其"构思"还是其"表现")也是十分"讲究"的,即使是其"发轫"之作《王阿嫂的死》,也并不那么质野不文。《夜风》、《牛车上》,构思之精巧,表现之俭省简直堪称杰作。《黄河》、《北中国》更是锻炼成了极精锐的"一击"!由此我想到了鲁迅先生在《〈生死场〉·前言》中那明智的"预见":他已预想到"将来"的读者中可能会有一些"深恶文艺和功利有关的人"对此有所讥议。现在,果然言中。但这些论者也很"不幸":除了这些不大公正的"讥议"外,他们面对这些"倾向"佳作也难免不能毫无所得。

萧红的另一类"氛围"小说同样受到了另一些"批评家"的挑剔。"挑剔"的主要之点在于:她生活"圈子"过于狭小,调子低沉,净写"身边琐事",逐渐走了"下坡路"等。如果上述非议是来自"右"的偏见的话,那么,这里的挑剔则是来自"左"的短视。其实,萧红这两类作品、两种格调是和谐统一、相辅相成的,合起来才是"全人全貌"。各执一"端",自然难免片面。"氛围"小说也可称"散文化"小说,这种"不像小说的小说"出现在三十年代那该是一个多么大胆的创造!——萧红即使不是最早的一个也是最早的"先行者"之一,像《手》、《小城三月》这些作品于"小"中见出"大"来,在"身边琐事"之中显出了时代风云,都是现代小说林中的上乘精品——只要摘下"左"视的眼镜就可以立见它们的光辉!我个人认为:这些小说萧红驾驭得更为娴熟、自然,恰如行云流水一般,行止自如,姿态横生,美不胜收!正由于这类小说与萧红内在气质吻合无间,写起来也更能得之于心、应之于手,它才标志了萧红短篇创作的高峰。

五、萧红的小说不仅有"散文美",而且有"绘画美"。她最早的"立志"就是要做一个现代的"画家"。早年对绘画的热爱和"素描"的功底帮助了她在文学创作上的成功。她观察的眼力是异常敏锐的。她对自然景致的描绘是极富生气的。她对色彩的感应也是相当强烈的。北中国的风、霜、冰、雪及鸡鸣、犬吠,花开、草长在萧红的笔下成为了读者很熟悉的有"灵气"、有"生命”的“活自然”，为她的作品“增加了不少明丽和新鲜”（鲁迅语），平添了几分秀色；南中国的自然景观萧红虽涉笔较少，但《山下》（本书未选）的笔致是足以给人留下深刻印象的。值得一提的是，在“景物”描绘上她似乎信奉的也是鲁迅的观点，出笔精炼，“背景”像民间剪纸似的那般鲜明、简约。

六、萧红的短篇创作也是有缺点、不足的。这最大的不足我以为是她还没有来得及把她从不幸生活，特别是不幸婚姻经历中所痛切感受、体验到的女人的不幸——这在“男性中心”的社会里是普遍存在着并颇富有“人性”深度的——形诸作品，从而拓开一个更带有“先锋性”的题材领域。我想，这并不是苛求，绝对不是。事实上，萧红在这一方面是有感受、有积累、有厚实生活基础的；她也和朋友谈论了、表述了、宣泄了；我想不出她终于未能把它形诸“小说”的原因。“自觉”写出不用说了，即使是“自然”流露也很罕见。我认为：这是她的最大憾事！丢掉这“举手之劳”即可得到的创作“瑰宝”不只是遗憾，简直就是大不幸！

萧红的小说创作还有一个较大的弱点是她组织、结构作品的魄力、腕力略嫌不足。这在中、长篇小说创作上暴露得较为明显（对此胡风曾做过较明确批评），短篇她驾驭得还是较为圆熟的：圆熟固然圆熟，但这里不过是“藏拙”有术而已，“组织力”的薄弱还是“潜在”着的，有的时候、有些篇什它还是不自觉地流露、外现出来。比如《后花园》这篇“散文化”小说，就有拖沓、散漫的毛病。《旷野的呼喊》和《桥》（本书皆未选），也有冗长、不够集中的瑕疵。

另外，读萧红的作品，在语言表述上今天读起来已有一些隔膜。造成这“隔膜”的原因较为复杂：时代、生活的变异怕是主要的；同时，也有推敲、打磨不够，表述不够圆熟、流畅之处（胡风在《生死场·读后记》中对这种“修辞的锤炼不够”也有批评）；还有，就是她为着表现“新鲜的意境”（胡风语）有意采用了“特别”的语法句法，从而造成了语言“陌生化”的效果——对这一点，我想应当把它看成是萧红的一个创造性的艺术追求去加以肯定。

萧红是这篇短文“说不尽”的。就此打住，还是让读者尽快地进入她所营造的“艺术世界”里面尽情地徜徉、鉴赏吧！

1994年5月中完篇于北师大

惊世骇俗才女情

吴丹青

历史进入20世纪末，无独有偶，却和这个世纪的开首在某些方面具有惊人的相似。有些看似遥远、荒置，被时代遮掩扭变过的，却在人们不意之间必然再次重现，闪烁出璀璨的光华。就文学而言，“五四”时期及三四十年代，在中国文坛上出现了一大批女性文学作家及作品。她们以其独特的创作风格及审美倾向，大胆的情爱追求和对人生的不懈探索而独标一帜，令众多的男性作家耳目一新，给那个时代的文学注入了一股强劲新鲜的血液。其中庐隐、石评梅、萧红、张爱玲可谓那个时代众多女性作家中颇具特色的四位。进入80年代后，尤其是最近几年，随着人们观念的进一步解放，人们开始关注更广泛的社会意识形态及文化的影响，包括文

本文为《萧红散文全集》序言。

《萧红散文全集》，吴丹青编辑，中国四大才女散文全集丛书，郑州中原农民出版社1996年12月版，32开，392页。收萧红散文81篇及吴丹青《惊世骇俗才女情》(序言)1篇。

学,也在一个更宽泛的基础上展开了内在纵深挖掘,相继出版了一大批女性作家的各类作品集子、研究成果,主要集中在庐隐、石评梅、萧红、张爱玲等几位女作家身上,形成了一股不大不小的女性文学热,深受大众读者喜爱。

庐隐、石评梅、萧红、张爱玲无论是她们的人生践履,还是她们的作品,两者共同建构了一个各自独立的、独特的精神世界。尤其是她们的散文作品,则更直接、更充分、更全面体现出各自自我的艺术探索追求,并与那个时代撞击、渗透、媾和。时至今日仍以自己独特的人格魅力、作品的独特面貌,令人徜徉其中,她们所提供的巨大思考空间和众多启示,仍让人激动、惊诧、叹惋。在行将接触她们散文作品之前,我们试图从较为宏观的角度,对“四大才女”其人其作进行一些碎片式的切入,以为读者阅读之资。

一、历史机遇

无论是庐隐、石评梅,还是萧红、张爱玲,她们以其作品之所以在20至40年代能够从众多的作家作品中脱颖而出并极具代表性,并非偶然。但究其各位的创作生涯,除张爱玲外,庐隐的全部创作生涯,即从1925年商务印书馆出版其第一篇作品至她生命终止的那一年,只有十二三年;石评梅开笔于20年代初的近代报刊,至1928年她患病长逝,只有六七年时间;萧红的创作始于1932年夏,到1941年初病重搁笔,前后亦仅七八个春秋。她们何以在如此短暂的时间内,创作了包括各类文体在内几十万字上百万字的作品,且各自取得相当高的成就,在思想上达到相当的高度,是与时代的造就与个人因素这两方面相互作用与碰撞紧密关联不可分割的。

我们说时代出现的历史性变革常常给人提供一个前所未有的空间和崭新的机遇。这个机遇对文化人来说,更直接地缘于“五四”运动,辛亥革命的爆发直接推翻了清封建王朝,结束了长达2000余年统治中国社会的封建制度,但并未真正动摇封建主义的文化及意识形态。八年后,即1919年,以“科学、民主”为旗帜的“五四”新文化运动经过一个时期的酝酿而终于爆发,将矛头直指非人的封建专制的意识形态,在文化上对其全面冲击、清洗,对当时的国民,尤其对于知识分子、文化人,不啻为一声惊雷,产生了前所未有的震撼。“五四”新文化思想启蒙带来的精神成果,其突出表现是对人的发现和女性的发现，解放人解放个性，成为一个时代的精神价值目标。于是，妇女和妇女问题第一次被放置在人本主义的思想体系内进行考察，并进入那个时代启蒙家的思考视野，这就为当时的一批知识女性进入文化、进入文学打开了一扇大门。仿佛是一道曙光，突然将这一方荒疏、封闭的区域照亮，而一代新女性就从此孕育脱壳，从黑暗的历史隧道里跳出，诞生了中国文学史上第一个现代女性作家群。庐隐、石评梅即是这一群体中颇具代表性的两位。她们同当时的众多男性作家同样独立，却更直接也更自觉地以女性代言人的角色登上了中国文坛，从此开始了她们曲折坎坷的人生探索。于现在人看来，她们的创作道路相当艰难令人难以理解，但她们却以女性特有的坚强和巨大付出，写就了一出美丽却凄惨、悲哀却灿烂的生命史剧和文学神话。

二、“娜拉出走”

四大才女之中主要是庐隐、石评梅，她们的文学创作可以说一开始就极具个人倾向，明显地具有个人精神自叙传特征。作为“五四”时期的女性作家，庐隐、石评梅是最早的一代启蒙者，也是当时少有的知识女性。20年代的北京是“五四”十年潮起潮落、新文化思想最为集中活跃的中心，且基本上集中于北平女子高等师范学校和燕京大学这两个地方。庐隐、石评梅就毕业于北平女子高等师范学校，在那里她们接受了新文化的洗礼，接受了中国传统文化与西方现代文化的双重文化熏陶，并成为中国近代第一批觉悟了的现代知识女性。明显地她们这是一次崭新的跨越，不仅是思想而且直接支配和影响到她们的全部生活及行为。但理想和现实之间存在着巨大的障碍，男权社会并没有根本打破和改观，思想的解放与残酷的现实之间存在着巨大落差，使得这些知识女性不得不毅然地作出抉择。她们最初迫切的愿望是“去过人类应过的生活，不仅仅作个女人，还要作人”（庐隐散文:《今后妇女的出路》），要做一个真正第一性的人。也就是说她们的超前的精神价值要求同那个时代有着绝不协调的关系，她们面临着是被“铁房子”窒息，还是走出去实现自我人生价值、完善人格和理想的选择。摆在觉悟女性个体身上，则显得更为残酷，在男权社会的以男性为中心的现实生活中，女人的一丁点举动都可以被指斥为越轨和罪孽，一丁点反抗就需要付出巨大的代价——血的代价，也未必真正有所改变，更不用说女子的出走，意味着道德的沦丧和对族类的背叛。恰恰是在这道最沉重的门槛和关卡上，庐隐、石评梅、萧红包括张爱玲都先后作出了几乎同样的选择，毅然脱离了封建家庭的束缚，即完成了"娜拉"式的出走。

"娜拉"是挪威剧作家易卜生的名剧《娜拉》的主人公，因不甘做家庭的牺牲品和丈夫的玩偶，为追求一己之身的独立自由而离家出走。1918年《新青年》刊登了《娜拉》全剧；胡适、袁振英等撰文称"当娜拉之宣布独立、脱离此玩偶之家庭；开女界之大生机；为革命之天使，为社会之警钟"，对此剧的推赞和褒扬无疑对当时中国知识界产生了相当的影响。但胡适所关心的是娜拉这个反叛的姿态；是这个姿态包含的象征性含义或普遍的社会的意义。对女性作家来说，她们当时是不可能欣然自愿地充当这一角色或在情感上表示一种时髦的追求，她们的出走，是基于对压迫的反抗、迫于无奈而又不得不作出的痛苦选择。虽然她们的文学创作由此得到了更充分的展开，也深受这一实践影响而深埋烙印，但对这一举动，即出走本身——这个反叛的姿态却很少作出直接的切入和描述。无论庐隐，还是石评梅，对此都避而不谈，她们回避了时代的重大主题，同时也回避现实生活话题与实质，宁愿倘佯沉湎于梦幻与理性的、情感与思辨的矛盾痛苦的情绪和冷色调的思考之中，也不愿触及这关键的主体本身，没有对它进行正面、直接的揭示。赤裸着出走已是悲惨，沉重的负荷不忍剥离最宝贵最脆弱的灵魂！——"出走"这一形式无论是外在的还是内心的，对当时的女作家具有不可忽视的含义，这潜在地对她们的创作心态发生了不可忽视的巨大作用，以至于影响到她们文本的主题、形式范畴，及她们艺术的触角与视点。庐隐、石评梅的散文（或称散文精神），更是直接体现了这一特点，在形态上明显地具有精神的自叙传特征，即突出了对现实的思考和升华了的情绪、精神化倾向。

三、悲哀情结

四大才女中，除张爱玲外，庐隐、石评梅、萧红均非永年，都是在风华正茂、作品日臻成熟之际撒手人寰。庐隐原名黄英，祖籍福建闽侯，曾经有两次爱情婚姻生活。第一次是在东北女师上学期间与北大哲学系学生郭梦良认识并相爱，当时庐隐解除了自己的婚约，不顾社会家庭的反对，便毅然和尚有妻室的郭结合并生下一女。两年后郭因病去世。1928年，庐隐在友人家里结识了比她小九岁的清华大学的李唯建，由友谊到爱情到结婚。庐隐是一个做事相当干脆、爽朗旷达的人，她在女师高时即积极参加办刊物、结社、讲课、旅游、演话剧等活动，有着蔑视世俗、敢爱敢恨的性格。但庐隐的性格与创作心态，却是两重面貌，正如她在散文《庐隐自传》中所说：

……在我写文章的时候，也不是故意无病呻吟，说也奇怪，只要我什么时候想写文章，什么时候我的心便被阴翳渐渐的遮满，深深沉到悲伤的境地去。

庐隐自己道出了她创作的心态。在庐隐的内心世界里，由于那种无名的悲哀阴翳的潜质，她才不得不通过宣泄的方式去体验“悲哀”，并说“悲哀是一种美妙的快感”。这是特有的女性的悲哀，它不同于男性的客观的悲哀坚冷，而富于女性诗化的悲哀情绪。是一种多情、敏感与忧虑、感伤共同作用、淤积的连续性的弥散，这种悲哀，不仅源于气质的因素，也包括其思考的迷惘、性爱的苦闷在其中。茅盾说，“在庐隐的作品中，我们也看见了同样的对于‘人生问题’的苦索。不过她是穿了恋爱的衣裳”。这同样适用于庐隐散文作品，较小说而言，只是更直观、更真诚而已。庐隐的散文作品，有一大类明显地是自我感受的宣泄与陈述，尤其对她的最好的朋友之一石评梅更是充满了超越了亲情的姊妹般情感表达，在石评梅逝去之后，为其写传，字里行间蕴含哀思与无奈的惋惜；在与李唯建相恋期间写下的“云欧书信”，更是脱离了肉体的外在感受而进入到一个情感、灵魂相互交融的理想状态，弥散着圣洁的宗教气氛，固然有泛情的倾向，但不失真诚与渴望，热情与大胆；其心态时而阴晦，时而光亮，时而伤悲，时而辩斥，朦胧着一丝哀伤却美丽的薄雾，纯粹是情爱升华的表现。

庐隐是一位思辨才识相当健全的女性，“五四”时期的女作家能够注目在革命性的社会题材的，不能不推庐隐是第一人（《庐隐论》，《作家论》第77，78页），庐隐的散文则更为直接地提出自己的观念。《今后妇女的出路》、

《文学与革命》(在爱国学生周会的讲演稿)提出了妇女走上社会获得其作为人的价值的必要，也提出了文学历史进步应起推动作用及革命之于文学的重要性等看法，虽不甚深入，已把摸到了社会历史这一主题，是难能可贵的。

正当庐隐在创作日渐成熟、出现新的转机之际，不幸于1934年5月13日因临盆难产子宫破裂、庸医误治而逝世于上海大华医院。临终前，她将丈夫叫到身边说："唯建，我们的缘分完了。你得努力。你的印象我一起带走？"(《中国现代作家选集·庐隐》第261页)。35岁的庐隐撇下两个女儿和自己心爱的作品悄然而去。

庐隐的一生曾经历了过多的不幸，形成她以"灰色眼睛看人生"，她的散文不粉饰、不掩盖，即使弥散着"悲哀"也绝对的真诚，虽然她的思辨没有达到她本该应有的高度，还由敏感、忧虑缠绕着一个脆弱的哲学臆病和解不开的思维怪圈，但她始终执着于"五四"精神，她以其叛逆的性格和对传统女性角色的怀疑叛逆精神使她的文本更接近于那个时代。

与庐隐同处一个时代同毕业于一所大学两人又是要好朋友的石评梅，其作品亦同样具有个人精神自叙传特征，也是她散文作品最主要的特点。

提起石评梅，便自然使人联想到她和高君宇那一段缠绵悱恻的爱情。了解了石评梅的爱情苦旅与人生悲剧，也许更有助于理解她的创作及作品。石评梅"天生有一种神秘的思想，她愿意自己是一出悲剧中的主角，她愿意过一种超然的冷艳的生活……"从石评梅的早年生活直到离世这段经历来看，她的确实践了这点，在作品中也充分体现了这点。在石评梅人与文的关系上，天性的因素所起的作用如此之大，远超过了其余三位。恰恰是她天性中根植的深刻的神秘悲剧因素决定了她爱情生活的必然悲剧。

石评梅学名石汝璧，乳名心珠，字评梅，生在山西平定县的一个山城里，家境中等，母亲是续弦。在中国的家庭里，这种关系对她产生的影响不可低估。她在日记中写道："……母亲在这个清静的夜幕下，常常弹弄着凄切的声调，常使我在一夜枕上，流许多的伤心泪。"可见幼时的石评梅已是个易动感情爱伤心流泪的女孩子，那份伤感的种子已植埋于心。18岁时石评梅为预备升考北平女子高等师范来到北京。孤女在外，评梅的父亲就转托朋人来照顾她。于是便有一个W君经常去到女师高去候望她。于是石评梅便展开了一种新生活，爱情的帷幕就此揭开。那个W君，即吴天放。当时W君经常去学校找评梅，而评梅不愿去找他。但几个月后的一个寒冷天里，石评梅鼓起勇气去到W处会面。据庐隐《石评梅略传》说："他（W）对于评梅只不过游戏似的，操纵她处女的心，自然评梅是初出笼的小鸟，很容易的，就把一颗心交给他……"可见石评梅是极真的女子，感情之投入当是可以想象。但当石评梅发现了吴已是有妻室的人时，"她的心是伤透了，怎么都难以恢复，从此评梅发觉她的理想，完全是在梦中，沉入愁城梦海中了……"在评梅作品中这段情况并没有直接反映，只在《别后》、《漱玉》、《心之波》、《末次的泣祷》几篇里有闪烁其词的极少文字，但这次的初恋对石评梅打击极端严重，直接影响了石评梅后来全部的人生行为和作品的创作心态，而且影响之深令人难以想象。

与庐隐一样又不一样的是，石评梅的作品中不仅有缠绕不清的哲学臆病和清冷的悲哀色彩，且在情感层面上，石评梅是更加脆弱，更加哀苦，常常是通篇充满了诸如"冷月、孤坟、落花、哀鸣、孤魂、残叶"之类的词汇，翻开她的作品，仿佛是一串串泪珠流汇而成，满纸辛酸泪。在《漱玉》中："……我只有新泪落在旧泪的帕上，新愁埋在旧愁的坟里。……我们何必向冷酷的人间招揽同情，只愿你的泪流到我的心里，我的泪流到你的心里……"这种情感的外泄说是感染别人，更是感染她自己。这是石评梅异常压抑的心理情绪的直接表白，情感浓厚达到了意志力难以承受的极限。但这仅仅是不幸的开始，初恋的不幸，并没有使石评梅走向别处，寻找心灵之外的东西来转移、替代或麻痹自己那颗受伤害的心，反将此更封闭更严密地包裹起来。因此，当和W君分手不久，高君宇（天辛）狂热地追求石评梅时，石评梅则表现出另一番景象。

"……我不幸有W君伤心之遭运，奈何天辛偏以一腔心血溅我裙前？""不幸"与"奈何"道出了石评梅的心迹，事实上石评梅并没有接受高君宇的爱。高君宇为石评梅素洁之心所感动，认为自己没有爱的资格，便回家乡和他的妻了离了婚，并写长信告知评梅，评梅却在日记上写如下一段文字：

接天辛（高君宇）信，详叙到家后情形，详详略略，像一篇小说，真的！并且是确实，他已得到她的谅解，而粉碎了他的桎梏，不过，人此后恐连礼教上应该爱好的人也没有了！我终究是对不住他！

到此程度上石评梅还是没有接受高的爱，虽也感到了些许愧疚。说高打破桎梏，是试图为自己找一个不爱的借口和托辞，这对高君宇是一个晴天霹雳般的打击。紧接着体质极弱的高君宇竟肺管破裂，不久谢世。石评梅整理了高的遗物和遗书，便确认为高的死是自己所致。于是石评梅悔恨交加，怀着沉重的负罪感从此沉入万分痛楚之中，常常独自一人深夜到高墓上泣哭，精神更加脆弱，人也更加憔悴了，并且抱定了素志，一直怀着对高的负疚感沉湎于悲苦之中，直到最后离世。这期间她通过自己的人生体验，石评梅了解了什么是人生，也了解到了深刻的悲哀，形成并确立了她悲哀的人生观。她的新女性的觉悟和智识，又使她切身体会到社会的残酷，这残酷和她不幸的遭际联合起来，却找不到丝毫的出路。与石评梅理智情感的不平衡和矛盾并行的是罪恶社会对理想和梦幻的摧残，从而使石评梅不仅心态上无法以现世者的面貌游戏人生，而且她天性上也不允许，所以只有转向情感这一层面，沉入悲哀的情结之中。这使她的散文作品慧智又苦情笼罩，沉湎悲楚又被生存的虚无捉弄漂浮，如《涛语》、《心海中》，甚是直观。

石评梅这两次恋情，直接影响到石评梅的创作。她的石评梅与情爱生活天然地紧密联系在一体，仿佛创作就是人生，人生就是创作；创作和人生的情爱体验牵系在一起，石评梅是极独特的一次个案，这使她在“五四”女性作家中弹出了一个独特的悲哀情感旋律。对创作中的石评梅来讲，创作倒是一种解脱，并非时时处于作品中传达的那样绝对的痛苦，而是沉醉在悲哀的“欢乐颂”里，因此她的作品才得以升华，从一个层面上反映出那个时代知识女性脆弱却执着的群体心态的一部分意义。石评梅心态的“累”虽根植于自己天性，却能进而扩大到当时觉悟的知识女性普遍的状况，才使她的作品虽在思想意义上走得并不远，但至今读来仍是感人肺腑，醇厚隽永。

石评梅的善感与抑郁气质并没有妨碍她对女性命运和人生的思考，她只是从悲观主义的角度循着情感的悲哀逻辑进行思辨与觉悟，表现为一种极热烈又悲哀至极的呐喊。石评梅给《妇女周刊》发刊词一文，极具力的爆发，显示了她理性的觉悟。石评梅更多的是对“死亡”的意识，这是她悲哀人生观所致，也是现实的罪恶引发了她主观中这一层意识，两者是高度的吻合。她目睹了1925年女师大事件和1926年“三一八”惨案的发生，当时正任教于北师大附中的石评梅写出了《女师大惨剧经述》、《血尸》、《痛哭刘和珍》等思想激进、情感炽热的作品，这些作品常常是短时间里挥写而成，是她体验到情感的骨子里压抑到不能不表达而宣泄的结果。这是她作品中富于参与意识与斗争精神的一面，是成就其风格的亢扬强劲的一面。

石评梅注定了是她悲剧中主角。她经历了幻想到现实，痛苦到虚幻、失望，渴望到仇恨、反抗的全部悲剧起落的连续过程、情感苦旅和这中间巨大的思考时空，她的散文就是她心迹的真实记录。在她生前的最后三年，她文笔陡然锋利，试图走出现实和自身、环境和天性被压抑的怪圈，想“从她个人的悲海里跳出来……”“扩大为悲悯一切应生的同情了”。恰在一个新的空间即将出现，也就是将要找到她理想所在的时候，流行性脑炎侵袭了本已积弱不堪的石评梅，1928年9月30日，在北京协和医院飒飒秋风中悄然故去。她的全部作品（包括散文），成为她悲剧人生的真实注脚，载录了她一生哀婉清幽的心音。

四、命运抗争

在四大才女中，萧红的一生命运最为悲苦；这个被鲁迅称为“当今中国最有前途的女作家”，从童年、少年直到中年夭亡，一直处于极端苦难与坎坷之中，可谓不幸中的更不幸者。然而她却以柔弱多病的身躯，面对了整个世俗，在民族的灾难中，经历了反叛、觉醒，抗争的历程，一次次与命运抗争。从1932年开始文学创作到1941年病重搁笔，前后仅七八年的时间写出了一百来万字的作品，且深度广度及艺术手法都较“五四”第一代女作家有长足的拓展和创新，创造了一个奇迹……这一切使她付出了比别人更惨重的代价，以致她临终前写道：“我将与蓝天碧水永处，留得那半部红楼给别人写……半生尽遭白眼冷遇……身先死，不甘，不甘。”

先让我们来看看萧红是怎样的一个女人，她那些充满时代精神的作品又是在怎样的环境里靠着怎样的艺术创造酝酿产生的。

萧红原名张乃莹（笔名悄吟），1911年6月生于黑龙江省呼兰县一个地主家庭。萧红11岁时，生母病夭，父亲、继母对萧红都很苛刻，只有祖父给了她些许的温暖和庇护。16岁那年,在祖父的支持下考入哈尔滨市一所区立女子中学,却因参加哈尔滨爱国学生运动引起父亲的不满。1930年夏,父亲中断了萧红的学业,令她与包办婚姻的未婚夫王恩甲“完婚”。萧红不从,父亲、继母、舅父等一致地镇压她,萧红先躲在婶母家中,后逃离了家庭,去到哈尔滨,时年十九岁。又一个少女“娜拉”出走了,但娜拉的出走并不意味着命运会根本改变,也许更深的陷阱早已摆就。萧红出走后,有段时间回到学校,白天她趁同学上课时借她们的床铺睡觉,晚上便流浪街头。可以想见此时的情状对于一个孤弱无依的离家少女来说,其实是被抛弃的角色。因为萧红走后,父亲即宣布开除了她的祖籍,并严令家人不许同她来往。寻找新的支撑点和依靠也许正合乎现实对萧红的要求。当时萧红的逃婚已给王家带来了极大的羞辱,为平息事端,萧父摆酒宴赔礼才得以了结,但萧红却终于在无家可归的困境下敲响了自己所逃避的对象王恩甲的大门。何以如此?这是一个心理之谜。但有一点须说明的是原先萧红所反抗的逃避的,现在却接受了,其实是十分不得已的做法。一是她的同学好友徐薇迁家杭州,她曾经的恋人李君已有妻室并欺骗了她;再者由于萧红的幻想和幼稚,试图寻找一线的希望可能得到一个“家”,而她并没有直接同王恩甲发生正面冲突。据铁峰考证,“萧红走投无路,又不肯向家庭屈服,决定找王恩甲和好。萧红去顾乡屯王家,被王母与王妹逐出,王恩甲闻讯后找到萧红,表示愿意与她同居”。自幼孤独的萧红在脱离父亲的家庭后,更加孤独,现实逼迫她不得不为了逃避孤独而去寻求她想象的“家”的庇护,是不得已之举。这期间萧红游移在李王两者之间,体虚浮肿、怀着身孕被王恩甲抛弃在哈尔滨东兴顺旅馆阴湿、狭窄的小阁楼里,险些被旅馆老板卖到妓院,以抵偿王恩甲所赊欠的六百元旅食费。此时,萧红21岁,已经历了一般少女所不堪经历的。

这段经历,在萧红后来散文作品中并没有直接的描述。但这段经历使萧红在女性觉悟的基础上加了一层对人性对社会的深刻理解,强化了对“家”的感受。这反映在她的小说上比散文更加突出,但也在后来的散文创作中以另一种心态对此进行了反映,这就是无家却思念着家、恋家却痛苦地离家的“无家”的情结,是夏娃失乐园的心态。在哈尔滨期间,萧红写下了《祖父死了的时候》一篇,文中先写了与祖父之间的骨肉之情和因祖父去世带来的痛苦,却发誓祖父死了以后"我必须不要家"。而后来每当萧红痛苦之时总要想家,如《感情的碎片》。她在《失眠之夜》中说:"家乡这个观念,在我本不甚确切的,但当别人说起来的时候,我也就心慌。"自称无家的人,实际也是为家所深深困扰、痛苦着,只不过是由于创伤而深埋,由于反抗而诀别,却又因心灵的升华时时沉重地负荷着的那个时代"家庭"的桎梏,笼罩着无法解脱的巨大阴影。萧红的出走事件,在她的心理上埋下了极深且隐蔽的一层,从而渗透影响到她后来的创作与生活之中。

直接影响到萧红命运改变并引发萧红开始文学创作的是萧军的出现。当萧红在东兴顺旅馆命如草芥走投无路之时,不得已写信给一家报馆求助,于是萧军来了,走进了她的生活。"我必须不惜一切牺牲和代价——拯救她!拯救这个美丽的灵魂!"萧军履行了自己的誓言,把萧红从阁楼救出。不久萧红临盆,萧军把她送到了医院,生下一个女婴。两萧由此产生了感情,在商市街租了房子同居。此时,萧红不仅生活上爱情上有了庇护和温暖,而且在萧军的鼓励下开始了文学创作,这是她一生的重大转折。几年后,萧红把他们这最初的共同生活片断记录下来,写下了《商市街》、《桥》。这是一段异常困苦的生活,作品中刻划了具体的生活细节,无不围绕着生存的问题,包括吃饭、穿衣、住房。爱情的浪漫让位于生活的艰辛,如一个鞋带断成四截,两人来用,租不起五角钱一天的铺盖。买不起五分钱一个的"列巴圈"(《欧罗巴旅馆》、《提篮者》);大雪天上街穿着夏天的通孔鞋……同庐隐和石评梅比较,由于生活的缘故,萧红的作品一开始就把视线投向社会现实生活,具有现实主义的因素,直接反映了生存的问题,远远脱离了石评梅的梦幻式的"悲哀情结",生活的悲苦没有使萧红染上悲观主义情绪,倒是直面看生活了。这无疑是一个进步,标志着从理想到现实的转移。

如果说1932年,萧军引导萧红走上了文学创作之路的话,那么对萧红创作生涯、创作精神产生更大影响的应当是鲁迅先生。1934年5月,两萧因形势所迫,逃到青岛,同年11月又转抵上海。11月30日,鲁迅接到他们的信约在内山书店见面,从此开始了与鲁迅一家的交往。1936年春,因萧军的一次"没有结果的恋爱"给这个家带来了危机,两萧的性格和体质之间存在着的差异和矛盾逐渐暴露出来,使萧红又一次面临失去家庭的危机。当时萧军天天外出参加社交活动,撇下萧红在家中忍受孤独哀伤,于是"每每整天耽搁在鲁迅家中”。鲁迅全家对萧红全然一见如故,彼此亲密得宛如一家人。鲁迅很喜欢萧红,视她如调皮的女儿,而萧红则“应当说像祖父一样……”看待鲁迅。在萧红最苦闷的日子,鲁迅先生安慰她,许广平日夜陪她长谈。这一切不仅给萧红以家的温暖,更深深地影响到萧红的创作。在鲁迅先生去世后所写的《回忆鲁迅先生》一文中,萧红对此进行了详细的描述。更突出的是鲁迅影响到萧红整个创作方向和创作态度, 使萧红在30年代纷纭的文坛中能够不追逐时尚,保持自己独特的创作态度,在题材上和艺术手法的探索上,坚定自己并不脱离时代,达到了相当的理性自觉和文体自觉。当时许多人包括萧军都认为“她(萧红)的散文有什么好”,鲁迅却认为萧红的文笔是“女性作者的细致的观察和越轨的笔致”,认为她是“当今中国最有前途的女作家”,并告诉萧红“现在能写什么就写什么,不必趋时”。1936年,她还在鲁迅提出的“民族革命战争的大众文学”宣言上签名。这时萧红在创作中虽以个人的女性体验为起点,却扩展到广大中国人的群体体验,以女性的不幸联系到中国人受压迫的不幸,在整个作品中(包括散文),具有新女性自尊、自信、自立的抗争精神,这种精神支撑着她在任何艰难困苦中都没有绝望过。抗战后,她的作品主要是反映当时的中国人民的灾难和“人类的愚昧”,她把笔锋转向宣传抗日和揭露“人类的愚昧”,创作的重点转移在集中批判病态社会心理、批判封建传统意识对民众的精神毒害上。萧红这种创作方向显然是受到鲁迅创作思想的深刻影响。她开始把“改造国民的灵魂”作为自己的艺术追求,不单纯地表现民族意识不觉醒,而是在“对传统意识和文化心态的无情解剖中,向着民主精神与个性意识发出深情的呼唤”。这种觉悟和意识在她的散文《流亡者》中通过自己的眼睛和漂泊生活的迁变,再现了丧失家园的沦陷区人民的痛苦与灾难,其主调是民族的不妥协的爱国精神,进而影响到她的小说创作。

在萧红文学创作不断取得成果的同时,爱情和家庭生活却连遭不幸。1936年夏到1937年春,不到一年间,萧红连续三次只身出走,三次又悄然而归。1938年,终于在西安与萧军永远分开。这期间历史的风雨和家庭的破裂叠织在一起,使萧红饱尝了情感和肉体的苦痛,因而存下不少与萧军的通信,及自己在孤苦流亡之境中写就的大量散文。当时萧红又随MD(端木)南下武汉,勉强与MD辗转生活了三年多时间。1942年1月,长期奔波的萧红终因身

心不支而病倒，又因医生误诊误医，割断了她的喉管，带着满腔的痛苦和不甘病逝于香港玛丽医院，殓葬于浅水湾。

萧红的一生是不向命运低头，在苦难中挣扎、抗争的一生。她的创作集中于30年代，在当时的女作家中具有鲜明的现实主义倾向，形成了独特的艺术风格，以自己作品的文化价值和艺术魅力享誉海内外。1993年9月5日在萧红的故乡呼兰河畔举行的“国际萧红艺术研讨会”，使萧红及作品被越来越多的人重新认识，形成了她同时代作家身后无法形成的研究热潮——“萧红热”，且经久不衰，直至今日。

1996年元月

萧红与乡土文学

薛 道

掀天之意气，
盖世之才华。
——柳亚子赞萧红语(代题记)

聂绀弩慨叹：
何人绘得萧红影，
望断西天一缕霞！

鲁迅在《生死场·序》里的中的之语，早将萧红一影绘得形神至极：生的坚强，死的挣扎！

火烧云的憧憬，畸形力的爆发。萧红以其彗星般的生命流程，闪现了人生的苦难，回应着自然的呼唤。

她奉献出的是一颗人类的灵魂：“发掘生

本文为《萧红乡土小说选》后记。

《萧红乡土小说选》，刘绍棠主编，名家名作系列丛书，济南大众文艺出版社1997年10月版，32开，330页。正文收萧红小说《生死场》、《呼兰河传》，另收鲁迅《〈生死场〉序》，段宝林《乡土文学在现当代文学史上的地位》，薛道《萧红与乡土文学》、《后记：遗愿未遂长逝矣　天为之雨亦哭公》6篇。

命的幽微隐秘，寻出被拘囚被捶楚得体无完肤的人类的真理”。（萧红语，见张莹《萧红与绘画》）

一、畸形力的扩张

萧红是畸形的。萧红的作品是畸形的。萧红的一生，是一个女性畸形发展的一生。

李清照也曾想“畸形”一番。“至今思项羽，不肯过江东”，其中巾帼丈夫之气令人震撼，然而这丈夫之气终其一生，总是缭绕在哀怨与清雅之间。

秋瑾真的是“畸形”一生。“抟沙有愿兴亡楚，博浪无椎击暴秦”，以其女中豪杰之精芒幻化成雾蒙云锁之初霞，然而其主要是革命家而不是作家。

萧红不同了，她以其文采的高峰特出而令社会天平为之倾斜的畸形力，冲击着原本畸形却又所谓“和谐”的社会秩序，抵消着几千年阶级社会里劳动人民尤其是女性被压迫的无望的消极的畸形。

萧红，是中华民族历史上第一个将畸形力无限扩张的伟大女作家。

1. 火烧云的憧憬

张秀琢在《重读〈呼兰河传〉回忆姐姐萧红》中写道：“姐姐从小性格倔强，父亲曾对我讲过这样一件有趣儿的事：姐姐出生后不久，母亲在她睡前照例要用裹布缠住她的手脚以便使她安睡，她却拼力挣扎着不让人抓她的胳膊。来串门的大婶看到这个情况说：这小丫头真厉害，长大准是个‘茬子’。由此，亲友们都说她的这种倔强劲是‘天生的’。”

这就是萧红的天性。

萧红的童年是任性的，幸福的。

祖父宠爱她，并给她以智慧的启迪；

祖母、母亲虽然有对她任性破坏的惩罚，但疼爱她，甚至有时娇纵她；

有着“维新思想”的父亲，虽然弃维新之追求而沦于现实的严酷中，但毕竟曾被“维新”浸染，早早地为她买下了识字块；

继母通情达理，怀着对没娘孩子的同情与怜爱，促成了萧红的上学读书。

还有后花园那斑斓多彩的花草菜果和绝无饥寒之苦，甚至比较富裕的生活。

一粒任性的种子,植根在虽不娇生惯养但毕竟是温室的环境里,而温室的环境则促开了一朵野性的花。这花,永远感到自身的卑微,却永远有着坚强的自信,她放开并努力延长自己的花瓣,伸向天上的"火烧云"。

天空的云,从西边一直烧到东边,红堂堂的,好像是天着了火……一会红堂堂的了,一会金洞洞的了,一会半紫半黄的,一会半灰半百合色。葡萄灰、大黄梨、紫茄子,这些颜色天空上边都有。……五秒钟之内,天空里有一匹马,马头向南,马尾向西,那马是跪着的,像是在等着有人骑到它的背上,它才站起来。再过一秒钟,没有什么变化。再过两三秒钟,那匹马加大了,马腿也伸开了,马脖子也长了,但是一条马尾巴却不见了。……忽然又来了一条大狗,这条狗十分凶猛,它在前边跑着,它的后边似乎还跟着好几条小狗仔。跑着跑着,小狗仔不知跑到哪里去了,大狗也不见了。……又找到了一个大狮子。……(《呼兰河传》)

流霞溢彩、变化多端的火烧云,透射进童年萧红明亮的心扉,给予她广阔的想象空间。她那任性的追求和对美好的向往,幻化成心灵里跃跃欲飞的理想的翅膀。她要飞离这束缚她的"温室",飞离这束缚她的"乡土";她要飞向"火烧云",成为彩云一朵,凭长风起伏,共云霞漫舞,在天地之间,任意变幻,自由翱翔……

当孩童洞开双眸,瑰丽雄奇的大自然向每个幼小的心灵都撒落一片缤纷的五彩光。并非萧红独然。

然而萧红的天性,萧红的家庭环境以及家庭几个成员性格、思维不同质的合力作用于萧红身上,使她奇妙地成为与大自然相通的一个点,获得了大自然的原动力。这原动力推动着急行的萧红,使她在与社会现实的激烈碰撞中爆发出冲决一切罗网的畸形力。

社会的天平为之倾斜了!

2. 在生死场上

萧红踏进了生死场。

人生,从哪里来,向何处去?

在乡村，人和动物一起忙着生，忙着死……

一个“忙”字，如神来之笔，浓缩了古今多少慨叹！人生直如生死场上的匆匆过客：活着干什么？吃饭穿衣。颠扑不破的真理！

老王婆三岁的孩子、小团圆媳妇、王大姑娘、翠姨……这些早夭的幽灵，向萧红泣诉着人世间的悲苦和希望。而有二伯，这个不忙而“忙”的形象，更咬啮着萧红从小具有的“哀其不幸，怒其不争”的同情心。

对于有二伯，论者有的认为是正在觉醒的雇工，有的认为是焦大式的奴才。然而有二伯实在是一个阿Q式的人物，只是没有阿Q更具典型性。有二伯是一个受压迫的、想凭借其族亲身份和焦大式的“功劳”爬上奴才地位而终于没有爬上去的奴隶。

萧红于1936年写了《家族以外的人》，文中的有二伯尚未脱尽萧军“模式”的影响，有着较明显的“人工”痕迹；而《呼兰河传》中的有二伯，形象归于丰满，成为一个立足于实际的典型人物：他忙着上吊、跳井，是吓唬人的，其实是不忙的；他忙着获得“有二爷”、“有二东家”的尊称，其实是不忙的；不过是满足一下虚荣心，他自知不会获得二东家的地位。他忙着骂人而不真正的反抗，他忙着做活却也兼营消极反抗式的“第二职业”……这种透过“忙”而表现出的“不忙”，不是印证着“大片的村庄生死轮回着和十年前一样”的萧红的感慨吗？不是深刻地揭示了“国民性”普遍的麻木与愚昧吗？而这种“不忙”的人生消磨，不也是更令人悲哀的“忙着生，忙着死”吗？

这就是人生的道路吗？

萧红想“飞”，她决心挣脱“乡村”的生死场，挣脱畸形的乡村社会对人的畸形变异。像历来年轻一代希望挣脱父辈、挣脱家庭的束缚一样，萧红聚起了年轻一代的所有勇气，不惜失去经济来源，与家庭决裂，“飞”向了自由的天地。但是，她稚嫩的翅膀无力远翔，她一头撞进了整个畸形社会的生死场。

有多少人想“飞”，却终于不能，被囚于笼中。

有多少人欲“飞”，始作扑腾，便痛折双翅。

能“飞”起来的有几个？没有反作用于畸形社会的另一种畸形力，如何挣脱整个畸形社会所谓“和谐”、“公义”的巨大引力！

王小妮在《人鸟低飞——萧红流离的一生》中写道：“真正的作家，在本世纪是稀有的,萧红算一个。”这话虽觉苛刻,但不无道理。

“飞”的付出,是常人难以承受的。地球的“引力”、大气层的磨擦力会使你伤羽落毛,人世间的“名利场”力会扭曲你的心灵;生活的重负和对不容于社会的畸形力的夹击,会使得“鹰飞得有时比鸡还要低”。但也正因此,鹰才是鹰。

萧红是鹰。

当她“飞”向自由并终于“飞”落哈尔滨,甚至“飞”临京城时,她曾沦落街头,无处栖身;她曾身无分文,浪迹于贫民窟;她曾在冰天雪地里穿着夏季穿的通孔的鞋子;她曾陷入被人卖掉的绝境……她挣扎着。她是可以返回家园,求得父母宽恕的。但萧红认定的路,至死不变。她准备以死来拥抱“火烧云”。

这就是萧红。

彻底否定几千年旧道德、旧观念的畸形力所遭受的“白眼与冷遇”,以及女性的特定心理,使她不免狭隘;而“路漫漫其修远兮,吾将上下而求索”的对人类真理的探究,以及母性的伟大,又给予她博大的胸怀和忍辱负重的执著。

少女的初恋如彩霞般灿烂。为了爱,为了初尝禁果的羞喜,萧红被困于小旅馆。她怀着孩子,肚腹高隆,行动艰难,加之衣食无着,债台高筑,后又遭松花江大水浸城,生命危在旦夕。然而,即使如此潦倒,爱的甜蜜回味、女性的柔肠、替别人着想的品质和渺茫的幸福希冀竟掩下了未婚夫弃她而去的苦涩。不管萧红的初恋伴侣汪恩甲遇何种险阻,对于萧红身处绝境而未予施助,也是难以谅解的。但萧红终其一生,未对汪有片言指责。这是因为初恋之辉的朦胧晕圈,还是女性自强的承负?

然而松花江之洪涛,也冲击了萧军的挚情,并因此为萧红冲开了社会生死场的又一重门。

萧红得救于萧军,也因此飞鸟暂归巢。相依为命的二萧,虽仍挣扎于困苦之中,但对于萧红,这种挣扎,是从萧军身上得了真实的希望的挣扎。而这希望,则是中国共产党领导的新民主主义革命运动和中国人民反侵略精神在萧军身上的折光。

在欧罗巴旅馆,他们曾粒米无着。一天一夜,在床上相依相偎,忍饥挨饿,以“爱”果腹。这无奈的“浪漫”,该令多少饱食之“爱”者欣羡而不得。

在商市街半地下住所,屋外飘雪,屋内如冰窖。炉中无柴,时时断炊,垂涎于几个铜板的瓜子更不可得。这是怎样的饥寒交迫！然而他们却乐观、开朗,开始了新的“试飞”。甚至为了“浪漫”一回,把仅余的全部资金二角钱用于松花江上的荡舟嬉水。这不就是青春对未来的自信吗?

在青岛,在上海,二萧共同走过了他们人生最困苦的历程。他们的生活境况,很像鲁迅小说《伤逝》里的子君、涓生,但不同之处,却是二萧积极回应着时代的号角,翻了《伤逝》的案。

从娜拉——到子君、涓生——再到萧军、萧红。

个性解放从《玩偶之家》到《伤逝》,再到《八月的乡村》、《生死场》,知识分子走出了一条反帝反封建斗争融汇于人民革命大潮的觉醒与奋起之路。二萧之恋,是革命知识分子在中国现代文学史上的缩影,也堪称中国现代文学在形象创造上的一个真实的典型。

二萧佳话,是萧军以男子汉的无畏,支持并延续着萧红的叛逆人生,将萧红的叛逆落到了实处,扩张了萧红的畸形力。

没有萧军,就没有萧红。

3. 中国第一奇女子

“高处不胜寒”！豪放词宗苏东坡尚且畏缩。

世界高峰喜马拉雅山,敢于攀登者,“几个男儿是丈夫!”

然而萧红“心比天高”,她那仍是脆弱的心灵,早已“飞”向了世界第一高峰。她那无限扩张的畸形力,表现了雄性的反抗。

毛泽东曾指出,“束缚中国人民特别是农民的四条极大的绳索”,即“四种权力——政权、族权、神权、夫权”。

可以这样说:男性承受着三种权力的重负,但他可以行使“夫权”,把三种权力之一的压力转移到女性身上。$3-1=2$。这样,他的重负便成为两种权力,而女性的压力则比男性增加一倍。

在旧中国,女性“受着自己儿子以外的一切男性的轻蔑”,被迫“奴隶般的服从”(鲁迅语)。女性生活在社会的最底层,承负着人类社会全部最残酷、最无情的压力。

跨入生死场的萧红,敏锐地感受到封建观念重男轻女在家庭的投影。而

乡村乃至整个社会女性的悲惨命运以及女性作为人的严重畸形,更怵目惊心地震撼着她:

小团圆媳妇,也有着同她一样的天真、任性和倔强,敢说敢笑,敢打敢咬,于是各种势力联合起来,一起扑杀了这个才12岁的小姑娘;

她的同班同学陈瑞玉,不堪忍受封建家庭的包办婚姻,将十六七岁的青春泪,浸泡着出家后的落寞;

另一个同班同学田慎如,激烈地反抗包办婚姻,却最终成了封建制度的殉葬品;

翠姨的原型是萧红亲似姐妹般的开姨。开姨也企盼着像萧红那样奋飞,她憧憬自由而甜蜜的爱,但在封建礼教的禁锢下,她竟不敢表白她的爱,只是把爱深埋心底。她接受了包办婚姻,又以死反抗了包办婚姻,求得了无助的解脱。

世界奇迹之一的埃及金字塔以其壮观雄浑与统一和谐为世人所惊叹。

如果把社会比作一座金字塔,矗立在顶端的统治者尽可以傲慢地俯视全部结构的完美。然而从人类平等的角度看,这哪里是和谐,这不是头尖底宽的严重畸形吗?俯在塔下的女性,不就是被重压成无侧身之力的畸形底座吗?如果塔底的女性都以平衡之力硬撑,塔则岿然不动;如果塔底的女性斜向给予一种畸形的力,这个塔更会倾斜,终至轰然倒地。

没有畸形力,行吗?

萧红为被压迫的畸形而痛心,为反抗的畸形力而扩张。她用纤细而沉重之笔,警醒自己的姐妹同胞,将自己的畸形力,无限地扩张向千百万被压迫的女性。

萧红作品中最震撼人心的,不是畸形力!

请看:

……一个孩子三岁了,我把她摔死了……我看见草堆下有铁犁的时候,我知道,这是恶兆,偏偏孩子跌在铁犁一起,我以为她还活着呀!等我抱起来时候……啊呀!

一条闪光裂开来,看得清王婆是一个兴奋的幽灵。

……我把她丢在草堆上,血尽是向草堆上流呀!她的小手颤颤的,血在

冒着气从鼻子流出,从嘴也流出,好像喉管被切断了。我听一听她的肚子还有响,那和一条小狗给车轮轧死一样。我也亲眼看过小狗被车轮轧死,我什么都看过。这庄上的谁家养小孩,一遇到孩子不能养下来,我就去拿着钩子,也许用那个掘菜的刀子,把孩子从娘的肚里硬搅出来。孩子死,不算一回事,你们以为我会暴跳着哭吧?我会嚎叫吧?起先我心也觉得发颤,可是我一看见麦田在我眼前时,我一点都不后悔,我一滴眼泪都没淌下。……到冬天我和邻人比着麦粒,我的麦粒是那样大呀!到冬天我的背曲得有些厉害,在手里拿着大的麦粒。可是,邻人的孩子都长起来了!……到那时候,我好像忽然才想起我的小钟。(《生死场》)

这竟是一个母亲对自己亲生孩子惨死的叙述!那平静,宛如在讲述一个娓娓的故事。它呈献给我们的是一个在生活重压下已经麻木得近于冷酷的心灵。读完这段文字,令人不寒而栗。王婆真的是满身“妖气”吗?

萧红与中国伟大哲人老子的心是相通的。

老子闪射出光辉的思辨:“民不畏死,奈何以死惧之!”

民如草芥,命如蝼蚁。在无可奈何的重压下,对于生死,早就以麻木的心理等闲视之,但这麻木的心理深层,也蕴藏着拼死反抗的伟力。当觉悟之光唤醒这伟力,就会爆发出一股冲破“平静”、“麻木”,而令风云变色的巨大畸形力,无情地嘲笑社会固定模式的“和谐”。正因此,当以后王婆的儿子死于抗日前线,她毅然地鼓励女儿再上战场;女儿牺牲后,她以老迈之躯亲自参加了抗日斗争。

王婆,不愧为被压迫人民,尤其是被压迫女性在本质上的真实典型。

再请看对并非穷苦人家的五姑姑的姐姐生孩子的一段描写:

家中的婆婆把席下的柴草又都卷起来,土炕上扬起着尘土。光着身子的女人,和一条鱼似的,她趴在那里。

一个男人撞进来,看形象是一个酒疯子……他吼叫:

“快给我靴子!”……

“装死吗?我看你还装死不装死!”

说着他拿起身边的长烟袋来投向那个死尸。

……忽然那个红脸鬼，又撞进来，什么也不讲，只见他怕人的手中举起大水盆向着帐子抛来……

大肚子的女人，仍胀着肚皮，带着满身冷水无言地坐在那里。她几乎一动不敢动，她仿佛是在父权下的孩子一般怕着她的男人。

她又不能再坐住，她受着折磨，产婆给换下她着水的上衣。门响了她又慌张了，要有神经病似的。一点声音都不许她哼叫，受恶的女人，身边若有洞，她将跳进去！身边若有毒药，她将吞下去，她仇视着一切，窗台要被她踢翻。她愿意把自己的腿弄断，宛如进了蒸笼，全身将被热力所撕碎一般呀！

这边孩子落产了，孩子当时就死去！……女人横在血光中，用肉体来浸着血。(《生死场》)

这些女人们的血呵，与文天祥的血、岳飞的血、谭嗣同的血、黄花岗七十二烈士的血、南京雨花台的血，究竟有什么不同？同是热的，同是孕育新生的，同样饱含着被压迫被屈辱的辛酸，也同样涌流着反抗的基因。这些血本来可以与英杰烈士一样，迸发出令侵略者、令剥削阶级胆战心惊的血光。可是，却在冷漠中流向了污浊……

萧红“不甘，不甘！”她不甘心走这社会铁定的沿袭之路，她要为姐妹们闯出一条发血光之路，她要聚起全部女性的屈辱，对人类阶级压迫作殊死的反抗。

这种拼死反抗所迸发出的无限扩张的畸形力，给予了萧红畸形的人生和畸形的婚姻。

萧红与汪恩甲的初恋，固然是冲破封建礼教的包办婚姻之先声，却也是她真诚追求的产物。她与汪的始恋终弃，固然汪有不可推卸的责任，但实质上，则是萧红与汪恩甲“道不同，不相与谋”的必然性。这个“弃”的责任，倒是萧红应担得更多。

萧红幸获萧军，一方面得到了“小鸟依人”的女性心理慰藉，另一方面也从萧军身上得到了力量和方向。这是他们六年甘苦与共的纽带。然而缘分只有六年，在萧红凭借鲁迅之力终于张开翅膀的时候，就宣告了二萧的缘分已尽。

在那六年中，萧红努力“为人妻”，将温柔的爱给予萧军，在内心深处也

时时冲动着挣脱一切束缚，包括萧军束缚的“一意孤行”的强烈愿望。

论者或认为二萧的分手是因为萧军的“外遇”，失忠于萧红；或认为萧红不去延安，是感情因素，“不愿见到萧军”。其实萧红心里是清醒的。赵凤翔在《萧红与舒群》中谈及：“舒群曾经执意地劝说她走到延安去，有一次为了争论这个问题，他们俩人整整争吵了一夜。萧红的态度是一向愿意做一名无党无派的民主人士，她对政治斗争十分外行……”（见华铭：《论萧红的文学道路》）二萧分手，实质上是二萧孕育已久的思想路线的分歧。

尽管萧红对萧军的绝然离去失声痛哭，但从根本上讲，是萧红抛弃了萧军。用伍子胥的话说：“吾日暮途远，吾故倒行而逆施之。”萧军只是萧红漫漫长途一段路上的同路人。

端木蕻良与萧红的结合，一开始就表现了思想的差距。端木蕻良为二人的结合，尽心地举办了萧红的第一次婚礼。这无疑安慰了萧红破碎的心，萧红自是感谢的。但在萧红心扉后面，对这种仪式大概是不会太以为然的。

女人需要完美的丈夫，但任何男人也不“完美”。端木蕻良为病中的萧红已经心力交瘁，但萧红不能满意。“假如萧军现在还在重庆的话，我打个电报他会到我身边来的。”在人世间的最后几天，她信赖并怀念着萧军。她自称的“不受驾驭的个性”，表现为女性的心理的狭窄及对男性的苛刻，其实这也是整个女性的苛刻，不过在萧红身上表现得更集中。

萧军说得对：“萧红是个没有‘妻性’的人。”

如果萧红活着，她与端木蕻良能够百年好合吗？恐怕很难。因为萧红身上那无限扩张的畸形力，是不会停止扩张的。

“乘兴而来，兴尽而返。”生命亦当如是。萧红的早逝，反倒给端木蕻良留下了终生的“只有香如故”。

“此时无声胜有声。”萧红逝也，却可凭一缕幽香而长伴落红。这时端木蕻良，该是不幸之幸吧！

“我将与蓝天碧水永处。”萧红以她31岁的芳龄，走完了生命的全部路程。她从祖国的北疆飞到了南陲，在蓝天碧水处，她的心又飞回了北疆，将毕生的心血倾注在一部《呼兰河传》中。

萧红的早逝，令后人惋惜，无缘再见泣红之笔。

但萧红的早逝，却也是大自然赋予她历史使命的光荣终结，《呼兰河传》

已完成了萧红的一生。

从《生死场》到《呼兰河传》，萧红以她无限扩张的畸形力，塑就了属于自己、属于全部女性，也属于整个世界的“中国第一奇女子”的高峰。珠穆朗玛——“女神之峰，莫不是萧红的化身？”

二、萧红的乡土小说

1. 从《生死场》到《呼兰河传》

《生死场》是萧红创作生涯前期和后期截然分明又有机联系的界碑。

如果说《生死场》是融合萧军经历、萧军语言的一定意义上萧军“模式”的顶峰，那么，也是这种“模式”的终结；同时，《生死场》又是鲁迅模式及对鲁迅扩张的开篇。

可以说，《八月的乡村》主要是萧军的成功，而《生死场》的成功，有萧红的一半，也有萧军的一半。

《生死场》是二萧不同思想路线的联合体，根本方向的一致和较多的共同点使作品的巨大成就掩盖着全书的不协调。这也是《生死场》在艺术上欠缺的实质所在。

在萧红的文学作品中，有一个明显的艺术走向，那就是萧军影响的逐渐淡化和萧红风格的逐渐加强。

写于1933年的《王阿嫂的死》，可以明显看出艺术手法的不纯熟，甚至显得笨拙。如张地主的放火烧人，踢王阿嫂的怀孕之腹等。尽管不能否定这种残酷是生活真实的组成部分，但相对地深刻表现阶级压迫的社会本质而言，则远不够典型。有些概念化的张地主的形象，比及鲁迅笔下的鲁四老爷、七大人等形象所具备的力度，显得过于单薄。

同时期的《看风筝》，更明显地表现出作者的斧凿痕迹。作者对所要表现的人物并不熟悉。与其说是作者勉强写出，倒不如说是被萧军呼唤出的革命者刘成，被贴上了把“一切受难者的父亲都当作自己的父亲”的标签，硬是让刘成对已被剥削者摧残得孤苦无依、饥寒交迫而又年老体弱的亲生父亲绝情离弃，使刘成这个人物在性格上严重失真、脱节。这是艺术上的失败。

从前期作品《夜风》到后期作品《旷野的呼喊》、《牛车上》、《莲花池》、

《黄河》等，萧红自己的风格渐据主导并最终形成。

萧红前期作品的代表作《生死场》写于1934年。国外有的学者认为《生死场》前半部分和后半部分有脱节之嫌。这是有道理的，不必“为尊者讳”。其实很简单，前半部分是萧红自己的，后半部分则杂糅了萧军的经历、见闻、想像、风格以及对萧红的引导与启发，致使作品不大统一。当时的二萧，同样怀着一腔赤诚，热烈地向往着时代的热风；同样与时代的节奏合拍，最先写出东北人民的反抗。这是难得可贵的。但身置热风的漩涡之外，凭着激情的想像与萧军曾经“行伍”、“上山”的经历，以政治上稚弱的文笔，不可能生动地再现乡村大地反抗日本帝国主义侵略的人民革命之威武雄壮的活剧。

> 老赵三立到桌子前面，他不发声，先流泪：
>
> ‘国……国亡了！我……我也……老了！你们还年青，你们去救国吧！我的老骨头再……再也不中用了！我是个老亡国奴，我不会眼见你们把日本旗撕碎，等着我埋在坟里……也要把中国旗子插在坟顶，我是中国人……我要中国旗子，我不当亡国奴，生是中国人，死是中国鬼……不……不是亡……亡国奴……(《生死场》)

这段话形似激昂，实则平淡乏味。似乎可以放在任何一个有血气的中国人身上，折射不出老赵三的特定性格。尽管作者费力地制造了使人语无伦次的悲壮气氛，但不断重复的“中国”、“中国人”，也反映了作者的底气不足。尤其“生是中国人，死是中国鬼”的表白，在老赵三，何其文也，倒不如说是萧军或萧军同人式语言的强加。

并不是说乡村农民喊不出这样的口号。在当时的东北大地，更深的革命理论之光、更响的革命口号之力以及共产党撒播的反抗火种和领导的反抗斗争，在许多乡村更真实、更强烈地发生着，已远远超过《生死场》所描写的范围。但是《生死场》显然未能写足人民反抗的条件，致使人物性格、故事结构有一定的脱节。

《生死场》的书名是萧军起的，但却是萧军对萧红思路的认同与概括。

这说明了什么？

三十年代的中国进步知识分子，面对残酷的社会现实，大多不可避免地要踏上历代哲人的思索之路,探究人、人生、人性等生命的底蕴。这就是萧军能够敏锐地认定落魄萧红为知己,并敏锐地捕捉到萧红作品的灵魂,以三字金言敲定《生死场》的原因。

可以这样说,二萧在大方向上是一致的,即对现实政治之进步热情与对人生底蕴之探究热情的模糊的一致性。但他们结合之后,在二萧内心深处便开始了两条不同路线的冲突。如果说"功利"可以有毛泽东提倡的"革命功利主义",那么,萧军有着对现实政治的"急功近利",而萧红则淡泊于这种"功利",内心深处急切追求的是"发掘生命的幽微隐秘,寻出被拘囚被捶楚得体无完肤的人类的真理"。这种不同思想路线的分歧导致了萧红不去革命圣地延安,也是萧红与萧军分手,并对与她的思维更接近一些的端木蕻良一见如故、终结姻缘的原因。

从《生死场》到《呼兰河传》,萧红超越了萧军,超越了自我,同时,也最终实现了自我。

我们不能忽视从《生死场》过渡到《呼兰河传》的桥梁。那就是萧红于1936年写的堪与世界一流艺术相媲美的短篇小说——《桥》。

如果说,《王阿嫂的死》里的张地主,使我们看到的是一个地主,那么,《桥》里边没有地主,却使我们看到了整个地主阶级。

"桥"的这边是一座高大的宅院,里边不见人影,却不时发出令人惊心的鬼魂般的呼喊:"黄良子"、"黄良子";"桥"的那边,丈夫和孩子也少见其影,鲜闻其声。甚至连主人公也难窥容貌,名字只是因丈夫叫"黄良",而被无端地加了一个"子",叫"黄良子"。全文以孩子的溺死收束,揭露了严酷的阶级对立,控诉了整个剥削阶级对劳动人民,尤其是劳动妇女沉重的生存压迫和精神压迫。

全文写法独特,文笔清新,似虚似实,亦真亦幻,缥缈而沉重,幽远而清晰,是深入鲁迅世界而又独立于鲁迅世界的上乘佳篇。《桥》已形成萧红的风格,实践着萧红探索人生底蕴的追求,是乡土文学的一颗傲世明珠。《桥》终将获得"绝唱"的地位,受到越来越多的人的喜爱和重视。

从《生死场》到《桥》,再到《呼兰河传》,萧红在艺术之路上,走了一个否定之否定的过程。

如果说《生死场》是以实写虚,那么《桥》是以虚写实,而《呼兰河传》

则是升华了的以实写虚。

如果说《生死场》的以实写虚，是通过人生写她理想的奋飞，写她尚觉模糊、尚难把握的追求的虚，那么《呼兰河传》则是写她对乡土的回归，她以虚实相生、炉火纯青的艺术表现，通过真实人生写她已经领悟到了的对“人类的真理”的探究。

《呼兰河传》对乡土的回归，首先表现为对亲情的回归。萧红以真挚、清新的文笔写了祖孙之情、父女之情、母女之情，尽管从表面文字上看，对祖母、父亲、母亲的斥与责的恨怨多于爱与情的思念，但这种“情”，完全是当时童心的“恨”，而“怨”则是对与自己奋飞追求相隔阂的“怨”。通过“恨怨”所表现的，却是复杂的感情思念。这正是返本归真的艺术表现手法。

《旷野的呼喊》写父亲：“睡在他旁边的儿子，和他完全是隔离的灵魂。”然而父亲对儿子的深情，却已能写得力透纸背。

《北中国》里的耿大先生，简直就是对萧红父亲原型的提炼与改造。耿大先生对儿子出走后的绝情的心理描写以及内心深处的沉沉思念，淋漓尽致地表现出作者“可怜天下父母心”的隐衷，曲射出萧红对自己父母的体谅、理解与思念。

如果说《生死场》所表现的是人在大自然与社会重压下的畸形变异，以及屈从和反抗，那么，《呼兰河传》对《生死场》的超越则表现为人与自然、人与社会的统一。人是自然的组成部分，人的悲剧是社会的悲剧，人的反抗是社会的反抗。正是这种超越，使萧红在中国文学史上成为突起之峰。

小说中的有二伯、云游真人、小团圆媳妇、老胡家一家、王大姑娘、冯歪嘴子……这一个个人物形象，都被作者以平等的眼光、冷静的文笔，将其放在自然人的位置上，对其阶级地位、观念、活动予以真实自然的发生、发展及合乎性格特征的描写，令读者与之喜，与之悲。也正因此，小说便具备了广泛的社会意义和深刻的批判力量。

《呼兰河传》直指人的心灵，给人以巨大的震撼。

小团圆媳妇是被谁折磨死的？

老胡家是善良、朴实、勤俭持家的劳动家庭。为了捡拾二升黄豆挣五十吊钱，婆婆起早贪黑在大田里像动物一样地爬了半个多月，而当病了时，却舍不得花二三吊钱买点药；豆腐是当时呼兰小城的平民百姓难得的美味，婆

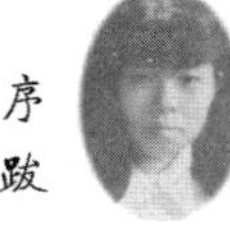

婆为吃一块豆腐也要精心计算。但是，为了治好小团圆媳妇的病，婆婆竟忍着剜心尖的痛，大把地花去了能吃十万多块豆腐的五千多吊钱，终于倾家荡产了。

周围的四邻八舍，为了治好小团圆媳妇的病，争相出人出力出主意。

那么，凶手是谁？——是万恶的封建礼教！

为了维护封建礼教，维护“婆婆”的地位，维护社会的愚昧与固执，规范12岁小姑娘自觉走向封建妇女的畸形，成为低眉顺眼的标准媳妇，婆婆不断地骂她、打她，甚至用烙铁烙脚心。12岁的小姑娘被折腾得精神近于失常。

令人可悲可叹的，还有那些并无恶意的看客。

小团圆媳妇被抛入滚烫的水中洗澡，在昏死过去后，看客的感觉是：“却没有白看一场热闹，到底是开了眼界，见了世面，总算是不无所得。”

当听说这澡要连洗三次时，

> 于是人心大为振奋，困的也不困了，要回家睡觉的也精神了。这来看热闹的，不下30人，个个眼睛全亮，人人精神百倍。看吧，洗一次就昏过去了，洗两次又该怎样呢？洗上三次，那可就不堪想象了。所以看热闹的人的心里，都满怀奥秘。(《呼兰河传》)

而就在这洗澡之前，

> 公鸡抓来了，开水烧滚了，大缸摆好了。

> 小团圆媳妇躺在炕上，黑乎乎的，笑呵呵的。我给她一个玻璃球，又给她一片碗碴，她说这碗碴很好看，她要拿在眼睛前照一照。她说这玻璃球也很好玩，她用手指甲弹着……她想要坐起来在炕上弹这玻璃球。(《呼兰河传》)

多么强烈的对比！

这已被折磨得奄奄一息的小姑娘，在一次更大的折磨即将降临之前，一片碗碴、一个小玻璃球，便唤起了她“生的坚强，死的挣扎”的顽强生命活力和对美好的向往。她本来没有病，只要把她放回到自由的天地中，她就会像小鸟一样歌唱。

然而，无病者被强迫"治病"，病入膏肓者却人人心安理得，自诩无病！这是多么残酷的畸形！这是多么令人悲愤的颠倒！这不就是对鲁迅笔下的"狂人"、"小栓"等一系列形象的印证和补充吗？"吃人"与"被吃"，一幅怎样的血淋淋的中国封建社会的风俗画！

《呼兰河传》里的冯歪嘴子，是对《后花园》中冯二成子形象的发展。如果说冯二成子尽管对悲惨的生活发出了无力的质疑和抗议，最终在"几千年的大石头下默默地枯萎"，表现出人在自然、社会中承受压力的消极性，那么冯歪嘴子则再现了人在自然、社会中反抗压力的积极性。冯歪嘴子与王大姑娘在人们的白眼、冷遇、嘲笑中默默地结合，默默地生活，默默地生育，并让两个孩子默默地成长，揭示了劳动人民以顽强的生命力对社会压迫的默默的反抗。

人，既然是自然、社会的组成部分，那么在本质上就不仅仅是承受压力，还有着主动顺应自然的一面：新生的总要新生，总要生长，总有生存的权利和光明的未来。冯歪嘴子的形象之所以是丰满的，成功的，就在于他是真实的，没有人为的拔高。而他的"默默"，使我们感受着一个"中国的脊梁"的具体形象，从而在本质上揭示了中国乡土蕴藏的深厚伟力、中国劳动人民自强不息的进取精神和中华民族未来的美好前景。

《呼兰河传》中冯歪嘴子两个没娘孩子一天天成长的光明结尾，较之《生死场》的光明结尾，表面上显得暗淡一些，但却更含蓄、更内在地闪射着永恒的光芒。

2. 诗情画意的风俗写生——然而近于残酷

在哈尔滨，萧红曾作过一幅画，画面上是萧军的一双历尽冰雪浸踏、满是泥污的破靴子。为这幅画的成功，萧红兴奋不已。

这幅靴子写生画，是萧红的作品的艺术缩影。

在萧红的作品中，充满着乡土气息的诗情画意：

有融入乡土的比喻："张地主又来了！她们的头就和向日葵般在田庄上弯弯地垂下来。"（《王阿嫂的死》）

有满怀乡情的画面："小城里被杨花给装满了，在榆树还没变黄之前，大

街小巷到处飞着,像纷纷落下的雪块……”(《小城三月》)

有诗意的动态跳跃:“小浪一般冲过去的笑声,使摸门的人的脸上的罩布脱掉了,红了脸。”(《几个欢快的日子》)

有悲壮的意境交融:“车子越往前走,城座看来越退越远。脸孔和手上,都有一种粘粘的感觉……再往前看,连道路也看不到尽头……”(《牛车上》)

然而,萧红的诗情画意更多的近于残酷。残酷的阶级剥削、社会压迫和侵略者的掠夺,以及萧红的亲身经历与被压迫人民心灵相通所感受到的残酷,加之其女性的细腻观察与笔法,使她的诗情画意更真切地表现为畸形的壮美。

在《生死场》里对五姑姑的姐姐生孩子的描写,在《呼兰河传》里对小团圆媳妇惨死的描写,都是极尽残酷的乡土风俗画。这种残酷,在萧红的作品里俯拾即是。我们来看她在《生死场》里怎样营造老王婆讲述孩子惨死故事时的气氛:

天空一些云忙走,月亮陷进云围时,云和烟样,和煤山样,快要燃烧似的。再过一会,月亮埋进云山,四面听不见蛙鸣,只有萤虫闪闪着。

墨一样的天穹合拢来,压下来。一个“陷”,一个“埋”,给讲故事的人、听故事的人和读者沉下来无穷的压力。

在这压力下,“屋里,像是洞里,响起鼾声来,布遍了的声波旋走了满院。天边小的闪光不住地在闪合。王婆的故事对比着天空的云”。王婆的故事,就在这恐怖的气氛中开始。

当王婆的故事讲完后,“闪光连接起来,能言的幽灵默默坐在闪光中。邻妇互望着,感到有些寒冷”。

萧红用这诗一样的语言勾勒出的画面,造成了一种多么残酷的气氛。

在《旷野的呼喊》里,当父亲听到儿子因为抗日被日本鬼子抓走而悲愤地向旷野奔去时,萧红写出了这样意境交融的壮烈:

等他再重新爬起来,他仍旧向旷野跑去,他凶狂的呼喊着,连自己都不知道叫的是什么。风在四周捆绑着他，风在大道上毫无倦意的吹啸，树在摇摆，连根拔起来，摔在路旁，地平线在混沌里完全消融，风便作了一切的主宰。

把风写得如此壮美，而风与人，与树，与道路，与地平线浑然一体，使这壮美成为大自然的壮美，而萧红又用不忍之笔写了老人被风的无情吞没。如此强烈的艺术魅力，对于悲愤欲绝的老人来说，含蓄中透着何等样的残酷！

3. 大自然的精灵

杜甫这样诗评李白等人：

白也诗无敌，飘然思不群。
清新庾开府，俊逸鲍参军。

说萧红作品有庾信之清新，当不为过；而萧红作品兼有李白飘然不群之风，亦不为过。

李白的“飘然思不群”，是融于自然，从而认识自然并出入于自然的产物：

“噫吁兮，蜀道之难，难于上青天。”直用感叹词及其语气。

“主人何为言少钱？”口语化一至于此。

“李白乘舟将欲行……不及汪伦送我情。”以时人之名直接入诗。

“安能摧眉折腰事权贵，使我不得开心颜！”其《梦游天姥吟留别》，分明是一首气势磅礴的散文诗。

得作诗为文之规律，又不受人为规律所束缚，而将己身、己文贯通于自然之中，成就了李白的“飘然思不群”。

事实上，大自然瑰丽多彩，千型万类，变化无穷。人，本来是大自然的一个组成部分，本无所谓“束缚”，无所谓“无束缚”，为文，行事，做人，顺其自然而已，缘何偏为他人他物所束缚，必取一种“模式”而作茧自缚呢？大自然本来就有和谐的柔美，也不乏畸形的壮美，缘何扬此贬彼而陷入人为之“井观”呢？萧红说得好：“有一种小说学，小说有一定的写法，一定要具备某几种东西，一定写得像巴尔扎克或契诃甫的作品那样。我不相信这一套，有各式各样的作家，有各式各样的小说。”（聂绀弩：《回忆我和萧红的一次谈话——

序〈萧红选集〉》)

萧红与大自然的心灵沟通和她不受羁绊的天性,使她的作品呈现出"飘然思不群"的独特风格。她的小说没有完整的故事情节,人物、事物之间缺乏紧密联系,结构显得松散,人物典型刻画不够,却有着散文诗的跳跃和音乐的节奏。

就小说"固有格式"而言,萧红作品的缺点是明显的,但大约正是这缺点,形成了萧红独特的风格以及她对小说作法真谛的掌握:得此失彼,一利一弊;随心所欲,何求完善。可以这样说,萧红对于小说的"固有格式",非不能也,是不为也。

萧红的小说可称之为散文小说。这样的体裁最适合她的天性。她是用她的心来写小说,用她不受束缚的思维表达她对社会的深刻认识,用她的文字去追求已经"体无完肤的人类的真理"。这就决定了她的作品只能是对前人成就的"借用"式继承,而不肯囿于前人成就的束缚。

萧红在心灵上与大自然的沟通,使她终于实现了儿时的憧憬。她飞向了"火烧云",化作彩霞一片,成为大自然的精灵。而她在作品中显现的精灵之气,充分证实了"物我合一"所能达到的人类成就的真正高峰,同时也说明了:在人世间,凡为物所累,为情所累,为名所累,为利所累,为一切可以束缚人自由意志的诱惑所累,都不能达到萧红的高度。

三、萧红在中国文学史上的地位

1. 鲁迅与萧红

鲁迅是中国乡土文学的开山始祖,萧红是对鲁迅的扩张。

《八月的乡村》、《生死场》在上海滩同时打响,使萧红看到了自己的实力。鲁迅"认为在写作前途上看起来,萧红先生是更有希望的"(许广平:《追忆萧红》)。聂绀弩则对萧红谈及:"萧红,你会成为一个了不起的散文家,鲁迅说过,你比谁都更有前途。"

鲁迅的高度肯定和殷切期望,更激发了萧红蕴藏心底已久的挣脱一切束缚,包括萧军束缚的强烈愿望,她的独立人格似乎一下子释放出巨大的能量,她绝然要在自己认定的道路上前行。

不必讳言，当时的中国文坛，也同整个中国社会一样，到处弥漫着鲁迅所深恶痛绝的劣的“国民性”，即使“左联”成员，也在所难免，只是同为进步阵营中人，非万不得已，鲁迅不愿投匕，只能把深深的悲哀埋在心底。而当他看到一颗新星，这颗新星又将为劣的“国民性”指明改造的方向时，他怎能不倾力为其张扬！

为了乡土文学的未来，为了中华民族的希望，为了人类真理的探究，鲁迅寄厚望于萧红，在肯定《生死场》的同时，也坦言了作品的不足，为萧红“欲穷千里目，更上一层楼”指明了方向。

对于二萧的情感矛盾，鲁迅不愿看到，却也无奈。因为是二萧思想路线的异向张力决定了二萧矛盾的必然。而一颗新星升起的希望，则倾注着鲁迅的偏爱。他一如《呼兰河传》里的冯歪嘴子，默默地承受着中华民族的重负，默默地支持着新生。同样，冯歪嘴子形象的塑造，又怎能没有鲁迅的身影和萧红对鲁迅的感受！

但是，自称为“鲁门家将”的萧红，却并不甘于恩师鲁迅的“束缚”。她的这种独立人格，大概正是鲁迅视萧红为“关门弟子”所引为自豪的吧。

“学生不想超过老师，不是好学生。”

萧红走进了鲁迅的世界，又开始了她对鲁迅的超越式继承。这种继承，与伟人的心灵相通：“我们的学说不是教条，而是行动的指南。”（马克思语）

萧红的后期作品，可以清楚地看出对鲁迅道路的实践：《朦胧的期待》、《逃难》、《山下》、《莲花池》、《王四的故事》等作品，开拓着挖掘国民性的工作，而《呼兰河传》则最终完成了萧红对鲁迅的扩张。

应该提及的是，萧红后期的长篇小说《马伯乐》，也是作者遵循鲁迅道路，却又力图超越鲁迅的尝试。

有的学者高度评价《马伯乐》，对此很值得商榷。

当然，如果把《马伯乐》视为一部讽刺作品，则不失为上乘之作，而且论者尽可以在作品究竟是讽刺一个或一群阿Q式的知识分子，还是讽刺整个国民政权大溃逃的争论上兜圈子。

但是，就萧红的一生追求及后期对鲁迅的扩张欲望而言，《马伯乐》的创作不可能仅仅是为着一个讽刺作品。

鲁迅通过塑造阿Q这个农民形象，揭示了整个中国社会的“国民性”；萧红则尝试着补鲁迅之未逮，通过塑造马伯乐这个知识分子的形象，以求达到《阿Q正传》的社会效果。

然而在对中国社会的理论认识上，萧红没有达到鲁迅的高度。鲁迅深刻地认识并牢牢地抓住了中国社会问题即农民问题的这个焦点，他塑造的农民阿Q这个形象，才具备了广泛的代表性，成为一面镜子，可以反照出整个社会。而形象思维多于理性思维的萧红，由于没有从理性上去深刻地、准确地把握中国社会的焦点，因而未能深入地挖掘马伯乐这个知识分子身上的农民印记，就不可能反映出真正的、全部的知识分子及中国社会的"国民性"，这就使《马伯乐》流于一般的讽刺作品，缺乏力度、深度和广度。

《马伯乐》是企图超越鲁迅的一个失败的尝试。

2. 半部"红楼"续《红楼》

曹公《红楼》一"梦"，颠倒世间众生。一时间，"续"者、"补"者多矣，颇为热闹了一番，然而狗尾续貂者众。

唯高鹗之笔，虽不免差强曹雪芹原意，却尚得世人认可。

但高鹗之"完璧"，最多也只能算是把曹雪芹未竟之"梦"做完，未能越曹雪芹雷池半步。

"都云作者痴，谁解其中味？"《红楼梦》一书，成就了不少人的成名成家，但真"解其中味"者谁？

萧红写下了半部"红楼"。

"留下那半部红楼，给别人写了。"是萧红临死前"不甘"的绝笔。

半部"红楼"续《红楼》，若假孟子之笔，诉诸曹公之灵，未知首肯否：方欲真续《红楼》，古今之世，舍萧红其谁与？

在续《红楼》上，如果说高鹗是借曹雪芹的光辉，照亮了自己并反射着曹公之光，那么萧红则是以自己的光辉，映照着曹公之光。

曹雪芹以他未必需后人补缀的半部《红楼》，写尽了封建社会里奴才的悲哀、奴才的反抗和奴才的落寞结局。

萧红以她的半部"红楼"，则写尽了封建社会末期奴隶的悲哀、奴隶的痛苦、奴隶的反抗和奴隶的光明前景。

萧红尽得曹雪芹之精神和《红楼梦》之真谛，同时，又以奴才与奴隶一字之别，将笔触伸向"大观园"以外的农村社会，伸向广大劳动人民，尤其是

劳动妇女的心灵深处。

“女儿是水做的，男人是泥做的。”曹雪芹将女儿的纯洁与多情跃然笔端，塑造了大观园中极尽可爱的女性群像。这里面，有精明不让须眉的凤姐，有颇具将帅风范的探春，有秉天地之灵气的黛玉，有谋略不同凡响的宝钗，还有正派端正的鸳鸯、勇于追求的司棋、伶牙利齿的小红、心比天高的晴雯等等。

然而，这些寄托着曹雪芹深情的爱与美好的希望的女性，却也彼此之间“像乌眼鸡似的，一个个恨不得你吃了我，我吃了你”。凤姐阴险毒辣，宝钗心机诡谲，小红充满野心，袭人外庄内诈……红妆错落，红袖漫舞，你方“吃”罢我登场，几乎人人主动参与了吃人与被吃的封建大筵宴。

在大观园女儿国中，充斥着自觉不自觉的奴才，上下等级，壁垒森严。谁越雷池半步，必遭当头棒喝。然而谁都跃跃欲试，图谋爬上高一级的台阶。个体与个体，群体与群体，分化离合，明争暗斗。从最下层的奴才，到最高层奴才如贾母、元春，都虔诚地跪拜在封建礼教之下，乞盼着封建统治者的青睐。明知火坑，却甘受其炙；明知虎穴，却恋恋不舍。金钏说：“太太要打要骂，别叫我出去，就是大恩了”；勇晴雯也死心塌地，即使“一头碰死了，也不出这门”。这大观园人格上的屈辱地位，令她们留恋、赞美、陶醉，显然是“万劫不复的奴才”（鲁迅语）。

即如宝黛的脱颖，也未能真正摆脱奴才地位，一个死，一个出家，反抗是反抗了，但只是奴才的反抗。

“有心归完璞，无才去补天。”天之将倾，最干净的女儿亦在污秽中成为殉葬品。曹雪芹洞穿大势，也只有带着惋惜与无奈，随它去了。

给予女性以无限扩张的畸形力，以促将倾之天为即倾者，萧红也。

有谁继《红楼梦》之后，成功地塑造出一系列典型的女性形象？

是萧红。

萧红塑造的女性形象，绝不为自己的屈辱地位而赞叹，而陶醉。因为她们是奴隶，不是奴才。

萧红笔下的女性形象，是曹雪芹笔下女性形象的延伸与希望。

恩格斯说：“最初的阶级压迫是同男性对女性的奴役同时发生的。”女性是阶级压迫最早、最直接的受害者，也是阶级压迫赖以存在的最基本的因素。因此,女性的反抗自然被视为大逆不道,被视为不可容忍的畸型力。而从女性自身的角度看,其反抗就更是天经地义的,本身就已经是阶级斗争。

在萧红的作品中,王阿嫂是带着仇恨死的;黄良子并不爱地主小少爷,内心牵挂的是自己的孩子;王亚明因为一双黑手被赶出校门,仍满怀着自强的信念;翠姨不向封建礼教低头,昂首殉情;月英、金枝、小团圆媳妇、五云嫂、长青妈、王大姑娘、王婆和她的女儿……一个个都表现出奴隶的"生的坚强,死的挣扎":生,堂堂正正地生;死,绝不会谢主隆恩,口颂"吾皇圣明"的。

奴才有阶层之分,却不成其为一个独立的阶级。奴才的反抗,是个体的。这种反抗只能囿于剥削阶级的范畴之内,表现为剥削阶级一统观念下的你争我夺。

奴隶则是与剥削阶级对立的阶级,奴隶的反抗必然是群体的。即使表现为个体形式,在本质上也受着阶级意识的支配,有着阶级的内涵,即与统治阶级水火不相容的阶级斗争。

半部"红楼"续《红楼》。萧红将女性的反抗,从大观园扩张上广阔的乡土大地,将女性奴才状态的无助扩张为女性奴隶地位的反抗与希望。

3. 乡土文学的方向

刘绍棠认为:"中国现、当代的女作家,尚未有超过萧红者。"这评骘是具慧眼的。

萧红将自己的心植根在中国的乡土大地上,植根在广大劳动人民的心中,她以自己紧扣时代脉搏的作品,向世人指明了乡土文学的方向。

乡土文学的方向是什么?

第一,与乡土的融合。

广袤的乡土大地,从古至今,默默地向人类奉献着自己的产出;被乡土大地赋予同样品质的劳动人民,则默默地支撑着整个社会的生存与发展。

这"默默",才是真正的伟大。

中国古代的平民圣人墨子要求自己和他的学生:无论成就多大,名声多响,地位多高,也永远自觉地接近下层劳动人民的生活水平,保持平民本色。

这是圣人的自律,也是圣人要求一切知识分子的律条。这既非"谦虚",亦非"美德",而是对人与自然、奉献与索取、名声与财富之间关系的符合本

性的真知灼见。

萧红说得好："我们的生活不是这个世界上的获得者，我们要给予。"（骆宾基:《萧红小传》）

给予而非获得，奉献而非索取，才能将自己视为一颗“沙粒”（萧红语），与乡土浑然一体；才能真切地感受时代的、人民的心声，创作出具有人类高度的乡土文学。

只有给予，只有奉献，才是真的乡土精神，才是与乡土的融合。

第二，与自然的融合。

“文王拘而演《周易》，仲尼厄而作《春秋》。”（司马迁《报任安书》）“拘”与“厄”的强烈刺激，使人清醒地认识自己在大自然中的位置，自觉地将自己“降”到与平民百姓一样的平等的“低度”，从而才可能顺应自然，融入自然，将自己“升”到真正实现大自然的一分子——人的价值的“高度”。

圣人之为圣人，是因为较之常人更具“常人心”。

萧红也更具“常人心”。

萧红在1938年4月29日《七月》编委会第三次座谈会上发言："作家不是属于某个阶级的，作家是属于人类的。"

萧红说对了，也说错了。

在阶级社会，作家无法逃避其阶级属性。他首先是属于阶级的，通过为了现实的阶级而对整个人类做出奉献，或是索取；在人类的本质意义上，先进的作家是属于人类的，但他只有通过先进的阶级、先进的势力集团，而实现本质的要求。

可惜，萧红没有学会辩证法，不然她是可以把她的文艺理论认识表述得更明白的。

但是，萧红以她无可争辩的作品显现出光辉的辩证法：萧红的成就属于人类，也属于先进阶级，属于广大劳动人民。

萧红的可贵之处，就在于她的融于自然的“常人心”。

《共产党宣言》要求自己的成员都应更具“常人心”，即为着向人类的奉献而生存。但是，几千年私有制旧观念的核心，即那个“私”字，都是索取与获得，几变不离其宗，新兴地主阶级对于奴隶主阶级，新兴资产阶级对于地主阶级，其承袭的剥削本质不必说了，即使肩负否定一切私有制历史重任的无产阶级及政党，在相当长的时间内，也都不可避免要受到私有观念的严重侵蚀。其某些成员也难免自觉不自觉地扩张自己的私欲，从而失去以奉献为核心的人类本性。

这无疑是萧红力求躲避的严酷现实，只是萧红未能深入求索：无产阶级及其政党不同于历代剥削阶级，它将彻底战胜私有制、私有观念及对自身的侵蚀，实现人人平等的人类大同。

萧红在理论上的偏见，遮掩不住她在理论上的光芒。这光芒即是以无产阶级为代表的被压迫阶级一致追求的共产主义之光。

萧红是大自然的一分子，她的声音，是大自然的声音。“无为而无不为”。得大自然精蕴，其对政治的“无为”，实质上却是顺应自然历史的进程，对无产阶级解放大业的政治，起到了先驱者“无不为”的历史作用。

这才是真的自然精神，才是与自然的融合。

第三，与人民的融合。

一个作家，是走向人民，与人民相结合，还是深入人民的心灵深处，与人民的心灵相融合？

一个知识分子，是先天就高人一等地去了解人民，熟悉人民，然后去写人民，还是把自己“降”到人民一员的地位，与人民心心相印，来写自己？

当自己与人民浑然一体，“血管里流出的是血”。写自己，就是写人民。

当自己与人民油水相合，“水管里流出的是水”。写人民，其实在写自己。

毛泽东《在延安文艺座谈会上的讲话》指明了知识分子与劳动人民相结合的无产阶级文艺方向，开创了知识分子自觉走向人民的新时期，这种结合，其实就是以走向人民为开端，在与人民结合的过程中，“修”成与人民心心相印的“正果”。

丁玲说：“创作本身就是政治行动，作家是政治化的人。”（《文艺与政治的关系》，载1980年《文艺理论研究》）

丁玲的话自然不错，她在毛泽东《在延安文艺座谈会上的讲话》精神指引下，自觉投身政治，在与劳动人民的结合过程中，努力深入劳动人民的心灵，取得了巨大的成就，奠定了丁玲在中国现代文学史上的地位。

萧红是写不出《太阳照在桑干河上》的。

但是，丁玲、萧军属于一个时代。

萧红则属于整个人类。

萧红并没有自觉地去走向人民,并没有去与人民相结合,并没有深入人民心灵与人民心心相印。

因为,萧红本来就是大自然的精灵,本来就是乡土中的“沙粒”,本来就同被压迫姐妹跳动着同样的心,本来就同劳动人民涌流着同样的血,本来就更具“常人心”。而且终其一生,字字滴红;宛似青松,未有半日凋零。

这才是真的人民精神,才是与人民的融合。

在特定意义上证明,乡土、自然的同义语,就是人民。

与乡土融合,与自然融合,与人民融合,萧红以其在中国文学史上的高峰特出,指明了乡土文学的方向。

后　　记

读完《萧红印象》丛书最后一页书稿，如释重负。

《萧红印象》丛书包括《记忆》、《研究》、《序跋》、《故家》、《影像》、《书衣》六卷，洋洋二百余万言，从不同视角走近萧红，诠释经典。虽然丛书还有不足，但已经是迄今为止内容最为丰富的萧红研究资料了。

《记忆》卷收录了萧红同时代的作家、友人、亲人以及当代作家、学者的回忆、纪念文字；《研究》卷收录了三部分文字，其一是作品研究，其二为基础研究和萧红研究概况，其三是萧红的年谱和年表等考证文字；《序跋》卷是萧红研究的延伸，收录七十余年来萧红作品文集、传记、研究专著、纪念集等著述的"序"、"跋"，这些文字，有珍贵的回忆，有专业的研究，也有深情的纪念，因为文体特殊，不少"序"、"跋"游离于研究者的视线之外，这次结集出版，弥补了缺憾；《故家》卷收录了叶君撰写的萧红家世的考证，以及萧红自己关于家世、生平的记述，同时介绍了萧红故居的保护、纪念等方面的重要资料；《影像》卷为萧红的纪念图集，很多图片都是第一次面世，其珍贵性不言而喻；《书衣》卷中除了老版和重要版本的书衣外，还是一本关于萧红的迷你"书话"，虽行文短小，但都言之有物。

《萧红印象》丛书的编辑，得到了萧红的侄子、黑龙江省萧红研究会副会长张抗先生，沈阳师范大学教授季红真女士，原文津出版社副总编辑曹革成先生，黑龙江大学文学院副教授、黑龙江省萧红研究会副会长叶君博士，呼兰萧红故居纪念馆馆长李继翔先生，原呼兰萧红故居纪念馆副馆长王连喜先生，绥化学院郭玉斌教授，萧红研究学者袁权女士的帮助和支持。叶君博士亲自为该丛书撰稿，张抗先生、王连喜先生、李继翔先生提供了部分珍贵的图片资料，袁权女士多次到国家图书馆，代为查找、校勘了部分萧红研究资料，张抗先生在百忙中为丛书审定篇目，提出了中肯的意见和建议。黑龙江大学图书馆的肖又莲女士为丛书资料的编选做了很多工作。在此向大家致以衷心的感谢！

还要特别感谢著名学者、诗人林贤治先生，早在编辑《萧红全集》时，林先生就为萧红作品出版、研究提出过很好的建议。他得知笔者在编辑《萧红印象》丛书后，多次给予鼓励和帮助，并欣然为该书作序。

《萧红印象》丛书的出版，得到了黑龙江大学出版社的大力支持。黑龙江大学出版社社长李小娟作为该丛书的总策划，多次为丛书的篇目结构、编选体例等的确定进行研究，并多次组织相关专家、编辑开会研讨。副总编辑刘剑刚对该丛书的编辑出版十分关心，提出了很多宝贵的意见。责任编辑安宏涛、林召霞、张怀宇、王剑慧对书稿的校勘精益求精。对他们为该书的出版付出的努力，表示诚挚的谢意。

还要感谢我的家人。在近半年的编辑工作中，我的家人给予了很大的帮助和支持，如果没有他们的付出，完成这样一项工作，对我来说是难以想象的。

章海宁

2011 年 6 月 1 日于哈尔滨

说明·敬启

《萧红印象》丛书的《研究》、《记忆》、《序跋》分集所收部分文章发表年代较久远，如鲁迅的《萧红作〈生死场〉序》发表于1935年，本丛书编选时皆选自初刊本、初版本或早期版本。本丛书立足于选编内容的完整性和学术性，注重编选文章的文献资料价值。为了向读者展示这些文章的原貌，本丛书在编辑过程中，对这些文章没有按照现代汉语的标准规范进行校改，只是对其中某些明显讹误等作了订正。列举如下：其一，对这些文章中某些特定年代的用语没有按照现代汉语标准予以规范（如“诗片”未改为“诗篇”，“星加坡”未改为“新加坡”等）；其二，原文章中存在对某事件叙述或引用他人文字时的误记现象（如萧红逝世时的年龄有的说三十岁，有的说三十一岁；又如“坚士提反女校”或许为“圣士提反女校”的笔误等），编选时保存其原貌，未予更正等等。特此说明。

另，本丛书编选的都是有关萧红的研究资料或回忆性的文章，以期能从多个层面向读者展现萧红的生平风貌。但由于所收文章作者较多、时代不一，加之本丛书的编辑时间仓促，至今尚有部分收录作品未能与摘选文章的原作者取得联系。为保护原作者的著作权益，黑龙江大学出版社真诚敬启：凡拥有该丛书所选作品著作权的编撰者，请与黑龙江大学出版社联系，我们将按照国家的有关规定及时付酬。在此，特别感谢各位对我们的理解与支持。

黑龙江大学出版社

2011年10月18日